HISTORY

Christa Ludwig

Der eiserne Heinrich

Christa Ludwig

Christa Ludwig wurde 1949 in der Nähe von Kassel geboren. Sie ging in Dortmund zur Schule und studierte Germanistik und Anglistik in Münster und Berlin. Einige Jahre lang arbeitete sie als Lehrerin an verschiedenen Berliner Schulen und an der Internatsschule Burg Hohenfels (Unterstufe von Salem). Seit 1989 schreibt sie Bücher für Jugendliche.
Christa Ludwig lebt mit ihrem Mann und drei Söhnen im Bodenseehinterland.

Der eiserne Heinrich

RAVENSBURGER BUCHVERLAG

Illustrationen von L. Ghepetto

Lizenzausgabe
als Ravensburger Taschenbuch
Band 8140,
erschienen 2000

Bei der vorliegenden Ausgabe
handelt es sich um eine von der
Autorin neu bearbeitete Fassung.

Die Originalausgabe erschien 1989
im Anrich Verlag, Kevelaer

Umschlaggestaltung:
Constanze Spengler
unter Verwendung der Gemälde
»Flötenspielender Knabe in gestreiftem
Gewand« von Hendrik Terbrugghen
und »Die Kirmes zu Hoboken« von
Pieter Bruegel d. Ä.

RTB-Reihenkonzeption:
Heinrich Paravicini, Jens Schmidt

Redaktion: Katharina Diestelmeier

Printed in Germany

**Die Schreibweise entspricht den
Regeln der neuen Rechtschreibung.**

5 4 3 2 1 04 03 02 01 00

ISBN 3-473-58140-2

HISTORY

Für Siegfried

Alexanders Entdeckung

Dass Heinrich Alexanders Leben gerettet haben soll, wollte nicht einmal Solveig glauben.

»Du spinnst«, sagt sie, »nun übertreibst du aber!«

Dabei bleibt nach jedem Wort für einen winzigen Augenblick dieses spöttische Grinsen auf ihrem Mund liegen, das Alexander nicht leiden kann. Ihre Lippen fallen immer wieder zu diesem Grinsen zusammen, wie eine lästige Haarsträhne, die ein hartnäckiger Wirbel über die Augen wirft.

Alexander dreht den Kopf weg, schaut aus dem Fenster. Sie haben die Wolkendecke durchstoßen, fliegen jetzt über den Wolken; ein unangenehmes Gefühl in der Magengegend erinnert ihn daran, dass er auf dem Weg nach Hause ist.

Jetzt muss ich ihr alles erzählen, denkt er und wendet Solveig wieder das Gesicht zu.

Er holt Luft, ganz tief holt er Luft, denn die ersten Worte kann er nur mit viel Schwung hinausstoßen.

»Doch, doch, doch«, sagt er heftig, »ich übertreibe nicht. Heinrich hat mir das Leben gerettet! Ich hätte Schluss gemacht. Ich hab's schon einmal versucht.«

Den letzten Satz bringt er nur noch ganz leise heraus, der große Schwung ist verpufft, zu mehr hat es nicht gereicht, aber das spöttische Grinsen ist von Solveigs Gesicht abgefallen und ihre Augen glauben ihm. Nun kann er reden.

Es stimmt. Alexander hat schon einmal versucht, seinem Leben ein Ende zu machen. Er war damals gerade elf Jahre alt gewesen und in der 5. Klasse sitzen geblieben.

Jetzt oder nie, hatte er gedacht.

Endlich glaubte er, einen richtigen, handfesten Grund zu haben, das tägliche, quälende Vorbeirinnen der Zeit zu beenden. Nicht einmal einen Abschiedsbrief würde er schreiben müssen. Davor nämlich graute ihm. Er schrieb nicht gern Briefe, sprach auch nicht viel, stand meist nur da und guckte mit großen, dunklen Augen unter dem dichten Haarschopf hervor, und wenn ihn jemand ansprach, so warf er mit einer geschickten, gut geübten Bewegung die Haare ganz über die Augen.

Das Sitzenbleiben war nur ein Vorwand, es war ihm gleichgültig, er hatte keine Freunde in der Klasse.

Seine Eltern kamen angereist. Aus Amerika kamen sie zu jenem teuren deutschen Internat, in dem Alexander nun lebte. Er senkte den Blick noch ein wenig tiefer, ließ die Haare noch weiter über die Augen fallen und tastete mit allen Gedanken und Gefühlen jene empfindungslose Leere im Magen ab, jene Stelle, an der die Freude über das Kommen der Eltern hätte sitzen sollen. Früher war da einmal so etwas Ähnliches gewesen.

Also stahl er der Mutter eine Packung Aspirin. Die nahm

sie nämlich immer, wenn sie Kopfweh hatte, und Alexander meinte, er müsse nur mehr – einfach viel mehr – von den Tabletten schlucken, dann würden sie auch mehr Schmerzen wegnehmen, schließlich alle Schmerzen auslöschen und damit auch sein Leben, das er für nichts anderes als einen großen, quälenden Schmerz hielt.

Mehr als fünf oder sechs Tabletten brachte er aber nicht hinunter. Sie ganz zu schlucken war ihm nicht gelungen, und aufgelöst schmeckten sie schauerlich. Er musste eine halbe Tafel Schokolade hinterheressen. Er bekam fürchterliches Ohrensausen und ein grässliches Schwindelgefühl. Das war alles.

Fast vier Jahre sind seitdem vergangen. Es ist März und Alexander wird wahrscheinlich mit einer Versetzungswarnung in die Osterferien fahren. Wieder haben seine Selbstmordgedanken nichts mit dem drohenden Sitzenbleiben zu tun. Er hat einfach keine Lust mehr. Und diesmal wird er nicht wieder so stümperhaft an die Sache herangehen und eine Packung Aspirin schlucken wollen.

Da trifft er auf Heinrich.

Der ist kein Klassen- und auch kein Schulkamerad, versteht sich. Die heißen Markus, Andreas, Christian, häufig auch Alexander, gelegentlich Oliver oder Dominik. Nicht Heinrich. Den hat Alexander ganz woanders aufgestöbert.

Heinrich kommt in einem Nebensatz.

»… Heinrich elf Jahre alt war …«, erzählt der Geschichtslehrer.

Seltsam, dass dieser Satzteil nicht nur Alexanders äußeres Gehör, sondern auch sein Bewusstsein erreicht. Er bekommt nicht viel mit vom Geschichtsunterricht, nimmt seine Fünf in diesem Fach so selbstverständlich hin wie den Donner nach dem Blitz. Ein Naturgesetz.

Der Satzfetzen: »... Heinrich elf Jahre alt war ...«, dringt zu ihm durch. Wahrscheinlich liegt das daran, dass Heinrich eben elf Jahre alt war, und Alexander gerade daran dachte, wie es war, als er selber elf Jahre alt war und die fünf oder sechs Aspirintabletten schluckte.

Alexander folgt für eine Weile dem Geschichtsunterricht und wartet darauf, dass Heinrich noch einmal erwähnt wird. Vergeblich. Heinrich ist offenbar nicht sonderlich wichtig, mehr als so ein Nebensatz steht ihm nicht zu.

Alexander blättert im Geschichtsbuch, bis zu der Seite, die sein Nachbar Markus aufgeschlagen hat. Da ist ein Bild von diesem Kaiser Friedrich, der irgendetwas mit dem gesuchten Heinrich zu tun haben muss. Alexander blättert weiter. Dieser Friedrich interessiert ihn nicht. Er sucht nach Heinrich.

Er findet den Namen Heinrich, findet jede Menge Heinriche, aber welcher ist der, der da eben elf Jahre alt war?

Was will er eigentlich mit diesem Heinrich, der sich durch nichts anderes auszeichnet als dadurch, dass er irgendwann einmal elf Jahre alt war? Eigentlich nichts Besonderes.

Da! Jetzt hat er's!

»1222 wurde Friedrichs elfjähriger Sohn Heinrich in Aachen zum Deutschen König gekrönt, während Friedrich in Sizilien gegen die aufständischen Sarazenen kämpfte ...«

Also ein Sohn des großen Stauferkaisers Friedrich II. war Heinrich. Kein wichtiger Sohn, wie es aussieht. Alexander findet Gefallen an seiner Entdeckung. Auch er, Alexander, ist in erster Linie Sohn. Der Sohn von Dr. Riemenschmied, dem Hauptaktionär eines weltweiten Chemiekonzerns mit Niederlassungen in ganz Europa und in Amerika.

Er stöbert weiter in dem Geschichtsbuch, bis ihm wieder der Name Heinrich in die Augen springt.

»... noch kein Jahr war Heinrich alt, als er zum König von Sizilien gekrönt wurde. Dort blieb er bei der Mutter. Friedrich machte sich auf den Weg nach ...«

Dieser Heinrich, denkt Alexander, scheint ein recht handlicher, praktischer Gegenstand zu sein, der hin und wieder irgendeine Krone verpasst kriegt und dann abgestellt wird, während sein Vater irgendwo etwas Wichtiges zu tun hat. Hallo, Heinrich, mach dir nichts draus. Mir geht's auch nicht anders. Kronen kriege ich keine verpasst, aber den Kopf hinhalten für meinen stets abwesenden Vater musste ich auch immer, wenn auch nur für ein Foto.

Nach dem Essen geht Alexander zur Bibliothek. Verwundert stellt er fest, dass er mit einem Ziel geht. Sonst ist er immer nur so vor sich hingelaufen, hat ziellos einen Fuß vor den anderen gesetzt, denn Laufen war besser als Herumstehen, er wurde dann seltener angesprochen. Nun also geht er zur Bibliothek, um herauszubekommen, wer Heinrich war. Er nimmt den kürzesten Weg. Der führt an den Arbeitsräumen vorbei, wo schon einige Schüler ihre Schulaufgaben erledigen. Die Türen stehen alle weit offen, der Aufsicht führende Lehrer sitzt in der Fensternische auf der meterdicken Mauer des alten Gebäudes und sieht ihn misstrauisch an. Auf dem Gang steht ein Regal mit Nachschlagewerken: Wörterbücher, Rechtschreib-Duden, Meyers Konversationslexikon ... Alexander bleibt stehen. Er greift zwei

Bände heraus: Fe – Gars und Grie – Ho und setzt sich in eine andere Fensternische.

Die Fülle der Heinriche ist noch verwirrender, als er erwartet hatte. Bevor er weiterkommt, muss er erst noch einmal Friedrichs Geburtsdatum nachschlagen. Er findet es leicht neben demselben Bild wie im Geschichtsbuch: 1194 wurde Heinrichs Vater also geboren. Das ist ein Anhaltspunkt in der Heinrichmasse. Dieser also muss es sein: Heinrich (VII.), Deutscher König, Sohn Kaiser Friedrichs II., geb. 1211 –

Halt, denkt Alexander, da war dieser Friedrich also höchstens siebzehn bei der Geburt seines ersten Kindes. Ganz schön frühreif, der Knabe. Alexander liest weiter und liest, was ihn nun endgültig an Heinrich fesselt. Hinter dem Todesjahr – 1242 – steht: »(Selbstmord?)«

Alexander geht nun doch zur Bibliothek, geht schneller als zuvor, macht sich auf die Suche nach diesem Heinrich, der ihm mit solch aufdringlichen Ähnlichkeiten über den Weg gelaufen ist.

In den Geschichtsbüchern der Schulbücherei verliert er sich zunächst noch hoffnungsloser im Gestrüpp der Heinriche und Friedriche. Schließlich liest er sich im Lebenslauf des Kaisers Friedrich II. fest und sieht seine Vermutung bestätigt: Ganz schön frühreif, der Knabe.

Er nimmt sich einen Zettel und notiert:

»Vater: Kaiser Heinrich VI. von Staufen; Mutter: erbt das Königreich Sizilien; als er drei Jahre ist, sind die beiden tot; italienische Barone reißen die Macht an sich; Friedrich, völlig vernachlässigt, treibt sich in den Straßen von Palermo herum; wird vom Papst unterstützt; verjagt mit vierzehn die

Barone; wird verheiratet; geht mit siebzehn nach Deutschland; wird als Deutscher König anerkannt; dann zum Kaiser gekrönt.«

Es läutet zum Ende der ersten Arbeitsstunde. Alexander erschrickt. Wieder hat er eine ganze Arbeitsstunde vertrödelt! Er sollte doch etwas tun, um seine Fünfer endlich wegzukriegen.

Aber was? Seine Fünf in Mathematik steht fest wie eine deutsche Eiche. Geschichte – was hatten sie auf für Geschichte? Vorbereitung auf den Geschichtstest nächste Woche: Kaiser Friedrich II. von Staufen.

Was tut er denn anderes? Dass er sich nur auf der Suche nach Heinrich durch das Leben des großen Kaisers stöbert, soll seinem Lehrer doch egal sein. Hauptsache, es kommt was dabei heraus. Bleibt noch die Fünf in Latein. Auch die ist zäh. Aber man kann schließlich nicht für alle Fächer zugleich arbeiten!

Alexander holt sich einen Notizblock, schleppt noch einen Haufen Bücher herbei – bis zum Beginn der Vesper wühlt er im Mittelalter. Schon gelingt es ihm, in bunten Bildern vor sich zu sehen, was er liest. Seit fünf Jahren ist er im Internat, vier Jahre davon lebte er in einer Ritterburg, die aus eben jener Zeit stammt. Zweimal war er, da er sich für keine Arbeitsgemeinschaft hatte entscheiden können, der Geschichtsgruppe zugeteilt worden, hatte das teilnahmslos über sich ergehen lassen, nun aber füllt er die Erinnerung an lange Gänge, an kleine Fenster und meterdicke Mauern mit Heinrichs Leben.

Er beginnt Heinrichs Geschichte aufzuschreiben. Auf eine neue Seite schreibt er:

HEINRICH – *elf Jahre* – *wird zum Deutschen König gekrönt*

Heinrich stand in der Aachener Marienkirche und starrte auf den Mantel eines offenbar bedeutenden Grafen. Er kannte den Mann nicht. Aber der Mantel zog seinen Blick magisch an. Er hatte ein aufdringliches Muster aus dunkelbraunen und gelben Rauten und wenn Heinrich mal blinzelte, mal schielte, mal zwinkerte und dann wieder die Augen weit aufriss, gelang es ihm, das Rautenmuster in einem stetigen Wechsel zu sehen. Einmal war das dunkle Braun vorn, kam ihm warm und weich entgegen und die Kirche war ein freundlicher Ort. Dann aber sprang ihn das Gelb an wie eine Wildkatze. Die dunklen Rauten wurden zu Löchern, der Mantel war der aufgesperrte Rachen eines wilden Tieres, das ihn verschlingen wollte. Da war die Kirche ein schlimmer Ort. Heinrich fand diesen Wechsel richtig. Gute und böse Könige waren hier gekrönt worden. Zu welcher Sorte er wohl gehören würde? Ob es eine Rolle spielte, welchen Anblick der Mantel in dem Augenblick bieten würde, wenn ihm der Bischof von Mainz die Krone aufs Haupt drückte?

Aber Heinrich traute sich nicht zu blinzeln. Er musste seine Gedanken zusammennehmen, um alles richtig zu machen, so, wie der gute Erzbischof von Köln es mit ihm geübt hatte. Denn er war allein. Sein Vater war nicht gekommen.

Er hatte sich gefreut, als ihm die Fürsten erzählten, dass sie ihn nun zum Deutschen König krönen wollten, weil er gehofft hatte, dass sein Vater zur Krönung kommen würde und mit ihm die Mutter, vor allem die Mutter ... Aber er musste hören, dass dies leider unmöglich sei.

»Der Kaiser kämpft in Sizilien gegen die aufständischen Sarazenen«, hatten die Fürsten ihm erklärt.

Den wirklichen Grund, warum Friedrich nicht nach Aachen kam, verschwiegen ihm die Fürsten: Der Kaiser wusste nicht, dass man in Deutschland seinen unmündigen Sohn zum König machte. Er hätte dem auch kaum zugestimmt. Er war selber Deutscher König, hatte den Sohn nur zum Nachfolger wählen lassen. Das Land regierte an des Kaisers Stelle Engelbert von Berg, der Erzbischof von Köln.

Heinrich fühlte sich klein und verloren in dem großen Krönungsmantel. Andere Könige, die darin gekrönt wurden, waren erwachsene Männer gewesen. Über Heinrichs magere Kinderschultern fiel der schwere rote Stoff wie ein Wasserfall um einen lästigen Stein, und es war nur eine Frage der Zeit, wann er ihn fortspülen würde. Er brauchte ihn allerdings nur zur Krönung zu tragen. Für den täglichen Gebrauch hatte man ihm einen passenden Königsmantel anfertigen lassen. Als ihm dies aber einfiel, kam ihm eine Erinnerung. Vor ein paar Monaten hatte er sich in einer Burg verlaufen. Er war einfach weiter gegangen, bis er in Zimmer und Gänge geriet, die nicht so groß, nicht so hoch waren, dass sie den Hall seiner Schritte gespenstisch verstärkt zurückwarfen. Da fing er dann an sich wohl zu fühlen. Plötzlich hockte vor ihm am Boden ein Kind und starrte ihn an. Heinrich starrte ebenfalls. Er hatte das Kind von weitem nicht gesehen, es war ein kleines Kind und in seinem Leinenkittelchen ebenso grau wie der Steinboden. Heinrich hatte schon viele magere Kinder gesehen, aber noch keines, das so erbärmlich aussah wie dieses, das da vor ihm am Boden kauerte und zwei Finger in den Mund gesteckt hatte. Er konnte nicht feststellen, ob es ein Junge oder ein Mädchen war, und beschloss es für ein Mädchen zu halten. Jungen sahen anders aus. Vielleicht waren Mädchen so ähnlich. Das wusste er nicht. Er sah selten welche.

»Wer bist du?«, fragte er. »Und was machst du hier auf dem Gang?«

Dem Kind fiel vor Schreck die Hand aus dem Mund, und Heinrich sah, dass seine Finger wund waren, aufgerieben bis auf das Fleisch.

»Tut so weh«, stammelte es, »so weh.«

»Was ist mit deiner Hand?«, fragte Heinrich.

»Müssen spinnen«, sagte es, »alle – geschwind – neue Tuche weben und färben. Heinrich soll König werden, weißt du …«

»Ja«, sagte Heinrich, »ich weiß.«

Das Kind strampelte sich unsicher wieder auf die Beine.

»Müssen eilen«, murmelte es, »eilen …«

Heinrichs Blick folgte ihm in die Spinnstube. Kinder, alles Kinder, manche so klein wie dieses, alle mit aufgeriebenen Fingern. Heinrich sah rote Streifen und Flecken auf den fertigen Spulen.

Färben?, dachte er. Wozu noch färben? Wird ja doch rot.

Nach jener Begegnung hatte ihn ein furchtbarer Verdacht gepackt. Wurden die Königskleider mit Blut gefärbt? Er hatte den Bischof gefragt und der verzog den Mund zu einem freundlich beruhigenden Schmunzeln.

»Aber nein, kleiner König«, sagte er. »Mit der Farbe der

Purpurschnecken. Die leben auf dem Meeresgrund. Du kannst beruhigt sein.«

Daran hätte er jetzt nicht denken sollen. Der viel zu große Königsmantel lag ihm schwer auf den Schultern und wurde immer schwerer, als würde er sich langsam mit Wasser voll saugen.

Aus weiterer, länger vergangener Ferne kam eine andere Erinnerung. Es war eine Melodie, die in ihm aufstieg, wie eine Luftblase vom Meeresgrund. Mit wachsender Geschwindigkeit stieg sie ihm in den Kopf und pochte in seinem Gehirn. Er versuchte ihrem Rhythmus nachzuspüren, wippte auf den Zehenspitzen und fing einen strafenden Blick aus den Augen des Erzbischofs von Köln auf. Er musste unbedingt diese Melodie zu fassen kriegen. Wenn er sie einfach in sich herumschwirren ließ, konnte es geschehen, dass er sie plötzlich singen würde. Er stand aber nicht in der Kirche Karls des Großen, um zu singen. Und da war etwas mit dieser Melodie, fiel ihm ein, etwas, das ganz und gar nicht zu einer Königskrönung passte.

Damit erwischte er den Anfang der Erinnerung.

Vor zwei Jahren war es gewesen. Auf seiner letzten Falkenjagd mit dem Vater war ihm das Pferd durchgegangen. Ein paar Fürsten der Jagdgesellschaft setzten ihm sofort nach, um ihm in die Zügel zu greifen, aber sein Vater Friedrich war dazwischengefahren.

»Zurück!«, rief er. »Der muss sein Pferd selber halten lernen. Ohne eure Hilfe. Der soll einmal dieses Volk beherrschen. Ohne eure Hilfe.«

Der kleine Heinrich – neun Jahre alt und wie alle Staufer von eher zartem Wuchs – konnte sein Pferd nicht halten.

Er war ein guter Reiter, insofern, als er sicher im Sattel saß, aber sein Pferd beherrschte er noch lange nicht. Rasch entfernte er sich von der Jagdgesellschaft.

Der Wald nahm ihn auf. Sobald er sich außer Sichtweite wusste, tat er, was ihm sein Reitmeister verboten hatte: Er stellte sich in den Steigbügeln auf und wurde nun nicht mehr von den Sprüngen des Pferdes hin und her geworfen. Sobald er sich außer Hörweite wusste, begann er zu singen. Er genoss den rasenden, einsamen Ritt. Schließlich lichtete sich der Wald, er kam an einem Hügel heraus, unten lag ein Dorf. Abwärts galoppiert ein Pferd nicht gern, es blieb stehen.

Heinrich wusste, was er nun zu tun hatte. Er sprang vom Pferd, zog den Falknerhandschuh von der Linken – erst jetzt fiel ihm auf, dass er den Vogel preisgegeben hatte. Offenbar hatte er, als ihm das Pferd davonlief, mit beiden Händen nach den Zügeln gegriffen und dabei den Vogel in die Luft geworfen. Dies würde ihm der Vater am meisten übel nehmen. Es war kein Falke gewesen, sondern ein Sperber, der eigens für Heinrich als Jagdvogel abgerichtet war. Um einen Falken zu tragen, war Heinrich noch zu klein. Sein Vater aber erwartete von ihm, dass er auch einen Sperber ordnungsgemäß führte. Ein Staufer, der seinen Jagdvogel aufgibt, nur weil ihm das Pferd durchgeht? Dafür fehlte Friedrich jedes Verständnis.

Heinrich musste nach dem Weg fragen oder sein Pferd den Weg finden lassen. Auf alle Fälle musste er verhindern, dass er als Kaisersohn erkannt wurde. Er befand sich in der Kölner Gegend und da gab es viele Anhänger der Welfen, die die größten Feinde der Staufer waren.

Heinrich entfernte die Satteldecke mit dem staufischen Wappen. Dann schlüpfte er aus dem Jagdrock, dem ärmellosen Überwurf, der ebenfalls auf Brust und Rücken das Wappen zeigte, die drei staufischen Löwen. Er hasste das Wappenhemd mit den brüllenden Löwen. Jedes Mal, wenn er zum Ausgehen angekleidet wurde, musste er einen verzweifelten inneren Anlauf nehmen, bevor er – Kopf und Arme voran – in das Wappenhemd tauchen konnte wie in zu kaltes Wasser. Und kalt war es ihm darin, tief im Innern, als hätte er auf dem Herzen eine Gänsehaut. Seine äußere Haut dagegen und sein Kopf wurden heiß. Er fühlte sich, als sei er – wieder einmal – von den Löwen gefressen worden. Heinrich fürchtete sich vor Löwen. In seinen Träumen sprangen sie ihn an, bliesen ihm ihren heißen Atem ins Gesicht, und immer war einer dabei, der ihm die erhobene Pranke auf die Brust legte, gerade auf sein erschrockenes Herz, und ihn immer tiefer in den bösen Traum hineindrückte.

Aber Heinrich, der nach dem Weg fragen musste, durfte und sollte aus dem Wappenhemd herausschlüpfen. Er tat es und fand sich wieder, ausgespuckt von den drei brüllenden Löwen, unverletzt, unversehrt ausgespien, damals schon ein unverdaulicher Brocken, der den staufischen Löwen noch einmal hart im Magen liegen sollte.

Bevor er das Wappenhemd zusammenrollte, knautschte und knuffte er den Stoff, drückte einem Löwen das Maul weg, faltete einem anderen die Beine auf den Rücken, bis sie vollkommen lächerlich aussahen und er lachen musste. Dann band er alles, was ihn als Friedrichs Sohn zu erkennen gab, hinter dem Sattel fest.

Nun war er frei und konnte sein Innerstes nach außen kehren. An einem schmalen seidenen Band zog er die Flöte unter seinem Hemd hervor.

Meist hielt er sie verborgen, aber nun würde er sich als Sänger ausgeben, als Sohn eines deutsch-italienischen Spielmanns. Man würde ihm glauben. Noch immer sprach er besser Italienisch als Deutsch.

Als er aber in das Dorf einritt, hörte er Musik. Spielleute waren dort, vielleicht gar ein Minnesänger, das brachte die Gefahr erkannt zu werden. Sollte er weiterreiten, bis er ein anderes Dorf fände? Doch die Musik zog ihn an. Er war immer begierig neue Lieder zu hören und zu lernen. Jemand sang zur Laute. Heinrich ritt zögernd an die Hütte heran, aus der die Musik kam. Als er aber die Worte verstand, wendete er erschrocken sein Pferd und verließ das Dorf in wilder Flucht. Das war ganz offenbar einer von denen, die Unruhe und Aufruhr verbreiteten. Heinrich traute sich an kein anderes Dorf heran, irrte durchs Land, bis sein Pferd von selber den heimischen Stall fand.

Niemals aber vergaß er die fremdartige Melodie und die Worte des Spielmanns:

Was färbt eines Königs Kleid so rot, so rot?
Es ist seines Volkes Leid und Not und Not!

Heinrich – elf Jahre alt – in der Aachener Marienkirche, hatte vergessen, dass er bei dieser Krönungszeremonie kein Zuschauer war. Die in ihm aufgestiegenen Erinnerungen verwirrten ihn. Der rote Königsmantel hing ihm immer schwerer auf den Schultern, durch sein Gewebe floss das

Blut geschundener Kinderfinger, zog sich schleimig kühl das purpurne Sekret toter Meeresschnecken, in seinem Kopf zerplatzte des fremden Spielmanns Lied wie eine Wasserblase, vor ihm erhob sich eine erbärmliche, steinbodengraue Gestalt, zu elend, um deutlich Junge oder Mädchen zu sein, und steckte zwei wund geriebene Finger in den Mund, aber nicht in den eigenen, in Heinrichs Mund schob es die Finger, drückte sie tief hinein, sodass Heinrich würgen musste. Ein aufdringlich gemusterter Stoff mit scharfem Kontrast aus gelben und dunkelbraunen Rauten schwebte ihm entgegen und flimmerte vor seinen Augen. Heinrich wandte den Kopf ab und in dem gutmütigen Gesicht des Erzbischofs von Köln fand er einen Halt.

Was hatte der ihm beigebracht? Knien musste er, wenn er die Krone empfing. Er ließ sich nieder auf die Knie, aber im Niedersinken kreuzte er den entsetzten Blick des Mainzer Bischofs, und da sah er es auch: Es war nicht der Bischof von Mainz, der ihm die Krone bringen sollte, vor dem er nun kniete, es war der fremde Graf, der mit dem flirrenden Rautenmuster, das so rasch von Gut zu Böse wechselte.

Heinrichs Blick verfing sich in den changierenden Rauten.

Wenn es denn sein muss, dachte er, wenn ohnehin schon alles durcheinander geraten ist, so will ich's auch anschauen und wissen: Werde ich ein guter König sein oder ein schlechter? Trägt mich das sanfte Braun über die Abgründe? Oder springt mir das scharfe Gelb entgegen?

Er blinzelte und kniff die Augen zusammen. Aus den Augenwinkeln bemerkte er, wie der Bischof von Mainz herbeieilte. Er brachte die Krone und trat dicht an den Grafen heran, um ihn von seinem Platz zu drängen, um vor den knienden Heinrich die Königskrone zu stellen.

Aber Heinrichs Augen blieben an den Rauten hängen und er sah die gelben Zähne vorschnellen und zupacken, doch sie verschlangen nicht ihn, Heinrich, nur die Krone verschwand in dem dunklen Höllenschlund, er selber blieb verschont. Da wusste Heinrich, dass er unter dieser Krone nicht ein guter, nicht ein böser, sondern dass er gar kein König sein würde. Erleichtert senkte er den Kopf und empfing aus den Händen des Mainzer Bischofs die silberne Krone Deutschlands. Sie wog so leicht wie eines Spielmanns bunter Federhut.

Löwen, Krokodile und Flöten

Alexander erinnert sich genau. Als er vier Jahre alt war, hatte er Angst vor Krokodilen. Sie waren lautlos bedrohlich durch seine Träume geschwommen, genauso wie die brüllenden Löwen in Heinrichs Schlaf eindrangen. Morgens, wenn das Kindermädchen kam und ihm wieder so ein Hemd brachte, das auf der Brust – gerade über dem Herzen – ein kleines grünes Krokodil aufgenäht hatte, dann musste Alexander sich mit Anlauf, mit Schwung in das Hemd hineinstürzen.

Täglich sauber und frisch bekam er diese Hemden, und Alexander, der sich doch nicht schmutzig machte, glaubte fest, sie würden so häufig gewaschen, weil Krokodile eben Wasser lieben, in dem sie immer wieder stark und kräftig wurden und Alexander jeden Morgen fressen konnten. Er war ein schönes Kind, er glich der Mutter, und wenn er den dichten, schwarzen Haarschopf durch die Halsöffnung des Hemdes gewühlt hatte, strich ihm das Kindermädchen – zur Belohnung? – leicht über die Haare. Hübsch sah er aus in den sauberen, teuren Hemden. Man hätte sich kein besseres Futter für kleine grüne Krokodile denken können.

Ja, Alexander erinnert sich genau an jene Zeit, als er die Embleme und Markenzeichen, die seine Kleidung als die teuerste und beste auswiesen, hassen lernte, noch bevor er wusste, was diese Zeichen eigentlich bedeuteten. Inzwischen kennt er sich aus mit diesen Wappen seines Jahrhunderts, die die Zugehörigkeit zu einer bestimmten Gesellschaft ebenso gut nachweisen wie Heinrichs Löwen seine staufische Geburt.

Sorgfältig ordnet Alexander die zahlreichen losen Zettel, die er voll geschrieben hat, und versieht sie mit Seitenzahlen. Hat das, was er sich da ausgedacht hat, überhaupt etwas zu tun mit dem Kaisersohn Heinrich? Es ist seine eigene, Alexanders Geschichte. Das ist ihm klar. Nicht nur die Angstträume teilt er mit Heinrich. Auch eine Flöte hat er einmal heimlich gehabt und sie, sorgsam gehütet, von Tasche zu Tasche wandern lassen.

Mit sieben Jahren war er einmal über die Absperrung vom Riemenschmied'schen Privatstrand bei Los Angeles ins öffentliche Bad geklettert. Da lief ein Junge herum, ungefähr so alt wie Alexander es damals war, braun gebrannt, dunkelhaarig, dunkeläugig wie Alexander, nur in ausgewaschenen Kleidern. Aber sie glichen sich trotzdem, Alexander trug eine Badehose und ein offenes Hemd, das er beim Klet-

tern zerrissen hatte. Der fremde Junge spielte auf einer kleinen Flöte den Badegästen etwas vor und sammelte Geld dafür. Alexander lief ihm eine Weile nach, bis der Junge eine zweite Flöte aus der Tasche hervorkramte und sie ihm gab. Eine Viertelstunde übten sie, dann brauchte Alexander die Töne nicht mehr zu suchen. Der fremde Junge riss vor Verwunderung die Augen auf. Nun spielten sie zu zweit. Das brachte mehr ein. Als Alexander seinen Teil des Geldes nicht annehmen wollte, schenkte ihm der Junge die Flöte.

»Davon haben wir viele«, sagte er. Und: »Komm wieder.«

Ungefähr eine Woche lang verschwand Alexander, wann immer es ihm möglich war, über den Zaun. Dann verabschiedete sich der Junge: »Wir ziehen weiter!«

Alexander hat ihn niemals wieder gesehen.

Aber er behielt die Flöte. Und er liebte sie. Fast versöhnte sie ihn mit dem verhassten Geigenspiel.

Eines Tages verlor die Flöte plötzlich ihren tröstenden Zauber und danach hat Alexander nicht mehr darauf Acht gegeben.

Ich muss mehr über Heinrich erfahren, denkt Alexander. Schließlich will ich seine Geschichte herausfinden und nicht meine. Da läutet es zum Ende der zweiten Arbeitsstunde. Es ist Zeit zum Abendessen.

In dieser Nacht hat Alexander den ersten jener Träume, die er später »Heinrichträume« nennt. Er beginnt wie einer seiner kindlichen Albträume. Sein Bett schwankt, sinkt, sinkt immer tiefer, taucht in kaltes Wasser; um ihn herum schwimmen Krokodile. Da erklingt vom Ufer her eine Flöte. Die Töne ziehen Bett und Krokodile aus dem Wasser ans

Ufer. Dort warten drei große Löwen und fallen über die Krokodile her. Löwen und Krokodile fressen sich gegenseitig auf. Übrig bleiben nur Alexander und der Junge mit der Flöte. Der hat tiefblaue Augen und kinnlange kupferblonde Locken. Heinrich und Alexander schauen sich an.

Den Nachmittag verbringt Alexander in der Bibliothek. Es regnet. Also hat er nicht viel zu tun. Jedem der Internatsschüler ist eine Aufgabe zugeteilt und Alexander hat die Betreuung der schuleigenen Gärtnerei übernehmen müssen. Er hat sich nicht darum beworben, er hätte auch alles andere oder eben gar nichts gemacht, es war ihm gleichgültig. Der Gärtner hat in den letzten Tagen die frühen Märzpflanzen ins Freiland gesetzt. Die müssen nun ständig gegossen werden. Aber jetzt regnet es. Da bleiben für Alexander nur die Gewächshäuser, das geht schnell. Das Hockeytraining muss ausfallen, der Boden ist zu weich. Alexander hat frei.

Es regnet auch in den nächsten Tagen praktisch ununterbrochen. Alexander durchstöbert ein paar Bücher über das Leben im Mittelalter, schließlich findet er eine Biografie über Kaiser Friedrich II., darin endlich wird Heinrichs Leben ausführlicher abgehandelt. Alexander schreibt eine Menge Notizblätter voll:

»Bischof von Köln, Engelbert, leitete die Reichsgeschäfte; muss ganz netter Typ gewesen sein; war Heinrichs Vormund, Hauptstadt gab es nicht; sie zogen von Hoftag zu Hoftag; Heinrichs Erzieher immer mit; lernte Latein, Französisch, Kämpfen mit Schwert, Lanze, zu Pferd, zu Fuß; Sommer 1222 – Heinrich war elf – starb seine Mutter in Sizilien, wahrscheinlich Malaria.

Herbst 1225 wurde Engelbert ermordet; Heinrich verheiratet, mit vierzehn; will sich sofort wieder scheiden lassen, will eine andere: Agnes, Agnes von Böhmen.«

Agnes, denkt Alexander. Er hat genug gelesen und lässt seine Gedanken wieder wandern. Das neue Kapitel in Heinrichs Geschichte überschreibt er mit:

Agnes

Heinrich und Agnes erkannten einander an einem Lied.

Wie lange die junge Tochter des Königs von Böhmen aus dem Geschlecht der Przemysliden schon an seinem Hof war, hätte Heinrich nicht sagen können. Sie fiel nicht auf. Ein blasses, zartes, etwas spitzmäusiges Gesicht, aschblonde, strähnige, nicht allzu dichte Haare, Augen grau wie ein Novembertag. Bemerkt hatte Heinrich nur eines an ihr: diesen spöttischen Zug um den Mund, dieses Lächeln, das auf eine ganz andere Weise herablassend war als die hochmütige Miene der anderen Adelsfräulein. Seit wann dieses spöttische Lächeln in der Hofgesellschaft war, das wusste Heinrich wenigstens so ungefähr, nämlich seit ein paar Wochen. Aber so wenig war von Agnes' Gesicht in seiner Erinnerung haften geblieben, dass ihm keineswegs klar war, ob er das spöttische Lächeln immer im selben oder jedes Mal in einem anderen Gesicht sah. Agnes blieb unbemerkt. Bis sich jener kleine Zwischenfall mit einem unpassenden Lied ereignete.

Heinrich hatte sich in die Frauengemächer verlaufen. Hatte er sich verlaufen? Wohl kaum. Er war nun vierzehn, verlief sich nicht mehr so ohne weiteres. Seit einiger Zeit machte er sich einen Spaß daraus, grinsend durch die

Kemenaten der Frauen zu strolchen. Er stand plötzlich mitten im Zimmer, grüßte die nicht immer vollständig bekleideten Damen mit einem artigen Kopfnicken, betrachtete, was sich zu betrachten lohnte, und ging wieder.

Bei einem dieser Streifzüge hörte er hinter geschlossener Tür Musik. Heinrich stutzte. Jemand spielte Laute, spielte gut, sang aber nicht. Was ihn verwunderte, war: Er kannte das Lied. Es war eines von den frechen, die Ritter verspottenden Vagantenliedern, die er manchmal in den Dörfern hörte. Von zwei jungen Bauernburschen handelte es, die sich einen wilden Falken fingen und für die Beizjagd abrichteten. So etwas war nicht statthaft. Dem gemeinen Mann war es nicht erlaubt, die eigenen Beine zu beschleunigen und auf schnellen Pferden zu reiten. Ebenso wenig durfte er seine Arme durch abgerichtete Falken verlängern. Er hatte mit Armen und Beinen auf der Erde zu bleiben.

In diesem Lied nun zogen zwei Bauernburschen einen wilden Falken groß, brachten ihm aber nicht die Jagd auf Schnepfen, Enten oder Reiher bei, sie lehrten ihn, auf die bunten Helmzieren der zum Turnier herausgeputzten Ritter herabzuschießen und ihnen diese vom Helm zu reißen. Lachend lagen die beiden Burschen hinter einem Hügelkamm und sammelten die Helmzieren, die ihnen der Falke brachte, während die tobenden, Krieg spielenden Ritterheere nicht bemerkten, dass sie bei diesem Turnier einen völlig neuen Gegner hatten. Heinrich, der häufig mit Ulrich, dem Enkel seines Lehrers Konrad von Winterstetten, heimlich aus der Burg verschwand und durch das Land zog, hatte dieses Lied auf den Dorffesten gehört. Wie aber war es unter die adligen Frauen geraten?

Es wird eine Magd sein, dachte er, die dort die Melodie spielt und sich nicht zu singen traut.

Er öffnete die Tür und trat ein. Es war keine Magd.

Agnes, die Przemyslidin, des Böhmerkönigs Tochter, hob kurz den Kopf von der Laute, kehrte ihm den spöttischen Mund zu und spielte weiter.

Heinrich setzte sich auf die kostbare Decke eines Spannbettes und wartete.

»Das ist ein schönes Lied«, sagte er, als sie fertig gespielt hatte. »Ich glaube es zu kennen, aber ich hab's vergessen. Kannst du's mir singen?«

Was wird sie nun tun?, denkt er. Ach, sie wird's gar nicht kennen. Irgendwo hat sie die Melodie gehört. Das ist alles.

»Mir wollen die Worte nicht einfallen«, sagt sie, »aber ich kann dir sagen, König, wovon es erzählt.«

Ich bin gespannt, denkt er und nickt.

»Es ist die Geschichte des treuen Falkners eines hohen Herrn«, beginnt sie, »der diesem, da ihm der Falke starb, einen jungen, wilden aus dem Nest holt und abrichtet.«

Geschickt verdreht, denkt er. Weiß sie nun etwas von dem Lied, oder hat man es ihr so erzählt?

»Aber ach, mein König, es zeigt sich, dass der wilde Falke denn doch nichts taugt. Anstatt Enten und Reiher und solch nützliches Getier zu jagen, stürzt er sich nur auf lauter buntes, aber unnützes Federvieh. Es ist zum Erbarmen.«

Unverschämt, denkt Heinrich und ärgert sich sogar ein bisschen, denn der spöttische Zug um ihren Mund ist ganz klar und durchsichtig geworden. Deutlich kann er das höhnische Grinsen dahinter sehen. Sie kennt das Lied, das merkt er nun. Aber ihr Spott kann ihm nichts anhaben, denn er weiß, wie er sich rächen kann.

»Richtig«, sagt er, »jetzt fällt's mir wieder ein. Spiel's noch einmal, ich werd's dir singen.«

Er beobachtet ein kurzes Staunen in ihrem Gesicht, sieht jedoch, dass sie ihm nicht glaubt, alles für eine Verwechslung hält.

»Du musst aber nachsichtig sein mit meiner Stimme«, erklärt er, »sie ist derzeit so schwankend und wechselhaft wie die Treue eines bayrischen Herzogs.«

Das ist gemein. Der Herzog von Bayern ist Agnes' Onkel. Der hat im Streit der Staufer mit den Welfen eine zweifelhafte Rolle gespielt, mal diese, mal jene Partei unterstützt. Agnes zuckt die Achseln. Heinrichs Bemerkung scheint sie nicht zu erschüttern.

Sie nimmt die Laute und spielt, den Kopf gesenkt, er lässt ihr ein Vorspiel, wartet, er möchte ihr ins Gesicht schauen, wenn er mit dem Lied einsetzt, möchte sehen, wie das spöttische Lächeln zusammenfällt. Aber sie blickt nicht auf. Schließlich singt er. Ein kleines Zucken ihrer Schultern kann er erkennen, einmal greift sie einen falschen Ton. Dann spielt sie so sicher wie zuvor. Es gelingt ihm, das Lied mit nur leicht schwankender Stimme durch alle Strophen zu singen. Agnes gewinnt noch etwas Zeit durch ein Nachspiel, dann hebt sie den Kopf.

Heinrich und Agnes schauen sich an.

Er staunt. Der spöttische Zug um ihren Mund ist fort, und es sieht aus, als sei damit ein Schleier von ihrem Gesicht gezogen. Zum ersten Mal schaut er nicht fröstelnd in kalte, novembergraue Augen, sondern blickt in eine Tiefe, die gerade durch ihre Farblosigkeit unerschöpflich wird. Die Nase freilich bleibt spitzmäusig, wie sie war.

Heinrich muss lachen.

»Du hast eine hübsche Nase, Przemyslidin«, sagt er, »aber sie ist ein wenig schmutzig. Erzähl mir, wo hast du die hineingesteckt?«

Jetzt lacht Agnes auch.

»Du hast eine schöne Stimme, mein König«, sagt sie, »doch, ach, sie will nicht passen zu diesem Lied.«

»So werde ich«, sagt Heinrich streng, »ein Gesetz machen, dass dies geändert wird.«

»Das Lied?«

»Nein! Die Stimme!«

Heinrich bleibt den ganzen Nachmittag in Agnes' Zimmer und erfährt: Schon daheim in Böhmen war die kleine Agnes schwer zu bändigen gewesen. Sie stahl sich Kleider von einem ihrer Brüder, holte sich ein Pferd und verschwand manchmal für Tage. Ihr Vater, König Ottokar von Böhmen, schickte sie daraufhin zu ihrem Onkel, dem Herzog von Bayern. Sie nutzte jede Gelegenheit, um der Gesandtschaft, die sie nach Bayern bringen sollte, zu entkommen. Dabei hatte sie das Lied gelernt. Seit ein paar Wochen war sie nun in Aachen unter der königlichen Hofgesellschaft, diesmal betreut von ihrer Schwägerin Kunigunde. Die gab besser auf sie Acht, auch kannte Agnes sich in der Aachener Kaiserpfalz nicht aus, es war ihr noch nicht gelungen, die Burg heimlich zu verlassen.

Von diesem Tag an zogen Heinrich und Agnes zusammen durch das Land, zunächst einmal nur über die Dörfer. Sie verdienten sich Schlafplatz und Essen durch Singen.

Agnes ging als Junge verkleidet und sie gaben sich als Geschwister aus. Man glaubte ihnen, eine gewisse Ähnlichkeit bestand in den feinen Gesichtszügen, die beide hatten.

Der spöttische Zug um den Mund, der Agnes' tiefgründiges Gesicht in ein hochmütiges verwandelte, kam freilich immer wieder. Aber Heinrich wusste ein Mittel dagegen. Er musste ihr nur ein neues Lied vorsingen. Als ihm aber die Lieder allmählich ausgingen, machte er eine für sie beide aufregende Entdeckung: dass er ihr nämlich das spöttische Lächeln ebenso gut von den Lippen küssen konnte.

Natürlich wusste der Kölner Erzbischof, dass der Begleiter des jungen Königs kein Knabe war, aber Heinrichs Vater zählte seine Liebschaften gewiss nicht mehr, bei wem also sollte sich der Bischof beklagen, dass Heinrich mit einem Mädchen durchs Land zog? Nur dass es eine Königstochter war, gab ihm zu denken. Königstöchter waren nicht für derlei Liebesverhältnisse da. Man brauchte sie, um sie geschickt zu verheiraten und damit Beziehungen zu knüpfen. Eine Prinzessin jedoch, die sich vorher auf ein Liebesverhältnis einließ, kam dazu nicht mehr in Frage. Als er so weit gedacht hatte, stutzte der Bischof. Nichts konnte ihm besser ins politische Konzept passen, als dass gerade Agnes von Böhmen von einer königlichen Heirat ausgeschlossen war. Man verhandelte seit einiger Zeit, Heinrich zu verheiraten. Der König von Böhmen hatte seine Tochter Agnes angeboten, dazu eine reichliche Mitgift, 30 000 Silbertaler, und 15 000 wollte ihr Onkel, der bayrische Herzog, zugeben. Das war viel. Und Heinrichs Vater, der noch immer an Königstiteln reicher war als an materiellen Werten, brauchte Geld, um für seinen Kreuzzug auszurüsten.

Bischof Engelbert aber wollte die böhmische Heirat des Deutschen Königs unbedingt verhindern. Er hatte als Heinrichs Frau Isabella Plantagenet vorgeschlagen, die elfjährige Schwester des englischen Königs. Er erhoffte sich durch eine Verbindung mit dem englischen Königshaus eine Aussöhnung zwischen den Staufern und ihren ärgsten Feinden, den Welfen, die mit dem englischen König verwandt waren. Damit würde möglicherweise den dauernden Streitereien zwischen den Anhängern der Staufer und denen der Welfen ein Ende gesetzt. Zwischen diesen beiden Prinzessinnen musste die Entscheidung fallen.

Friedrich hatte dem böhmischen König schon eine halbe Zusage gegeben. Darum hatte man Agnes nach Deutschland gebracht. Das hatte sie Heinrich verschwiegen. Der Bischof aber wartete täglich auf die Brautwerber aus England. Wenn ein günstiges Angebot aus England kam und sich Agnes durch eine Liebesbeziehung mit Heinrich als dessen zukünftige Ehefrau unmöglich machte, konnte der Bischof seinen Plan vielleicht doch noch verwirklichen. Heinrich, der Agnes das spöttische Lächeln von den Lippen küsste, hatte keine Ahnung, dass dies eine Tat der Weltpolitik war. Er war glücklich.

Solveig – oder Agnes von hinten

»Glücklich« – Alexander schreibt das Wort dreimal quer übers Papier und ist todunglücklich dabei. So weit, so unendlich weit hat er sich von Heinrich entfernt. Warum? Was

hat er mit Heinrich gemacht, dass der glücklich werden konnte? Es fällt ihm nicht schwer, das herauszufinden. Er hat ihn ausbrechen lassen aus dem fest gefügten Rahmen, in den der junge König hineinwachsen soll, und er selbst – Alexander – hat das Ausreißen aufgegeben. Er bleibt artig in den Mauern des alten Klosters, in dem das Internat untergebracht ist.

Lang wird das nicht mehr gut gehen, Heinrich, denkt er voll Mitleid, aber auch mit ein wenig Missgunst. Im Herbst wird der Bischof ermordet. Dann musst du ran! Ich gebe dir noch den Mai. Mit Agnes.

Agnes! Alexander hat keine Agnes. Oder zumindest – nur von hinten. Vor ihm nämlich sitzt Solveig. Alexander betrachtet während des Unterrichts immer ihren Haaransatz im Nacken und er hat herausgefunden, dass sich ihre Haare nur widerwillig hoch stecken lassen. Immer wieder lösen sie sich aus der Zopfspange und liegen wie weicher Flaum über Solveigs heller Nackenhaut. Viel mehr weiß er nicht von ihr. Selten, dass sie ihm einmal ihre spitzmäusige Nase zukehrt.

Warum hat er Agnes ihr Gesicht gegeben? Hätte er sich nicht ein hübscheres Mädchen aussuchen können? Solveig wird in den Osterferien mit ihm nach Kalifornien fliegen. Ihr Vater ist Journalist und derzeit in Südamerika, aber Solveigs schwedische Mutter hält sich mit der kleinen Schwester im politisch sicheren Kalifornien auf. Zum ersten Mal wird Alexander bei dem langen Flug nicht allein sein. Er weiß nicht warum, aber er freut sich darauf.

Also Solveigs Gesicht für Agnes? Muss das sein? Alexander probiert ihr ein paar auffallendere Gesichter an.

Martinas – die ist sehr blond –, Sabines – die ist dunkel und hat Locken – keines will passen. Also Solveig. Es muss wohl sein.

Das Himmelshemd

Es war ein schöner Mai – und nicht nur, weil das Wetter schön war. Heinrich hatte auf einer Weide außerhalb der Burg ein Pferd bereitgestellt, nicht eines von den Kampf- oder Jagdpferden aus seinem Stall, so eines hätte ihn als Ritter verraten, ein gewöhnliches Bauernpferd war es. Wie es einmal geheißen hatte, wusste er nicht mehr. Er nannte es »Andiamo«, das war italienisch – noch immer träumte er in dieser Sprache – und bedeutete so viel wie »Auf denn!« oder »Gehen wir!«. Ein hübsches, kräftiges Pferd war es, fuchsrot mit dichter, beidseitig fallender heller Mähne. Agnes und Heinrich ritten zu zweit darauf und doch hatte Andiamo kaum mehr zu tragen als Heinrichs Kampfross, denn Agnes wog nicht viel mehr als seine Rüstung.

Sie ritten ohne Sattel. Heinrich saß vorn und trug die Laute vor der Brust, Agnes saß hinten und trug die Laute auf dem Rücken.

»Möchtest du eigentlich …«, fragte er einmal – langsam, zögernd – während er ihr zum Aufsitzen die Hand herunterreichte, »ich meine, würdest du lieber ein eigenes Pferd reiten?«

Agnes schaute ihn aus großen, novembergrauen Augen erschrocken an und schüttelte heftig den Kopf. Auf zwei

Pferden reiten, wie weit würde sie das voneinander trennen auf ihrem Weg?

Heinrich nickte erleichtert und zog sie mit leichtem Schwung herauf. Sie ritten lange im Schritt an diesem Tag und Agnes hielt sich – völlig unnötig – an ihm fest, klammerte sich von hinten an ihn. Es war, als ahnten sie, dass sie bald getrennt würden, dass alle ihre Berührungen bereits abgezählt waren.

Beim Reiten im Schritt kommt man nicht weit. Heinrich beschloss, den Tag in Aachen zu verbringen. Er glaubte sich nun sicher genug im Umgang mit Bauern und Handwerkern, hatte ihre Art zu sprechen gelernt, kannte ihre Lieder, konnte sich wie sie bewegen. Natürlich war er schon oft in Aachen gewesen mit dem Bischof und dem höfischen Gefolge. Das brachte ihn jedoch nur in die Gefahr erkannt zu werden, zurechtfinden würde er sich in der Stadt so wenig wie früher in den Burgen.

Bevor er Agnes traf, war er mit seinem Ziehbruder Ulrich umhergestreift. Der hätte jetzt helfen können, denn der fand immer die richtigen Wege. Ulrich war der Enkelsohn von Heinrichs Zuchtmeister Reichsschenk Konrad von Winterstetten. Er war vier Jahre jünger als Heinrich und stammte aus dem zu Diensten verpflichteten niedrigen Adel. Obwohl er erst zehn Jahre alt war, hatte er ein vollkommen sicheres Gespür für Weg und Richtung. Seit Heinrich Agnes gefunden hatte, hatte er sich nur noch wenig um den kleinen Ulrich gekümmert.

Der Marktplatz, den Heinrich suchte, war allerdings nicht schwer zu finden. Sie hielten sich eine Weile am Rande auf und beobachteten das Treiben auf dem Markt. Agnes hatte etwas Derartiges noch nie gesehen, denn in Böhmen wurden meist Waren gegen Waren getauscht. In den großen westlichen Städten wurde dagegen mit Geld bezahlt. Heinrich begriff noch nicht ganz, was da vorging. Der Bischof sprach häufig von Handel und Geldwirtschaft und hatte ihm immer wieder gesagt, dass er aufmerksam verfolgen müsse, wie das wohl weiterginge mit den Bauern und Handwerkern, den Dörflern und Städtern, die das, was sie herstellten, nun gegen Geld verkauften. Das würde die Welt verändern, hatte der Bischof gesagt. Heinrich schaute dem Handel zu und versuchte zu verstehen. Wie sollten diese kleinen Silbermünzen die Welt verändern? Im Rücken spürte er Agnes' Atem. Das hatte seine Welt verändert. Er schwang das rechte Bein über den Pferdehals und ließ sich hinabgleiten. Auch Agnes warf das Bein über den Pferderücken, blieb aber nachdenkend sitzen.

»Was wirst du tun, Heinrich«, fragte sie, »wenn einer dich erkennt?«

»Das ist ganz einfach«, sagte Heinrich, »ich behaupte, ich sei der König, und befehle ihm zu verschwinden.«

»So ist es gut«, sagte Agnes, »entweder glaubt er dir nicht, dann soll's uns recht sein, oder aber er glaubt dir, dann muss er gehorchen.«

Sie sprang ab.

Langsam schlenderten sie über den Markt. Agnes hielt Andiamos Zügel.

»Ich möchte wieder einmal nach Sizilien«, sagte Heinrich leise, »ich möchte das Grab meiner Mutter sehen. Man sagt, mein Vater habe ihr seine eigene sizilianische Krone mit ins Grab gegeben. Seltsam. Er muss sie geliebt haben.«

»Warum ist das seltsam?«, fragte Agnes.

»Ach«, meinte er, »du kennst meinen Vater nicht.«

»Nein«, erwiderte Agnes, »kennst du ihn?«

Heinrich schüttelte den Kopf.

»Eben nicht«, sagte er. »Und gerade darum scheint es mir seltsam, dass er meine Mutter geliebt haben soll. Hätte nicht ein wenig davon auch für mich übrig sein müssen? Er ist mir genauso bekannt und steht mir genauso fern wie allen anderen: der Kaiser. Mehr weiß ich nicht von ihm. Ich war noch kein Jahr alt, als er nach Deutschland zog. Zwar ließ er mich und die Mutter nachkommen, da war ich fünf, aber ein Vater ist er mir nie geworden.«

Eine Bauersfrau, die Schafsmilch und Wolle anbot, schimpfte, weil die beiden mit ihrem dicken Pferd den Käufern im Weg standen. Sie gingen weiter.

»Übrigens – hatte mein Vater, als ich mit der Mutter nach Deutschland kam, hier längst eine Geliebte und auch einen Sohn«, fuhr Heinrich fort, »darum verwundert's mich halt, dass er sich beim Tod meiner Mutter von seiner ersten Krone trennte.«

Sie hatten den Marktplatz verlassen und näherten sich dem Handwerkerviertel mit seinen vielen engen Gassen. Heinrich blieb wieder stehen.

»Oder aber«, sagte er nachdenkend, »das Ganze war nur ein geschickter Schachzug. Ja, so wird's sein. Mein Vater, da bin ich ganz sicher, spielt nicht nur mit Fürsten, Päpsten und Thronerben Schach, der spielt mit Gott oder mit dem Schicksal, weiß nicht, wie er's nennen würde.«

»Wie?«, fragte Agnes. »Das verstehe ich nicht.«

»Schau, das war ein gerissener Schachzug, meiner Mutter die sizilianische Krone ins Grab zu legen, damit an den frei gewordenen Platz meiner Mutter nicht nur wieder eine Frau, sondern auch eine neue Krone kommt. Isabella von Brienne, die er nun heiraten will – sie ist ungefähr so alt wie du –, bringt kein Land und kein Geld mit in die Ehe, aber eine Krone. Einer ihrer Vorfahren hat nämlich vor rund hundert Jahren Jerusalem erobert, darum erbt sie nun die Krone von Jerusalem. Die Stadt ist längst wieder in den Händen der Araber, aber der Königstitel bleibt und den will nun mein Vater.«

Heinrich nahm die Zügel und ging weiter. Er zögerte, mit dem Pferd die engen Gassen zu betreten. Die Häuser standen dicht, nur jetzt gegen Mittag erreichte ein wenig Sonnenlicht das Pflaster. Zu ebener Erde lagen die Werkstätten, dort verdarben die Schneider und Schuster sich die Augen bei der Arbeit.

Ein Tumult in der Schneidergasse zog Heinrichs und Agnes' Aufmerksamkeit an. In der Gasse stand ein kleiner Pferdekarren. Vier Männer zerrten ein junges Mädchen aus einem der Häuser. Die schrie und wehrte sich heftig – ohne Erfolg, die Männer warfen sie auf den Karren. Da sprang ein junger Mann aus dem Haus, aus dem Fenster im ersten Stock sprang er hinunter auf den Wagen. Er trug ein auffallend blaues Hemd, auffallend darum, weil keiner aus dem Volk ein gefärbtes Kleidungsstück besaß.

»Sie ist unschuldig!«, schrie er. »Gebt sie heraus! Sie hat nichts genommen, was noch hätte verwertet werden können!«

»Es sind meine Leute«, flüsterte Heinrich. »Was mag das Mädchen verbrochen haben?«

Der junge Mann im blauen Hemd schlug auf die königlichen Dienstmänner ein, doch die waren in der Überzahl. Das heißt, im Grunde waren sie es nicht. Hätten die ängstlich an die Wände gedrückten Zuschauer eingegriffen, sie hätten ein leichtes Spiel mit den vier Dienstmännern gehabt. Aber der Junge im blauen Hemd kämpfte allein. Die Königsleute lachten. Zwei hielten das Mädchen fest gepackt und sie machten sich einen Spaß daraus, sie dem Jungen immer grad in die Schlagrichtung seiner Fäuste zu schieben.

»Was immer sie getan haben mag«, sagte Agnes, »du musst eingreifen!«

Heinrich nickte. Er gab ihr die Zügel und die Laute, nahm Anlauf und war mit einem Sprung auf dem Karren.

»Nein! Nicht so! So nicht!«, hörte er Agnes schreien.

Mit Fausthieben und Fußtritten versuchte er das Mädchen zu befreien, da flog eine weitere Person auf den Wagen. Agnes war auf Andiamo gesprungen und hatte versucht den Karren umzureiten. Aber das Pferd blieb stehen, sodass Agnes über seinen Hals auf den Wagen geflogen war. Nun waren sie vier gegen vier. Agnes verkrallte sich in die Haare des einen, ihre Fäuste gaben zum Schlagen nicht viel her, doch waren ihre Fußtritte verblüffend genau, niemals traf sie den Falschen. Für die ausgewachsenen Männer waren die Halbwüchsigen keine ernsthaften Gegner. Der Junge im blauen Hemd, Heinrich, dann Agnes wurden vom Karren geworfen, ein Peitschenhieb – und das Pferd zog an, die zuschauenden Schneider drückten sich noch fester an die Hauswände, um nicht von dem Gefährt gerammt zu werden. Der Junge im blauen Hemd war rasch wieder auf den Beinen, folgte schreiend dem Wagen und es gelang ihm aufzuspringen.

Heinrich rieb ein Knie, Agnes leckte eine Schürfwunde am Handgelenk, spuckte das Blut auf das Kopfsteinpflaster, leckte weiter.

»Du bist ein Narr!«, zischte sie Heinrich an. »Es waren deine eigenen Leute. Da springst du sie an und haust ihnen die Nasen blutig. Warum hast du nicht gesagt, dass du der König bist?!«

»Das ... das ... das ist mir ...«, stammelte Heinrich, »ist mir nicht eingefallen.«

Agnes' Mund zog sich spitz zu einem Grinsen zusammen. Heinrich wurde zornig.

»Aber du«, rief er mit unterdrückter Stimme, »also du, Prinzessin, Königstochter aus Böhmen, du bist auch nicht so übel, wenn's um das Kämpfen mit Krallen und Zähnen geht, und hinterher leckst du deine Wunde wie eine Stallkatze!«

Das spöttische Grinsen verschwand wieder aus Agnes' Gesicht. Sie lachte.

»Ich liebe dich, Heinrich«, sagte sie leise.

Der Junge, der um das Mädchen gekämpft hatte, kam langsam zurück. Das blaue Hemd hing ihm in Fetzen vom Körper. Jetzt erst konnte Heinrich ihn genauer ansehen. Er schätzte ihn auf sechzehn Jahre und stellte verwundert fest, dass das Hemd aus edelster Seide geschneidert war.

»Dank euch«, sagte der Junge. »Wer seid ihr, dass ihr euch gegen des Königs Leute wagt?«

Heinrich ging auf die Frage nicht ein.

»Ist sie deine Schwester?«, fragte er.

Der Junge schüttelte den Kopf.

»Meine Braut ist's. Im Sommer wollten wir heiraten. Das wird nun wohl nichts …«

»Was hat sie getan?«

Er zuckte die Achseln.

»Nichts, wenn du mich fragst. Ein paar unbrauchbare Fäden hat sie aus der Königsburg heimgebracht. Sie webt Teppiche für des Königs Wände, müsst ihr wissen, und sie hat Reste von Blau gesammelt, um für mich dieses Hemd zu weben. Nun kommen des Königs Leute und behaupten, sie habe den König bei jedem Wandbehang um ein Stück vom Himmel betrogen. Aber ich bin sicher, der König hat das noch nicht einmal bemerkt.«

Heinrich starrte auf den Boden.

»Ja«, flüsterte Agnes, »der König hat das nicht einmal bemerkt.«

Der Junge drehte sich um und ging wieder die Straße hinunter. In ein paar mittäglichen Sonnenstrahlen leuchtete das Hemd im Seidenglanz: zerrissene Fetzen eines gestohlenen Himmels.

Agnes sprang auf.

»Wart!«, rief sie.

Er ging weiter.

»So warte doch!«

Sie lief ihm nach, fasste ihn am Arm und drehte ihn zu sich um. Tränen rannen ihm aus den Augen. Die tropften von Kinn und Wangen auf das Himmelshemd.

»Wir können dir helfen.«

Nun war auch Heinrich herangekommen.

»Wie heißt du?«, fragte er.

»Gerolt, des Schneidermeisters Bertram dritter Sohn.«

»Und das Mädchen?«

»Ist Gerlind, Ansgars, des Webermeisters, einziges Kind.«

»Noch heute Nachmittag wird sie wieder bei dir sein. Sei unbesorgt!«

Heinrich folgte Agnes, die die Lauten von der Hauswand nahm.

»Wer seid ihr?«, rief ihm der Junge nach.

Aber Heinrich griff rasch nach Andiamos Zügel und schaute nicht mehr zurück.

Auf dem Heimweg trieben sie das Pferd in einen stampfenden Galopp.

»Was wirst du tun?«, fragte Agnes dicht an Heinrichs Ohr.

»Was schon!«, sagte der. »Ich geh hin, geh selber und sage, dass man sie zurückbringen soll.«

»Und der Bischof?«

»Wird nicht gefragt!«

»Wird er das hinnehmen?«

Heinrich lachte.

»Diesmal, Agnes«, sagte er, »hast du vergessen, dass schließlich **ich** der König bin. Ich bin vierzehn, bin also berechtigt, die Regierung selber zu führen. Der Bischof soll handeln, wenn ich keine Lust habe. Hier bestimme ich!«

Agnes legte den Kopf gegen seinen Rücken und ließ sich wiegen in dem schaukelnden Galopp.

Das ist nun wohl doch so, dachte sie, dass er der König ist. Ob er den Vorfall zum Anlass nehmen wird, von nun an König zu sein?

Was würde dann werden?

Wenn nur dieses Mädchen ihnen nicht doch ein Stück vom Himmel gestohlen hatte.

Der eiserne Heinrich

Alexander hat inzwischen so ziemlich alles gelesen, was es in der Schulbibliothek über das staufische Rittertum und die Zeit Friedrichs II. gibt. Im Geschichtstest hat er eine Eins geschrieben.

»Da ist eine Sache in deinem Test, die ich nicht verstehe, Alexander«, sagt der Geschichtslehrer, »warum nennst du Friedrichs ältesten Sohn Heinrich den **Eisernen***? Diesen Beinamen hat der Stauferkönig mit Sicherheit nie gehabt.«*

Alexander ist ein wenig verwirrt.

»Das habe ich wohl verwechselt«, sagt er.

Er hat da nichts verwechselt.

Er selbst, Alexander, hat Heinrich den Beinamen »der Eiserne« gegeben.

Ihm ist eingefallen, dass er in früher Kindheit schon einmal einen Freund Heinrich gehabt hat. Das Kindermädchen musste ihm damals jeden Abend dasselbe Märchen vorlesen: »Der Froschkönig oder Der eiserne Heinrich«. Heinrich ist darin der treue Diener des Froschkönigs und als der – nun wieder in seiner wahren Gestalt als Königssohn – mit der Prinzessin heim in seines Vaters Reich fährt, da steht Heinrich hinten auf dem Trittbrett des Wagens und mit lautem Krachen springen ihm drei eiserne Bande von der Brust, die ihn eingeschnürt hatten, solange sein Herr in einen Frosch verwandelt war.

Jedes Mal, wenn das Kindermädchen diese Stelle vorlas, wurde Alexander das Atmen schwer. Auch ihm lagen drei eiserne Ringe um die Brust, das fühlte er, aber er wusste nicht, warum, und wusste nicht, was geschehen musste, damit sie platzten.

Sie sind noch immer nicht geplatzt. Er hat sie noch jetzt, zehn Jahre später. Gerade im Frühling, in diesen ersten Märzwochen, spürt er sie wieder besonders deutlich. Da will er mit der plötzlich so ganz anderen Luft den Frühling tief in sich einatmen wie eine große Freude – und dann geht es nicht weiter, sein Brustkorb dehnt sich nicht mehr, er stößt an seine drei eisernen Ringe und kann sie nicht sprengen. Inzwischen hat er lange darüber nachgedacht und er glaubt herausgefunden zu haben, was ihn beengt. Vor fast zwei Jahren hat er einmal ein Tagebuch angefangen. Daraus ist nichts geworden, nur einen Zettel hat er voll geschrieben, und der liegt nun in dem sorgfältig versteckten alten Märchenbuch mit dem Froschkönigmärchen, das er immer noch mit sich herumschleppt.

»Meine drei eisernen Ringe«, steht darüber.

»Der erste:

Ich weiß nicht genau, was Schlagwörter sind, aber ich weiß, mein Vater hat so was wie Schnürwörter. Wenn ich im Sommer nach Hause komme, wird er mir wieder erzählen, mit welchen Firmen er fusionieren will, was er abstoßen und wo er rationalisieren muss, wo es sich lohnt zu investieren … Ich kapiere null und nichts, aber all diese Wörter legen sich mir wie ein eiserner Ring um die Brust und schnüren mich ein. Besonders wenn mir einfällt, dass ich den ganzen Kram mal übernehmen soll.

Der zweite:

Meine Eltern schenken mir so entsetzlich viel Zeugs und ich komme mir immer ganz fies vor, weil ich mich nicht drüber freuen kann.

Der dritte:

Wenn ich in den Sommerferien nach Hause fliege, ist mein Zeugnis schon abgeschickt. Es wird vor mir ankommen, und dass ich in die 7. Klasse versetzt bin, wird drinstehen. Vermutlich wird mein Vater es in die Arme nehmen und ihm einen Kuss geben. Wenn ich ankomme, kriege ich ein Segelboot oder so. Ich finde aber, mein Vater sollte das Segelboot meinem Zeugnis schenken und dafür mich in die Arme nehmen und mir einen Kuss geben. Aber auf die Idee kommt er nicht. Und meine Mutter schon gar nicht.«

Alexander starrt auf den Zettel. Er war gerade dreizehn gewesen, als er das aufschrieb. Nun wird er in ein paar Monaten fünfzehn und nichts hat sich geändert.

Er schiebt den Zettel zurück in das Märchenbuch. Genau da, wo das Froschkönigmärchen anfängt, und dabei liest er den ersten Satz des Märchens:

»In den alten Zeiten, als das Wünschen noch geholfen hat, lebte ein König, dessen Töchter waren alle schön, aber die jüngste war so schön, dass die Sonne selber, die doch so manches gesehen hat, sich verwunderte, sooft sie ihr ins Gesicht schien.«

Wenn das Kindermädchen diese Zeilen las, dachte er an die Mutter. Sie war die schöne Königstochter, er aber war der Frosch. Tagelang ist er durch die Zimmer des großen

Landhauses geschlichen, leise vor sich hinmurmelnd: »Königstochter, jüngste, mach mir auf!«

Wenn dann aber einmal die Mutter in das Zimmer trat, zuckte er zusammen in der verzweifelten Hoffnung, sie werde ihn nun packen und an die Wand werfen, zugleich aber verkrampfte sich sein Herz vor Angst, er werde eben nicht als Königssohn von der Wand herabfallen, sondern stattdessen als hässlich grünlicher, blutender Fleck an der Tapete kleben bleiben. Ein toter Frosch, sonst nichts. Und dann spürte er den Ring um die Brust, den eisernen, und bekam keine Luft mehr.

Alexander verbirgt das Buch in der einzigen abschließbaren Schublade, die er in dem Internatszimmer hat. Bislang hat es allein dort gelegen, keine Fotos, keine Briefe. Nun bekommt das Märchenbuch Gesellschaft. Er sortiert seine Aufzeichnungen und legt die Geschichte vom eisernen Heinrich zu dem Märchen vom eisernen Heinrich.

Seit gestern hat es nicht mehr geregnet. Er muss die Blumen und die Kräutersaaten gießen. Die Luft ist viel milder geworden und kaum hat er die trockene Erde gründlich bewässert, da fängt sie an nach Frühling zu riechen. Alexander bleibt lange in der Gärtnerei und atmet vorsichtig die Luft ein. Wenn er nun durch heftige Atemzüge wieder hart an seine eisernen Ringe stößt, wird er den ganzen Nachmittag planlos auf dem Internatsgelände herumlaufen. Er will aber weiterschreiben an der Geschichte über Heinrich und Agnes. Und das tut er dann auch.

Mai

Am Tag, nachdem Heinrich um die Himmelsblau stehlende Gerlind gekämpft hatte, hätte er die Morgenmesse verschlafen, wenn nicht Ulrich ihn geweckt hätte.

In den letzten Wochen hatte er den Enkelsohn seines Zuchtmeisters kaum mehr zur Kenntnis genommen. Ulrich war zwar vier Jahre jünger als Heinrich, wenn es aber ums Singen, Flöte- oder Lautespielen ging, so war er durchaus ebenbürtig. Dies war es auch, was die beiden am meisten aneinander band, und da Ulrichs Großvater, Konrad von Winterstetten, ein Förderer der Dichter und Minnesänger war, verbrachten sie einen großen Teil ihrer Zeit mit dem Studium von Dichtung und Musik. Keiner der Fürstensöhne, die Heinrichs Ausbildung eine Zeit lang begleiteten, wurde ihm so vertraut wie dieser Junge, der aus dem niederen Adel stammte.

Als Ulrich an jenem Morgen im Mai die Fensterläden öffnete und dem König beim Ankleiden helfen wollte, schrak er zurück. Einer der Männer hatte gestern gut getroffen: Bei Heinrichs rechtem Auge war nicht mehr nur die Iris blau. Ulrich reichte ihm das kleine Spiegelglas, eine sarazenische Arbeit, die Friedrich einmal aus Sizilien geschickt hatte, und Heinrich kam zu dem Schluss, dass er sich so auf keinen Fall sehen lassen konnte. Der Bischof würde Fragen stellen.

»Ulrich«, sagte er, »ich verschwinde für ein paar Wochen. Und zwar bleibe ich im Jagdhaus am Waldsee, das steht leer. Schick mir Agnes nach. Und komm alle paar Tage mal vorbei, falls wir etwas brauchen. Aber sieh dich vor, es könnte sein, dass sie dir folgen. Nun, du bist flink und findig.«

»Was soll ich dem Bischof sagen?«, fragte Ulrich.

»Was du willst. Ich sei auf die Jagd geritten, das glaubt dir niemand. Oder sag ihm, du wüsstest es nicht. Es ist ja nicht das erste Mal, dass ich verschwinde. Er wird merken, dass Agnes auch fort ist, und sich sein Teil denken. Freilich wird er toben, wenn wir so lange fortbleiben. Aber ...«, Heinrich zuckte die Achseln, »das ist meine Sache, nicht deine.«

Als alle in der Messe waren, konnte Heinrich die Burg unbemerkt verlassen. Er sattelte eines seiner Jagdpferde, obwohl er nicht wusste, wie er allein jagen sollte.

Wir werden angeln müssen, dachte Heinrich und nahm nur die Laute mit. Im Waldsee gab es viele Forellen.

Als er die Jagdhütte erreichte, nahm er dem Pferd Sattel und Zaumzeug ab, suchte nach den Angelgeräten und wartete auf Agnes.

Sie kam bald. Die spitze, neugierige Nase vorgestreckt, das spöttische Grinsen auf den Lippen, hielt sie ihr Pferd an.

»Oh, Heinrich!«, lachte sie. »Wie bist du kleinlich, dass du von dem Mädchen das gestohlene Blau zurückgefordert hast, um dein Auge damit zu schmücken.«

Sie blieben lange in der Jagdhütte am See. Alle paar Tage kam Ulrich, brachte Vorräte und berichtete, dass der Erzbischof täglich zorniger würde, dass er angekündigt habe, Heinrich bei seiner Rückkehr in die Reichsgeschäfte zu nehmen, dass das verantwortungslose Leben des jungen Königs nun aufhören müsse.

»Er vermutet auch«, erzählte Ulrich, »dass ich häufig zu dir komme, denn er hat mir aufgetragen, dir zu sagen, du mögest immerhin deine Pflichten nicht gänzlich vergessen und rechtzeitig zurück sein, bevor man Ende Mai zum Hoftag nach Köln aufbrechen wird.«

»Es sind noch zwei Wochen bis dahin«, sagte Heinrich.

Er hatte den kleinen Sarazenenspiegel nicht mitgenommen, er bat Ulrich auch nicht ihn zu bringen. Er wollte, dass nur Agnes beurteilen konnte, ob man seinem Auge die Schlägerei noch ansah.

So setzte er sich jeden Morgen in die Sonne, schüttelte die rotblonden Locken aus der Stirn und fragte: »Königstochter, Liebste, sage mir, was ist blauer an diesem Morgen, mein rechtes Auge oder der Himmel im Mai?«

Und Agnes antwortete jedes Mal von neuem: »Der Himmel ist blau in diesem Mai, als hätten die Schwalben ihn vom Süden hergebracht. Dein rechtes Auge aber, mein König, ist noch tausendmal blauer als er.«

Längst wusste er, dass sie log, aber erst als Ulrich berichtete, der Bischof habe beschlossen Heinrich suchen zu lassen, brachen sie auf. Ulrich brachte ihnen die Leinenkittel und den braven Andiamo. So zogen Heinrich und Agnes wieder über die Dörfer, sangen abends in den Bauernhütten für ein Abendessen und ein Nachtlager oder spielten bei den zahlreichen Hochzeiten auf, die im Mai gefeiert wurden.

Sie hatten in dem Jagdhaus am Waldsee einige neue Lieder gemacht und eines davon wurde schnell so bekannt und beliebt, dass es ihnen bald vorauslief, die Leute wollten es häufiger hören als das Lied vom Falken, der den Rittern die

Helmzieren entführte. Sie nannten es »Das Lied von Gerlind, die dem König ein Stück Himmel stahl«, und es ging so:

Ich webe dir, ich webe dir
ein Hemd aus blauer Seide,
und du gibst mir und du gibst mir
heimlich einen Kuss dafür,
die andern aber meide.

Denn dies ist eines Fürsten Kleid,
ist gar zu fein gesponnen,
sehn dich darin des Königs Leut',
ist unser Glück zerronnen.

Doch, ach, das tut uns gar nicht Leid,
wir können's wohl vermissen,
es stört auch eines Fürsten Kleid,
willst du mich wirklich küssen.

Ich webe dir, ich webe dir
ein Tuch aus blauer Seide,
das bleibt hinter verschloss'ner Tür
und das g'hört dir, und das g'hört mir
und unser beider Freude.

Heinrich beobachtete, was dieses Lied auslöste. Die Bauern machten Witze über die langen Mäntel der Ritter, die sowohl Männer als auch Frauen trugen, über die ebenfalls bodenlang ausgezogenen unteren Teile der Ärmel.

»Was machen sie mit den langen Ärmelzipfeln?«, fragte einer.

»Sie wischen sich beim Essen den Mund damit ab«, mutmaßte ein anderer.

»Man sollte einmal«, überlegte Heinrich, »bei einem Gastmahl, wenn alle schon reichlich Wein genossen haben, unter die Tafel kriechen und den Rittern die Ärmelenden alle aneinander binden. Das wäre ein Spaß.«

Heinrichs Zuhörer lachten. Nur Agnes blieb ernst. Seit sie das Jagdhaus verlassen hatten, war sie anders geworden. Ihre Augen – novembernebelgrau – wollten nun nicht mehr zu diesem Sonnenmai passen und ihre Lippen lächelten traurig.

»Nichts geht zu Ende«, beteuerte er immer wieder. »Wovor hast du Angst? Warum sollte der Bischof uns trennen? Von allem, was ich jemals getan habe, war es doch wohl das Artigste und Standesgemäßeste, dass ich mich in eine Königstochter verliebte.«

Aber Agnes schüttelte den Kopf.

Seit Heinrichs rechtes Auge nicht mehr blau war, schien auch der immer noch sonnige Maienhimmel seine Farbe verloren zu haben. Agnes' graue Novemberaugen bestimmten wenn nicht das Wetter, so doch immer stärker ihr Lebensgefühl.

Nur einmal noch kehrte das spöttische Grinsen in ihr Gesicht zurück. Das war, als sie bemerkten, dass sie doppelt von des Königs Dienstleuten verfolgt wurden, nicht nur im

Auftrag des Bischofs, der den König suchen ließ, sondern auch weil die Verfasser der frechen Lieder gesucht wurden. Man vermutete, das Falkenlied und das Gerlindlied würden von denselben fahrenden Sängern verbreitet. Die stifteten Unruhe im Lande, riefen vielleicht sogar zum Ungehorsam gegen den König auf. Agnes und Heinrich grinsten sich an, dann mussten sie lachen. Freilich hatten sie nun die schwere Aufgabe, vor zwei verschiedenen Verfolgern auf der Hut zu sein.

Heinrich schreckte das nicht. Friedrich II. musste sorgsam umgehen mit seinem Nachfolger, denn noch immer war Heinrich der einzige in der Ehe geborene Sohn des Kaisers. Also wusste er auch, dass ihm nichts zustoßen konnte, ganz gleich von welcher Gruppe seiner Verfolger er gegriffen wurde.

Er genoss das Leben auf den Dörfern. Auch Agnes war sichtbar glücklich in den Bauernhütten. Sie gingen nun barfuß, hatten sich ganz daran gewöhnt. In den ärmeren Bauernhäusern gab es keine Holzböden oder Steinplatten, nur fest gestampften Lehm, der freilich so glatt war wie ein Steinboden. Alle paar Tage wurde der Boden mit frischen Wildkräutern ausgestreut, Salbei, Thymian, manchmal Pfefferminze, und Heinrich liebte diesen Duft mehr als den der parfümierten Wandbehänge in der Königspfalz. Bei Gastmählern wurden im Speisesaal der Burg immer die verschiedensten Blumen gestreut. Wenn man darüberging, so ließ man zertretene Blumen zurück, während in so einer ärmlichen Bauernhütte jeder Gang durch den Raum den Kräuterduft würziger machte. Die trockenen Kräuter kitzelten unter den nackten Fußsohlen, die noch saftigen blieben kleben.

»Und als der junge König starb«, schrieb Heinrich später, viel später – er saß schon als Gefangener seines Vaters in einem Turm und konnte die geliebten Kräuter auf dem Boden nur noch aus ferner Erinnerung holen – da schrieb er:

Und als der junge König starb,
da kamen viele Bauern,
die aber haben auf sein Grab,
da sie ihn wahr betrauern,
nicht Königslilien eingesät,
sie pflanzten ihm ein Kräuterbeet.

Denn ihres Königs Lebens Kürze
wird sinnvoll nicht mit Pracht geschmückt,
vertraut war ihm des Thymians Würze,
die seine Füße einst beglückt.
Sie dringe in des Grabes Tiefe
ach, wenn er dadurch leichter schliefe.

Und manchmal im Novemberwind
fühlt er den Tritt von leichten Füßen
und graue Augen, tränenblind,
die ihm sein Kräutergrab begießen.
Die hat er sehr geliebt.
Die hat er sehr betrübt.

Doch das war später. Noch ist er glücklich. Sie sitzen in der schon dämmrigen Ecke einer Bauernhütte, löffeln mit ihrem Holzlöffel – das ist ihr eigener, sie nehmen ihn überall hin mit und sie haben nur den einen – abwechselnd die Gerstengrütze aus der großen Schale, da greift Heinrich unter den Tisch, schiebt sich eine Hand voll Kräuter zusammen und mit einer raschen Bewegung wirft er sie Agnes in den Nacken, den Leinenkittel hinunter. Die schüttelt sich. Sie schaut ihn fragend an, erst erbost, dann neugierig. Was hat er vor?

»Nicht kratzen«, flüstert Heinrich, »sie werden sonst denken, du hast Flöhe. Komm!«

Er fasst sie bei der Hand und zieht sie an den erstaunten Bauern vorbei.

Sie laufen den Hügel hinauf bis zum Waldrand, der in der Abendsonne liegt. Agnes lässt sich ins weiche Gras fallen. Nun lacht sie wieder. Die Kräuter kitzeln und jucken auf ihrer Haut. Sie hebt die Arme hoch, und Heinrich zieht ihr den Leinenkittel über den Kopf. Dabei fallen die Kräuter erst recht über sie. Er hockt sich ins Gras und liest ihr die Kräuter aus dem Haar, von der Haut, jedes einzeln, ganz langsam. Findet er eines, das noch ein wenig Feuchtigkeit hat, so zerdrückt er es und verreibt es ihr auf der Haut. Er beugt sich über sie und schnuppert. Salbei, wilder Thymian und Pfefferminze.

»Wie du duftest«, sagt er, »wie ein Bauernmädchen, das sich beim Spielen auf dem Boden gewälzt hat.«

»Oder«, sagt sie, »oder wie ein köstlich hergerichteter Fasan, grad recht gewürzt, um den Gaumen des jungen Königs zu erfreuen.«

Erst jetzt merkt er, dass sie weint. Er streicht ihr die restlichen Kräuter fort, schüttelt das Hemd sorgfältig aus und zieht es ihr wieder über den Kopf. Es ist vorbei. Seit Ulrich mit der Nachricht zur Jagdhütte kam, der Bischof wolle Heinrich in die Reichsgeschäfte nehmen, plagt sie ihn mit ständigen Anspielungen, dass er der König sei, sie aber nur als kurze, vorübergehende Liebschaft geduldet wird.

»Ich weiß, dass sie mich bald verheiraten werden«, sagt er, »aber schließlich bist du eine Königstochter. Was sollten sie gegen eine Verbindung mit dem böhmischen Königshaus haben? Und ich werde darauf bestehen –«

»Du wirst da nicht viel zu sagen haben«, unterbricht Agnes, »mein Bruder Wenzel war zwei Jahre alt, als sie ihn mit deiner Kusine Kunigunde verlobten.«

»Ich bin aber nicht zwei, ich bin vierzehn, bin volljährig und König. Ich habe schon einmal ihre Pläne zum Scheitern gebracht. Im Januar dieses Jahres auf dem Hoftag in Ulm, da haben sie mir so einige Prinzessinnen angeboten. Ich habe sie alle – alle – abgelehnt. Auch die Engländerin, mit der der Bischof mich unbedingt verkuppeln will, Isabella von England. Und dann war da noch eine Prinzessin von Ungarn und dann, da war doch noch eine ...«

Agnes versucht ein Lächeln, aber dabei fällt ihr ein letztes Salbeiblatt in die Mundwinkel und dessen scharfer, bitterer Geschmack bleibt auf ihren Lippen hängen.

»Ja, da war noch eine«, sagte sie leise, »eine Prinzessin von Böhmen ...«

Heinrich zuckt zusammen: »Du?«

Sie nickt. »Ja, ich wurde als deine Braut nach Deutschland gebracht. Mein Vater hat eine hohe Mitgift geboten und dein Vater hatte schon fast eine Zusage gegeben. Vielleicht ... wenn du mich nicht abgewiesen hättest ...«

»Aber Agnes«, ruft Heinrich, »dann ist doch alles gut. Wenn mein Vater also einverstanden ist – jetzt lehne ich dich nicht mehr ab!«

Agnes zuckt die Achseln.

»Der Bischof«, sagt sie, »hat inzwischen Brautwerber nach England geschickt. Ja und dann ... Kunigunde hat mich an deinen Hof gebracht, weil sie den Gedanken nicht ganz aufgeben wollte, dass das böhmische Haus noch einmal mit dem staufischen verbunden wird. Und jetzt«, sie lacht, »jetzt sitzt sie in der Burg und schreit. Denn natürlich wollte sie, dass ich deine Frau werde, nicht deine Geliebte.«

»Du sollst mir beides sein!«, sagt Heinrich.

»Ach, Heinrich«, sagt Agnes, »weißt du so wenig von dem, was unter Königen Gesetz ist? Dir nimmt man eine Liebe nicht übel. Für mich ist das vernichtend.«

Der nächste Tag schon machte dem freien, herumstreunenden Leben der beiden ein Ende. In einem fremden Dorf sangen sie ihre Lieder vor, da wurden sie von ein paar Bauern, die sich für königstreu hielten, gepackt. Die Bauern schimpften über die »lästerlichen Lieder«, fesselten die aufrührerischen Sänger und schleppten sie zur Königsburg. Sie mussten laufen, neben Andiamo, auf dem ein alter Bauer ritt, der hier der Wortführer war. Eineinhalb Tage liefen sie. Das waren ihre bloßen Füße dann doch nicht gewohnt. Mit zerschundenen Fußsohlen, vor Schmerzen aufgebissenen Lippen, verdreckt und abgerissen, erreichten sie die Königspfalz. Der Wächter verstellte ihnen den Weg.

»Es sind die fahrenden Sänger, die Unruhestifter«, rief der alte Bauer, »wir bringen sie, die der König suchen lässt. Führ uns zum König! Wir wollen sie ihm selbst übergeben!«

Heinrich hielt den Kopf gesenkt, aber das nützte nicht viel. Etwas besser schützte ihn der Dreck auf seinen hier nur allzu bekannten rotblonden Locken. Er trat in den Schatten des Hoftores, so weit der Strick, mit dem er angebunden war, das erlaubte.

Der Wächter zögerte, betrachtete Heinrich zweifelnd, konnte zu keinem Entschluss kommen. Er rief einen anderen herbei. Sie flüsterten. Der andere lief davon.

»Gleich«, sagte der Wächter, »gleich werdet ihr vorgelassen!«

Die Zeit verging quälend langsam. Da hörte Heinrich dicht hinter sich etwas kichern. Agnes lachte.

Nun kamen sie alle herbeigeeilt: Ulrich, der wieder der Schnellste war, sein Großvater Konrad von Winterstetten, der vorsichtig beiseite trat und dem Bischof die Entscheidung überließ.

Der durchschaute die Lage sofort.

»Die sollen jene Lieder gesungen haben?«, fragte er die Bauern.

Die nickten.

»Und sie behaupten, sie hätten sie zum Teil selber erfunden?«

Die Bauern nickten.

Der Bischof schwieg eine Weile.

»Es ist wohl möglich«, sagte er dann langsam und leise. »Ja, ich halte das für möglich.«

Heinrich blickte auf und schaute seinem Vormund gerade in die Augen. Da war nichts mehr von dem väterlichen Wohlwollen, mit dem der nachsichtige und verständnisvolle Mann Heinrichs Herumtreiberei geduldet hatte.

»Gebt jedem der Bauern einen Kölnischen Silberpfennig«, befahl der Bischof, »sie haben dem König einen großen Dienst erwiesen – doch halt, nein, wartet, gebt jedem eine Silbermünze mit dem Kopf des Kaisers, sie sollen ein Bild des Kaisers haben, denn mir scheint, sie haben dem Kaiser einen größeren Dienst erwiesen als dem König.«

Die Bauern jubelten. Das war eine fürstliche Belohnung.

»Wir danken dir, Herr«, rief der Alte, »und dürfen wir – dürfen wir die zwei selber vor den König führen? Der König wird sich freuen –«

»Der König«, sagte der Bischof und wandte sich zum Gehen, »der König wird sich nicht freuen. Der König wird gebadet.«

Dshirah – Spuren im Sande

Der Bischof hatte Heinrich in die Königshalle bestellt. Er trat zögernd ein, beunruhigt, dies war kein Ort für eine freundliche Zurechtweisung. Nach dem hellen Licht im Freien musste er sich zunächst an den dunkleren Raum gewöhnen. Er sah den Bischof nicht. Schließlich entdeckte er in der gegenüberliegenden Apsis seinen blassroten, mit hellblauen Bordüren besetzten Mantel.

Heinrich atmete auf. Er würde in der kleinen Apsis mit dem Bischof reden dürfen, nicht in der unmäßig großen Halle, die jedes gesprochene Wort so Furcht erregend verstärkt zurückwarf. Rasch und sicher ging er auf den Bischof zu, doch bevor er den vertraulichen, kleinen Raum erreichte, sprach ihn der Bischof an, und er sprach mit solch leiser, bedrohlicher Stimme, dass Heinrich erschrocken stehen blieb, die schützende Apsis nicht zu betreten wagte. So stand er, wo das Schicksal ihn hingestellt hatte, allein und unglücklich in der riesigen Königshalle.

»Wie kannst du solche Lieder singen«, sagte Engelbert, »wie kannst du gar selber solche Lieder erfinden? Was hat sich dein junger, unreifer Geist dabei gedacht? Rede!«

»Ich weiß nicht, warum Ihr so viel Aufhebens davon macht«, antwortete Heinrich trotzig, »diese Lieder sind schön, also singe ich sie.«

»Schön!?«, rief der Bischof, seinen Zorn nicht mehr zurückhaltend, »ein Lied ist schön, wenn es Gott lobt, den Papst preist und dem Kaiser nutzt! Ist das bei deinen Liedern der Fall?«

»Nein.«

»Weißt du nicht, dass dein Vater die Vaganten und Spielleute, die aufrührerische, die Fürsten verspottende Lieder unters Volk bringen, vogelfrei gestellt hat? Dass sie ehrlos und rechtlos sind, dass jeder, der sich über sie ärgert, sie töten darf, ohne sie vor Gericht zu stellen?«

»Nein«, rief Heinrich erschrocken, »das wusste ich nicht. Das glaube ich auch nicht. Mein Vater, so sagen alle, ist ein großer Freund der Dichter und Sänger. Ihr seid falsch unterrichtet, Herr!«

»Dein Vater, du Knabenkönig, ist der Kaiser, und der Kaiser wird ein Lied nur dann dulden, wenn es nicht an der Macht und Herrlichkeit deines Vaters, des Kaisers, zweifelt.«

Heinrich schwieg.

Da sagte der Bischof: »Noch in diesem Jahr wirst du heiraten.«

Heinrich zuckte zusammen. Er trat einen Schritt vor.

»Ja, Herr«, sagte er mit fester, tiefer, von keinem Stimmbruch gefährdeter Stimme, »ja, Herr, ich werde heiraten. Agnes Przemyslidin, des Böhmerkönigs Tochter.«

Der Bischof schüttelte langsam den Kopf.

»Isabella Plantagenet, des englischen Königs Schwester«, erwiderte er, »ich erwarte die Brautwerber in wenigen Tagen zurück.«

Darauf war Heinrich gefasst gewesen.

»Nein, Herr«, sagte er.

Der Bischof zögerte. Seit nahezu zehn Jahren betreute er nun diesen Jungen und er liebte ihn wie einen Sohn. Was er Heinrich jetzt vorwerfen würde, hätte er verhindern können, aber er hatte Heinrichs Verhalten nicht nur geduldet, er hatte es begünstigt. Darum klang Engelberts Stimme wieder sanft und verständnisvoll, als er sagte: »Du weißt, Heinrich, dass eine Königin unberührt in die Ehe gehen muss. Wer kann jetzt noch die Gewähr übernehmen, dass die böhmische Prinzessin noch keinen Mann geliebt hat.«

»Ich gewiss nicht.« Heinrich grinste. »Aber ich nehme keinen Anstoß daran.«

»Was du dazu denkst, ist hier nicht von Bedeutung«, fuhr der Bischof fort, »du weißt nur zu genau, wie es Sitte und Vorschrift ist. In deiner Hochzeitsnacht wird ein Arzt mit einem weißen Leintuch am Brautbett stehen. Damit wird er jenen Blutfleck abtupfen, der nur entsteht, wenn eine Frau zum ersten Mal von einem Mann berührt wird. Nur wenn sie damit ihre Unberührtheit bewiesen hat, ist eine königliche Ehe unanfechtbar.«

Der Blutfleck! Natürlich wusste Heinrich um diesen Brauch.

Er würde nie vergessen, wann und wo sie diesen Blutfleck verschenkt hatten.

Im lichten Maienwald war es gewesen, unter Laubbäumen, auf Moos und dem weichen Laub vom Vorjahr. Der Kuckuck schrie und ein Specht pochte über ihnen am Eichstamm. Herunterrieselndes Holzmehl blitzte im schräg durch die Bäume einfallenden Sonnenstreifen kurz und hell auf wie Goldstaub. Agnes' Kopf lag im blühenden Bärlauch, dessen Sternenblüten so überirdisch anzusehen waren und der so wenig überirdisch nach Knoblauch roch. Sie hatten sich lange lächelnd angeschaut.

»Bärlauch«, hatte Heinrich gesagt, »nie wieder werde ich mit Bärlauch gewürztes Fleisch essen können.«

Heinrich trat einen Schritt auf den Bischof zu, trat aus der offenen Halle in das Halbrund der Apsis gerade in den Lichtkegel eines Fensters, und seine Augen flammten auf wie seine roten Haare.

»Herr«, rief er, »wenn Ihr denn unbedingt Blut sehen wollt, ich kann mir auch in den Finger stechen oder so …«

»Dieser alte Brauch hat sich in Jahrhunderten bewährt«, unterbrach der Bischof. »So und nur so kann gewährleistet sein, dass das in dieser Ehe geborene Kind auch das Kind des Königs ist.«

»Aber eben das ergibt hier doch keinen Sinn«, rief Heinrich aus. »Wenn Agnes denn nun wirklich schwanger wäre, es wäre doch mein Kind, dass sie trüge.«

»Wem willst du das beweisen? Du magst es glauben und alle Freunde der Staufer mögen es glauben. Wenn aber die Welfen kommen, und sie kommen wieder, denn sie glauben noch immer, ein Recht auf deine Krone zu haben, wenn die Welfen kommen und behaupten, dass dein Sohn nicht dein Sohn sei, wenn sie damit die Fürsten gegeneinander aufwiegeln und das Volk aufhetzen, wenn du dann in der Fürstenversammlung deinen Sohn zu deinem Nachfolger wählen lassen willst, und die Welfen stehen auf und sagen, das sei ein Bastard, und sagen, die kleine böhmische Königstochter sei eine Hure und habe mit ihrem Hexengesicht und ihrer Engelsstimme schon so manchen betört, und einer stellt sich hin und behauptet, er habe auch –«

»Hört auf!«, schrie Heinrich und hielt sich die Ohren zu.

»Isabella Plantagenet«, sagte der Bischof, »und deine Ehe wird unanfechtbar sein.«

Heinrich schüttelte den Kopf.

»Isabella Plantagenet«, wiederholte der Bischof, »und es wird endlich wieder Frieden sein im Land.«

Heinrich horchte auf.

»Ach so«, zischte er den Bischof feindselig an. »Darum geht es in Wahrheit! Ihr habt mich mit Agnes durchs Land ziehen lassen, um sie für eine königliche Ehe unmöglich zu machen, weil Ihr wusstet, dass mein Vater diese Heirat begünstigt und eine englische Bindung nicht will. Ich habe Euch nicht für so verschlagen gehalten!«

»Hier um Aachen«, sagte der Bischof, »ist's einigermaßen still. Aber in ein paar Tagen ziehen wir nach Köln, da magst du dich wieder unters Volk mischen, ich werde dich nicht beobachten lassen. Aber verbirg deinen staufischen Lockenkopf unter einer Mönchskapuze. Denn dort flammt der Streit zwischen den Welfen und den Staufern. Die großen rheinischen Städte treiben Handel mit England, sind

also Freunde der Welfen. Da wirst du sehen, wie der Landfrieden täglich gebrochen wird, wie geschlagen und gemordet wird. Und dann muss doch auch dein jugendlicher Hitzkopf begreifen können, dass ich auf dem einen Blutfleck bestehen muss, um einem großen Blutvergießen endlich ein Ende zu setzen!«

Darauf war Heinrich nicht vorbereitet.

»Ihr seid ein Mann Gottes, Herr«, sagt er leise, »Ihr habt keine Frauenliebe jemals gekannt, Ihr ahnt nicht einmal, was Ihr mir da fortnehmen wollt.«

Nun spricht der Bischof wieder leise, ruhig, aber nicht weniger eindringlich.

»Du bist der Sohn des Kaisers, der einzige legitime Sohn, du wirst einsehen müssen, dass dein so leidenschaftlich verliebtes Herz nicht nur für die junge Przemyslidin allein schlagen darf.«

Heinrich flieht. Quer durch die Königshalle. Er hört Schritte hinter sich. Wird er verfolgt? Es ist nur der Klang seiner eigenen, vom Echo der Königshalle verstärkten Schritte. Es ist nur der hartnäckige Kaisersohn Heinrich, der ihn verfolgt.

Der Schmerz in der Brust ist so groß, dass der seiner wunden Füße gar nicht bis zu ihm durchdringt, als er nun zu den Frauengemächern läuft. Er reißt eine Tür nach der anderen auf und sieht sich schließlich vier jungen Frauen gegenüber, die an einem bunten Bilderteppich sticken. Es sind Adelheit von Isenburg, des Erzbischofs Nichte, Beatrice von Winterstetten, Ulrichs Schwester, Kunigunde von Böhmen und Agnes. Sie sticken kunstvoll mit geschickten Fingern die glorreiche Geschichte von Aufstieg und Herrschaft der Staufer auf das Gewebe. Nur Agnes stichelt und stochert mit ihrer Nadel in dem Stoff herum, wie sie auf ihren Streifzügen in der ungeliebten Gerstengrütze zu wühlen pflegte. Heinrich nimmt den kürzesten Weg, um zu ihr zu gelangen: Er springt auf den Teppich, reißt ihn damit den Mädchen aus den Händen, dass Garn und Nadeln fliegen, tritt seine bunten Vorfahren mit Füßen und schiebt ihnen die sorgenvollsten Kummerfalten in die kaiserlichen Stirnen. Vor Agnes lässt er sich fallen und legt ihr den Kopf auf die Knie. So bleibt er, bis er ein unterdrücktes Kichern hört und fühlt, wie ihre Knie zucken. Sie nimmt seinen Kopf in die Hände und sagt:

»Heinrich, ach, du warst es, der den Barbarossa in die Fluten des Saleph stieß.«

Er folgt ihrem Blick und sieht: Sein rechter Fuß liegt über dem kunstvoll gestickten Bild des Kaisers Friedrich Barbarossa, und es sieht tatsächlich so aus, als stieße er seinen ums Leben kämpfenden Urgroßvater tiefer in die Wellen des Flusses Saleph, in dem er ertrank. Heinrich schaut sich weiter um. Kunigunde, links von ihm, hat er durch seinen Sprung die Nadel aus der Hand gerissen. Die ist neben einer abseits gehaltenen Personengruppe zu liegen gekommen, er erkennt dort das Wappen des Hauses Plantagenet.

»Wer ist das?«, fragt er.

»König Heinrich von England.«

Heinrich nimmt die Nadel auf und stößt sie dem englischen König in die Brust. Dann schaut er Agnes an. Sie nickt.

»Ich verstehe.«

Er steht auf, nimmt ihre Hand und zieht sie in den daneben liegenden Raum.

»Also Isabella von England?«, fragt sie. »Das ist von allen Möglichkeiten die beste. Nimm sie, Heinrich.«

Heinrich schüttelt heftig den Kopf, aber sie hält seine Schultern.

»Isabella von England«, sagt sie, »ist ein Kind. Zehn, vielleicht elf Jahre alt. Sie können dich mit ihr verloben, sie können dich auch mit ihr verheiraten, doch sie können dich nicht zwingen, diese Ehe zu vollziehen. In den nächsten zwei bis drei Jahren können sie dir keine andere Frau aufdrängen. Ich hatte nicht zu hoffen gewagt, dich so lange behalten zu dürfen.«

»Ich will dich nicht für zwei oder drei Jahre, ich will dich für immer!«

Sie schaut an ihm vorbei.

»Es ist besser, als wenn sie dich mit einer erwachsenen Frau verheiraten. Dann würde ich gehen müssen. Ich kann es ertragen, Heinrich, dass ein Kind neben dir steht und deine Krone trägt. Ich kann es nicht ertragen, dass eine Frau neben dir liegt und dein Kind trägt.«

»Vielleicht«, überlegt er, »bringen sie die Engländerin nicht einmal hierher. Wenn aber derweil du meinen Sohn gebären würdest – es hat einen solchen Fall noch nicht gegeben, aber – Agnes, wäre das möglich?«

Der Bussard

Alexander sitzt auf einer Bank in der Schulgärtnerei und schaut über die niedrige, alte Mauer hinaus auf das freie Feld. Es ist ein warmer Vorfrühlingstag. Er kann nicht weiterschreiben. Im nächsten Kapitel wird Heinrich Agnes ver-

lieren, nichts wird ihm von ihr bleiben als Spuren im Sande. Das kann er nicht riskieren, bevor er Solveig gewonnen hat. Morgen fliegen sie nach Kalifornien. Da muss etwas passieren. Mehr als den Flug mit ihr wird er nicht haben.

Neben sich hat er einen Feldstecher liegen. Er möchte Greifvögel beobachten, wie sie fliegen, kreisen, sich auf ihre Beute fallen lassen. Eigentlich sollten es Falken sein, die Vögel mittelalterlicher Beizjagden. Falken wird er gerade nicht sehen, aber Bussarde gibt es viele. Seltsamerweise will sich grad heute keiner sehen lassen.

Alexander zeichnet mit einem Stöckchen Hufspuren in den Sandweg. Er ist tieftraurig, dass Heinrich Agnes verlieren wird. Die Hufspuren laufen alle von ihm fort. **Tratti nella sabbia***, Spuren im Sande. Er hat die italienischen Worte bei einer Klassenkameradin erfragt. Giovanna ist erst seit ein paar Wochen in der Klasse. Ihr Vater ist ein italienischer Autofabrikant, die Mutter eine deutsche Mode-Designerin. Giovannas sehr dunkle Augen schauen, eingeklemmt zwischen ihren dichten, schwarzen italienischen Haaren und den grellbunten Modellkleidern ihrer Mutter, wie ungebetene Zaungäste in den Tag.*

»Spuren im Sande?«, hat sie ihn gefragt. »Warum willst du wissen, was das auf Italienisch heißt?«

Alexander mochte nicht lügen.

»Ich brauch's als Name für ein Pferd«, hat er gesagt.

*»***Tratti nella sabbia***, das ist ein schöner Name für ein Pferd.«*

Wie sie die deutschen Worte spricht! Alexander ist hingerissen. Als hätte auch die deutsche Sprache so viele Selbstlaute wie die italienische.

Heinrichs Deutsch muss ähnlich geklungen haben. Auch er hat ja zuerst Italienisch gesprochen.

Immer noch kein Bussard!

Alexander kramt aus der Hosentasche zu Staub zerriebene Kräuter hervor. Die hat er vor ein paar Tagen in der Schulgärtnerei gekauft.

»Salbei, Thymian und Pfefferminze?«, hat die Frau des Gärtners gefragt. »Was willst du denn damit? Macht ihr jetzt bei euren heimlichen Festen nicht mehr eingeschmuggelte Konserven auf? Kocht ihr jetzt nachts Biofutter auf den Zimmern? Zündelt nur ja nicht!«

Salbei, Thymian und Pfefferminze.

Alexander trägt diese Mischung inzwischen in allen Hosentaschen herum. So also duftet das.

Es hat hier immer Bussarde gegeben. Er weiß es genau.

Drüben, jenseits der anderen Gartenmauer, unter den hohen, alten Bäumen auf der Brücke über dem Bach steht Solveig mit ein paar Mädchen. Alexander nimmt den Feldstecher, aber er hat Pech. Gerade als er sie ins Glas bekommt, sieht sie ihn und reibt schon wieder an ihrer Nase herum. Immer wenn sie merkt, dass er sie beobachtet, reibt sie an ihrer spitzen Nase herum, bis die ganz rot ist.

Alexander dreht sich schnell wieder um. Da aber ist ein Bussard.

Warum fliegt der so seltsam? Verliert an Höhe, steigt wieder auf, kreist, flattert, sinkt. Ist das ein Balzverhalten? Will er damit Weibchen anlocken? Es ist Paarungszeit.

Der Vogel lässt sich auf einem Obstbaum nieder. Er fängt an zu hüpfen, zu tanzen. Nein, er zittert, zuckt, krampft sich zusammen. Er sträubt die Federn, schlägt mit den Flügeln, hackt mit dem Schnabel ins Leere, schwankt auf dem Ast.

Alexander legt den Feldstecher ab und hofft, mit bloßem Auge etwas anderes zu sehen.

Der große Vogel zuckt in immer heftiger werdenden Krämpfen und stürzt schließlich vom Ast.

Alexander springt über die Gartenmauer, läuft über das Feld. Da liegt der Bussard. Ist er tot? Alexander berührt ihn mit der Fußspitze. Ja, er ist tot. Oder bewusstlos? Wenn er ihn jetzt aufnimmt, wird er dann wieder zu sich kommen, ihn mit Fängen und Schnabel angreifen? Es hilft nichts. Er kann das offenbar kranke Tier nicht hier liegen lassen. Er muss es Herrn Weimer bringen, dem Biolehrer.

Alexander hebt den Bussard vorsichtig an den Beinen hoch. So schwer ist der? Wie schwer sind dann Falken? Erst traut er sich nicht zuzupacken, sei es aus Scheu vor dem toten Tier, sei es aus Angst vor dem lebendigen, dann aber ist er plötzlich sicher, dass er richtig handelt, und hält den Vogel fest in beiden Armen.

Herr Weimer und seine Familie sitzen beim Abendbrot. Alexander legt den Vogel mitten auf den Tisch.

»Wieder ein Bussard!«, ruft der elfjährige Sven. »Wohl einer der letzten.«

»Wieso?«, fragt Alexander. »Wo sind die alle hin?«

»Sie sterben«, sagt Herr Weimer.

»Eine Seuche?«, fragt Alexander.

Herr Weimer schüttelt langsam den Kopf: »Keine Seuche. Ein Denkfehler.«

Alexander versteht nichts.

»So setz dich doch, Alexander«, fordert ihn Herr Wei-

mer auf. »Ich will dir erzählen, wie's dazu kam. Erst hat man die Bäume und Hecken alle aus den Feldern rausgeschlagen. Die waren den Traktoren und großen Erntemaschinen im Weg. Dann haben sich auf den Feldern die Mäuse vermehrt, weil nämlich die Bussarde Bäume brauchen, um auf Beute anzusitzen. Also ist man mit Gift an die Mäuseplage gegangen. Das hier in der Gegend ausgelegte Gift gehört zur Gruppe der Endrine. Die Mäuse starben. Aber nicht alle. Einige nahmen nicht genug von dem Gift auf und überlebten. Ihre Nachkommen reagierten schon weniger anfällig auf das Gift. Die Mäuse wurden resistent gegen Endrine. Und diese Mäuse, die ein hohes Maß an Endrinen im Körper haben, sind nun auch dort, wo die Bussarde fliegen. Die Bussarde fressen die vergifteten Mäuse und sterben.«

Alexander sagt lange nichts. Dann fragt er: »Stellt mein Vater dieses Zeug her?«

»Dein Vater? Weiß nicht, was eure Firma alles herstellt.«

Ich werd das herausbringen, denkt Alexander.

»Schreib mir noch auf, wann und wo du den Vogel gefunden hast und wie er starb. Ich schick ihn an die Sammelstelle des Naturschutzbundes. Die kümmern sich darum. Haben auch was erreicht. Das Ausbringen von endrinehaltigen Giften ist inzwischen in Deutschland verboten.«

»Oh«, sagt Alexander, »das ist ja gut.«

Herr Weimer zuckt die Achseln. »Man hätte eher daran denken können. Ich sag ja, ein Denkfehler.«

»Aber denen geschieht Recht«, murmelt Alexander, »dann macht mein Vater auch mal ein Verlustgeschäft.«

»Glaubst du?«, meint Herr Weimer. »Wohl kaum.«

»Wenn's verboten ist, bleibt er doch auf dem Zeug sitzen.«

»Es ist in Deutschland verboten. Es wird ins Ausland verkauft.«

»Aber im Ausland ist es doch genauso giftig!«

»Das schon. Aber nicht verboten.«

Alexander geht rasch in sein Zimmer. Er muss noch packen.

»Ich werd rauskriegen, ob er Endrine herstellt, und auch, was er nun damit macht«, murmelt er vor sich hin.

Entschlossen wirft er ein paar Jeans in den Koffer. Aus allen Hosentaschen rieselt ein feiner Staub. Das ganze Zimmer riecht nach Salbei, Thymian und Minze.

»Was stinkt hier eigentlich so?«, fragt Thomas, Alexanders Zimmergenosse.

»Du wahrscheinlich!«, sagt Alexander und setzt sich auf den Koffer, damit er besser zugeht.

Die Heinrich-Geschichte kommt ins Handgepäck.

Vielleicht wird er den Mut haben ...

Er fühlt in der Hosentasche. Ja, auch die ist voller Kräuter.

Vielleicht wird er den Mut haben ...

Es wäre ja nur eine Handbewegung.

Eigentlich zunächst nur eine Handbewegung.

Alles Weitere würde sich finden ...

Der Feldstecher! Den hat er draußen liegen lassen.

Abends schreibt er weiter,
ein paar Zeilen nur.

Sommer

Es wurde ein heißer Sommer. Die Roggen und Gerstenähren bildeten kleine, harte Körner aus. Die Bauern seufzten. Im vorigen Jahr war der Sommer verregnet, dieser wurde zu trocken. Ein Hungerwinter stand ihnen bevor. Das Getreide würde eben reichen, um die Fürsten und ihre großen Kampfrosse zu ernähren, und das Einzige, was König Heinrich für sein Land tat, war, lästerliche Lieder zu singen auf den Dorffesten. Hin und wieder unterschrieb er dem Bischof einen Brief an den englischen König, warb um die Hand der Prinzessin Isabella, und mehr verlangte der Bischof nicht von ihm. Heinrich und Agnes war die Hitze recht.

»So heiß wird sogar dieses Land, wenn sein König liebt«, sagte Heinrich, kaute unreife Haferrispen und spuckte die Schalen aus. »Es ist mir so heiß, als wäre ich daheim in Sizilien, wo der Himmel so blau ist wie das Meer und das Meer so blau wie der Himmel …«

Dann kam eine Gesandtschaft von Heinrichs Vater aus Sizilien mit Geschenken und Nachrichten. Und danach war nur noch das Wetter schön.

Seidenspinner

Nach Zürich fährt sie einer der Schulbusse. Ungefähr zehn Schüler fliegen von dort in die Osterferien. In der Maschine, die über New York nach San Francisco fliegt, wird Alexander mit Solveig allein sein.

Auf dem Weg zum Flugzeug gelingt Alexander dann jene Handbewegung. Er fasst mit der linken Hand Solveigs Jacke und das schwarze T-Shirt und schüttet ihr mit der rechten Hand die Kräuter ins Genick.

Salbei, Thymian und Pfefferminze.

Sie bleibt stehen, schaut ihn an, mehr verwundert als verärgert, die zu feinem Staub zerriebenen Kräuter kitzeln sie nicht sehr.

Dann werden beide von den Nachdrängenden wieder auf das Lächeln der Stewardess zugeschoben.

Alexander muss erklären, warum er das getan hat. Es gibt kein Zurück mehr.

Er erzählt von Heinrich. Wie er ihn fand …

»Aber«, sagt Solveig, »ich verstehe immer noch nicht, warum du mir diese Kräuter ins Hemd geworfen hast.«

Alexander zögert. Das kann er nicht sagen. Nun muss er ihr seine Heinrich-Geschichte geben! Anders geht es nicht mehr.

»Nur eine Handbewegung«, redet er sich ein, »wieder nur eine Handbewegung …« Und er kramt die Blätter aus seinem Rucksack hervor.

Alexander starrt aus dem Fenster und beobachtet dann wieder Solveig aus den Augenwinkeln. Wird sie sich wieder erkennen, wenn sie die Beschreibung von Agnes liest?

Ja, das tut sie, denn sie beginnt an ihrer Nase herumzureiben, bis die Spitze rot ist. Alexander kann es nicht mehr mit ansehen. Er hält ihr die Hand fest.

»Warum tust du das?«, fragt er. »Warum reibst du immer an deiner Nase herum?«

»Sie ist hässlich!«, sagt Solveig.

»Aber nein«, sagt Alexander, »nein! Sie ist, sie ist« – er weiß nicht genau, wie er das beschreiben soll – »sie ist nicht hässlich. Das sieht nur so aus.«

Solveig starrt ihn an. Soll das ein Witz sein? Dann ist es ein schlechter Witz.

Aber Alexanders Augen sind vollkommen ernst und ihr ganz zugewandt.

Seit Wochen weiß sie, dass er sie beobachtet.

Warum?, hat sie sich gefragt. Was ist an mir zu beobachten? Er ist so viel hübscher als ich. Gewiss, es gibt Ansichten von ihrem Gesicht, die sind schön. Auf Fotos, wenn sie Glück hat. Von vorn. Auch im Halbprofil. Da sieht sie manchmal so aus, wie sie sich selbst empfindet, da hat sie manchmal das Gefühl, dass sie von innen haargenau in die Form ihres Gesichtes passt. Aber es genügt ja eine Kopfbewegung und sie sticht um die Kleinigkeit einer Nasenspitze hinaus aus dem Gefühl.

Sie ist nicht hässlich. Das sieht nur so aus. – Wenn das kein Witz sein soll, dann ist das großartig.

Und Solveig steckt ihre Nase, die vom vielen Reiben gerötete Nase, wieder in Alexanders Heinrich-Geschichte.

Eine Frischluftdüse über ihr ist genau auf Solveigs Kopf gerichtet. In dem Luftstrom bewegen sich ihre spinnwebfeinen Haare. Alexander hält die Hand hinein – wieder nur eine Handbewegung? – und spürt ihre Haare auf dem Handrücken.

»Seidenraupe«, sagt er, »du bist eine Seidenraupe. Einmal wirst du ein Schmetterling sein.«

»Wie sehen sie aus, die Schmetterlinge der Seidenspinnerraupe?«, fragt sie. »Bestimmt grau und unscheinbar.«

»Weiß nicht!« Alexander zuckt die Achseln. »Vielleicht. Wahrscheinlich! Ist das wichtig? Sie sind eben Seidenspinner.«

Solveig legt den Kopf ein wenig schief. Das tut sie immer, wenn sie nachdenkt. Der Luftstrom bläst ihr nun die Haare übers Gesicht.

Solveig Seidenspinner, denkt Alexander, Solveig Seidenhaar.

Sie schauen sich an.

So einfach ist das?, denkt er. Nun wird er das nächste Kapitel schreiben können.

Spuren im Sande

Heinrich empfing die Gesandtschaft seines Vaters im Hof vor der Königshalle. Dort wurden ihm zuerst die Geschenke überreicht. Für Wein, Gewürze, Öle, Seidenstoffe, Goldschmiedearbeiten und derlei hatte er nicht viel Aufmerksamkeit. Aber mitten unter den Gesandten standen zwölf Pferde. Arabische Pferde waren das, er sah es auf einen Blick. Diese zartgliedrigen Tiere mit den schmalen Köpfen, den großen, sanften Augen, den kleinen, beweglichen Ohren und dem seidigen Langhaar gehörten zu seinen frühesten Kindheitserinnerungen.

Hier in Deutschland hatten sie nur die schweren Kampfrosse, die einen Ritter mit Rüstung tragen konnten, und auch die leichteren Jagdpferde waren plump neben diesen grazilen Schönheiten aus dem Süden. Fast alle waren

Schimmel, deshalb fiel ein rotgoldener Fuchshengst auf, dessen Fell wie getriebenes Kupfer schimmerte. Dieser wurde ihm als sein persönliches Reitpferd überreicht.

Mein Vater, dachte Heinrich erstaunt, kennt der mich so gut? Woher weiß er, wie ich aussehe?

Es konnte wohl kaum ein Pferd geben, das besser zu Heinrichs roten Haaren gepasst hätte. Aber dann fiel ihm ein: Es ist nicht weiter verwunderlich. Natürlich weiß er, wie ich aussehe. Er brauchte nur in einen Spiegel zu schauen.

Die anderen elf Pferde, erfuhr er, seien Zuchtstuten. Sie seien derzeit alle trächtig von Friedrichs eigenem arabischen Zuchthengst in Palermo, nur die graue, ganz junge sei noch nicht gedeckt. Heinrich stutzte, als er die graue Stute betrachtete. Sie war etwas kleiner als die anderen, noch zierlicher als diese, geradezu mager und allzu spitzig um Hüfte, Widerrist und die dreieckigen Nüstern.

Mein Vater, dachte er. Woher aber weiß er, wie Agnes aussieht?

»Diese«, fragte er, »wie heißt sie?«

Der halbwüchsige, sizilianische Junge, der die Stute führte, strahlte ihn an. Er sprach so schnell, dass Heinrich Mühe hatte, seinem Italienisch zu folgen.

»Ihr habt einen guten Blick für Pferde, Herr. Diese ist die Feinste von allen. Noch ist sie grau, aber sie wird so milchweiß werden wie die anderen und Ihr werdet sehen, mit jedem Fohlen, das sie Euch bringt, wird sie runder und schöner werden.«

Heinrich lachte. »Wie aber heißt sie?«

»Dshirah.«

»Das ist arabisch?«

»Ja, Herr, und bedeutet *tratti nella sabbia*, Spuren im Sande.«

Heinrich nahm die junge Stute am Führstrick und führte sie mitten durch die Hofgesellschaft auf dem kürzesten Weg zu Agnes, unbekümmert darum, welche Grafen, Äbte, Fürsten und Regeln höfischen Benehmens er dabei mit Füßen oder Hufen trat.

»Hier«, sagte er zu Agnes und hielt ihr das Leitseil hin, »dein Pferd.«

Er trat dicht an sie heran, tippte ihr mit dem Zeigefinger auf die spitzige Nase.

»Weißt du, was er gesagt hat?«, flüsterte er, »mit jedem Fohlen wird sie runder und schöner werden.«

Dann kehrte er zurück zu seinem Platz und empfing die Nachricht seines Vaters. Sie war teils in lateinischer, teils in italienischer Sprache verfasst, wurde ins Deutsche übersetzt. Sie war lang und wortreich, wohlklingend geschmückt mit blumigen Worten und ging wie liebliche Musik in die Ohren. Ihr Inhalt war kurz und bitter: Im Herbst dieses Jahres wirst du heiraten. Margarete von Babenberg. Die Tochter des Herzogs von Österreich.

Heinrich war aufgesprungen. Er schwankte, suchte mit dem Arm einen Halt zu finden, wusste, dass er mit den Armen nicht erreichen konnte, was er suchte. Aber mit einem Blick. Er schaute über die Hofgesellschaft. Doch Agnes war schon fort. Die kleine Stute stand allein, am selben Platz mitten unter den ranghöchsten Frauen, das Leitseil hing lose von ihrem Halfter herab.

Heinrich ging die ersten Schritte rückwärts, als habe er

ein wildes Tier vor sich, dem er nicht den Rücken zukehren dürfe. Dann verschwand er in der Tür zur Königshalle und überließ es dem diplomatischen Geschick des Erzbischofs, den Gesandten vom österreichischen Hof sein seltsames Verhalten zu erklären.

Er fand Agnes auf einem Spannbett liegend, sie lag auf dem Bauch, den Kopf in ein Seidenkissen gedrückt, hemmungslos schluchzend, wie er sie nie gesehen hatte. Er kniete sich neben sie, lehnte seinen Kopf an ihren Hals.

»Ich tu's nicht«, flüsterte er.

Margarete von Babenberg war einundzwanzig Jahre alt.

»Wenn sie dich mit einer erwachsenen Frau verheiraten, werde ich gehen«, hatte Agnes gesagt.

Während also in Deutschland über Heinrichs Verheiratung verhandelt wurde, hatte der Kaiser in Sizilien die Entscheidung getroffen. Er gab den Sohn an eine Tochter jenes Landes, das er derzeit am dringendsten brauchte. Schon vor Jahren hatte Friedrich dem Papst versprochen, zum Kreuzzug ins Heilige Land zu ziehen. Immer wieder hatte er seinen Aufbruch verschoben. Was ihn nun noch hielt, war der Widerstand der lombardischen Handelsstädte gegen seine Macht. Diese Städte unter der Führung Mailands waren reich, sie verwalteten sich selber und bestimmten eigenmächtig über Zölle, Einfuhr und Ausfuhrgesetze. Hier war einer der Knotenpunkte des Welthandels.

Friedrichs Macht war davon abhängig, dass er diese Städte unter Kontrolle bekam. Ohne Absprache mit der Lombardei konnte er auch in Sizilien kein tragfähiges Handelssystem aufbauen. Der Kaiser wollte eine kriegerische Auseinandersetzung meiden, er wollte verhandeln. Dazu brauchte er einen starken Bündnispartner im Rücken der Lombardei. Ohne die Kaisertreue Österreichs, von wo die Alpenpässe gesperrt werden konnten, hatte er kein diplomatisches Druckmittel. Heinrich verstand. Konnte er sich wehren?

»Und wenn ich Margarete heiraten muss –«, flüsterte er, »ich verspreche dir, Agnes, dass ich sie nicht anrühren werde. Du sollst die Mutter meines ältesten Sohnes sein. Wer weiß, was geschieht. Ich werde vielleicht einmal darauf bestehen können, dass mein ältester Sohn mein Erbe und seine Mutter meine Gemahlin wird, ohne dass ich damit einen Krieg auslöse.«

Agnes schaute ihn an. Sie weinte nicht mehr, lächelte fast. War das ein Ja zu seinem Plan? Er verließ sie in der Hoffnung, dass er sie würde überreden können zu bleiben.

Aber am nächsten Morgen war Agnes fort. Kunigunde von Böhmen rannte durch die Hallen und weinte laut. Heinrich weinte leise. Er saß reglos und weinte, bis Ulrich zu ihm kam.

»Herr«, sagte er, »ich habe dir das kleine rote Pferdchen gesattelt. Oh, es ist wunderbar und gerade so groß, dass ich's aufzäumen kann.«

Heinrich zuckte die Achseln.

»Herr«, sagte Ulrich, »so versteh doch. Du hast der Przemyslidin die graue Stute geschenkt. Sie ist aus der Herde dieses Hengstes und sie können noch nicht so weit fort sein. Vielleicht findet der Hengst seine Stute wieder.«

Heinrich ließ dem Hengst die Zügel lang und der fand seine Stute. Sie weidete ruhig unter den anderen Stuten. Agnes hatte sie nicht mitgenommen.

Langsam ritt Heinrich weiter zu jener Koppel, wo sie ihr Ausflugspferd Andiamo untergebracht hatten. Der fehlte. Er untersuchte in der Hütte die Kammer, wo sie das Zaumzeug aufbewahrten, und dort fand er Agnes' Brief.

»Die graue Stute nehme ich nicht mit«, schrieb sie, »ich brauche ein Pferd wie Andiamo und du weißt, wie gut ich mich auskenne. Du wirst mich nicht finden. Irgendwann wirst du einmal hören, dass ich wieder in Böhmen bin. Behalte die graue Stute lieb und lass sie viele Fohlen haben mit dem schönen roten Hengst. Und jedes Jahr im Frühling, wenn sie das Fell wechselt und ein wenig heller wird, soll deine Erinnerung an mich damit verblassen.«

Es gelang Heinrich, Andiamos Hufspuren ein paar hundert Meter zu verfolgen, dann war Agnes in einen viel befahrenen Weg eingebogen und ihre Spuren waren nicht mehr auszumachen. Er ritt zurück zu den arabischen Pferden und starrte hilflos auf die kleine graue Stute. Das war alles, was ihm von Agnes geblieben war: Dshirah, **tratti nella sabbia**, Spuren im Sande …

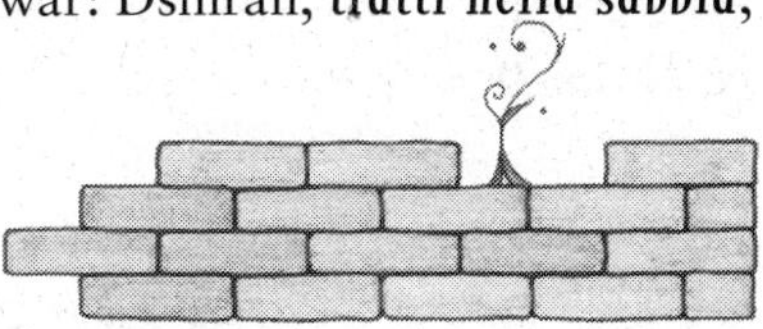

Nervengift

Sie ist fort. Agnes ist fort. Alexander weiß nicht, ob Heinrich sie noch einmal sehen wird. Und – ganz so einfach ist es denn doch nicht, Solveig in sein Leben hineinzunehmen. Er ist daheim, sitzt am Rand des Schwimmbeckens und lässt die Füße ins Wasser hängen. Das Wasser wird geheizt, aber ihm ist es zum Baden doch zu kalt. Das Schwimmbecken hat die Form einer großen, weißen Marmormuschel. An einer Seite ist der Muschelrand weit hoch gezogen, man kann in den Rinnen ins Wasser rutschen. In der Mitte des Wassers steht ein Springbrunnen aus Muscheln. Die Wasseroberfläche ist bedeckt mit unzähligen, tennisballgroßen Plastikkugeln, die verhindern sollen, dass das Wasser zu viel Wärme abgibt. Alexanders Mutter schwimmt täglich inmitten der Plastikkugeln.

Alexander kickt eine Plastikkugel hoch in die Luft. Das macht er nun schon eine ganze Weile. Auf dem Handrücken seiner rechten Hand spürt er noch immer die Berührung von Solveigs Haaren. Fast wie ein Schmerz fühlt sich das an. Und fast wie einen Schmerz spürt er die Erinnerung an den Flug, nicht nur an der Hand, sondern am ganzen Körper.

Wie hat er das alles wagen können!?

Aber Heinrich, der Agnes das spöttische Lächeln von den Lippen küsste ...?

Alexander weiß, dass er dazu nicht im Stande wäre. Noch lange nicht.

Er legt sich auf den Bauch – die weißen Marmorfliesen um das Schwimmbecken werden mitbeheizt – und hält die rechte Hand ins Wasser. Das verstärkt die Erinnerung an die Berührung von Solveigs Haar. So ist es, wenn der Wind darüber streicht, wenn ihn ein Zweig streift oder er in den Ärmel eines Hemdes schlüpft. Solveig ist überall. Und doch so weit fort ...

Über Ostern ist Herr Dr. Riemenschmied für ein paar Tage daheim.

Er freut sich sehr über das Interesse seines Sohnes an der Firma.

»Endrine? Ja, haben wir hergestellt. Warum fragst du danach? Das ist nicht ganz so gut gelaufen mit den Endrinen. Wir haben die Produktion eingestellt.«

»Und was machst du mit den Lagerbeständen?«, fragt Alexander.

Herr Riemenschmied lacht.

»Ich habe keine Lagerbestände«, sagt er, »schon lange nicht mehr. Man muss schon ein bisschen aufpassen, was los ist. Ich habe alles nach Indien verkauft.«

Alexander schluckt, zögert, fragt dann langsam: »Das Auslegen von endrinehaltigen Giften ist in Deutschland verboten?«

Der Vater nickt: »Nicht nur in Deutschland.«

»Wäre es nicht fair, den Indern zu sagen, dass das Zeug hochgefährlich ist?«

Herr Riemenschmied zuckt die Achseln: »Das wissen die doch. Worauf willst du hinaus? Du kannst die dortigen Verhältnisse nicht mit den unsrigen gleichsetzen. Wir bringen gute Ernten, Überschussernten. Auch ohne Mäusegift. Die Inder kriegen ihr Volk nicht satt. Sie können es sich nicht leisten, einen Teil ihres Getreides von Mäusen und anderen Schädlingen wegfressen zu lassen.«

»Aber die Menschen werden auf die Dauer von den Endrinen doch auch krank!«

»Schon möglich, aber ohne verhungern sie. Was ist denn nun besser: Krank und lebendig, oder gesund und tot?«

»Besser wäre es, an Stelle der Endrine einen Teil der Überschussernte zu liefern.«

»Also, Alexander, du träumst wohl!«, fährt der Vater auf. »Auch die Landwirtschaft hat feste Preise. Das gäbe einen Preisverfall, wie ihn die Wirtschaft niemals verkraften würde. Außerdem haben wir vorzügliche Medikamente gegen ein Nervengift wie Endrine. Die liefern wir auch nach Indien. Was glaubst du, wie froh die waren, dass sie ein so hochwirksames Mäusegift zu einem solch günstigen Preis einkaufen konnten.«

»Und von dem, was sie bei diesem Einkauf gespart haben, kaufen sie dann ebenfalls bei deiner Firma die Medikamente gegen das Nervengift?«

Der Vater zündet sich eine Zigarette an.

»Du bist ein Hitzkopf, Alexander«, sagt er, »du wirst noch viel lernen müssen. Macht nichts, ich freu mich, dass du in der Schule gut vorankommst.«

Ich muss noch viel lernen, denkt Alexander. Oh ja, ich werde noch viel lernen!

Vor dem Rückflug nach Deutschland hat Alexander ein wenig Angst. Wie soll er Solveig gegenübertreten?

Es ist dann leichter, als er gedacht hat. Sie löst das Problem für ihn. Kaum sind sie im Flugzeug, da kramt sie ein dickleibiges Buch aus ihrem Handgepäck hervor.

»Ich habe unseren Bücherschrank geplündert«, sagt sie. »Mein Vater hat einmal deutsche Geschichte studiert. Kannst du das brauchen?«

Alexander ist begeistert.

»Und weißt du, was ich herausgefunden habe?«, fragt er. »Am selben Tag, an dem Heinrich geheiratet hat, mitten in die Hochzeitsfeier kam –«

Aber Solveig unterbricht ihn.

»Erzähl es mir nicht!«, bittet sie. »Schreib's mir auf. Ich mag's lieber lesen.«

Schreib's mir auf, hat sie gesagt, denkt er.

Alexander schreibt die Heinrich-Geschichte nun nicht mehr für sich allein.

Hochzeitstag

Heinrich stellte erleichtert fest, dass Margarete hübsch war. Sie würde also nicht glauben können, er lehne sie ab, weil sie hässlich sei. Er wollte ihr nicht wehtun.

Er betrachtete sie genau. Ein kleines Gesicht mit feinen Zügen – ohne irgendwelche Besonderheiten wie eine spitze Nase –, sehr blaue Augen, sehr blondes Haar, ein schlanker Körper, den sie mit jener graziös gezierten, höfischen Haltung bewegte, den Oberkörper leicht zurückgebogen, den Rücken durchgedrückt, den Bauch vorgewölbt. So lernten sie gehen, die jungen Edelfräulein.

Agnes war niemals so gegangen, stellte Heinrich zufrieden fest. Es würde keine Verwechslungen geben.

Am gleichen Tag wie Heinrich und Margarete sollte Margaretes Bruder Friedrich mit Sophia von Nicaia, einer byzantinischen Prinzessin, vermählt werden.

Heinrich und sein zukünftiger Schwager Friedrich trafen in Nürnberg, wo die Trauung stattfinden sollte, zum ersten Mal zusammen. Der fünfzehnjährige Herzogssohn war ein ungestümer Junge, der sich nicht an Maß und Sitte des Hofes gewöhnen wollte. Als er vor den Burgmauern den kupferroten Araberhengst Shiraz sah, der, gerade abgesattelt, von einem Stallburschen fortgeführt werden sollte, da entriss Friedrich dem Jungen den Halfterstrick, sprang auf des Königs persönliches Reitpferd und jagte es in die Wiesen, bis der Hengst ihn abwarf. Friedrich musste zurück laufen. Atemlos, aber mit ungetrübter Begeisterung, sprang er auf den König zu, packte ihn bei den Schultern, dass er den kleineren Heinrich beinahe umwarf, und rief: »Ein solches Pferd musst du mir schaffen, Schwager!«

Heinrich befreite sich aus seinem Griff.

»Ich habe bei Aachen elf Stuten dieser Rasse, die alle im nächsten Frühjahr fohlen werden. Davon magst du dir eines aussuchen, nur das von der jungen dunkelgrauen nicht. Das geb ich nicht her.«

Heinrich hatte nämlich gleich nach Agnes' Flucht angeordnet, dass die graue Stute bei nächster Gelegenheit von dem roten Hengst gedeckt würde. Der sizilianische Pferdebursche hatte sich ihm zu Füßen geworfen, geweint und gefleht, er möge von diesem Vorhaben absehen, die Stute sei zu jung, er werde sie verderben, wenn er sie jetzt schon decken ließe, aber Heinrich hatte nichts davon hören wollen und auf seinem Befehl bestanden.

Bald weckte dieser angehende Schwager in Heinrich eine brennende Hoffnung: Nach dem Tode des alternden Herzogs Leopold würde Friedrich der Herzog von Österreich sein. Wenn dieser Heinrich in zuverlässiger Freundschaft verbunden war, was brauchte der Kaiser dann noch die Schwiegertochter Margarete? Es war ungewöhnlich, aber nicht ganz ausgeschlossen, dass der Papst ein königliches Ehebündnis wieder aufheben würde. Heinrichs Urgroßvater, der Kaiser Friedrich Barbarossa, war auch von seiner ersten Frau geschieden worden. Man hatte ihr Ehebruch vorgeworfen, wahrscheinlich nur ein Vorwand, um den Kaiser für eine politisch wichtigere Bindung freizumachen.

Er kann auch das Fohlen von der grauen Stute haben, der Babenberger Friedrich, dachte Heinrich, wenn er nur mein Freund bleibt, dafür würde ich Dshirahs Fohlen hergeben, und ich glaube, es würde Agnes recht sein.

Obwohl Erzbischof Engelbert noch nicht eingetroffen war, wurden Heinrich und Margarete am 29. November 1225 in Nürnberg getraut. Es war ein nebelgrauer Novembertag, dunkel und trübsinnig, Heinrich fühlte sich wie eingetaucht in Agnes' Augen, rundum umgeben von ihrem Blick. Er nahm nichts wahr an diesem Tag, nur das allgemeine Gleichmaß des Gehens hielt ihn an Margaretes Seite, und wenn etwas bis an sein Bewusstsein durchdrang, so war es nicht Margarete, sondern deren Bruder, der alle zeremoniellen Handlungen zu laut, zu schnell, zu heftig machte.

Der Kaiser war nicht erschienen zur Hochzeit seines Sohnes. Heinrich hatte auch nicht mit seinem Kommen gerechnet. Erst vor wenigen Wochen hatte Friedrich II. selber wieder geheiratet: die dreizehnjährige Isabella von Brienne, die Erbin der Krone Jerusalems, und nicht einmal zu dieser, seiner eigenen Trauung war der Kaiser gereist. Sie wurde in seiner Abwesenheit in Jerusalem vollzogen.

Heinrich, der an Margaretes Seite ging, war freilich seinem Hochzeitsfest in Wahrheit auch nicht näher.

Am Abend betrank er sich maßlos.

Ein Arzt, den ihm der Vater geschickt hatte, versuchte, ihm den Wein mit Wasser zu mischen. Es war Pietro Antonio aus Apulien, das zum Königreich Sizilien gehörte. Er verstand sich besonders auf Krankheiten der Frauen und war beauftragt, die auf bald erwartete Schwangerschaft der jungen Königin zu betreuen. Unwillig hielt er Heinrichs Hand, als dieser wieder nach dem Weinkrug griff.

»Denkt an Eure Pflichten, Herr«, sagte er. »Ihr werdet vielleicht noch in dieser Nacht den Thronerben zeugen. Wir wissen, dass im Weinrausch gezeugte Kinder häufig schwachsinnig sind. Bedenkt, dass Euer Sohn des Kaisers Enkel ist!«

Heinrich befreite sich aus dem Griff, goss den Becher voll, hob ihn wie zum Glückwunsch und rief: »Auf meinen Sohn. Und möge er recht schwachsinnig werden. So wird er der Aufgabe, die ihn erwartet, umso besser gewachsen sein!«

Ins Brautbett musste man ihn tragen.

Der apulische Arzt folgte kopfschüttelnd, das weiße Leintuch über dem Arm. Ihm war die Aufgabe zugefallen, die Unberührtheit Margaretes und damit die Gültigkeit dieser königlichen Ehe zu bezeugen, aber man hatte ihm inzwischen von Heinrichs Leidenschaft für die böhmische Königstochter berichtet. Er ging davon aus, dass seine Anwesenheit überflüssig sein würde.

Da betrat Ulrich von Winterstetten den Raum und legte Heinrichs blankes Schwert mit offener Schneide in das Bett, mitten hinein zwischen Heinrichs betrunkenes Schnarchen und Margaretes schreckgeweitete Augen.

»Das wird nicht nötig sein, Junge«, sagte der Arzt. »Ich fürchte, der König ist viel zu betrunken um im Stande zu sein, in dieser Nacht den Thronerben zu zeugen.«

»Und ich fürchte«, erwiderte Ulrich, »er ist so betrunken, dass er im Stande ist, es doch zu tun. Er würde es morgen bereuen.«

Der Arzt behielt Recht. Heinrich lag die ganze Nacht reglos und schlief seinen Rausch aus. Auch Pietro Antonio schlummerte immer wieder ein wenig ein. Wer nicht schlief, war Margarete. Zutiefst gekränkt durchweinte sie ihre Hochzeitsnacht.

Gegen Morgen erhob sich der Arzt. Er überlegte, wie man den tief schlafenden Heinrich für die Frühmesse wach bekäme. Bevor er jedoch begann, ihn zu rütteln, warf er einen teilnahmsvollen Blick auf Margarete. Noch immer trug er das überflüssige weiße Leintuch über dem Arm, und da er nicht wusste, was er damit machen sollte, und da er außerdem ein mitfühlendes Herz hatte, wischte er damit der Königin die Tränen aus den Augen und den Rotz von der Nase.

Das Fest hatte drei Tage dauern sollen. Es ging am zweiten Tag auf überraschende und schreckliche Weise zu Ende. Dieser Tag gehörte den ritterlichen Zweikämpfen und den Minnesängern. Das eigentliche Turnier, das große Kampfspiel, war für den nächsten Tag vorgesehen. Doch das sollte nicht mehr stattfinden.

Nach der Frühmesse nahmen Heinrich und Margarete ihre Plätze auf der Tribüne ein. Wieder war es neblig, Heinrich konnte mehr hören als sehen, wie sich die Ritter im Zweikampf vom Pferd stießen, auch den Minnesängern brachte er nicht viel Aufmerksamkeit entgegen. Am späten

Vormittag lichtete sich der Nebel ein wenig und Heinrich nahm wahr, dass sich eine kleine, in graues Leinen gekleidete Gestalt aus der Menge löste, ein Spielmannskind offenbar, das man nicht auf des Königs Hochzeitsfest hätte singen lassen, wenn Ulrich ihm nicht Einlass verschafft hätte.

Heinrich erkannte sie sofort. Die Sonne brach durch und aller Nebel lag wieder in Agnes' Augen, als hätte sie ihn eingesammelt.

Heinrichs erster Gedanke war aufzuspringen, hinabzuspringen von der Tribüne, aber ihre Augen baten ihn zu bleiben. Er tauschte mit Ulrich einen Blick. Der würde dafür sorgen, dass sie nicht wieder so spurlos verschwinden konnte.

Agnes wandte sich mit ihrem Lied an die Königin:

Sing dir ein Lied, ein Lied, Königin,
ein Lied, Königin,
Totenlied.
Weil ich deines Kindes Sarg und Grab bin,
sein Sarg und Grab bin,
Königin.

Sing dir ein Lied, ein Lied, Königin,
ein Lied, Königin,
Wiegenlied.
Weil ich deines Kindes Wiege bin,
seine Wiege bin,
Königin.

Sing dir ein Lied, ein Lied, Königin,
ein Lied, Königin,
Kinderlied.
Schenk dir mein Kind, meine Liebe dahin,
meine Liebe dahin,
Königin.

Heinrich war der Einzige der gesamten Festgesellschaft, der die Bedeutung dieses Liedes verstand. Er hatte ihr gelobt, sie sollte die Mutter seines ältesten Sohnes sein. Solange er sich daran hielt, lag in ihr verborgen Margaretes Kind, war sie Sarg, Grab und Wiege von Margaretes Kind. Mit der letzten Strophe entband sie Heinrich von seinem Versprechen. Das war es, was ihn am meisten schmerzte.

Agnes sang nur dieses eine Lied und wandte sich zum Gehen. Heinrich sah, dass Ulrich ihr folgte. In diesem Augenblick brach ein Pferd durch die Menge.

Sein Reiter trieb mit Schlägen das völlig erschöpfte Tier durch die Zuschauer auf den freien Platz vor der Königstribüne. Dort stürzte das Pferd, der Reiter überschlug sich auf dem Rasen. Er hatte schwere Wunden an Stirn und Schulter, die sich schon einmal geschlossen hatten und nun wieder aufbrachen. Blut lief ihm übers Gesicht. Alle wussten, dieser Mann brachte eine Botschaft und es konnte keine gute sein.

Agnes verschwand in dem allgemeinen Aufruhr.

Der Graf von Olpe, der als Nächster zur Tjost hätte reiten sollen, riss seinen rotgrünen Mantel von den Schultern, warf ihn über das mit blutigem Schaum bedeckte Pferd und begann es trockenzureiben. Der Schenk von Leven, der dem

Babenberger Herzogpaar aufwarten sollte, sprang die Treppe hinunter, wischte dem halb bewusstlosen Boten das Blut von der Stirn und wusch die Wunde mit Wein.

»Es ist Graf Konrad von Dortmund«, raunten sich die Herandrängenden zu.

Graf Konrad hob den Kopf, ließ sich etwas Wein einflößen. Seine Augen irrten hilflos suchend über den Platz, man bedeutete ihm, wo der König sei, er raffte sich auf, versuchte einen Schritt zu gehen, stürzte wieder auf die Knie, wurde von zwei Männern unter den Armen gepackt und die Treppe zum Königsthron hinaufgezogen. Dort hing er oder lag er im Griff der beiden Männer und sammelte all seinen Atem und all seine verbliebenen Kräfte für den einen Satz, jene immer wieder hervorgestoßene Nachricht, die Heinrich erst nicht verstehen konnte:

Herr, der Bischof ist tot ...

dann nicht verstehen wollte:

Herr, der Bischof ist tot ...

schließlich verstehen musste:

Herr, der Bischof ist tot!

Die aufgeregten geistlichen und weltlichen Fürsten mussten sich gedulden, bis Graf Konrad genügend Atem hatte schöpfen können um weiterzureden. Auch des Königs Schenken waren herbeigeeilt, boten ihm Wein und Speisen an. Er war jedoch nicht im Stande zu essen, trank nur in kleinen, atemlosen Schlucken einen Becher Wein, während alles in Heinrich zitterte, bangte, hoffte, flehte, betete – oh, hätte er doch nicht an diesem Morgen in halbem Rausch teilnahmslos in der Frühmesse gestanden, mit wie viel größerem Recht hätte er nun Gott bitten können, dass ein anderer Bischof gemeint sei, nur nicht jener, nicht jener eine, nicht der Kölner, nicht der Erzbischof von Köln, nicht Engelbert von Berg …

Die Fürsten zweifelten offenbar nicht.

»Wir verließen den Bischof in bester Gesundheit!«, rief Gerlach von Büdingen. »Was ist geschehen?«

»Redet, Graf, nehmt Eure Kräfte zusammen!«

»Hat ihn eine plötzliche Krankheit ereilt?«

»Ein Unfall?«

»Mord?«

Hatte der Graf genickt?

Wann? Zu welcher Frage hatte er genickt?

Konnte man angesichts der blutenden Wunden des Dortmunders noch daran zweifeln, dass ein Verbrechen vorlag?

Alle mussten warten.

Graf Konrad trank noch einen Becher Wein und hatte sich so weit erholt, dass er reden konnte.

»In Soest«, berichtete er, »traf der Bischof seinen Neffen, Graf Friedrich von Isenburg – «

Engelbert!

Nun durfte auch Heinrich nicht mehr zweifeln.

»Der Isenburger«, erzählte Graf Konrad weiter, »hat die Rechte über die Vogtei Essen und er hat aus dem Kloster mehr herausgepresst, als dieses geben konnte. Schon mehrmals hat Bischof Engelbert mit eigenem Geld die Vogtei entschädigt, er wäre gar bereit gewesen, den Isenburger zu bezahlen, damit dieser endlich aufhöre, solche Forderungen an die Essener zu stellen, aber Graf Friedrich wollte nichts davon hören. Auch des Bischofs Brüder waren da, die Bischöfe von Osnabrück und Münster, auch diese haben nichts als Missgunst für den allzu mächtig gewordenen Bruder. Wir alle merkten, dass sie etwas im Schilde führten, und bangten um Engelberts Leben. Er hatte nach Schwelm zu reiten um eine Kirche zu weihen.

›Besteigt Euer Streitross, Herr‹, sagte ihm mehrmals ein Junker, ›es ist schneller als euer Reisepferd und kennt die Wendungen im Kampf. Legt Euer Kettenhemd an und gürtet Euer Schwert um. Ihr seid im Kampf nicht so leicht zu besiegen.‹

Schließlich ließ sich der Erzbischof so weit bereden, dass er sein Schwert umtat und wir sein Streitross mitführten. Gegen Abend dann, auf der Höhe des Gevelsberger Passes zwischen Hagen und Schwelm führte die Straße durch einen tiefen Hohlweg. Da ritt plötzlich ein Teil des Gefolges voran, traf sich am Ende des Hohlwegs mit anderen, und sie alle zogen die Schwerter gegen uns. Ein Junker brachte dem Bischof das Streitross und kaum war der oben, da stürzten sie sich auf ihn. Ich schrie und wollte anweisen, wie wir ihn schützen mussten, aber da war keiner mehr von des Bischofs Leuten. Die nicht zu seinen Gegnern gehörten, waren geflohen. Ich war der Einzige, der ihn verteidigte. Sie waren mehr als zwanzig gegen uns zwei. Der mich niederschlug, war der Rinkerode, ich kann es beschwören, Herr. Heribert von Rinkerode. Wer noch dabei war außer dem Isenburger, weiß ich nicht. Es sind ihrer viele, die Nutzen von seinem Tode haben.«

Vor Heinrichs Augen schwankten Köpfe hin und her. Die zur Hochzeitsfeier erschienenen Bischöfe waren es: der Wormser, der Konstanzer, der Mainzer, der Würzburger …

»Herr«, forderten sie wieder und immer wieder, »Herr, straft; straft den Mörder.«

Unterhalb der Tribüne liefen die weltlichen Fürsten zu Gruppen zusammen. Laute Worte wurden hin und her geworfen, die Heinrich nicht verstand, denn vor ihm standen die Bischöfe und verlangten: »Herr, straft; straft den Mörder.«

Friedrich von Babenberg sprang von der Tribüne auf den Festplatz. Der junge, ungestüme Herzogssohn riss sein Schwert aus der Scheide, Heinrich sprang erschrocken auf, die Bischöfe wandten sich um, der Bayernherzog war das Ziel von Friedrichs Angriff. Kurz bevor er ihn erreichte, senkte Friedrich das Schwert und stieß es vor Ludwig von Wittelsbach, dem Herzog der Bayern, in den Boden.

»Straft, Herr«, schrie er, »straft den Mörder!«

Graf Gottfried von Hohenlohe zog Friedrichs Schwert aus dem Rasen, gab es ihm zurück und sagte laut:

»Es hat keinen Schaden gelitten. Achte, dass du auch keinen Schaden leidest, Junge.«

»Immerhin, eines ist günstig«, sagte eine Stimme dicht an Heinrichs Ohr, »hier könnt Ihr nun sehen, Herr, wer Eure Freunde und wer Eure Gegner sind.«

Es war sein Lehrer, Reichsschenk Konrad von Winterstetten. Heinrich konnte wieder tief durchatmen. Hier war noch einer, den er fragen konnte.

»Was ratet Ihr mir, Herr Konrad, was soll ich tun?«

Konrad zuckte die Achseln. »Ich rate Euch hinzuschauen, Herr. Ich kann Euch auch helfen zu deuten, was Ihr seht. Ein Mann schneller Entscheidungen bin ich nie gewesen. Das hat immer ein anderer für uns getan.«

Der Bischof. Heinrich fühlte sich mutlos und hilflos.

»Der junge Friedrich von Babenberg vermutet eine Verschwörung gegen den Bischof, und damit gegen Euch, denn der Bischof war Euch ein treuer Reichsverweser. Friedrich verdächtigt den Wittelsbacher, vielleicht nur, weil der noch immer Verbindung zu den Welfen hält.«

»Glaubt Ihr, dass etwas daran sein könnte?«

»Wir haben wenig Grund, dem Bayern zu trauen.«

»Was haben sie von Engelberts Tod?«

»Ohne ihn sind sie mächtiger. Sie haben jetzt nur noch den König über sich, und von Euch erwarten sie keinen Widerstand. Der Kaiser ist fern.«

»Ich verstehe. Wie aber soll ich hier entscheiden? Wer ist schuldig, wer nicht? Ist der Isenburger für den Mord verantwortlich, muss er bestraft werden. Stehen noch mehr dahinter, müssen auch sie ihre Strafe erhalten.«

»Wenn Euch das Strafen leicht fällt, Herr, so straft. Wen auch immer. Ihr werdet vielleicht nicht den Schuldigen, aber wohl auch keinen Unschuldigen treffen.«

»Und wenn mir das Strafen nicht leicht fällt?«

»Ihr seid nun König, Herr, und habt keinen Regenten mehr, der für Euch entscheidet. Ihr werdet lernen müssen zu herrschen. Ihr hättet es in all den Jahren lernen sollen. Und ich, ach, und ich habe Euch Walthers Lieder gelehrt. Als hätt ich einen Minnesänger zu erziehen und keinen König.«

Unten auf dem Festplatz schien ein Streit unvermeidlich.

»Herr Konrad«, sagte Heinrich, »wenn Ihr mir schon nicht raten könnt, wen ich strafen soll, so helft zu verhindern, dass noch mehr Unrecht geschieht.«

»Einer ist noch da«, hörte er den Reichsschenken murmeln, »einer noch, auf den sie hören würden, wenn auch nicht für lang.«

Herr Konrad lief die Holztreppe vor der Tribüne hinunter, eilte durch die Streitenden und verschwand in der Menge. Bald darauf erklang das königliche Hornsignal. Viele Hände ließen die Schwertgriffe los, bereits erhobene Schwerter wurden gesenkt, und alle Augen schauten auf den König.

Aber ich weiß doch gar nicht, was ich tun oder sagen soll, dachte Heinrich.

Noch einmal ertönte das Hornsignal. Winterstetten begleitete einen alten Mann auf den Festplatz. Den kannten alle und auch das letzte Wortgefecht verstummte.

Es war Walther von der Vogelweide, des Reiches erster Sänger. Mit seinen Liedern hatte Heinrich sich schon als kleines Kind in den Schlaf gesungen, mit seinen Liedern war er aufgewachsen. Dem Walther hatten die Staufer vergeben, dass er für die Welfen gesungen hatte, die Welfen hatten ihm vergeben, dass er für die Staufer sang, die Ritter verübelten es ihm nicht, wenn er Lieder für die Bauern erfand. Er blieb dennoch einer der ihren, die Singstimme des höfischen Lebens. Um ein Preislied auf Erzbischof Engelbert zu singen, war er gekommen. Das tat er nun und er schloss das Klagelied über den Mord gleich an. »Keine der üblichen Strafen«, rief er aus, »ist schwer genug für die Mörder dieses Mannes. Die Hölle möge sie lebend verschlingen.«

Es war still und blieb still, bis eine Gruppe von Reitern auf abgehetzten Pferden den Festplatz erreichte. Als Erster sprang der Bayer Friedrich von Truhendingen vom Pferd.

Er gesellte sich zu dem Wittelsbacher, seinem Landesherrn. Erzbischof Dietrich von Trier war unter den Ankommenden, ein enger Freund Engelberts. Mit ein paar Mönchen näherte er sich der Königstribüne und legte Heinrich wortlos ein blutdurchtränktes, von vielen Schwertern durchstoßenes Bischofsgewand vor die Füße.

Inzwischen hatte sich der Truhendingen mit dem Bayernherzog verständigt.

»Herr«, rief Herzog Ludwig, »lasst uns auf die Stimme des Sängers hören. Die Hölle möge die Mörder lebend verschlingen, denn sind sie schuldig, so ist dies ihre gerechte Strafe.«

»Sie sind schuldig«, rief Gerlach von Büdingen, »und es besteht kein Zweifel an ihrer Schuld. Herr, es lebt sich recht gut in Eurem Reich mit einem Teufel, der in der Hölle wartet. Der wartet auf viele und hat mehr Geduld als Ihr ein Recht habt, Mörder zu schonen. Alle, die die Hand gegen den Bischof erhoben, und alle, die den teuflischen Plan schweigend duldeten, müsst Ihr richten, Herr!«

»Der Herzog von Limburg«, rief Friedrich von Truhendingen, »hat die Mörder bereits gefunden, hat sie mit den Füßen an die Schweife wilder Pferde gebunden und durch die Straßen Kölns getrieben. Alle Glieder, die ihnen noch nicht gebrochen waren, wurden mit dem Beil zerschlagen und die Übeltäter aufs Rad geflochten.«

Einer lachte. Der Babenberger Herzogssohn.

»Der Herzog von Limburg!«, schrie er. »Glaubt Ihr das wirklich? Der Herzog erbt die Grafschaft, die durch des Bischofs Tod frei wird. Sollte er unschuldig sein? Ein Mörder findet immer rasch einen Mörder und auch Wege, den unkenntlich und stumm zu machen, sodass der König nichts mehr überprüfen kann. Wer an des Herzogs Unschuld glaubt, bezeugt seine Dummheit – oder seine Mittäterschaft.«

»Herr«, fuhr der Truhendingen hoch, »ich bin bereit, mich mit Euch zu schlagen!«

Aber es schlagen schon andere.

Erst mit den Fäusten, dann mit dem Schwertknauf, schließlich mit dem blanken Schwert.

Strafen?, denkt Heinrich. Ich soll strafen? Sie strafen sich ja selber. Diese Aufgabe wenigstens nehmen sie mir ab.

Aber tun sie das? Verüben sie nicht weitere, nach Strafen verlangende Taten?

Heinrich sitzt und starrt. Jeder, dem ein Unrecht zugefügt wird, begeht gleich darauf selber eins. Verletzte humpeln vom Festplatz und lassen sich von den Ärzten und Frauen versorgen, die sich für Unfälle bei den Ritterspielen bereitgehalten haben. Schwerverletzte werden vom Feld getragen. Unter dem rotgrünen Mantel des Grafen von Olpe stirbt das vergessene Pferd Konrads von Dortmund.

Heinrich ist aufgesprungen.

»Winterstetten!«, schreit er.

Aber der Reichsschenk ist nirgendwo zu sehen.

Er wird den Walther in Sicherheit bringen, denkt Heinrich. Er schaut sich um. Hinter ihm sollten seine Herolde stehen. Auch die sind fort, doch ein Horn ist zurückgeblieben. Heinrich ergreift es und bläst selber das Signal des Königs.

Das wirkt. Dem folgen alle. Seit Jahrhunderten sind sie es gewöhnt. Heinrich steht auf der Königstribüne mit dem

Horn in der Hand wie sein eigener Herold. »Graf Konrad von Dortmund!«, befiehlt er.

Der wird herangeführt. Er blutet noch aus denselben Wunden wie zuvor, hat am Kampf nicht teilgenommen.

»Graf, Ihr seid der Einzige«, sagt Heinrich, »der das Verbrechen gesehen hat. Wen habt Ihr erkannt?«

»Graf Friedrich von Isenburg, des Bischofs Neffen. Er gab das Zeichen zum Angriff. Und es war Heribert von Rinkerode, der mir diese Wunde schlug. Danach sah ich nichts mehr. Ein Teil von Bischof Engelberts Gefolge war auf Seiten der Mörder, die anderen flohen. Ich kann nicht sagen, welche angriffen und welche flüchteten. Verdammt sie alle, Herr!«

»Wir sprechen«, ruft Heinrich, »über die Grafen Friedrich von Isenburg und Heribert von Rinkerode die Reichsacht. Wir beauftragen Bischof Dietrich von Trier, ein Schreiben an den Heiligen Vater zu richten, dass er die beiden der Tat überführten Grafen banne!«

Der Truhendinger springt auf die Treppe zur Tribüne und fordert:

»Sie sind nicht anwesend, Herr! Ihr könnt sie so nicht verurteilen. Sie müssen erst angehört werden!«

Gerlach von Büdingen folgt ihm.

»Was sollten sie aussagen?«, fragt er. »Dass sie schuldig sind, ist erwiesen. Sollen sie den Mord rechtfertigen?«

Es kommen noch mehr auf die Tribüne gesprungen und ziehen dort wieder die Schwerter. Auf allen Stufen stehen sie, fallen seitlich hinunter, stoßen unter der Treppe ihre Schwerter durch die offenen Treppenstufen. Es ist zu eng, es sind zu viele, die sich dort drängen, keiner weiß mehr, wer

Freund und wer Feind ist. Es sind zu viele auch für die Treppe. Sie wurde gebaut für das Königspaar, für das Hochzeitspaar, für die Herolde und ein paar Vertraute des Königs. Einen Kampf trägt sie nicht. Unter dieser Masse bricht sie ein.

Keiner stürzt tief. Aber sie fallen in offene Schwerter, fremde oder eigene, sie werden eingeklemmt zwischen splitternden Balken, sie können sich nicht mehr befreien aus ihren Kettenhemden, die sie für das Turnier angelegt haben, und ersticken in ihren Rüstungen. Heinrich steht oben auf dem Treppenabsatz. Links neben ihm stöhnt ein Sterbender, rechts neben ihm schreit Margarete. Wo die hölzerne Treppe war, ist eine neue Treppe entstanden, aus Toten, Sterbenden, Schwerverletzten, und hätte Heinrich die Fähigkeit gehabt, aufrechten Gangs über Leichen zu gehen – so manchem, der diese Krone getragen hatte, war das nicht sonderlich schwer gefallen – er hätte durchaus würdevoll von der Königstribüne herabsteigen können.

Aber Heinrich steht lautlos und reglos auf dem Treppenabsatz. Sein Magen und seine Hände ziehen sich in heftigen Krämpfen zusammen, in seinen Fingern zersplittert das Königshorn.

So endete das Hochzeitsfest von König Heinrich VII. von Staufen und Margarete von Babenberg, Tochter des Herzogs von Österreich. Es war der 30. November des Jahres 1225, der letzte Novembertag jenes Jahres, in dem es für Heinrich nur den Maienhimmel und Novemberaugen gegeben hatte. Am Abend kam der Nebel nicht zurück. Die Nacht wurde sternklar und es gab den ersten Frost. Des Morgens war der Himmel blau wie Margaretes Augen, die

Sonne leuchtete golden wie Margaretes Haar und die Luft war kalt, bitterkalt.

Der Winter war gekommen für Heinrichs Land und für Heinrichs Herz.

Verwechslung?

Vielleicht, wenn Alexander bedenklicher gewesen wäre, wenn er das Kapitel von Heinrichs Hochzeitstag noch einmal durchgelesen hätte, bevor er es Solveig gab, so hätte er wahrscheinlich seine Verwechslung bemerkt und den Fehler beseitigt. Er hat es nicht getan. Er hat die Geschichte Solveig gleich zum Lesen gegeben, denn er hat inzwischen gemerkt, dass durch Zögern nichts besser wird. Also liest Solveig den nicht korrigierten Text und natürlich stutzt sie.

»Der Bussard?«, fragt sie. »Wieso der Bussard? Was hat der Bussard damit zu tun?«

Alexander hat seit dem Gespräch mit dem Vater über das Mäusegift viel an den Bussard gedacht. In der Heinrich-Geschichte allerdings kommt der Bussard nicht vor.

»Hier, das meine ich«, sagt Solveig und hält ihm das Blatt hin, zeigt mit dem Finger auf die Stelle. Alexander liest:

»… jene immer wieder hervorgestoßene Nachricht, die Heinrich erst nicht verstehen konnte.

Herr, der Bussard ist tot …

dann nicht verstehen wollte:

Herr, der Bussard ist tot …

schließlich verstehen musste:

Herr, der Bussard ist tot!«

»Seltsam«, sagt Alexander, »der **Bischof** *muss es natürlich heißen. Das ist mir aber die ganze Zeit so gegangen. Immer wieder habe ich statt Bussard Bischof gedacht und umgekehrt. Komisch.«*

»Ja, komisch«, sagt Solveig. »Denk doch mal darüber nach. Vielleicht hat's einen Grund.«

Das tut Alexander. Den ganzen Nachmittag, den Abend, bis in den Schlaf hinein. Und darum träumt er in dieser Nacht den zweiten seiner »Heinrichträume«:

Er sitzt auf dem Rücken eines großen Vogels und fliegt durch die Lüfte. In weiten, schwebenden Kreisen ohne Flügelschlag gleitet er über Baumwipfel und Berggipfel. Der Vogel – es ist der Bussard – trägt ihn mühelos. Alexander fühlt sich sicher, er kann den Kopf wenden, hinauf- und hinabschauen, ohne dass ihm schwindlig wird.

Da fängt der Bussard an zu taumeln, verliert an Höhe, kann mit ein paar raschen Flügelschlägen wieder ausgleichen, gleitet weiter, taumelt wieder …

»Herr, was ist Euch?«, ruft Alexander. »Bin ich Euch zu schwer? Tragt Ihr mich nicht mehr?«

Mit der Unsicherheit kommt die Angst und damit das Schwindelgefühl. Er schaut sich um, will herausfinden, wo sie sind. Der Wind bläst ihm die Haare ins Gesicht. Sie sind ungewöhnlich lang, rotblond und gelockt. Er hat nicht viel Zeit sich zu wundern, denn nun beginnt der Bussard zu sinken, langsam erst, dann schneller.

»Herr«, ruft der Bussard, »krallt Euch nicht so in meine Federn, Ihr müsst nicht mit in die Tiefe, wenn ich stürze, Ihr

müsst oben bleiben, müsst nun selber fliegen, solltet es können, längst.«

Alexander nimmt die Hände aus den Federn, denkt, der Bussard müsse mit unbehindertem Flügelschlag nun wieder in die Höhe kommen, aber der fällt einfach hinunter, als hätte Alexander ihn zuerst gehalten und dann losgelassen.

»Flieg!«, schreit der stürzende Bussard. »So flieg doch! Du kannst es! Du musst es können!«

Alexander zappelt mit Armen und Beinen wie ein Nichtschwimmer im tiefen Wasser, er stürzt nicht, aber er sinkt, sinkt …

»Den Kopf hoch!«

Alexander versucht den Kopf in die Höhe zu bringen, aber er schafft es nicht. Da sitzt etwas Schweres drauf, das drückt ihn nieder. Er fühlt mit einer raschen Bewegung seiner in der Luft rudernden Hand, was das sei.

Eine Krone.

Natürlich. Es ist ihm ganz selbstverständlich. Er trägt ja die Krone. Bislang hat ihn deren Gewicht nicht sonderlich beeinträchtigt, aber um damit zu fliegen, allein, ohne den Bussard zu fliegen, ist sie zu schwer.

Der Bussard ist abgestürzt, er sieht ihn nicht mehr. Auch er wird sich nicht mehr lang in der Luft halten können. Wohin wird er fallen? Er ist dem Erdboden nahe genug um zu erkennen: Unter ihm ist ein Sumpf, eine schmutzig morastige Masse.

Zwei Männer eilen darüber hin. In beiden erkennt er seinen Vater, Alexanders Vater und Heinrichs Vater, er weiß nicht genau, welcher seiner ist.

Sie haben Säcke mit Bauklötzen ausgeleert und mit be-

ängstigender Geschwindigkeit, ohne Rücksicht auf Statik und Stabilität, nur rasch, rasch, bauen sie auf morastigem Boden mit wackligen Klötzen Türme und Blocks, Häuser und Schornsteine, Werkhallen, Lagerhallen ... Es wird eine der Riemenschmied'schen Fabrikanlagen und schon fließt es aus allen Abflusskanälen: Säuren und Laugen, leicht entzündbare Flüssigkeit, Farbstoffe, Ätzendes und Schäumendes.

Da will er nicht hineinfallen! Da nicht! Wer wird sich mit heiler Haut und unbeschädigter Seele aus diesem verwandelten Morast wieder herausretten können? Nun muss er wirklich fliegen.

Und er weiß, es gibt für ihn nur eine Rettung: Mit einer raschen, entschlossenen Bewegung stößt er sich die Krone vom Kopf.

Die fällt.

Wohin? Das kümmert ihn nicht mehr. Die wird sich schon vertragen mit denen da unten. Wahrscheinlich fällt sie dem Friedrich-Vater genau auf den Kopf, das wird ein wenig klirren, wenn sie auf ein bereits gekröntes Haupt trifft, wie es halt zu klirren pflegt, wenn Kronen aufeinander prallen.

Alexander aber kann endlich den Kopf heben. Und da geht das Fliegen auf einmal ganz leicht. Er kann sogar singen dabei.

Wie eine Lerche in der Morgenluft.

Es ist Sonntag. Alexander kann im Bett liegen bleiben und über den Traum nachdenken. Thomas ist schon früh aufgestanden. Er macht eine Radtour mit ein paar Freunden. Alexander kann in aller Ruhe seine Gedanken sam-

meln und den Traum aufschreiben. Er weiß nun, weshalb er den Bischof und den Bussard ständig verwechselt hat.

Bislang lag die Erwartung seines Vaters, dass er einmal die Geschäftsführung des Konzerns übernimmt, wie eine unbestimmbare Bedrohung über ihm, eine Beklemmung, einer jener drei eisernen Ringe, die ihm die Brust einschnüren. Seit er das Sterben des Vogels beobachtet hat, fühlt er sich mitverantwortlich für das, was in den Labors und Werkhallen der Firma Riemenschmied geschieht. Der Tod des Bussards ist für ihn so bedeutend wie die Ermordung des Bischofs für Heinrich. Aber Alexander hat es leichter. Er braucht sich noch nicht zu äußern. Er kann schweigen, warten, sich umschauen.

Ich weiß viel zu wenig über das, was in der chemischen Industrie gemacht wird, denkt er. Vielleicht sollte ich zum Weimer in die Arbeitsgemeinschaft Umwelt gehen. Außerdem wird der wieder Leute brauchen, die jetzt im Frühjahr die Kröten aus den Fangnetzen sammeln und über die Schnellstraße zum Weiher tragen. Der Weimer wär wichtiger als die Chemie AG. Ich will ja nicht wissen, was sie herstellen, das würde mir auch mein Vater sagen, ich will wissen, was es für Folgen hat. Und dann, wenn ich genug weiß, dann hau ich meinem Vater einen toten Bussard auf den Tisch.

Alexander hat sich in einen freudigen Zorn hineingedacht. Wie er ausholt in seinen Gedanken, um dem Vater den toten Bussard oder sonst was auf den Tisch zu knallen mit viel Schwung und Kraft, dass der Kaffee und der weich *gekochte Dotter des Frühstückseis nur so spritzen. Ganz tief und heftig hat er Luft geholt, voller Zorn und Wut und*

Empörung – da tut es einen lauten Knall in ihm und er weiß, das war einer der drei eisernen Ringe, die ihm beengend um die Brust liegen, einen hat er gesprengt, er wird sich nicht mehr davon bedrücken lassen, dass er einmal so leben soll wie sein Vater. Er wird prüfen, dann entscheiden.

Alexander springt auf, rennt zum Speisesaal – wie leicht es sich läuft mit nur noch zwei eisernen Ringen –, dort ist Solveig. Er setzt sich neben sie.

»Magst du Kröten?«, fragt er. »Würdest du sie anfassen?«

Die Herren von Neifen

Es war die allmorgendliche heilige Messe, die Heinrichs Schlaf in jenem Winter vor bösen Träumen bewahrte. Wie eine starke Mauer aus Chorälen und Bittgesängen stand die Morgenandacht zwischen seinem Aufwachen und dem Beginn des Tages und verhinderte so, dass die Angst vor den täglichen Verpflichtungen ihm in Schlaf und Träume drang. Es wurde ihm unentbehrlich, jeden Morgen für die Dauer des Gottesdienstes in dem Gefühl zu versinken, dass er in Wahrheit nur eine kleine, unbedeutende Stimme in diesem großen Gesang war, dass alles, was er tat und ließ, gering und vergänglich war, gleichgültig, ob er es nun tat oder ließ. In der Kirche war er nur einer von den vielen der großen Gemeinde seines Gefolges und es war der Bischof oder Abt, der die Messe zelebrierte, auf den alle Augen gerichtet waren.

Dieses wunderbar tröstende Gefühl der Gleichgültigkeit hielt ihn aufrecht, bis er in dem Thronsessel oder vor der Gerichtslinde Platz nehmen musste. Und dann fiel alles über ihn her. Er sollte entscheiden! Sollte abwägen und ein gerechtes Urteil finden in den Streitereien zwischen Bauern und Bauern, Bauern und Grafen, Grafen und Bischöfen …

Heinrich war in keiner Weise auf diese Aufgabe vorbereitet. Wenn er früher zu den Gerichtssitzungen überhaupt erschienen war, so hatte er an des Erzbischofs Seite gesessen, ohne dem Streit zu folgen. Er hatte nichts dabei gelernt und der Bischof hatte den König niemals um Rat gebeten, wenn er ein Urteil gesprochen hatte.

Nun musste er zuhören, sich auf die Fälle konzentrieren und dann – entscheiden.

Der Graf von Einstetten und ein freier Bauer waren gekommen. Sie stritten bereits seit einem halben Jahr um einen Vorfall vom vergangenen Mai. Damals nämlich war dem Bauern wegen der langen Trockenheit das einzige Bächlein auf seinem Hof versiegt. Er hatte nun, da er für seine Familie, seine Kuh und seine Ziege Wasser brauchte, von einem größeren Bach höher am Berg einen Teil seinem versiegten Bächlein zugeleitet. Jener Bach bewässerte einen Meierhof, der zum Besitz des Grafen Einstetten gehörte. Der den Meierhof verwaltende Bauer fühlte sich geschädigt und beklagte sich beim Grafen. Der Graf war nun selber vor dem König erschienen.

»Ihr erinnert Euch, Herr König«, sagte er, »der Mai war allzu sonnig und trocken.«

»Ich erinnere mich«, unterbrach Heinrich in dem beglückenden Gefühl, dass er diesmal wusste, wovon die Rede war, aber er merkte sofort, dass das beglückende Gefühl nur eine Verwechslung war. »Sonnig und trocken ...«, sagte er leise und starrte in die winterlich kahlen Zweige der Gerichtslinde, unter der er saß. Die hatte damals auch im ersten Frühlingsgrün gestanden. Um solche Linden, nur eben Dorflinden, war er mit Agnes gesprungen ... Mit Agnes ...

»Mein Meierhof, der von jenem Bach bewässert wird«, fuhr der Graf fort, »hat großen Schaden gelitten –«

»Keines Eurer Tiere ist eingegangen«, fiel eine Stimme an Heinrichs Seite ein.

Es war Heinrich von Neifen, der Protonotar von Schwaben, der vor ein paar Wochen mit seinem Bruder Albert eingetroffen war. Heinrich atmete auf. Da nahm einer die Verteidigung des Bauern in die Hand.

»Der Herr hat den Lauf der Gewässer bestimmt«, sagte der Graf, »und er lässt den Bach durch mein Land fließen.«

»Gewiss«, erwiderte der Neifen, »aber der Herr hat nicht bestimmt, dass Ihr Euer Land grad dort habt, wo er seine Gewässer fließen lässt.«

»Was redet Ihr da?!«, rief der Graf. »Es ist das Land meiner Vorfahren!«

»Es soll Euch bleiben«, sagte Neifen, »aber wenn der Regen ausbleibt, müsst Ihr teilen, was für alle da ist. Und Wasser muss für alle da sein.«

»Wir teilen!«, empörte sich Graf Einstetten. »Es ist alles eingeteilt und aufgeteilt. Der Ritter braucht einen großen Besitz, um sich und seine Gefolgsleute waffenfähig zu erhalten. Und Gott schuf Herren und Knechte …«

»… die er beide«, unterbrach Neifen, »mit einem Bauch ausrüstete, der essen und trinken muss …«

»… die er beide«, fiel der Graf ein, »mit einem Gürtel ausrüstete, den Ritter, dass er das Schwert daran trage, den Bauern, dass er den Gürtel enger schnalle, wenn die Zeiten schlecht sind!«

Der Wortwechsel zwischen dem Grafen und Heinrich von Neifen wurde immer heftiger und schneller. Heinrich wusste nicht, wer in dem Wortwechsel die besseren Gründe vorgebracht hatte. Etwas abseits hielt sich der Bauer. Er hatte noch nichts gesagt. Um seine Freiheit ging es, denn der Graf forderte als Entschädigung das an sein Land grenzende Viertel des Hofes. In diesem lag der umstrittene Bach, ohne den der Bauer den kümmerlichen Rest seines Hofes nicht mehr bewirtschaften konnte. Es blieb ihm dann also nichts als der Schritt in die Leibeigenschaft.

In jenem Sonnenmai des vergangenen Jahres waren Heinrich und Agnes über die Dörfer gezogen und waren in jedem Dorf mit einem Becher voll kühlen Wassers empfangen worden.

»Der Bauer«, sagte Heinrich, »hat Wasser genommen und es ist nicht rechtens, dass er Land dafür hingeben soll. Er wird Euch, Graf, das Wasser zurückerstatten. Ist der Bach auf deinem Grund vereist?«, wandte er sich an den Bauern.

»Nein, Herr«, antwortete der.

»Du hast einen Ochsen?«, fragte Heinrich.

»Ja, Herr. Ich teile einen Ochsen mit dem Nachbarn.«

»So wirst du nun täglich mit dem Ochsenkarren drei Zuber Wasser aus deinem Bach zum gräflichen Meierhof fahren und dieses dort in den Bach kippen.«

»Herr König!«, rief der Graf.

»Beginne gleich morgen«, fuhr Heinrich fort, »so kannst du in diesem Monat, da des Bauern Arbeit ruht, deine Schuld abgetragen haben.«

Heinrich stand auf.

»Und«, wandte er sich noch einmal an den Bauern, »sorge nicht, dass sich deine Not wiederholt. Der nächste

Mai wird nass und kalt. Was im letzten Jahr Freude war, wird in diesem Jahr Leid sein.«

Er wollte gehen, sich der Empörung, die sein Urteil hervorrief, entziehen, da wurde der Bischof von Konstanz gemeldet, der einen Brief des Kaisers zu übergeben habe. Dem Bischof war bereits berichtet worden, wie die Gerichtsverhandlung verlaufen war, und er erregte sich dermaßen, dass er die Übergabe des Briefes zunächst vergaß. Ohne seinen Zorn zurückzuhalten tadelte er den König mit scharfen Worten. Heinrich habe, so endete er, alle Gesetze von Recht und Ordnung umgestoßen.

Neben Heinrich standen, hoch aufragend und ihm eine ungewohnte Sicherheit gebend, die beiden Herren von Neifen. Das gab ihm die Kraft, dem tobenden Bischof gerade ins Auge zu blicken. Er hatte Recht und Ordnung nicht umstoßen wollen. Nur die Erinnerung an den Mai mit Agnes hatte ihn jene Worte sprechen lassen. Der Konstanzer Bischof wandte sich zum Gehen, kehrte zurück, übergab endlich den Brief des Kaisers und verließ den Gerichtsplatz.

»Vorzüglich«, sagte Heinrich von Neifen, »Ihr habt ihm den Kopf hingehalten, Herr König, Ihr habt all seine Wut auf die Zacken Eurer Krone genommen wie ein Ziegenbock seinen Gegner auf die Hörner.«

»Bruder!«, rief Albert tadelnd.

Aber Heinrich lachte. »Sie wären keine üblen Waffen, diese Kronen«, sagte er, »wenn Könige aufeinander losgingen mit gesenkten Köpfen wie Ziegenböcke. Ganz scharf und spitzig sind sie. Ich habe diese Krone einmal aus Versehen verkehrt herum aufgesetzt, das tat weh.«

Und da sagte Albert von Neifen etwas, das noch empörender war als die respektlose Bemerkung seines Bruders:

»Recht so, mein König«, sagte er, »verkehrt herum ist richtig herum. Vielleicht könnte dieser Schmerz allen kaiserlich-königlichen Stirnen ins Bewusstsein rufen, dass der Einzige, der sich jemals mit Recht hätte König von Gottes Gnaden nennen können, jener war, der eine Dornenkrone trug!«

Wenige Tage später erreichten sie die Kaiserpfalz Wimpfen.

Heinrich saß in den Nischen der Rundbogenfenster des Palas. Die Mauer war mehr als meterdick, die Säulen standen doppelreihig nebeneinander, jede mit anderen Verzierungen der Kapitelle, die gesamte Neckarseite des Palas war in helle Arkaden aufgelöst, als gäbe es in diesem Land nichts als Licht, das man großzügig in den weiten Saal einladen durfte. Barbarossa, von dessen Baumeistern dies errichtet worden war, hatte Burgen gebaut wie für ein südliches Land. Mit dem trüben, bleigrauen Licht dieses Schnee ankündigenden Januartages kam vor allem Kälte in den Saal. Heinrich fror.

Er nahm es nicht wahr. Es war ihm selbstverständlich geworden, im Winter zu frieren. In Bauern und Bürgerhäusern gab es Kammern, die verräuchert und stickig waren, aber warm. Kaiserpfalzen und Ritterburgen waren so gebaut, dass Kaiser und Ritter im Winter froren. Hier in Wimpfen gab es in einem der beiden Türme, im Roten Turm – rot, da er ein ziegelrotes Dach trug – ein paar gut beheizbare Kammern, Heinrichs Schlafgemach und jenes

Zimmer, in dem Konrad von Winterstetten seine Dichter um sich versammelte. Heinrich freute sich auf die Abende, in jenem Kreis fühlte er sich wohl.

Nun musste er frieren, aber in seinem linken Ärmel brannte, was ihn mehr wärmte, als der pelzgefütterte Mantel: der Brief seines Vaters. Friedrich rief ihn nach Oberitalien zu einem Reichstag. Ostern sollte er in Cremona sein, das bedeutete, im Spätwinter die Alpen zu passieren. Niemand tat das freiwillig.

Er versuchte die verwirrenden Eindrücke der letzten Tage zu ordnen.

Wer waren die Herren Albert und Heinrich von Neifen?

Heinrich schaute den Hang hinunter zum Neckar. Der floss bleigrau und gleichgültig durch ein bleigraues Land. Bislang war kaum Schnee gefallen in diesem Winter und es war kalt, zu kalt für ein Land ohne Schnee. Würde es wieder so ein harter Winter werden wie im letzten Jahr? Würde das wenige im Herbst eingebrachte Getreide sein Volk über einen langen und kalten Winter bringen? Würden all dies Fragen sein, die er zu lösen hatte? Er war umzingelt von Fragen:

Wer waren die Herren Albert und Heinrich von Neifen?

War Albert ein Ketzer? Einer von denen, die außer Christus keinen König anerkennen wollten? Keinen Kaiser? Keinen Papst? Ketzer verlangten von den Geistlichen Armut und Verzicht auf weltliche Macht. Sie wurden verfolgt von Papst und Kaiser. Auch um gegen sie vorzugehen, rief ihn sein Vater zum Reichstag nach Italien.

Warum waren die Brüder Neifen so kurz nach dem Tod des Erzbischofs wieder in seinem Gefolge aufgetaucht?

Sie hatten ihn vor Jahren begleitet. Heinrich von Neifen hatte einen Sohn, Gottfried, etwas älter als er selbst, ein Minnesänger, den Winterstetten in seinem Kreis haben wollte, aber dann waren die Neifen plötzlich fort gewesen. Heinrich erinnerte sich dunkel an einen Streit mit Erzbischof Engelbert. Kaum war der tot, erschienen sie wieder am Königshof. Gehörten sie zu den fürstlichen Nutznießern der durch diesen Mord frei gewordenen Macht?

Gewiss nicht! So viel war sicher. Heinrich von Neifen hatte gegen den Grafen Einstetten Partei ergriffen. Er stammte aus niedrigem Adel, war keiner der Reichsfürsten, die die Macht des Bischof erben konnten. Aber auf welcher Seite standen die Neifen dann? Nicht auf der des ermordeten Bischofs, nicht auf der der Reichsfürsten. Wo dann?

Und Heinrich erkannte mit Schrecken, dass er nicht einmal wusste, wie viele Seiten die Macht in seinem Land hatte.

Da war noch einer: Anselm von Justingen, der finstere dunkelhaarige Graf mit den stechenden dunklen Augen. Früher war er der Marschall des Kaisers gewesen, dann war er aus Heinrichs Gesichtsfeld verschwunden. Und nun war er wieder da …

Es gab auch etwas Erfreulicheres, worüber er nachdenken konnte. Der Brief vom Vater. Der brannte deshalb so heiß in seinem linken Ärmel, weil er ein paar Zeilen davon immer wieder gelesen hatte:

»Und wenn Ihr aus keinem anderen Grunde erscheint, als nur, um Unsere Person zu sehen, die Euren Anblick gern genießt.«

Da rief also nicht nur der Kaiser den König zum Reichstag, da rief der Vater den Sohn zu einem Wiedersehen. Nach acht Jahren der Trennung. In denen die Mutter gestorben war. In denen der Vater wieder geheiratet hatte. In denen man den Sohn verheiratet hatte …

Konnte er hoffen, dass er mit Bitten kommen durfte? Er hatte nur eine. Agnes.

Nicht mehr nur Pietro Antonio, der apulische Arzt, wusste, dass er die Königin mied. Er hatte sie in den Frauengemächern unterbringen lassen, er selber schlief im Roten Turm, sah sie bei Tag selten, bei Nacht nie. Sein gesamtes Gefolge sollte wissen: Diese Ehe war noch nicht vollzogen und konnte also jederzeit für ungültig erklärt werden – sofern der Papst und der Kaiser es wollten.

Da sie nun nach Süden und nicht im Frühjahr nach Aachen reisen würden, konnte Margarete vorerst nicht gekrönt werden, denn das war nur in Aachen möglich. Mehr noch – er würde sie nicht mitnehmen nach Italien. Im Winter über die Alpen! An Reiten war da nicht zu denken. Männer kriechen auf Händen und Knien, gleiten häufig aus und rutschen die Hänge hinunter. Frauen setzt man auf Rinderhäute, ortskundige Führer versuchen, diese vorsichtig hinabzulassen.

Keine Reise für Margarete.

Hätte man ihn doch gleich mit Agnes verheiratet! Mit Agnes auf Rinderhäuten die vereisten Berge hinunterzurutschen – das wäre nach ihrem Sonnenmai der rechte Winter gewesen. In dem kaiserlichen Brief wurde Heinrich angewiesen, mit dem gesamten deutschen Ritterheer Ostern in der stauferfreundlichen Stadt Cremona zu erscheinen. Der Kaiser brauchte starke Machtmittel für die Verhandlungen mit den Lombardenstädten, von denen sich die meisten und mächtigsten seiner Gewalt entzogen.

Das Ritterheer zusammenzurufen erforderte eine umfangreiche Planung. Die Herren Neifen und Graf Anselm von Justingen hatten das sofort übernommen. Sie hatten sich Wachstafeln bringen lassen. Bischof Sifrit von Regensburg, oberster Leiter der königlichen Kanzlei, brachte Bücher, in denen genau aufgeführt war, welche Reichsfürsten dem König wie viele gepanzerte Ritter zu stellen hatten. Gemeinsam entwarfen sie die Wegroute, die die Boten zu nehmen hatten. Ortskundige aus allen Teilen des Reiches wurden aus dem königlichen Gefolge zusammengerufen. Die berichteten über den Zustand der Wege und Brücken, man zeichnete Streckenkarten auf Wachstafeln, ein Wormser Mönch brachte eine Weltkarte, die er selbst entworfen hatte, wie er sie vor einigen Nächten geträumt hatte. Außer Jerusalem war darauf freilich nicht viel zu sehen. Der Justingen dankte und schickte den Mönch zurück zu seinem Abt.

Man hatte Heinrich die fertige Planung vorgelegt. Er hatte sein königliches Siegel in die Wachstafeln zu drücken, gefragt worden war er nicht. Nur einen Auftrag hatte er vergeben: Den Boten an König Ottokar von Böhmen bestellte er zu einem persönlichen Gespräch.

»Wenn des Königs Tochter Agnes in Prag sein sollte«, trug er ihm auf, »so sage ihr, die Königin zieht nicht mit über die Alpen. Sage ihr, wir erwarten sie zusammen mit den böhmischen Rittern auf dem Lechfeld bei Augsburg.«

Nun saß er in den Arkardenfenstern des Palas in Wimpfen.

Der pelzgefütterte Mantel war ihm aufgesprungen, die Rundbogensäule, gegen die er den Rücken lehnte, war kalt wie eine Eissäule, aber in seinem linken Ärmel lag heiß der Brief des Vaters und wärmte seinen ganzen Körper.

Mit Agnes auf Rinderhäuten die vereisten Hänge hinabrutschen ...

Wer auch immer die Herren Neifen waren und der finstere Graf Justingen, sie trafen Entscheidungen für ihn. Wie früher der Bischof. Er konnte wieder die eigenen Pläne verfolgen.

Ob er vielleicht einen Schlitten bauen lassen sollte? Mit seidenen Bändern und silbernen Glöckchen?

Heinrich im Nebensatz

Heinrichs Schicksal, so scheint es, bleibt der Nebensatz. In einem Nebensatz im Geschichtsunterricht hat Alexander seinen ungewöhnlichen Freund kennen gelernt. Nun wird der ungehorsame Kaisersohn auch in der Deutschstunde erwähnt. Und wieder kommt er im Nebensatz.

Es geht um mittelalterliche Literatur. Alexander hört lauter bekannte Namen, Männer, die an Heinrichs Hof lebten, von denen er nun endlich erfährt, welche Bedeutung sie in der Dichtung haben. Frau Börner, die Deutschlehrerin, hat einen Nachdruck der berühmten Manessischen Liederhandschrift mitgebracht.

Das Buch wird durch die Klasse gereicht. Gleich das erste Bild zeigt Kaiser Heinrich VI., Großvater von Alexanders

Heinrich. Alexander stutzt. Solche Lieder soll der Kaiser geschrieben haben? Alle seine Kronen, behauptet er im ersten Lied, würde er für die Geliebte hingeben.

»Das ist eine glatte Lüge«, ruft Alexander in die Klasse. »Eine Frau hat er geheiratet, die er gar nicht kannte, und er hat sie nur genommen, weil sie einmal die Krone von Sizilien erben würde.«

»Das ist richtig, Alexander«, sagt Frau Börner. »Red weiter. Weißt du noch mehr?«

»Absoluter Untyp, dieser Kaiser«, ereifert sich Alexander, »die Sizilianer wollten ihn nämlich nicht als König und er muss da gewütet haben wie ein Monster. Hat seinen Gegnern die Haut abziehen lassen, bevor er sie zu Tode prügeln ließ und so was. Und dann solche Gedichte schreiben! Ich glaube kein Wort davon.«

»Das ist nicht glaubwürdig«, sagt Frau Börner, »wie geht das zusammen? Entweder der Kaiser hatte noch ganz andere Wesenszüge in seinem Charakter, als die, die er bei seiner Machtergreifung in Sizilien zeigte. Oder aber, wir müssen seine Dichtung als eine Pose, eine theatralische Geste ansehen. Oder er hat diese Texte gar nicht gedichtet. Einige Forscher meinen, dass es sich nur um eine Verwechslung handelt mit seinem Enkel, der ebenfalls Heinrich hieß.«

Da ist er wieder. Der Nebensatz. Wie viel jedoch hat sich verändert seit jenem Nebensatz in der Geschichtsstunde. Alexander sieht Solveigs schmale Schultern zusammenzucken. Dann dreht sie sich um und er schaut in ihre begeisterten, unergründlich tiefgrauen Augen.

»Das ist fantastisch«, sagt ihr Blick.

Den Nachmittag haben sie frei. Alexander und Solveig gehen den alten Waldweg zum See hinunter, der von jenem Kloster, in dem nun ihre Schule ist, zur Klosterkirche über dem Bodensee führt. Alexander trägt seinen Rucksack. Darin sind Bücher über die Dichtung der Stauferzeit, die er von Frau Börner ausgeliehen hat, ein Packen Noten, Rekonstruktionen der Minnelieder, und eine alte Blockflöte hat er von Thomas, die klingt nicht mehr ganz sauber, sie hat über ein Jahr in einer Kiste mit kaputten, ferngesteuerten Autos zu dicht an der Heizung gelegen.

Es ist warm, fast heiß, Solveig und Alexander gehen schweigend nebeneinander her. Sie wissen, sie denken beide dasselbe: Es ist Mai. Ein Sonnentag im Mai.

Sie gehen durch die alte Klosteranlage, durch den Klostergarten, den unbefestigten Weg hinauf, tauchen in den Schatten des Mischwaldes ein. Vor 700 Jahren hat es hier kaum anders ausgesehen. Sie sind umgeben von Erinnerungen an die Liebe von Heinrich und Agnes, die ihre eigene ist, die sie aber noch nicht erlebt haben.

Erinnerungen an Zukünftiges?

Alexander bleibt stehen.

»Das sind sie«, flüstert er.

Unter den Laubbäumen blüht eine Sternenwiese. Der Bärlauch. Sie bücken sich, reiben die Blätter zwischen den Fingern, saugen den Knoblauchduft ein.

Solveig steht auf, will weitergehen. Der Knoblauchduft hat sie ganz unsicher gemacht, als ob sie nun keinen Baum mehr richtig anschauen könnte, als ob ihr Blick unstet von einem Baum zum andern springen wollte, als ob sie weinen müsste.

Alexander hat rasch ein paar Bärlauchpflanzen gepflückt und legt sie Solveig über das Haar.

So muss auch Agnes' Kopf in den Sternenblüten gelegen haben, damals, als sie jenen kostbaren Blutfleck vergeudeten, den dann der Bischof zum Anlass nahm, sie zu trennen.

»Knoblauch«, sagt Solveig, »erst Raupen, dann Kröten, jetzt Knoblauch. Du bist so total romantisch, Alexander. Das ist es, was ich an dir so mag.«

Es zuckt um ihren Mund, als würden ihre Mundwinkel etwas suchen, etwas ganz Bestimmtes suchen.

Alexander versteht. Sie sucht jenes Grinsen, das höhnische, spöttisch hochmütige Grinsen, das Heinrich Agnes von den Lippen küssen musste. Er hat dieses Grinsen lang nicht mehr gesehen in ihrem Gesicht. Es ist irgendwann ohne ihr Zutun verloren gegangen und sie haben es nicht vermisst.

Gewiss, weil wir glücklicher sein sollen als Heinrich und Agnes, denkt er.

Aber warum sucht sie es jetzt? Will sie, dass er es ihr von den Lippen küsst?

Das kann er doch nicht.

Solveig findet das Lächeln nicht. Ihre Mundwinkel zucken noch ein paar Mal wie ein hilflos flatternder Vogel, dann gibt sie es auf. Stattdessen lacht sie, wirft den Kopf zurück und schüttelt die Sternblüten vom Haar.

Alexander macht einen Luftsprung. Dabei werden seine Arme und Beine so eckig und spitzig wie Solveigs Knie, ihre Schultern, ihre Nase. Sie rennen das letzte Stück des Weges, bis der Wald sich öffnet und sie hinunterschauen können auf den See.

Später sitzen sie auf den Mauern vor der barocken Klosterkirche. Es ist ein Werktag. Die wenigen Touristen gehen staunend an ihnen vorbei.

Alexander spielt ein paar Lieder ab und sie versinken in den vielen Büchern, Bildern, Blättern.

Das Höllenloch

Herr Konrad von Winterstetten, gewöhnlich bedachtsam und abwartend, war nicht gerade zurückhaltend, sofern über das Schicksal von Romanfiguren entschieden wurde.

»Nein«, sagte er und ließ das schwere Buch auf die Truhe fallen. »Nein«, sagte Herr Konrad, »sie müssen sterben! Wenn Ihr mit solchen Vorschlägen kommt, Herr Ulrich, werde ich Euch diese Aufgabe nicht anvertrauen können.«

Um das Schicksal des Liebespaares Tristan und Isolde ging es. Gottfried von Straßburg, der diesen von Herrn Konrad so sehr verehrten Versroman geschrieben hatte, war vor Jahren gestorben. Das Werk blieb unvollendet. Nun sollte Herr Ulrich von Türheim den Schluss dazu schreiben.

In dem gut beheizten, schlecht gelüfteten, schwach beleuchteten Zimmer des Roten Turms saß Konrad von Winterstetten mit seinen Dichtern. Der kleine Ulrich von Winterstetten war neben dem Kamin eingeschlafen, die Herren von Neifen hielten sich zurück, die Grafen Gottfried und Konrad von Hohenlohe waren unschlüssig, ob man über

Dichtung reden dürfte, ob es nicht wichtiger wäre, die Herren Neifen endlich wegen der Gerichtsverhandlung der letzten Woche zur Rede zu stellen und zu maßregeln, und der Minnesänger Herr Burkhart von Hohenfels, erst kürzlich eingetroffen, lehnte sich mit finsterem Gesicht in einem Stuhl zurück. Er ärgerte sich. Schon wieder wurde über diesen Straßburger gesprochen.

Außer Ulrich von Türheim hatte keiner in diesem Kreis bemerkt, wie sehr der junge König litt. Man hatte Heinrich den buntesten Stuhl an der wärmsten Stelle zugewiesen, aber ihn nicht ins Licht gerückt. Er galt hier nicht als Hauptperson. Da saß er im Halbdunkel und krampfte die Hände ineinander, wenn über die verliebten Königskinder gehandelt wurde. Dem Türheimer, und nur ihm, war plötzlich mit einem tiefen Schrecken klar geworden, dass man eine solche Liebe vielleicht nicht nur besingen, dass man sie auch erleben könnte. Darum hatte er den verwegenen Vorschlag gemacht, Tristan und Isolde leben zu lassen.

»Sterben müssen sie«, betonte der Herr von Winterstetten, »es lässt sich mit einer solchen Liebe nicht leben, nur sterben.«

Ulrich von Türheim war denn auch der Einzige, der bemerkte, dass Heinrich ging. Die anderen dachten nicht nach über das plötzliche Flackern der Kerzen, als Heinrich durch die Tür schlüpfte.

Die Herren Neifen und die Grafen Hohenlohe, die ein Gespräch begonnen hatten über Macht und Recht im Deutschen Reich, brauchten den Deutschen König dazu nicht. Der Minnesänger Burkhart, der durch die Lande zog und Lieder über die Hohe Minne sang, über die unerfüllbare

Liebe eines Ritters zu einer unerreichbaren, edlen Frau, auch er hatte keinerlei Verständnis dafür, dass der gerade fünfzehnjährige Knabe Heinrich an einer ebensolchen Liebe litt. Weder für den König noch für den Menschen Heinrich war ein Platz in dem Zimmer des Roten Turmes. Darum ging er.

Als er in den Burghof trat, hörte er vom gegenüberliegenden, vom Blauen, aus bläulich weißem Kalkstein gemauerten, Turm das Hornsignal des Burghüters, das zum Schließen der Tore aufrief. Von den Türmen war der gesamte Umkreis der Kaiserpfalz zu überblicken. Die Wälder vor den Burgmauern waren abgeholzt. Niemand sollte sich im Schutz der Bäume nähern können, niemand auch im Schutz der Dunkelheit, darum wurden die Tore geschlossen, sobald die Turmwächter das Gelände nicht mehr prüfen konnten.

Freilich war es noch nicht vollständig dunkel. Der Burghüter hatte das Signal früh gegeben, vielleicht war ihm kalt in dieser schneeverhangenen Januardämmerung. Heinrich hoffte, das nächstliegende Tor noch offen zu finden. Im Schatten der Arkaden erreichte er das Torhaus, sah den Torhüter nirgends – vernachlässigte er seine Pflichten? Mit ein paar lautlosen Schritten war Heinrich durch das Tor geschlüpft, drückte sich an die äußere Burgmauer und fragte sich, ob es wohl ebenso leicht sei, in die Burg hineinzukommen wie heraus.

Heinrich kam aus dem wärmsten Zimmer der gesamten Burganlage und hatte dort ohne den pelzgefütterten Mantel gesessen. Seine Schuhe waren zwar gefüttert, hatten aber keine festen Sohlen. Schon zerriss er sich Kleider und

Schuhe an Felskanten. Es war ihm gleichgültig. Er wollte frieren. Er wollte endlich auch seine äußere Haut der Temperatur seines Herzens anpassen. Dann musste es doch besser werden. Dann musste dieses beklemmende, eisige Gefühl im Innern aufhören. Freilich – das war ihm bewusst – würde dann alles aufhören. Seine hoffnungsvollen Gedanken des Nachmittags waren mit der Sonne untergegangen. Agnes würde nicht kommen. Und wenn sie käme, würde er sie nicht mitnehmen dürfen.

Er ging über spitze Steine und Geröll, die ihm durch die Schuhe in die Füße stachen, und im letzten, trüben Licht erreichte er den Waldrand. Da blieb er stehen, verwundert, und fragte sich, ob er vor etwas davon- oder auf etwas zuliefe.

Er lief davon. Er wollte nicht wieder auf Thronsessel oder Gerichtsstuhl sitzen. Die Herren Neifen waren ihm nicht unangenehm. Ob sie aber, überlegte er, ob sie es wohl bemerken würden, wenn er heimlich durch ein Loch in seiner Kleidung hinausschlüpfte, durch einen Riss vielleicht wie ein heller, jubelnder Flötenton durch die offenen Grifflöcher einer Flöte? Würde es Albert, würde es Heinrich von Neifen bemerken, dass er dann gar nicht mehr drin war in seinen Kleidern?

Andere würden es merken. Und sie würden sich auf seine Kleider stürzen und sich darum schlagen, wer nun würde hineinkriechen dürfen in dieses Gefängnis.

Im Stehen wurde ihm kälter, als es ihm lieb war. Er lief

in den Wald.

Und vor dem Wintersteten konnte er auch nur noch davonrennen. Wenn der so klar und deutlich sagte, dass mit einer solchen Liebe nicht zu leben, nur zu sterben sei, dann wusste er – Heinrich – ebenso klar und deutlich, auf welcher Seite sein Platz sein musste.

Er würde sterben. Erfrieren im kalten Winterwald, erfrieren in dieser kalten Winterwelt, in der es niemals wieder einen Mai geben würde.

Während er über Baumwurzeln stolperte, sich an tief hängenden Ästen und Stämmen stieß, fing er an zu schreien. Er schrie, um seine Stimme zu zerstören, um sie rau, kratzig und heiser zu machen. Es war seine Stimme, die ihn noch am Leben hielt. Denn es war dies keine Stimme, mit der man so ohne weiteres sterben konnte. Sie war zu schade dazu. Es war auch keine Stimme, mit der man unbedingt König werden musste. Man hätte damit auch Minnesänger werden können. Aber das strenge Gesicht des Burkhart von Hohenfels fiel ihm ein. Der hätte wohl eine Verwendung für Heinrichs Stimme, aber keine für seine Lieder.

Und Heinrich schrie. Er blieb sogar stehen, um lauter und schriller schreien zu können, denn er glaubte, hatte er diese Stimme erst einmal zerstört, würde ihm das restliche Sterben nicht mehr sonderlich schwer fallen.

Die Kälte machte ihn steif. Er musste weitergehen. Aber es war kein Fortkommen in diesem Wald. Mit jedem zweiten Schritt lief er gegen einen Baum.

Es war dunkel.

Das letzte Licht des Tages war versunken, nicht nur die hohen Bäume, auch dichte Schneewolken verdeckten Mond und Sterne, Heinrichs verzweifelt suchende Augen fanden rundum nicht den geringsten Lichtschein.

Bauern, Handwerker, Bürger, Ritter, Mönche, sie rückten in der Dunkelheit näher zusammen, suchten in der Körperwärme des anderen einen Ersatz für das Licht, denn in der Dunkelheit nahm der Böse Besitz von Welt. Und was er mit seinen schwarzen Fingern greifen konnte, riss er hinab in sein Reich der Finsternis.

Auf die tödliche Begegnung mit Wölfen, Bären, Wildschweinen war Heinrich gefasst gewesen, auf Räuber und Mörder, auf Stürze in Schluchten und vereiste Flüsse. Das alles nahm ihm nur den Körper, der Böse jedoch streckte seine Hände nach der Seele.

Heinrich fing wieder an zu rennen, obgleich er wusste, dass er vor der Dunkelheit so wenig davonlaufen konnte wie vor seiner Königskrone. Der Wald griff nach ihm mit Zweigen, Ästen, Haselnusssträuchern und Brombeerranken. War es noch der Wald? Waren es nicht längst die kratzigen Finger des Bösen, die überall da zupackten, wohin er ausweichen wollte? Er stürzte, zerriss sich den linken Ärmel. War der Brief des Vaters noch darin? Er fiel. Wie tief er fiel! Deutlich tiefer, als wäre er nur auf den Boden gefallen.

Der Böse reißt die Erde auf, denkt er. Er macht überall Abgründe und will, dass ich hineinstürze.

Er tastet mit beiden Händen, fühlt haariges, pelziges Fell, schreit, da kommt er schon, da ist er mit seinen Gesellen.

Heinrich sitzt schreckensstarr auf den pelzigen Haaren. Er greift zur Seite, nach oben, nach unten, überall ins Leere. Da, rechts von ihm ist noch etwas, etwas Spitzes, Glattes. Wie eine Lanzenspitze fühlt es sich an.

Des Teufels Hörner oder des Teufels Dreizack, denkt er,

gleich wird er nach mir stoßen und mich aufspießen. Heinrich springt auf, steht auf dem kalten Pelz, der langsam zu sinken beginnt. Er bekommt eine Wurzel zu fassen und schwingt sich noch einmal heraus aus dem Höllenloch.

Er will davonrennen, kommt kaum ein paar Schritte weit, da greift etwas nach seinem Fuß und hält ihn, sodass er wieder zu Boden stürzt.

Er ist hinter mir her, denkt er, ist mir auf den Fersen, ach, hat mich schon gepackt an der Ferse.

Denn das ist keine gewöhnliche Schlingpflanze, was da seinen Fuß hält. In welche Richtung auch immer er daran zerrt und reißt, das packt nur umso fester zu, wie eiserne Krallen aus der Folterkammer umklammert es sein Fußgelenk.

Ihm ist heiß in der Winterkälte. Lichtloses Höllenfeuer will ihn verbrennen.

Singen! Er hat doch mit solcher Inbrunst in den Messen gesungen, mit einer Hingabe wie nie zuvor. Aber es kommt nur ein kümmerliches Kratzen aus seiner Kehle. So gut ist es ihm gelungen, die Stimme rau und heiser zu schreien.

Beten! Die Hände hat er noch frei. Er schlägt sie zusammen, aber da kommt ihm etwas zwischen sein Händefalten, etwas Haariges, Pelziges. Sie sind überall, er schaudert, über mir, unter mir, um mich herum.

Es gibt keine Rettung mehr. Er ist umzingelt vom Bösen, dem die Finsternis gestattet hat, aus der Erde zu springen. Nur denken kann er noch und darum muss er alle Gedanken auf das Heil richten. Während er den Kopf in modriges, überfrorenes Laub drückt, versucht er, sich das Altarbild der Pfalzkapelle vorzustellen, in der er am Morgen noch an der Messe teilnahm. Es zeigt Christus am Kreuz, er sieht die ans Kreuz genagelten Füße und Hände, die offene Wunde in der Seite, das schwer heraustropfende Blut. Nur das Gesicht kann er nicht sehen. Davor hat sich der Kopf des Konstanzer Bischofs geschoben, der ihn wegen der Gerichtsverhandlung zur Rede gestellt hat.

»Geh weg«, zischt Heinrich den Bischof an, »geh weg da. Ich will sein Gesicht sehen. Ich brauch es jetzt.«

Und es gelingt ihm das Bischofsgesicht zu vertreiben. Aber es bleibt der tadelnd erhobene Zeigefinger, der sticht mit zornigem Rucken und Zucken so aufgeregt vor dem Christuskopf herum, dass Heinrich ihn wieder nicht sehen kann. Und es ist durchaus zweifelhaft, ob mit dem drohenden Zeigefinger der junge König gemaßregelt wird oder der Gekreuzigte.

»Verschwinde!«, schreit Heinrich. »Mach dich davon! Du kannst seine blutenden Füße und Hände, du kannst die blutende Seite mitnehmen, meinetwegen das ganze Kreuz. Nur sein Gesicht will ich sehen. Verschwinde!«

Er greift den nächsten erreichbaren Gegenstand und wirft ihn auf den zuckenden Zeigefinger.

Er hat wirklich geworfen. Was ihm eben grad in die Hände kam, hat er geworfen, und das war jenes pelzige, haarige Etwas, das ihm zwischen das Falten seiner Hände kam. Und er hat getroffen.

Der Bischofsfinger ist fort. Hat er wirklich die blutenden Hände und Füße, hat er das Kreuz mitgenommen? Der, dem Heinrich nun ins Gesicht schaut, blickt ihn mit so ruhigen, klaren, frohen Augen an, wie er in keiner Kirche jemals einen Christuskopf gemalt oder gemeißelt sah.

Da blitzt etwas auf vor seinem innerem Auge. Er hat nicht sehen können, was er nach dem Bischofsfinger warf, aber seine Hände haben eine vertraute Form gegriffen und teilen nun seiner Vorstellung mit, welche Gestalt dazu gehört.

Diese Ohren, diese langen Ohren. Keine Teufelsohren.

Es war ein Hase.

Ein toter, in einer Schlinge gefangener Hase.

Heinrich richtet sich auf.

Was seinen Fuß so unnachgiebig fest hält, ist die Schlinge eines Wilderers.

Er tastet nach dem Fuß. Das Seil hat ihm die Haut aufgerissen, er findet den Knoten, der ist feucht und kalt, aber lässt sich lösen.

Und davor? Was war das Pelzige, auf das er davor gefallen war?

Heinrich zuckt erschrocken zusammen. Er ist in eine Wolfsgrube gefallen. Nur die toten Körper von ein paar Wölfen, die sich wahrscheinlich in der letzten Nacht dort aufgespießt hatten, verhinderten, dass er selber in die dort aufgestellten, scharf gespitzten Pfähle stürzte.

Heinrich reibt den schmerzenden Fuß.

Er hat keine Angst mehr. Zumindest nicht vor dem Teufel.

Ein paar Stunden später findet ihn Graf Anselm von Justingen.

»Seht euch vor! Wolfsgrube!«, kann Heinrich noch rufen.

»Wo?«

»Ich weiß nicht mehr. Leuchtet!«

Sie haben Fackeln. Ein Falkner, dessen Vater Wolfsfänger war, kennt sich aus. Er erkundet das Gelände.

Heinrich wird in Decken gehüllt. Der Justingen ist groß und kann ihn tragen.

Von der Seltenheit weißer Hirschkühe

Heinrich bekam heißen, stark gepfefferten Wein zu trinken.

Drei Tage verschlief er in Fieberträumen. Wenn er aufwachte, bekam er wieder heißen, gepfefferten Wein, und danach schlief er bald wieder ein. Zuerst saßen zwei Mönche an seinem Bett und beteten für die Genesung des Königs. Bald mussten mehr Mönche geholt werden, die für die Reinigung von Heinrichs Seele beteten, denn was der König in seinen Fieberträumen sprach, zeigte, dass der Böse bereits die Finger an seiner Seele gehabt hatte, dass er sie verunreinigt und verunstaltet hatte. Ein Hase habe die Hölle besiegt, sagte der König im Schlaf, ein Hase habe Christus vom Kreuz befreit.

Nach drei Tagen war Heinrichs Körper gerettet, aber es gab etliche unter den Mönchen, die auf immer Zweifel behielten, ob es auch gelungen sei, seine Seele zu bewahren. Als er wieder zu sich kam, schickte er alle fort. Er wollte allein sein.

Durch das kleine, offene Fenster des Roten Turmes blickte er auf eine helle, weit freundlichere Landschaft.

Endlich war Schnee gefallen. Er freute sich über sein neues, wieder gefundenes Leben, freute sich über seinen Entschluss, dieses Leben zu behalten, doch mit der Freude kam auch der Schmerz wieder. Meist saß er allein in seinem Zimmer und grübelte darüber nach, wie er die Trennung von Margarete und die Rückkehr von Agnes erzwingen könnte. Manchmal kam Ulrich von Winterstetten, um mit ihm zu singen und ihn aufzuheitern. Der kleine Ulrich war nicht zum Leiden geboren. Ein Glückskind. Heinrich lachte manchmal ein wenig mit ihm und war fröhlich. Aber wenn Ulrich ging, sammelte er Laute, Flöten, Lachen und Fröhlichkeit wieder ein und nahm mit, was ihm zugehörte.

Heinrich grübelte weiter.

Da der Kaiser und der Papst seinen Wunsch nicht erfüllen würden, musste er sich an den Einzigen wenden, der diesen beiden etwas zu befehlen hatte. Ein Brief musste vom Himmel fallen, ein Himmelsbrief, der verlangte, dass die Przemyslidin Agnes Königin von Deutschland würde. Wer könnte dem widersprechen? Es waren schon des Öfteren Briefe vom Himmel gefallen und alle waren hoch geachtet worden. Sie hielten die Leute zum Frieden an oder riefen zum Kreuzzug auf. Konnte nicht einer aus seinem Gefolge hoch oben in den Alpen einen Himmelsbrief finden? Ulrich wäre gewiss geeignet für eine solche Aufgabe. Es müsste eine verschlüsselte Nachricht darin stehen. Man könnte zum Beispiel auf eine Wachstafel schreiben:

»Deutschlands rechtmäßige Königin sei diejenige, deren Nase auf eben dieser Wachstafel den spitzigsten Abdruck mache.«

Es bestand kaum eine Gefahr, dass bei einem solchen

Wettstreit europäischer Fürstentöchter Agnes nicht gewinnen würde.

So ging das nicht, das war Betrug.

Wie konnte er im Land die Nachricht verbreiten, dass nicht nur sein Lebensglück, sondern Wohl und Gedeihen des ganzen Deutschen Reiches davon abhingen, dass Agnes von Böhmen Deutschlands Königin wurde?

Die Geschichte von Sigune und Schionatulander fiel ihm ein, die Wolfram von Eschenbach erzählt hatte. Denen lief ein junger Jagdhund zu, der ein kostbares Halsband trug und eine lange Leine nachzog. Auf Halsband und Leine war die Liebesgeschichte der Königin Klauditte gestickt.

Ich werde, dachte Heinrich, meine Botschaft auf Halsbänder sticken lassen. Ulrich und ein paar Knappen sollen wilde Hunde einfangen und denen die Halsbänder anlegen. Und nicht nur Hunde, auch Rehe, Hirsche, Wildschweine.

Nein, Wildschweine schienen ihm nicht ganz passend für diese Nachricht.

Er griff wieder nach der Wachstafel, schrieb und glaubte bald, die richtigen Worte gefunden zu haben:

Wenn König Heinrich reicht die Hand
zum Ehebunde Margareten,
kommt böses Wetter in das Land,
vernichtet, was die Bauern säten.

Es folgt auf diesen Hochzeitstag
Verrat, Verleumdung, Niedertracht,
und Kälte, Blitz und Hagelschlag
entsteht aus seiner Hochzeitsnacht.

Und dieses Volk wird nie mehr satt,
und diesem Volk wird nie mehr Frieden,
als bis zur Königin es hat:
Agnes, aus dem Geschlecht der Przemysliden.

Das war kein Betrug.

Heinrichs Hochzeitsfest war in einem fürchterlichen, blutigen Streit geendet und gleich darauf war der Frost gekommen und ein strenger Winter hatte begonnen.

Während er an seine Hochzeit in Nürnberg dachte, sah er wieder Agnes vor sich, gekleidet wie ein Spielmannskind, als sie ein letztes Lied für ihn sang. Das lag ihm noch immer in den Ohren und er fand nun eine Antwort darauf. Er schrieb auf ein kleines Stück Pergament:

Es gehen so manche mit großer Gebärde
und krallen ihre Hände in das Bleiben
und führen mit gottlosen Flüchen Beschwerde,
die meine Feder sich weigert zu schreiben.
Und haben noch Schreie, misstönende, schrille,
und wohltuend ist hernach ihre Stille.

Du aber gingst mit leisestem Tritt,
du ließest mir nichts als Spuren im Sande,
du nahmst den besten Teil von mir mit
und hältst meinen Rest nun gefesselt am Bande.
Dein Scheiden hat mir nicht wehgetan,
du gingst mit dem schönsten von all deinen Tönen,
so fangen gewöhnlich die Lieder an –
nur – an dein Fortsein kann ich mich niemals gewöhnen.

Einem der Tiere sollte dieses zusätzlich in das Halsband eingenäht werden. Nur einem. Einer weißen Hirschkuh. Die würde damit den Weg nach Böhmen finden.

Ulrich von Winterstetten hatte rasch zehn Knappen um sich versammelt, mit denen er auf Hundefang ging. Der Jagdmeister schimpfte über die ständig wachsende Hundemeute, die bald mehr als einen Zwinger beanspruchte, und die kostbaren Jagdhunde mussten zusammengedrängt werden. Und es waren Hunde von zweifelhafter Herkunft, die Ulrich und die anderen Jungen anschleppten. Beatrice von Winterstetten, Ulrichs Schwester, entdeckte ihr geliebtes weißes Hündchen darunter, das nur zu gewissen Verrichtungen auf einen schlechteren Platz kam als Beatricens Arm.

Als dann die roten Halsbänder fertig gewebt mit goldener Schrift bestickt waren, jagten die Jungen die Meute in alle Richtungen. Auch fingen sie Rehe und Hirsche, denen legten sie das Halsband um und ließen sie wieder frei.

»Eine weiße Hirschkuh muss dabei sein«, lautete des Königs Befehl, »sie bekommt zusätzlich dieses Halsband, und die treibt ihr nach Osten, nach Böhmen.«

Daran war ihm viel gelegen.

»Ist es euch gelungen, eine weiße Hirschkuh einzufangen?«, fragte er, als Ulrich ihm die Durchführung des Vorhabens meldete.

»Ja, Herr«, antwortete der, schaute ihn aber nicht an dabei, und Heinrich fragte nicht weiter. Die weißen Hirschkühe sind so selten.

Sie hörten nie wieder etwas von den Hunden, Rehen und Hirschen mit den roten Halsbändern. Die Wildtiere verloren ihre in den Wäldern, sobald der Stoff brüchig wurde. Da hingen sie, verblichene, blassrote Fahnen mit kaum noch lesbaren Schriftzeichen an blühenden Weißdornhecken. Kaufleute, Pilger, Räuber, die gelegentlich eines fanden, hielten es für ein Zeichen, suchten weitere, wollten ihnen folgen. Aber es war eine Spur, die nirgendwo hinführte.

Die Hunde blieben in der Nähe von Menschen, doch nur selten wurden sie von einem gefangen, der lesen konnte. Einer, ein großer brauner, ein wirklich verwilderter, der immer von Stadtabfällen gelebt hatte, lief bis zu einem Kloster in der Nähe von Nürnberg. Dort bettelte er den Bruder Pförtner an, der ihn mehrmals mit Steinwürfen vertrieb, bis er in dem zottigen braunen Fell etwas Rotes schimmern sah. Er ließ den Hund Reste einer dünnen Fleischbrühe aufschlecken und löste das Halsband, vorsichtig, einen Knüppel neben sich legend, falls der Hund angreifen würde. Der aber war völlig zufrieden mit der Fleischbrühe und froh, das Halsband loszuwerden, das seinem dicken Hals zu eng war.

Der Bruder Pförtner, der nur mäßig lesen konnte, lief mit dem aufregenden Fund in die Schreibstube. Dort wurde das Band von Hand zu Hand gereicht, betrachtet und gedeutet von jenen Mönchen, die jeden Tag, solange das Licht reichte, Bücher abschrieben. Sie waren sich einig. Ein böser Dämon war in den Hund gefahren, der forderte, dass eine verbotene Liebe, ein sündiges Leben fortgesetzt wurde. Es war – auch daran bestand kein Zweifel – eben jener Dämon, der vorher den König besessen hatte, und ihnen kam nun die verantwortungsvolle Aufgabe zu, den Bösen zu vernichten. Sie erhängten den Hund an dem roten Halsband außerhalb der Klostermauern. Da schwankte er im Winterwind an den kahlen Ästen einer Buche, die nach letzter Luft hechelnde Zunge war nur für ein paar Stunden so rot wie das Halsband, an dem er hing.

Das kleine fahlgelbe Hündchen, das die junge Gräfin Scharfenberg so lange vergeblich gesucht hatte, war einen anderen Weg gelaufen. Zitternd in der Winterkälte stand es nahe Esslingen vor einem Bettelmönch aus dem Franziskanerorden.

»Na, du«, sagte der und hockte sich auf den Boden, »wie kommst du hierher? Wenn man so ein dünnes Fell hat, sollte man entweder kein Hund sein oder seiner hochadligen Dame nicht aus den wärmenden Armen springen.«

Er sah die Schriftzeichen auf dem Halsband, löste es, ließ das Hündchen unter seine Kutte schlüpfen und las. Nachdenklich stand er auf, hielt den Hund an seiner Brust und ging weiter. Er war im vergangenen Jahr eine Weile hinter dem Gefolge des Königs hergezogen. Erzbischof Engelbert hatte stets ein offenes Ohr und eine offene Hand gehabt für Bettelmönche, die durch das Land zogen und von der Liebe zu allen Wesen und Dingen predigten, wie es Franz von Assisi gelehrt hatte. Damals hatte dieser Mönch auch viel von Heinrich erfahren.

»Er kann sie nicht vergessen«, murmelte er, »ich glaube, ich habe sie sogar einmal gesehen, die kleine Agnes von Böhmen.«

Ein paar Tage schleppte er das Hündchen herum, wärmte und fütterte es, unschlüssig, was er mit dem Tier anfangen sollte. Dann schnitt er mit dem Messer einen Streifen von seiner Kutte, eine alte, nicht mehr sehr spitze Hornnadel hatte er, freilich keine Fäden, die musste er sich aus der Kutte ziehen. Die Arbeit war ihm ungewohnt, aber er gab nicht auf. So nähte und stickte er dem Hündchen ein zweites Halsband, ein unscheinbar braunes, und man musste schon genau hinsehen, um die in derselben Farbe aufgestickten Schriftzeichen zu erkennen: »Glücklich das Land, dessen König ein Liebender ist.«

Dafür opferte er den halben Saum seiner Kutte. Im Frühling wollte er das Hündchen mit beiden Halsbändern wieder fortschicken. Zuerst aber musste er es durch den Winter bringen. Er knotete die beiden Halsbänder zusammen und hängte das Hündchen darin so unter seine Kutte, dass es am Halsausschnitt herausschauen konnte. Aber der Winter war hart und lang, das Hündchen starb, bevor der Schnee taute. Und so geschah es, dass Heinrichs Botschaft bei einem Bettelmönch blieb, der sie ohnehin schon verstanden hatte.

Umkehr

Sobald Heinrich wieder reiten konnte, zogen sie nach Ulm. Auf dem Lechfeld bei Augsburg sollte sich das deutsche Ritterheer sammeln. Dort musste man warten. In Heinrichs Stammland Schwaben gab es so viele Burgen, dass sie jeden Abend eine andere erreichten. In der Burg Neifen hoffte Heinrich Gottfried von Neifen zu treffen, des Protonotars Heinrich Sohn. Doch der Herr von Neifen enttäuschte ihn.

»Wohl kaum, Herr«, sagte er, »Ich habe ihn schon lang nicht mehr gesehen. Er zieht durch das Land und singt, wohl mehr von Dorf zu Dorf als von Burg zu Burg. Was er mir vorsang, klang, als hätte er es unter den Dorflinden gelernt.«

Der Platz an Heinrichs Seite blieb meist frei für den Bayernherzog. Der ritt neben ihm und klagte über die zunehmende Frechheit der Bürger.

»Herr«, sagte er, »wir werden den Kaiser fragen müssen, ob er den Städten nicht doch zu viele Rechte gegeben hat. Wenn das so weitergeht, haben wir hier bald Zustände wie im oberen Italien. Um die dortigen Städte zu unterwerfen, reiten wir dahin. Der Kaiser wird kaum wissen, dass wir in Deutschland bald dieselben Schwierigkeiten haben.«

Heinrich nickte, ohne recht zu wissen, wovon der Bayernherzog sprach.

Auch die Grafen Hohenlohe klagten. Kaiser Friedrich hatte ihnen einigen Landsitz in Oberitalien zu Lehen gegeben.

»Es ist kaum möglich, Herr«, schimpfte Graf Gottfried, »ein Lehen in Italien zu verwalten. Der jeweilige Podesta von Mailand bestimmt dort mehr als wir.«

Und der Konstanzer Bischof beschwerte sich über die Stadt Ulm.

»Ihr werdet es sehen, Herr. Ihr werdet sehen, wie sie vor Euch stehen, wie sie Euch anschauen, wie sie sich kleiden, wie sie bauen … Dass der Herr es zulässt, was sie bauen … Dass ihnen die Steine nicht auf die Köpfe fallen …«

Sobald die Reichsfürsten den Platz an Heinrichs Seite freigaben, sah er sich flankiert von Heinrich und Albert von Neifen.

»Wir reiten über die Alpen, Herr«, begann Albert, »um die norditalienischen Städte zu unterwerfen. Wir waren lang in Italien. Ich denke, Ihr wisst nicht viel mehr über diese Städte, als dass sie die Pläne Eures Herrn Vaters, des Kaisers, stören?«

»Wenig, zu wenig«, antwortete Heinrich, erfreut, dass endlich einmal einer nicht klagte, sondern ihm seine Aufgabe erklären wollte.

»Im Gegensatz zu unseren deutschen Städten beherrschen die in Oberitalien nicht nur den Stadtgrund, sondern auch die gesamte Umgebung. Eine Stadt, Herr, ist nämlich noch schwerer zu belagern und auszuhungern als eine Burg. Es gibt dort Wasser und es können mehr Vorräte eingebracht werden. So haben die Städte den Kampf gegen die umliegenden Burgen gewonnen, haben die Burgen niedergerissen und manchmal die Burgherren gezwungen, in der Stadt zu wohnen, sich den Stadtrechten zu unterstellen.«

»Wer ist das, die Stadt?«, fragte Heinrich. »Ihr Bischof? Ihr Graf ?«

»Nein, Herr«, fuhr Albert fort, »diese Städte gehören nicht einem Bischof wie bei uns. Sie werden regiert von ihrem Podesta. Den wählen die Bürger selbst und er herrscht nur für ein Jahr. Dann muss er sein Amt abgeben. Es gibt Podestas in Italien, die ziehen von Stadt zu Stadt und stellen sich dort zur Wahl. Aber ihr Ruf eilt ihnen voraus und sie haben nur dann eine Aussicht gewählt zu werden, wenn sie sich, solange sie im Amt sind, für das Wohl der Bürger einsetzen und sich nicht an der Stadt bereichern.«

»Häufig auch«, nahm Heinrich von Neifen das Wort, »helfen die Städte bei der Bearbeitung des Landes, sie ziehen Kanäle, die das Land entwässern. Sie kaufen Bauern von Frondiensten frei. Das so aufbereitete Land können die Bauern besser bearbeiten. Sie tragen ihre Ernte auf die Märkte in die Städte und so gewinnen die Städte wieder durch die Bauern.«

»Und was will mein Vater jetzt daran ändern?«, fragte Heinrich.

»Wir waren lange in Italien«, erklärte Albert. »Euer Herr Vater, der Kaiser, hat viele gute Neuerungen in Sizilien eingeführt, die die Rechte der Bauern und der Bürger sichern. Er ist nicht grundsätzlich ein Gegner der Bürger, aber – er nimmt es nicht hin, dass ihn die Stadtrepubliken nicht anerkennen als ihren Kaiser, ihren Herrn, und vor allem, sie beherrschen den gesamten Mittelmeerhandel. Das aber beansprucht der Kaiser in Sizilien für sich.«

»Schaut, Herr«, sagte Heinrich von Neifen, als sie durch die Straßen von Ulm ritten, »sie bauen Häuser aus Stein.«

Davon hatte schon der Bischof gesprochen.

»Was ist daran so bedeutend?«, fragte Heinrich.

»Aus Stein, Herr«, antwortete Neifen, »sind Kirchen, Klöster, Burgen. Wozu braucht das Volk den Schutz der Ritter, wenn es in Steinhäusern wohnt? Vor ungefähr zehn Jahren wurde im französischen Arras ein Mann beinahe hingerichtet, weil er sich anmaßte, ein Haus aus Stein zu bauen.«

Die Bauarbeiten ruhten weitgehend im Winter. Aber man sah Holzkräne, Steinhaufen, Baustellen. In Nürnberg und den anderen Städten hatte es ähnlich ausgesehen, nur hatte Heinrich bislang nicht darauf geachtet. Vor einem fast fertigen Haus hielt Heinrich sein Pferd an. Ein Mann in einem Pelz, nicht schlechter als der des Königs, offenbar der Hausherr, senkte Kopf und Knie, nicht tiefer und nicht länger, als es die Reichsfürsten taten. Es war ein Prachtbau: von Säulen getragene Arkaden im Erdgeschoss, von Säulen zweigeteilte Spitzbogenfenster, ein Burgzinnen nachahmender Giebel. Der verwendete Blaustein war nicht schlechter als der des blauen Turmes von Wimpfen. Die Steinmetze, die die Blatt- und Blumenornamente an Fuß und Kopf der Säulen gemeißelt hatten, waren nicht weniger geschickt als jene, die für die staufischen Kaiser die Kaiserpfalzen schmückten. Sogar eine Bemalung und Vergoldung schien vorgesehen. »Das Haus des Kaufmanns Neidhart Habegier«, wurde Heinrich mitgeteilt.

Waren das die Leute, auf deren Seite die Herren von Neifen standen? Die Bürger, die Händler? Es war für Heinrich ein neuer Gedanke, dass dies überhaupt eine Seite war, auf der man stehen konnte. Um die Macht wurde zwischen Papst, Kaiser, König, geistlichen und weltlichen Fürsten gestritten.

Die Welt war sorgfältig aufgeteilt. Die Bauern ernährten das Reich durch ihre Feldarbeit, die Ritter schützten es vor Feinden, die Mönche lehrten das Volk, was es zu glauben und zu denken hatte. Ein Kaufmannsstand, ein Handwerkerstand war nicht vorgesehen. Nun kamen die und bauten Häuser aus Stein. Was brauchten sie dann die Ritter noch?

Die italienischen Städte kauften Bauern aus Frondiensten frei. So etwas gab es in Deutschland nicht. Doch auch hier liefen die Bauern vom Feld um sich in der Stadt oder eine Meile vor der Stadt anzusiedeln. Wer dort ein Jahr wohnte, war frei.

»Sie kehren das Unterste nach oben, das Obere nach unten, Herr«, sagte Neifen. »Gebt Obacht, Herr, dass der König nicht mit nach unten gekehrt wird.«

»Und Ihr wollt«, fragte Heinrich zögernd, »Ihr wollt, dass der König oben bleibt?«

Heinrich von Neifen schaute ihn an.

»Ich bin Euer Diener, Herr«, sagte er.

Das immerhin war beruhigend.

In Augsburg sollten die Ritter zusammentreffen. Dort gab es einen Streit zwischen den Herren von Neifen und Kanzler Sifrit von Regensburg. Die ersten Rittergruppen trafen ein und sie kamen mit vollständiger Ausrüstung, als zöge man in einen Krieg: Reisepferde, Ersatzreisepferde, Kampfrösser, Ersatzkampfrösser, Schildknappen mit Reise- und Kampfpferden, wiederum Ersatzpferde, Wagen mit Schilden, Helmen, Kettenhemden, Wappenhemden, Fahnen, Helmzieren, Sätteln, ganze Wagenladungen voller Lanzen, Lanzen aus festem Eichenholz für den ernsten Kampf und Lanzen aus leicht brechendem Pappel- oder Eschenholz, häufig hohlgebohrt für das Turnier, denn da sollten die Lanzen brechen.

»Das ist gegen die Abmachung!«, empörte sich Albert von Neifen. »Wir hatten ausgemacht, dass die Ritter mit spärlichster Ausrüstung kommen.«

Reichskanzler Sifrit, Bischof von Regensburg, zuckte die Achseln. Er hatte die Anweisungen von Kanzleischreibern anfertigen lassen, sie dem König zum Siegeln vorgelegt. Was die Herren Neifen dazu beizutragen hatten, hatte er angehört, aber nicht befolgt. Ministeriale aus niederem Dienstadel hatten keinen Einfluss auf seine Entscheidungen.

»Die Ernte war schlecht«, sagte Albert. »Die Bauern hungern schon, um die Vorräte gut für den Winter einzuteilen. Wir können unmöglich mit so vielen Pferden über die Alpen ziehen. Wir müssten sie mit Hafer und Gerste füttern, sie werden über Süddeutschland herfallen wie die Heuschrecken über Ägypten.«

»Schickt die Pferde zurück«, wandte sich Heinrich von Neifen an den König.

»Es scheint mir zweifelhaft, ob die Herren Neifen die Bedeutung unserer Aufgabe verstanden haben«, sagte der Kanzler. »Die Städte Oberitaliens werden sich nur der Gewalt des gesamten deutschen Ritterheeres unterwerfen. Dafür werden die Bauern schon ein wenig hungern müssen.«

»Es scheint mir zweifelhaft«, sagte Albert, »ob der Reichskanzler die Bedeutung von zwei schlechten Ernten begriffen hat. Wenn die Bauern in ihrer Not das Saatgetreide essen, wird im folgenden Jahr auch der Ritter hungern.«

»Schickt die Pferde zurück, Herr!«, wiederholte sein Bruder.

»So weit Uns berichtet wurde«, begann Heinrich zögernd, aber mit langsam sicherer werdender Stimme, »so wie Uns erzählt wurde, werden wir im Gebirge vornehmlich laufen müssen. Wozu also brauchen wir da Ersatzpferde? Auch scheint es Uns nicht sinnvoll, mit einer solchen Menge Lanzen und Rüstzeug im Winter über die Alpen zu reisen. Wir ziehen nicht in einen Krieg, sondern zu einem Reichstag. Jeder Ritter behalte ein Pferd, der Tross nehme nur das Nötigste mit.« Er war sicher, diesmal die richtige Entscheidung getroffen zu haben, und er konnte nicht ahnen, dass er durch diesen Vorfall auf lange Zeit von seinen Ratgebern, den Brüdern Neifen, getrennt werden würde. Da Heinrich den Araberhengst Shiraz nach Aachen geschickt hatte, musste er sich ein neues Pferd aussuchen.

»Wählt es nicht nach Schönheit, Herr«, sagte der Reitmeister. »Nehmt eines mit krummen Hinterbeinen, es setzt die Beine sicherer im Gebirge, solange wir reiten können.«

Heinrich befolgte den Rat und der großköpfige, x-beinige Hengst mit dem zottig braunen Winterfell, den er von da an ritt, war nicht gerade ein königliches Prachtross. Unter dem Vorwand, sich sein neues Pferd zureiten zu müssen, ritt er viel allein oder nur mit Ulrich ins Land, und immer ritten sie nach Osten.

Heinrich wartete auf die böhmischen Reiter. Noch hoffte er, dass Agnes mit ihnen kommen würde als Schildknappe eines Ritters, dem sie sich anvertrauen konnte oder als Trossbub auf einem Karren.

Die böhmischen Reiter hatten einen weiten Weg und blieben lange aus. Vor ihnen erreichte der Trupp aus Aachen das Lager. Ein Bote erstattete dem König Bericht. Fünf der arabischen Stuten hatten bereits ihre Fohlen geworfen. Ein besonders großes und kräftiges Hengstfohlen habe man ausgewählt als Geschenk für den Herzogssohn Friedrich von Babenburg, wie es der König befohlen hatte.

»Und Dshirah?«, fragte Heinrich. »Die schmale, graue, junge Stute. Sie wird ihr Fohlen erst im April haben. Geht es ihr gut?«

Der Bote zögerte.

»Nein, Herr«, sagte er langsam. »Bei der grauen Stute hat man eines Morgens ein totes Fohlen gefunden. Sie stand reglos über einem winzigen goldroten Fleck im Stutenstall, schlug und biss nach jedem, der sich ihr nähern wollte. Nur der sizilianische Pferdejunge kam an sie heran. Wir haben die Stute wieder zu dem roten Hengst geführt. Aber sie hat ihn abgeschlagen.«

Unser tot geborenes Kind, dachte Heinrich, und dann hat sie den Hengst abgeschlagen. Sie wird nicht mit jedem Fohlen schöner werden. Sie wird so spitzig bleiben um Nase, Widerrist und Hüften.

Als dann die böhmischen Reiter ankamen, erwartete Heinrich keine Nachricht, bekam aber doch eine. Der Thronfolger Wenzel führte die Ritter, Agnes' Bruder.

»Sie ist in Prag, Herr«, sagte Wenzel mit bösem, feindlichen Blick, »wir sehen sie selten. Sie scheint völlig verwirrt. Was habt Ihr mit ihr gemacht, Herr? Sie ist uns schon immer davongelaufen, aber in die Wälder. Nun treibt sie sich in Prag herum, liest Kinder aus der Gasse auf und kleidet sie in ihre königlichen Gewänder. Sie schleppt aus der Burg, was sie forttragen kann, und schenkt es den Armen. Unser Vater, König Ottokar, ist großzügig, aber Agnes schenkt ohne jedes Maß und ohne jede Einschränkung. Sie ist völlig verwirrt, Herr!«

Ganz und gar nicht, dachte Heinrich. So war sie schon immer. Auch mir hat sie alles geschenkt. Ohne jedes Maß und ohne jede Einschränkung.

»Herzog Boheslav von Sachsen«, fuhr Wenzel fort, »hat um sie geworben. Wir waren froh darüber, nach allem, was über sie erzählt wird im Land. König Ottokar hat zugestimmt. Sie hat nichts dazu gesagt, kein einziges Wort, hat nur den Kopf geschüttelt und den Vater angeschaut. Was habt Ihr gemacht mit ihren Augen, Herr? Der König hat die sächsischen Brautwerber fortgeschickt.«

Wenzel ging. Er drehte sich so rasch um, dass er dem König beinah sein Schwert gegen die Hüften schlug. Heinrich schaute ihm erschrocken nach.

Er liebt sie, dachte er. Was muss das für ein Gefühl sein, wenn man Agnes zur Schwester hat und sie lieben muss wie ein Bruder?

Herzog Boheslav von Sachsen, dachte er, der ist vor ein paar Tagen mit den sächsischen Rittern eingetroffen. Zum ersten Mal war er eifersüchtig.

Mit seinen langen Ritten nach Osten und der Ankunft der Aachener war Heinrich so beschäftigt gewesen, dass er die Herren Neifen nicht vermisst hatte. Als ihm ihr Fehlen auffiel, war es zu spät sie zurückzurufen.

Kanzler Sifrit von Regensburg hatte dem stets widersprechenden Protonotar von Schwaben und seinem Bruder die Aufsicht über den Tross anvertraut und sie vorausgeschickt. Graf Anselm von Justingen war ebenfalls bereits aufgebrochen. Er sollte mit einem Teil des Ritterheeres einer weiter westlich gelegenen Reisestrecke folgen. Die Trennung war notwendig, weil kein Landstrich das gesamte Ritterheer auch nur für einige Tage hätte ernähren können. Die alte Römerstraße über den Brenner blieb dem König vorbehalten.

Heinrichs Pferd bewährte sich im Gebirge vorzüglich. Sie teilten den Ritt so ein, dass sie abends ein Kloster oder ein Hospiz, ein kleines Gasthaus erreichten. Die Herbergen waren klein, nur die Vornehmsten nahmen sie auf, den König, die Herzöge, natürlich auch den böhmischen Königssohn. Heinrich versuchte, sich am Feuer und mit heißem, gepfefferten Wein zu erwärmen.

Kurz vor dem Brenner holten sie den Tross ein. Die Wagen konnten ohne zusätzliche Vorspannpferde die Passhöhe nicht erreichen. Die Ritter mussten absitzen, Heinrich half mit, sein zottiges Gebirgspferdchen vor die Wagen zu spannen. Von der Passhöhe aus zog das Ritterheer voran, die Wagen mussten weitgehend abgeladen, Fahrzeug und Ladung getrennt an Seilwinden heruntergelassen werden. Das alles dauerte lang, Heinrich zog weiter, die Herren Neifen blieben beim Tross.

Abwärts musste auch Heinrich laufen. Ein ortskundiger Führer nahm ihm das Pferd ab.

»Ihr werdet beide Hände für Euch selbst brauchen, Herr«, sagte er.

Auf Rinderfellen hinabrutschen mussten sie nicht, an besonders gefährlichen Stellen schlugen die Führer Haken ins Eis und spannten Seile. Für die Männer waren alle diese Schwierigkeiten zu bewältigen, aber man bangte um die Pferde. Die mussten an manchen Stellen mit zusammengebundenen Beinen hinabgelassen werden. Sie verloren keines. Heinrich dachte an den Justingen, der weiter westlich höhere Pässe zu überqueren hatte.

Im Eisacktal erreichten sie unvermittelt den Frühling. Es zeigte sich erstes Grün auf dem Hochweg oberhalb des Eisackufers, der Fluss hatte Hochwasser, die Pferde blähten die Nüstern und schnupperten, setzten die Hufe erstaunt auf den weichen Boden nach dem langen Weg über Gestein und Eis. Einer der neuen Führer war ein junger Genueser Kaufmannssohn. Mit ihm versuchte Heinrich Italienisch zu sprechen.

Über Bozen zogen sie nach Trient. Heinrich war müde. Froh, wieder ein Quartier in einer größeren Stadt zu haben, wollte er sich bald zurückziehen, als ihm Kanzler Sifrit von Regensburg meldete, dass er erwartet wurde. Bischof Gottfried von Cambrai war schon seit Wochen in der Stadt und wartete auf den König.

»Was will er?«, fragte Heinrich. »Ist es wichtig? Wenn er

schon Wochen wartet, wird sein Anliegen doch bis morgen Zeit haben. Ich bin müde.«

Der Kanzler drängte nicht. Es war ihm recht, dass er mit

dem Bischof zuerst allein reden konnte, auch der Cambraier Bischof sah darin einen Vorteil.

»Ihr kennt den König, Herr«, sagte er, »ratet mir, wie ich meine Angelegenheit vortragen soll.«

»Der König entscheidet hier nichts«, entgegnete Sifrit. »Er ist in keiner Weise darauf vorbereitet, dem Reich ohne Erzbischof Engelbert vorzustehen, er ist fünfzehn Jahre alt und vom Deutschen Reich weiß er nichts.«

»Sein Vater ist noch weniger auf eine solche Aufgabe vorbereitet worden«, meinte der Cambraier. »Und er war ebenso fünfzehn Jahre alt, als er in Sizilien die Regierung in die Hand nahm.«

»Friedrich, ja. Aber Heinrich ist anders als sein Vater.«

»Wer also entscheidet für ihn?«

»Ihr kommt zu guter Stunde, Herr«, sagte der Kanzler. »Heute, morgen und in den nächsten Tagen entscheide ich. Sobald die Herren Neifen mit dem Tross die Stadt erreichen, habe ich nur noch wenig Einfluss auf den König. Wir müssen Euer Anliegen morgen dem König vorstellen, denn ich glaube zu wissen, worum es sich handelt.«

Die Zustände in Cambrai waren bekannt. Die Bischofsstadt lag im äußersten Westen des Reiches. Der König war ihr fern, der Kaiser noch ferner, nah war Frankreich und jene Stadt Arras, in der bereits vor zehn Jahren ein Bürger ein steinernes Haus hatte bauen wollen, was er beinah mit dem Leben bezahlte. Nah waren die flandrischen Tuchwebereien. England lieferte die Wolle, die Bürger gewannen an Wohlstand, Ansehen, sie drängten auf Selbstverwaltung ihrer Städte. Seit mehr als hundert Jahren kämpften die Bürger von Cambrai um die Unabhängigkeit von ihrem

Stadtherrn, dem Bischof. Sie hatten einige Urkunden auch von Kaiser Friedrich, die ihnen etliche Rechte verliehen.

»Eine Gesandtschaft der Bürger ist auf dem Weg zum Kaiser«, sagte Bischof Gottfried, »ich muss fürchten, dass sie mir bereits voraus sind. Aber ich kann nicht mit leeren Händen kommen. Ich brauche ein Schreiben, das mir den Beistand des Deutschen Königs zusichert.«

Der Kanzler nickte.

»Morgen, Herr, sollt Ihr dieses Schreiben erhalten. Ich lasse es gleich nach der Messe anfertigen, und wir legen es dem König vor. Doch wir dürfen nicht zu viel von ihm verlangen. Fordert, Herr, dass Ihr nicht länger daran gehindert werdet, Eure bischöflichen Rechte wahrzunehmen. Sagt nichts von den verbrieften Rechten der Bürger. Heinrich wird nichts davon wissen. Berichtet vielmehr, dass es Kämpfe gibt in den Straßen, dass bischöfliche Dienstleute an der Ausübung ihrer Pflichten gehindert werden, dass es Tote gegeben hat ... Hat es Tote gegeben?«

»Auf beiden Seiten, Herr.«

Am nächsten Morgen hatte Heinrich den Bischof von Cambrai völlig vergessen. Er wollte sich von dem Genueser Jungen Trient zeigen lassen. Kanzler Sifrit störte ihn mit der Anmeldung des Cambraier Bischofs. Der berichtete eindringlich und ausführlich, wie er von den Bürgern um seine Rechte gebracht wurde.

»Sie verlangen, dass auch die bischöflichen Ministerialen Steuern zahlen, Herr. Das ist ungeheuerlich! An wen

sollen sie denn Steuern zahlen, wenn die Stadt, wie es Recht und Ordnung will, Eigentum des Bischofs ist? Sie wollen Recht und Ordnung auflösen, zersetzen. Sie haben so viele

Vertreter in den Gerichtssitzungen, dass meine Leute bei strittigen Fragen überstimmt werden. Sie haben nicht nur ein Rathaus gebaut, sondern auch eine Glocke angebracht. Könnt Ihr Euch vorstellen, Herr, was für eine Verwirrung in der Stadt ausbricht, wenn die Glocken läuten? Die einen rennen zum Rathaus, die anderen zum Münster, und es sind immer dieselben, die zum Rathaus und die zum Münster rennen, ganz gleich welche Glocke geschlagen hat. Das geht nicht ohne Streitereien und Zusammenstöße. Sie beschimpfen sich gegenseitig, sie bewerfen sich mit stinkendem Abfall und stoßen einander in die Gosse. Sie werfen auch Steine, Herr. Im günstigen Fall erreicht eine verdreckte, übel riechende Menge das Münster, im schlimmsten Fall kann ich gleich die Totenmesse lesen. Es ist nicht rechtens, Herr, dass es zwei Glocken gibt. Die Glocke rufe einzig und allein zum Gottesdienst. Der Ruf der Glocke darf nicht missbraucht werden als ein Mittel weltlicher Macht!«

Heinrich las sorgfältig die Urkunde, die der Reichskanzler ihm vorlegte. Es war nicht viel, was da von ihm verlangt wurde. Er sollte dem Bischof lediglich bestätigen, dass er in seiner Stadt die Rechte eines Bischofs wahrnehmen könne. Die Entscheidung der strittigen Fragen sollte ein deutscher Reichstag treffen, dort würde auch den Bürgern Gelegenheit gegeben, ihre urkundlich bezeugten Rechte vorzulegen. Nur eines ließ ihn zögern.

»Warum«, fragte er, »soll ich die schon einmal verhängte Reichsacht erneuern, wenn die Bürger sich doch einem Reichstag unterwerfen wollen?«

»Schaut genau hin, Herr«, sagte der Kanzler, »die Reichsacht soll nicht jetzt vollzogen werden. Innerhalb eines Jahres müssen sich die Bürger dem Reichstag stellen. Nur wenn sie dann ihren Widerstand nicht aufgeben, ist der Bischof ermächtigt, die Reichsacht zu vollziehen.«

Heinrich unterschrieb und verbrachte den Rest des Morgens mit dem Genueser in den Straßen von Trient.

»Das Übrige ist des Kaisers«, sagte Kanzler Sifrit.

Bischof Gottfried vom Cambrai zog leidlich zufrieden weiter.

Nach einer Woche erreichte der Tross die Stadt.

»Wie?«, rief Heinrich von Neifen. »Ihr habt die Vollstreckung der Reichsacht in das Belieben des Bischofs gestellt?«

»Nicht in sein Belieben«, verteidigte sich Heinrich. »Die Entscheidung trifft der Reichstag.«

»Das ist ja wohl schon entschieden«, sagte Albert. »Wenn der Bischof auf seinen Urkunden beharrt, so verfolgt er seine Rechte, tun es die Bürger, so widersetzen sie sich den Fürsten, es droht ihnen die Reichsacht. Und die Entscheidung darüber habt Ihr aus der Hand gegeben, Herr!«

»Aber sie kämpfen in den Straßen«, murmelte Heinrich, »sie schlagen sich die Köpfe ein, sie haben eine Glocke am Rathaus, damit bringen sie alles durcheinander, und …«, er fand die Stimme wieder und sagte laut: »Der Ruf der Glocke darf nicht missbraucht werden als ein Mittel weltlicher Macht!«

Die Brüder Neifen schauten sich an.

»Sagt das noch einmal, Herr!«, verlangte Albert.

Heinrich kam ins Stottern.

»Der Ruf der Glocke«, stammelte er, »darf nicht missbraucht werden als ein Mittel weltlicher Macht.«

»Sagt das der Bischof?«

»Ja.«

Es zuckte um Heinrich von Neifens Mundwinkel.

»Bruder«, warnte Albert, »du stehst vor dem König.«

Heinrich von Neifen nickte.

»Schreibt das auf, Herr«, sagte er, »lasst es in Stein schlagen. Mit treffenderen Worten hat selten ein Bischof um seine weltliche Macht gekämpft.«

Von Trient waren es zwei Tagesmärsche bis zum Alpenrand. Der Weg war angenehm, da sie dem Flusslauf der Etsch folgen konnten. Die Straße führte in mäßiger Höhe oberhalb des Flusses entlang, der im Frühjahr Hochwasser führte. Durch die Berner Klause würden sie wie durch ein Tor in die oberitalienische Tiefebene treten und von dort in drei Tagesmärschen leicht Cremona erreichen. Als sie sich jedoch dem Engpass der Berner Klause näherten, wurden sie von einem Pfeilhagel empfangen, der vor den ersten Reitern niederprasselte.

»Es überrascht mich nicht«, sagte Albert von Neifen. »Die Veroneser sperren die Berner Klause. Wir hätten damit rechnen sollen.«

Der Bayernherzog tobte. Wütend ritt er bis an die Pfeilschussgrenze heran, weiter konnte er sich nicht wagen, denn er trug Reisekleidung, keinen Helm, kein Kettenhemd.

»Feiglinge!«, schrie er, dass es von den Bergwänden zurückhallte. »Mit Pfeilen kämpfen ist eines Mannes unwürdig! So also sieht das aus, wenn Händler und Krämer zu Waffen kommen. Stellt euch dem Kampf wie ein Ritter!«

Sie sahen, dass ihre Gegner gut vorbereitet waren. Mit großen Felsblöcken hatten sie den Engpass gesperrt, dahinter hockten die Bogenschützen. Herzog Ludwig fiel ein, dass die Veroneser ihn nicht verstehen konnten.

»Ich übersetze Euch, Herr«, bot der junge Genueser an.

Dienstbeflissen schaute er auf die Lippen des tobenden Herzogs, dann drehte er sich um und rief mit wütender Stimme. Der Bayernherzog, der schon ein paar italienische Schimpfwörter gelernt hatte, nickte zufrieden, als er sie wieder erkannte.

Aber was rief der Junge da?

»Haltet Euch gut verborgen vor den ritterlichen Dummköpfen! Und bevor sie mit ihren Rüstungen kommen, zeigt den adligen Hunden, was eine Armbrust ist.«

Heinrich musste lachen. Der Junge starrte ihn erschrocken an. Er hatte vergessen, dass der König Italienisch sprach. Albert von Neifen drängte sein Pferd nach vorn.

»Bursche, du redest dich um den Kopf«, sagte er auf Italienisch. »Die Grafen Hohenlohe haben ein Lehen in Italien. Ich hoffe, sie haben dich nicht verstanden.«

Da schlug neben ihnen an einer Felsnase trotz der hohen Entfernung mit unvermuteter Wucht ein Pfeil auf.

Der Bayernherzog, der Sachsenherzog, der badische Markgraf, der böhmische Königssohn sprangen von den Pferden und untersuchten den Einschlag.

»Was war das?«, fragte Heinrich erschrocken.

»Armbrust«, sagte Albert von Neifen.

Auch er war blass geworden. Die Wunderwaffe!

Auf einer Armbrust kann der Bolzen fertig gespannt liegen. Man kann damit schussbereit im Hinterhalt lauern und zielen. Kein Bogenschütze hätte die Kraft, längere Zeit einen Bogen gespannt zu halten. Mit einer Hebelvorrichtung wird die Armbrust erheblich stärker gespannt als jeder Bogen. Der Armbrustbolzen hat eine entsprechend größere Geschwindigkeit und Reichweite. Er durchschlägt nicht nur die Lederwämse des Fußvolkes, sondern auch die Kettenhemden der Ritter, ihre Schuppenpanzer, ihre Helme.

Die Reichsfürsten traten von dem Felsvorsprung zurück und gaben den Weg frei für den König. Entsetzt betrachtete Heinrich das Felsstück, das der Bolzen abgeschlagen hatte.

»Das also ist eine Armbrust«, murmelte er. »Kann man das nicht verbieten?«

»Der Papst hat diese Waffe gebannt«, sagte der Markgraf von Baden.

»Er hat es nicht«, verbesserte Graf Konrad von Hohenlohe, »noch immer nicht. Er ist im Bund mit den Lombardenstädten.«

»Damit«, rief Wenzel aufgeregt, »ist all unser Panzerzeug sinnlos geworden!«

»Und wenn wir auch damit kämpfen?«, fragte der Reichskanzler.

»Ihr seid ein Mann der Schreibstube«, fuhr der Herzog von Limburg ihn an. »Ihr versteht nichts vom Krieg. Mit dieser Waffe kann man nicht kämpfen. Man kann damit nur töten.«

Sie zogen sich für die Nacht weiter in die Berge zurück,

stellten selber Bogenschützen als Wachen auf und richteten ein Nachtlager. Die Reichsfürsten saßen um das Feuer, sie schimpften und ereiferten sich nicht mehr. Still schauten sie in die Flammen. Der Bayernherzog, dessen Gewissen durch die Gegner, die er besiegt, häufig getötet hatte, nicht belastet wurde, sagte:

»Das ist kein Kämpfen. Das ist Morden.«

»Arbalista!«, rief Konrad von Hohenlohe plötzlich. »Das sagen sie zu Armbrust. Das hat der Genueser ihnen zugerufen. Nehmt ihn fest! Er hat uns verraten!«

Aber der Junge war längst verschwunden.

Auch die Brüder Neifen wurden verdächtigt, mit den Veronesern im Bund zu sein.

»Wären wir doch mit vollständiger Ausrüstung gekommen«, klagte Kanzler Sifrit, Bischof von Regensburg, »Herr Heinrich und Herr Albert haben das verhindert. Sie haben uns den Veronesern ausgeliefert.«

»Wie wolltet Ihr denn mit voller Ausrüstung hier angreifen?«, entgegnete Albert. »Es können kaum drei Mann nebeneinander reiten. Was nützten die Ersatzpferde weit im Hintergrund?«

Nicht einmal Konrad von Winterstetten ging seiner üblichen Beschäftigung nach.

»Das lässt sich nicht wegsingen«, sagte er, »dazu kann man keine Lieder machen.«

Am nächsten Morgen rief Heinrich die Reichsfürsten zusammen. Aber keiner wollte ihm einen Rat geben. Alle waren in gleicher Weise ratlos.

»Ich steige höher hinauf auf den Berg«, sagte Heinrich, »gebt mir Zeit, ich will allein sein.«

Und zu den Brüdern Neifen sagte er:

»Wartet, bis die Sonne auf halber Höhe steht, dann dürft Ihr mir folgen.«

Heinrich ging so weit hinauf, bis er keine Geräusche aus dem Lager mehr hören konnte. Er pflückte ein paar Frühlingsblumen, setzte sich auf einen Stein, schaute die Blumen an, ohne sie zu sehen, und zerdrückte sie, ohne es zu merken, zwischen den Fingern. Dass Menschen sich so etwas ausdenken konnten!

Eine Waffe erfinden, gegen die kein Schild, keine Rüstung schützte.

Angreifen konnte er nicht. Sollte er versuchen, einen anderen Weg zu nehmen? Sie würden Cremona dann bis Ostern nicht erreichen, aber wenigstens irgendwann ankommen. Der Frühling hatte begonnen. Auch die höher gelegenen Wege müssten bald wieder passierbar sein. Doch sie brauchten die Hilfe ortskundiger Führer. Von denen würde einer vorauseilen und ihren Weg an die Lombardenstädte verraten. Auch dort würde man ihnen die Engpässe sperren. Heinrich fand keine Lösung. Schließlich gab er das Nachdenken auf und wartete nur noch auf die Brüder Neifen.

Er rief und winkte ihnen zu, als er sie einen anderen Weg einschlagen sah. Bald saß er wieder zwischen ihnen und konnte freier atmen. Wie zwei starke Grundpfeiler trugen sie seine Krone und sein Land für ihn.

»Es gibt nur eine Möglichkeit, durch diese Sperre zu brechen«, sagte Albert. »Wir müssen den ersten Trupp in den Tod schicken, bis sie die Armbrustbolzen verschossen haben. Es braucht lang, eine Armbrust neu zu spannen. Da die

Armbrust eine Ritterrüstung ebenso gut durchschlägt wie ein Lederwams, ist es wenig sinnvoll, die Ritter vorauszuschicken. Es genügt eine Gruppe Fußvolk.«

»Ich habe nicht nach Möglichkeiten gefragt«, sagte Heinrich, »ich möchte Euren Rat hören.«

»Einen Rat haben wir nicht«, erwiderte Albert, »aber einen Gedanken, der die Lage sehr verändern könnte.«

»Herr«, nahm Heinrich von Neifen das Wort, »habt Ihr schon bedacht, was diese Waffe verändert? Sie dringt durch jedes Kettenhemd. Vor einer Armbrust sind Ritter und Fußvolk gleich. Die Zeit des Ritters ist vorbei. Auch Turniere haben keinen Sinn mehr, wenn keine ritterlichen Schlachten mehr geschlagen werden können. Der Bayernherzog hat es gesagt: Damit kann man nicht kämpfen, nur morden. Die Zeit des Kämpfens ist zu Ende.«

»Es beginnt die Zeit des Mordens?«, fiel Heinrich erschrocken ein.

»Nicht unbedingt, Herr«, fuhr Neifen fort. »Sie gehen sorgsam damit um. Ihr habt es gesehen. Mit einer Armbrust kann man leichter zielen als mit Pfeil und Bogen. Der Bayernherzog stand in Schussweite. Sie haben nicht auf ihn gezielt. Wir meinen, es beginnt die Zeit des Friedens.«

»Weil eine Waffe von solcher Furchtbarkeit erfunden wurde?«

»Ja, Herr«, sagte Albert, »zu furchtbar, um damit zu kämpfen. Auch ungeeignet für die offene Feldschlacht. Aber eine Stadt wird uneinnehmbar, wenn sie von Armbrustschützen verteidigt wird.«

»Gebt Obacht auf die Städte, es beginnt die Zeit der Städte.«

»Das will ich wohl tun«, sagte Heinrich, »wenn wir wieder in Deutschland sind. Aber wie soll ich jetzt entscheiden, da man mich daran hindert, zu meinem Vater zu ziehen, und noch dazu mit dieser furchtbaren Waffe?«

»Diese Waffe kann den Frieden bringen, sofern Ihr einseht, Herr, dass es vollkommen sinnlos ist, dagegen zu kämpfen.«

»Das ist nicht schwer einzusehen, aber ich muss zu meinem Vater!«

»Müsst Ihr, Herr?«, fragte Albert leise.

Heinrich schaute auf die zerdrückten Blumen in seinen Händen.

Natürlich muss ich zum Kaiser, dachte er, was redet er denn da?

Sie saßen eine Weile schweigend am Berghang, bis Heinrich begriff, dass er von den Brüdern Neifen diesmal keinen Rat erhalten würde. Da stand er auf und stieg hinab. Es war ihm recht, dass sie ihm nicht folgten.

Das Ritterheer zog nach Trient zurück. Der Tross und das gesamte Fußvolk blieben auf halbem Weg im Etschtal. Sie richteten sich dort ein weit gestreutes Lager. Die Ritter zogen in die Stadt, der König, seine Vertrauten und die Reichsfürsten in die Gästehäuser des Klosters.

Das Gespräch mit den Neifen am Berghang hatte Heinrich zwar keinen Rat gegeben, aber seine Stimmung geändert. Er begann die Hoffnung der Brüder Neifen zu teilen, dass nun ein Kriegsgerät den Menschen an Grausamkeit übertroffen hatte und ihn zum Frieden zwingen würde.

»Vor dieser seiner eigenen Erfindung wird der Mensch zurückschrecken«, sagte Heinrich von Neifen abends im

Klostergarten, »man kann damit drohen, aber man wird diese Waffe, vor der auch der beste Panzer nicht schützt, niemals im Kampf einsetzen. Die Zeit des Kampfes ist vorbei. Wir müssen verhandeln.«

»Ausgerechnet diese Mörderwaffe soll den Frieden bringen«, entgegnete Konrad von Winterstetten, »das ist widersinnig.«

»Ja«, sagte Neifen, »Wie anders als durch einen Widersinn sollte der Widersinn dieses dauernden Kämpfens widerlegt werden?«

Winterstettens Dichter sangen wieder. An den abendlichen Kaminfeuern erklangen die Lauten und Flöten, Heinrich war erfüllt von einer vollkommen neuen Hoffnung, die nichts damit zu tun hatte, dass vielleicht Agnes zurückkommen könnte. Als ihm dies bewusst wurde, war er traurig und froh zugleich.

Einer Entscheidung, wie sie aus dieser misslichen Lage herausfinden könnten, waren sie nicht näher gekommen. Sie blieben wochenlang in Trient. Die Ritter wurden ungeduldig. Zweimal kamen über andere Straßen Boten aus dem Süden mit Briefen an Heinrich. Der Kaiser drängte ihn zu kommen, wenn nicht mit dem Ritterheer, so wenigstens mit kleinem Gefolge. Einige Reichsfürsten folgten dem Ruf und zogen über weiter östlich gelegene Pässe. Heinrich hielt es für möglich, mit geringem Gefolge die Alpen zu überqueren, aber er fragte sich, ob er das noch wollte. Was ihm die Brüder Neifen über die deutschen und italienischen Städte erzählt hatten, schien ihm bedenkenswert. Er traute sich nicht zu, über diese Entwicklung schon jetzt ein Urteil zu fällen. Wenn er aber Italien erreichte, so konnte er sich nicht mehr zwischen dem Kaiser und den Lombarden entscheiden. Der Hass auf die Lombarden war ein Erbteil seines Geschlechtes. Er fiel ihm von Geburt an zu wie das Herzogtum Schwaben und stand von seiner ersten Stunde an so fest wie sein Platz in der höfischen Gesellschaft. Er konnte nicht nach Italien gehen, Mailand mit eigenen Augen betrachten und, was er sah, möglicherweise gutheißen. Aber – musste er denn gehen? So hatte Albert von Neifen gefragt. War nicht vielleicht die Sperrung der Berner Klause das für ihn günstigste Ende, das diese Italienfahrt haben konnte?

Es war bereits Mitte Juni. Heinrich, die Brüder Neifen, Winterstetten und einige andere saßen am späten Nachmittag in einem der oberen Zimmer des Klosters, da hörten sie Rufen von unten und rasche Schritte auf der Treppe. Es war des jungen Winterstetten, Ulrichs Stimme.

»Heinrich!«, rief er. »Heinrich!«

Sie schauten sich verwundert an. Dass er den Herrn von Neifen damit meinen könnte, war noch unwahrscheinlicher, als dass er den König so ansprach, wie er es seit des Bischofs Tod nicht mehr getan hatte. Es musste etwas Außergewöhnliches geschehen sein und Heinrichs erster Gedanke war: Agnes ist hier.

Ulrich riss die Tür auf, sah sich suchend um.

»Heinrich«, rief er, »hast du Befehl gegeben, dass wir angreifen?«

Neifen sprang auf. Er war nicht überrascht. Das lange untätige Warten trieb die Ritter zu den unsinnigsten Handlungen.

»Ich war beim Tross«, berichtete Ulrich. »Die Trossbuben und Knappen putzen den Rittern die Kettenhemden, die Schuppenpanzer, die Helme, sie schnallen neue Riemen in die Schilde, setzen scharfe Spitzen auf die Lanzen, und sie füttern die Kriegsrosse mit Hafer und Gerste, als wenn sie in den nächsten Tagen angreifen sollten. Grad so.«

Heinrich von Neifen schob Ulrich beiseite.

»Danke, Knabe!«, rief er, und »Herr König, folgt mir sogleich!«

Er sprang die Steintreppe hinunter, rannte über den Hof zum Marstall, warf seinem und Heinrichs Pferd rasch ein Zaumzeug über, zum Satteln blieb keine Zeit, trabte mit beiden Pferden zum Gästehaus zurück.

»Herr Heinrich«, rief er die Treppe hinauf, »Herr König, eilt Euch!«

Das Zaumzeug passte dem dicken Kopf von Heinrichs Pferd nicht, es drückte an den Ohren, der Hengst schüttelte den Kopf und versuchte es abzustreifen. Neifen riss fluchend an den Riemen, die sich nicht lockern ließen, gab es auf, zog dem Pferd das Zaumzeug wieder herunter.

»Herr«, sagte er, als Heinrich aus der Tür trat, »wollt Ihr mein Pferd reiten? Dies ist nicht gezäumt.«

Heinrich schüttelte den Kopf und sprang auf sein Pferd.

»Warum so eilig, Herr?«, fragte er.

»Was immer dort geschieht, Ihr seid der Einzige, der es noch verhindern kann. Je schneller, desto besser!«, rief ihm Neifen schon über die Schulter zu.

Er ritt das größere, schnellere Pferd, Heinrichs krummbeiniges Gebirgspferdchen kam ins Schwitzen. Nach halbstündigem scharfem Ritt erreichten sie das Lager. Das Pferd ließ erschöpft die Nase mit weit vorgestrecktem Hals nach unten hängen, Heinrich stützte eine Hand auf die Kruppe und sah sich verwundert um. Überall saßen die Trossbuben und Knappen auf Felsen oder Wagen und rieben mit Tüchern und Holzasche an den Ringen der Kettenhemden, den metallenen Schuppen der Brustpanzer, den Helmen. Die schimmerten in der untergehenden Sonne. Es dauerte eine Weile, bis die Jungen den König wahrnahmen und erkannten.

»Heil König Heinrich!«, riefen sie dann. »Heil dem König!«

»Immerhin«, flüsterte Heinrich von Neifen, »es scheint keine Verschwörung gegen Euch zu sein, Herr. Aber was geht hier vor? Wollen die Ritter eigenmächtig einen Angriff auf gut gedeckte Armbrustschützen wagen? Auch die bestgeputzte Rüstung wehrt einen Armbrustbolzen nicht ab.«

»Ich fürchte, Ihr habt Euch geirrt, Herr«, sagte Heinrich. »Der Schrecken, den diese Waffe verbreitet, ist von kurzer Dauer, sie haben den Felsen vergessen, den der Bolzen abgesplittert hat, so scheint es.«

Da bemerkten sie beide, dass noch etwas anderes geschah, etwas, das man nicht sehen konnte. Sie schauten verwirrt und unruhig in verschiedene Richtungen, glaubten schon, dass man das Seltsame, so deutlich Spürbare wohl mit keinem Sinn wahrnehmen könne, da bemerkten sie, dass sie es hörten.

Von fern, ganz fern und leise vernahmen sie eine Art Gesang, ein Summen ohne Worte, eine sacht beginnende, anschwellende Melodie, die mit einem Jubelruf abbrach und wieder vorsichtig anschwellend begann. Das umgab sie schon eine Weile. Heinrich trieb sein müdes Pferdchen in einen schaukelnden Trab, jedoch das Summen blieb immer gleich weit von ihm entfernt. Wenn er darauf zuritt, wurde es vor ihm schwächer und stärker in seinem Rücken.

Heinrich von Neifen verlor die Geduld. Er beugte sich vom Pferd, packte einen auf einem Trosswagen sitzenden Buben bei der Kehle und schüttelte ihn, dass die nahezu fertig geputzte Rüstung schepperte.

»Was geht hier vor?«, schrie Neifen ihn an.

»Ihr würgt ihn, Herr«, sagte Heinrich, »so kann er nicht reden.«

Neifen lockerte den Griff und der Junge stammelte, gerade als das entfernte Summen in den Jubelschrei ausbrach, ein rhythmisches: »Arbalista …«

Da war es heran, das ferne Summen, ganz nah und dicht und greifbar war es. Kinder sprangen von Felsen und Wagen, ließen die Schuppenpanzer klirrend zu Boden fallen, wer ein Lederwams oder eine Lederhaube trug, riss sie von Kopf und Körper, warf sie fort, auch die Hemden nestelten sie auf, ungeschützt mit bloßer Brust nahmen sie Aufstellung wie vor einer Schlacht, nur dass an Stelle der Angst ein mattes, flackerndes Glänzen in den Augen lag. Sie sangen Worte zu jener Melodie, die waren erst nicht zu verstehen, weil alle durcheinander sangen, dann fanden sie zusammen:

Wir ruhen sanft, wir ruhen warm
gar in des Teufels Arm –
Arbalista!

Wir liegen still und mit Lust
gar an des Teufels Brust –
Arbalista!

Wir geh'n durch kurzes, letztes Leid
geraden Wegs zur Seligkeit –
Arbalista!

Heinrich trieb sein Pferd mitten durch die Jungen hindurch.

»Neifen!«, schrie er. »Neifen! Hört Ihr's? Ihr habt Euch geirrt.«

Er fand Heinrich von Neifen zwischen den Trosswagen reglos mit hängenden Schultern auf seinem Pferd sitzend.

»Neifen«, sagte Heinrich, »habt Ihr verstanden? Nicht ein paar blindwütige Ritter wollen hier in blank gescheuerten Rüstungen in ihr Verderben rennen. Nein! Sie schicken die Kinder in den Tod!«

»Ja, Herr«, nickte Neifen, »ich habe verstanden. Ja, Herr, ich habe mich geirrt.«

Keiner der Reichsfürsten befand sich im Lager. Es war jetzt und auch später niemals herauszufinden, wer diesen Plan ausgeheckt hatte. Man hatte allen Jungen, die durch einen Armbrustbolzen sterben würden, nicht nur unmittelbaren Zutritt zur ewigen Seligkeit versprochen, sondern jedem darüber hinaus zugesagt, an seiner rechten und seiner linken Seite jeweils einen Platz freihalten zu dürfen. Das war viel, weitaus mehr als der Pfarrer daheim jemals in Aussicht gestellt hatte. Nun drängten alle danach, in erster Reihe aufgestellt zu werden. Ohne Lederwams, ohne Hemd wollten sie den Armbrustschützen entgegenziehen. Das brachte Neifen aus einem Jungen heraus, den er so lange schüttelte, bis er aufhörte zu singen und schwer verstehbare Worte stammelte. Dabei brach das Singen immer wieder aus ihm heraus wie ein heftiges Weinen oder ein irres Lachen.

»Herr«, sagte Neifen, »es ist vielleicht noch nicht zu spät. Nur Ihr könnt helfen. Ruft sie zurück. Das könnt jetzt nur noch Ihr zu Stande bringen.«

»Wieso ich?«

»Nicht nur Euer Vater hat diese magische Wirkung auf Menschen. Viele Staufer vor Euch hatten sie. Auch Ihr, Herr, müsstet sie eigentlich haben, jetzt, eben jetzt. Ruft sie zurück!«

Heinrich saß zusammengesunken auf seinem Pferd und schaute hilflos auf die tobende Menge. Das schäumte und sprudelte um ihn und wie an der Oberfläche zerplatzende Wasserblasen sahen ihn kurz matt glänzende Augen aus ruckartig zurückgeworfenen Köpfen an. Nicht nur, dass Heinrich nicht wusste, was er sagen sollte, er wusste nicht einmal, wie er sich Gehör verschaffen konnte. Da übertönte, nicht weit von ihm, das königliche Hornsignal den Lärm. Albert von Neifen und Winterstetten waren angekommen. Dreimal, viermal mussten sie blasen, bis die Menge verstummte. Heinrich wurde hoch auf einen Trosswagen gehoben. Winterstetten wechselte ein paar Worte mit Heinrich von Neifen.

»Isaak«, rief er zu Heinrich hinauf, »erzähl die Geschichte von Isaak.«

So stand Heinrich im letzten vollen Licht der rot untergehenden Sonne und dachte: Isaak? Warum Isaak? Wenn er so genau weiß, was hier zu sagen ist, warum tut er's dann nicht selbst, der Winterstetten?

Ratlos und wütend warf er mit einer raschen Kopfbewegung die Haare aus dem Gesicht. Da fingen die Ersten schon an zu jubeln. Heinrich blickte erstaunt in ihre Richtung. War das so einfach? Genügt wirklich ein staufischer Rotkopf in der Abendsonne, um die zu begeistern? Isaak? Natürlich, die Geschichte von Isaak!

»Der Herr befahl Abraham, seinen Sohn Isaak zu opfern, ihn zum Berge Sinai zu führen und ihn dort zu töten«, rief er. »Als aber Isaak den Kopf über den Stein legte, erschien ein Engel und verhinderte die Tat. Denn – es war so, und es ist so – Gott wollte Isaaks Tod nicht. Er will auch euren Tod nicht. Ihr habt euren Willen gezeigt euch zu opfern, das genügt. Ihr sollt eingehen in die ewige Seligkeit, wie es euch versprochen wurde, aber erst wenn eure Zeit hier auf Erden beendet ist. Bis dahin sollt ihr leben, hört ihr: leben.«

Der matte, starre Glanz war aus den Augen der Jungen herausgeschwemmt, die Augen schimmerten feucht, die meisten weinten. Sie lagen sich in den Armen, sie knieten auf dem Boden, lobten und priesen ihren König, den Gott ihnen als seinen Boten geschickt hatte. Ein Engel.

Heinrichs Unterlippe fing an zu zittern, die hinter dem Berg versinkende Sonne nahm den Glanz aus seinen Haaren, und bevor das Bild des rot umleuchteten Engels auf dem Wagen in sich zusammenfiel, hatte Winterstetten den König gepackt und heruntergezogen.

»Kaum zu glauben«, flüsterte Albert von Neifen dem Bruder zu, »ein nicht einmal nachgemachter, ein vollkommen echter staufischer Körper und darin dieser Knabe, der willens und fähig scheint, so zu denken wie wir …«

Bleigrau war das Licht, das die untergehende Sonne zwischen den Bergen zurückgelassen hatte. Der fünfzehnjährige Junge, der erschöpft und verwirrt mit hängenden Armen und Schultern, mit verschwitzt am Kopf klebendem Haar auf seinem armseligen Klepper zurück nach Trient ritt, hatte keinerlei Ähnlichkeit mehr mit der rotgoldenen Gestalt auf dem Trosswagen.

Es war allen klar, dass etwas geschehen musste. Sechs Wochen lagen sie in und um Trient, unmöglich, die ungeduldigen Ritter noch länger warten zu lassen.

»Ich werde versuchen, mit kleinstem Gefolge auf einem anderen Weg über die Alpen zu kommen«, schlug Heinrich vor. »Ritter und Tross kehren zurück nach Deutschland. Ich muss diese unter den Befehl des Bayernherzogs stellen oder ihn mitnehmen und das will ich nicht. Es wäre mir sehr lieb, wenn die Herren Neifen sich trennen würden, einer sollte mit nach Deutschland ziehen, der andere mich begleiten. Entscheidet selber, wer welchen Weg geht. Und bitte, findet einen Grund, der den Reichskanzler in Deutschland unentbehrlich macht. Es mag sein, dass ich allein in den Bergen noch einmal eine andere Entscheidung treffen werde. Da kann ich ihn hier bei mir nicht brauchen.«

Wenige Tage später zog Heinrich mit Albert von Neifen, den Winterstetten und kleinstem Gefolge, geleitet von einem zuverlässigen Führer in Richtung Gardasee. Die Ritter hatten seine Entscheidung angenommen. Nur einige hatten geflucht und gewütet, dass man vor ein paar italienischen Händlern auskneifen sollte.

Heinrich nahm wenig wahr von dem sommerlichen Gebirgsritt. Ihm schwirrte der Kopf. Zu viel hatte er zu bedenken.

Die Herren Neifen hatten sich geirrt.

Die Armbrust, diese neue Waffe, gegen die ein Ritter sich nicht schützen konnte, war nicht geeignet, durch ihre Furchtbarkeit den Menschen zum Frieden zu zwingen. Furchtbarer als die Durchschlagskraft eines Armbrustbolzens blieben die Einfälle der Menschen. Da war nichts zu hoffen. Doch war daraus nicht zu schließen, dass die Brüder Neifen in allem irrten. Sie setzten ihre Hoffnung auf die Städte.

Heinrich nahm sich vor, die Entwicklung der deutschen Städte genau zu beobachten. Cambrai hatte er durch die Urkunde für den Bischof bereits einen schweren Schaden zugefügt.

Er sah sich nicht in der Lage, über die Lombardenstädte jetzt schon eine Entscheidung zu treffen. Sobald er aber in Cremona erschien, würde sein Vater alle Macht des deutschen und des sizilianischen Reiches gegen die Lombarden ausspielen. Zwar kam er ohne Heer, aber was die Veroneser im Süden taten, war den Deutschen im Norden ebenso möglich: Sie könnten die Handelsstraßen sperren. Die Staufer waren nun mit Österreich verschwägert. Und er, Heinrich, hatte um Auflösung der österreichischen Ehe bitten wollen. Lächerlich.

»Ich führ Euch unbemerkt hinunter«, sagte der Führer,

als sie die Höhe über dem Gardasee erreicht hatten, »ich weiß Wege, die kein Veroneser kennt.«

Die Luft war glasklar. Heinrich schaute hinein in das weite Land. Welche Fülle, dachte er, welche Großzügigkeit. Und ich soll da hinuntergehen und lauter kleinliche Klauseln und Statuten ausdenken helfen, die den Lombardenstädten den Handel beschränken? Nein, ich soll nicht ausdenken helfen.

Ich soll nur unterschreiben, was ich nicht verstehe. Aber ich fange an zu verstehen.

»Neifen«, sagte er leise, »wir kehren um.«

»Ja, Herr«, sagte Albert, »ich weiß.«

Kein Reichstag in Cremona

Er ist umgekehrt.

Alexander hat so schnell geschrieben, als müsste er Heinrich einholen, den Berg hinauf. Mit jedem Buchstaben hat er einen Haken in den Berg geschlagen, mit jeder Zeile sich einen Absatz höher geschwungen, um Heinrich noch zu fassen, um ihn zurückzuziehen, damit er nicht vom Alpenpass in die Tiefe nach Italien fällt. Dabei weiß Alexander genau, vor mehr als 750 Jahren stand Heinrich da hoch über dem Gardasee. Wie immer Alexander jetzt hetzen und rennen mag, den holt er nicht ein.

Ist ja auch gar nicht nötig. In allen Geschichtsbüchern kann er es nachlesen: Heinrich ist umgekehrt. Der fünfzehnjährige König erschien nicht zum Reichstag in Cre-

mona, obwohl etliche Reichsfürsten bewiesen, dass die Sperre der Berner Klause durchaus zu umgehen gewesen wäre. Heinrich ließ den Reichstag platzen und Alexander fühlt in sich die Kraft, seinem Vater tote Bussarde, vergiftete Frösche, Mäuse oder was auch immer auf den Frühstückstisch zu knallen.

Ein Fest in Esslingen

Schläft es sich auf Schwanenfedern ruhiger? Heinrich glaubte, einmal so etwas gehört zu haben, und darum ließ er Margaretes Kissen mit Schwanenfedern füllen, denn er wollte alles tun, um ihr zu einem guten Schlaf zu verhelfen, nur eines nicht: Er war nicht bereit ihren Schlaf zu teilen. Pietro Antonio, der apulische Arzt, aus dem südlichen Italien geschickt, damit er die Schwangerschaft der Königin betreue, hatte noch immer nichts zu tun.

Es war im Sommer 1227. Heinrich war siebzehn, Margarete vierundzwanzig Jahre alt, nahezu drei Jahre waren sie bereits verheiratet. Der Kaiser hatte schon mehrmals ungeduldig anfragen lassen, wann er endlich auf einen Enkel hoffen dürfe. Die Kaiserin Isabella, die er ungefähr zur gleichen Zeit geheiratet hatte wie Heinrich Margarete, hatte schon ein Jahr später – vierzehnjährig – ein Mädchen geboren, das aber bald nach der Geburt gestorben war. Heinrich war noch immer der einzige legitime

Kaisersohn, Friedrich brauchte Thronfolger. Durch seine Rückkehr aus Trient im Juni 1226 hatte Heinrich den Reichstag in Cremona scheitern lassen. Das Problem der aufsässigen Lombardenstädte konnte nicht gelöst werden, der Kaiser musste den Kreuzzug wieder verschieben. Er war empört über das Verhalten seines Sohnes und stellte ihn noch einmal unter Vormundschaft. Wieder hatte er geschickt gewählt und den unter den Fürsten anerkannten Führer zu Heinrichs Vormund bestimmt: Ludwig von Wittelsbach, Herzog von Bayern. Heinrich durfte weiterhin die Königskrone tragen, aber was in Deutschland geschah, bestimmte der Bayernherzog.

In den folgenden zwei Jahren kümmerte sich Heinrich nicht viel um dessen Entscheidungen, sondern er ließ sich von den Herren Neifen und Anselm von Justingen mit den städtischen Gesetzen vertraut machen. Die sahen in jeder Stadt anders aus. Hier hatten die Bürger das Versammlungsrecht erworben, dort hatten sie Anteil an der Gerichtsbarkeit. Hier hatten sie ihrem Bischof das Privileg abgerungen Münzen zu prägen, dort bestimmten sie die Zölle. Heinrich sah Urkunden, die den Bürgern Selbstverwaltungsrechte gaben, unterzeichnet von früheren Königen, einige von ihm selbst, er sah andere Urkunden, vorgelegt von bischöflichen Beamten, die diese Rechte wieder aufhoben, ebenso unterzeichnet von früheren Königen, etliche von ihm selbst. Welche davon für echt gehalten, welche für gefälscht erklärt wurden, hing vom Urteil der Fürsten ab.

Sie entschieden auch über das Schicksal der Stadt Cambrai. Heinrich gab den Bürgern Gelegenheit, auf einem deutschen Reichstag ihre Rechte zu verteidigen, aber die Fürsten erkannten ihre Urkunden nicht an. Der Bischof von Cambrai sprach die Acht aus. Heinrich selber hatte ihm das zugestanden. Der Rat der Stadt wurde aufgelöst, die Glocke, die zur Ratsversammlung rief, war nur noch einmal zu hören, als sie nämlich unter den Hammerschlägen bischöflicher Dienstleute zersprang.

Heinrich hielt sich so oft wie möglich in Esslingen auf. Dort hatte er Konrad von Winterstetten zurückgelassen, der im Auftrag des Königs einen Kreis von Dichtern und Sängern um sich sammelte. Da waren die Minnesänger Burkhart von Hohenfels und Hiltpolt von Schwangau. Noch immer fehlten die drei berühmtesten Minnesänger: Walther von der Vogelweide war alt geworden. Neidhart von Reuental zog – unterstützt von dem Bayernherzog – durch das Land, sang Lieder über gelackmeierte Ritter und Bauerntölpel und lachte mit seinen adligen Zuhörern, die niemals merkten, ob sie nun über die Bauern oder über sich selbst lachten. Wo der junge Gottfried von Neifen, Heinrich von Neifens Sohn, sich aufhielt, wusste niemand. Täglich hoffte man auf seine Ankunft. Außer den höfischen Sängern hatte sich an Heinrichs Hof noch allerlei misstrauisch betrachtetes Volk eingefunden: Spielleute und Gaukler in bunten Gewändern, abgelegten Kleidungsstücken von Bischöfen und Grafen, die zerschlissenen Röcke geflickt und anders zusammengenäht, so waren sie bunter gekleidet als die Fürsten und es konnte geschehen, dass aus den zerrissenen Wappenhemden zweier feindlicher Herren ein Rock genäht wurde, der dann in schillernder Buntheit einem dunkelhaarigen Mädchen um die braunen Beine flog. Sogar einige Goliarden waren darunter. Das waren von der Kirche abgefallene Kleriker, die – versteckt von Ketzern – den Papst verspottend durch das Land zogen. Die Mönche, die Heinrichs Chronik schrieben, begannen zu klagen über den schlechten Umgang des jungen Königs, seine Vergnügungs- und Verschwendungssucht, sein ausschweifendes Liebesleben. Sie glaubten zu wissen, dass er zahlreiche Frauen habe, und die einzige, die er vernachlässige, sei die ihm angetraute Gemahlin Margarete.

An einem sonnigen Oktoberabend 1227 erreichte endlich, lange ersehnt, Gottfried von Neifen den Esslinger Hof. Das Mädchen, das er mitbrachte, fiel nicht nur dadurch auf, dass sie ein ungewöhnliches Pferd ritt.

Heinrich feierte eines jener Feste, das die Mönche empörte. Es waren gar zu viele Frauen dabei und keineswegs alle adliger Herkunft. Es wurde viel gesungen und nicht alle Lieder erfüllten die Gesetze des höfischen Minnesangs. Es wurde viel getanzt, nicht nur der gemessene, schreitende Tanz, den die Bischöfe widerwillig duldeten, sondern auch die gesprungenen Dorftänze, die die Bischöfe verboten hatten. Es wurde viel getrunken. Und es wurde gar zu viel, gar zu laut und allzu frech geredet.

Gaucelm Faidit war da, ein provenzalischer Troubadour. Wer ihn hatte essen sehen, wunderte sich nicht mehr über seine ungeheure Körperfülle. Gaucelm war ein Bürgersohn, der sein gesamtes Vermögen beim Würfelspiel verloren hatte. Danach blieb nichts anderes übrig, als Spielmann zu werden. Leider sang er abscheulich. Aber Winterstetten schätzte seine Lieder, sorgte nur dafür, dass er sie nicht selber vortrug. Da war Peire Cardenal, ein Adliger, ebenfalls aus der Provence, der zum Priester bestimmt gewesen war, der alles gelernt hatte, was ein Priester lernt, und der ein erbitterter Feind der Kirche geworden war. Keiner verspottete die Bischöfe beißender als er, der ein Bischof hatte werden sollen.

Schlimmer noch war Gerard, ein südfranzösischer Bürgersohn. Er mochte zwischen dreiundzwanzig und sechsundzwanzig Jahre alt sein. Genau wusste er es nicht, denn damals, als an einem Tag alle, die sein Alter kannten, ermordet wurden, seine Eltern, Geschwister, Großeltern, Onkel, Tanten, Vettern, Nachbarn, da hatte er noch nicht zählen können. Gerard stammte aus der südfranzösischen Stadt Beziers. Dort war einmal eine Hochburg der Ketzer gewesen. Vor ungefähr zwanzig Jahren war die Stadt von päpstlichen Truppen vollständig vernichtet worden. Gerard gehörte zu den wenigen Überlebenden.

Zwanzig Jahre später sang er Lieder auf König Heinrichs Festen, die alle begannen mit: »Herr, mein Gott«, und die alle damit endeten, dass die im Saal noch verbliebenen Kleriker mit hastigen Schritten, entsetzten Blicken und Kreuze schlagend aus dem Saal flohen.

Nur einer von ihnen blieb: Konrad von Bußnang, der Abt von St. Gallen. Er saß noch am Tisch, die Speisen waren abgeräumt, aber die Tafel noch nicht hinausgetragen. Abt Konrad stützte beide Unterarme und Ellenbogen fest auf die Holzplatte und wandte sein Gesicht Gerard zu wie einem peitschenden Regen. Der Franzose sang mit einer Stimme, die so rau und zerrissen war wie sein Leben.

Herr, mein Gott, was schert mich dein Geist,
da du anscheinend nicht weißt,
was das hier und jetzt ist:
ein Christ.

Herr, mein Gott, was schert mich dein Blut,
wenn gerecht und gut
geheißen ist,
was dein oberster Christ
hier tut.

Herr, mein Gott, was schert mich dein Wort,
wenn in einem fort,
wo du Liebe gelebt,
sich inzwischen erhebt
der Mord.

Herr, mein Gott, was schert mich dein Leib.
Bleib!

»Bleib mir vom Leib!«, rief Peire Cardenal mit seiner volltönigen Stimme.

Der ehemalige Priester war für einen Südfranzosen von geradezu riesenhafter Gestalt und ebenso klang seine Stimme. Abt Konrad war der Kopf herab auf die Brust gesunken, er hatte die Hände in die grauen, dünn gewordenen Haare gekrallt.

»Er hält sich die Ohren zu!«, schrie Peire Cardenal durch die Beifall- und Missmutsäußerungen. »Die Kreaturen! Sie ertragen es nicht. Er soll aber hören.«

Er sprang über eine Tischplatte, fasste den St. Gallener Abt bei den Händen.

»Hör auf«, fiel ihm Heinrich in den Arm. »Siehst du nicht, dass er weint?«

Konrad hob den Kopf. Über sein Gesicht liefen die Tränen in den Altersfalten wie in einem Bachbett.

Gerard war längst aus dem Kreis der Zuhörer herausgetreten, er ließ sich nicht beklatschen und umjubeln. Nun setzte er sich Abt Konrad gegenüber an den Tisch.

»Ihr kennt mein Schicksal, Herr?«, fragte er. »Ich war drei, vielleicht vier Jahre alt, als des Papstes Truppen Beziers niederbrannten. Meine Mutter war mit mir in eine Kirche geflohen, aber sie folgten uns. ›Herr‹, hörte ich einen von des Papstes Leuten rufen, ›hier sind lauter Frauen, Kinder und Alte. Wir wissen nicht, was Ketzer und was Christen sind.‹ Und der päpstliche Legat hat ihm geantwortet: ›Erschlagt sie alle. Gott wird die Seinen schon herausfinden.‹ Ja, das hat er gesagt. Das haben sie dann auch getan. Nur mich nicht. Denn mich hat meine Mutter auf das Kreuz gehoben. Da hing ich geklammert an den hölzernen Christus, vor Entsetzen ebenso fest ans Kreuz genagelt wie jener von den Nägeln. Die Männer sahen mich nicht, denn glaubt nicht, dass auch nur einer von des Papstes Leuten die Augen auf das Kreuz gerichtet hätte. Ich suchte meine Mutter, erkannte sie in wohl hundert Frauen und erlebte hundertfach ihren Tod. ›Erschlagt sie alle. Gott wird die Seinen schon herausfinden.‹ Das hat der päpstliche Legat gesagt. Ich werde es nicht vergessen. Bin ich nicht ein rechtgläubiger Christ, Herr, da mir die Worte des päpstlichen Legaten vertrauter sind als die Christi? So wollt Ihr es doch, Herr!«

Der St. Gallener Abt schaute ihn an.

»Habt doch ein wenig Geduld«, sagte er, »habt noch ein wenig Vertrauen in das, was kommen wird. Denn es kommt der Tag, der eine Tag, der alle bisherigen zusammenfasst, da wird jener päpstliche Legat, der Eure Heimatstadt zerstörte, vor seinem Richter stehen. Da muss er es dann noch einmal sagen. Er wird neben der riesigen Grube stehen, die voll ist von verstümmelten Toten und er wird sagen: ›Herr, nun magst du dir die Deinen heraussuchen!‹ Und der Herr wird in die Grube greifen und sie alle – alle – in seine warmen Hände nehmen. ›Dies sind die Meinen‹, wird er sagen, ›geh du zu den andern.‹«

»Wir aber wollen nicht warten auf diesen Tag!«, schrie Peire Cardenal.

Gerard hätte gern weiter mit dem Abt geredet, aber nun wurde es laut. Die Tischplatten wurden hinausgetragen, der Saal war frei zum Tanz.

Peire Cardenal, der seinen großen Körper nur schwer in Bewegung setzen und nur schwer wieder anhalten konnte, zerbrach gleich zu Beginn zwei Stühle, auf die er fiel. Er griff sich einen Krug mit Wein, trank aus dem Krug, denn mit Wein konnte er seinen schweren Körper leicht machen wie eine Feder. Da er dem König mit dem Krug zuprostete, trank dieser mit. Mitten in dem Wirbel verschaffte sich Hiltpolt von Schwangau Platz und lief einmal mit zurückgebogenem Oberkörper, die Füße geziert mit den Fußspitzen aufsetzend, über die Tanzfläche. So lernten die jungen Ritterfräulein sich bewegen. Alle lachten. Hier war das ein Witz.

Heinrich wusste nicht, in wessen Armen er lag. Auf seiner rechten Schulter lag ein roter Ärmel, auf seiner linken ein grüner.

Ein den Lärm übertönender Jubel brach aus.

»Neifen!«, wurde geschrien. »Neifen!«

Heinrich wunderte sich. Bei Festgelagen hatten sich die Brüder Neifen bislang nicht hervorgetan. Es dauerte eine Weile, bis er begriff, dass der Sohn gemeint war. Gottfried von Neifen war gekommen.

Zwar war er noch jung, kaum älter als der König, aber seine Lieder hatten ihn schon berühmt gemacht. Er war schon lange dazu ausgewählt, der führende Sänger an Heinrichs Hof zu werden. Auch sollte er der Lehrmeister des fünfzehnjährigen Ulrich von Winterstetten werden. Von beiden sagte man, dass sie dichten gelernt hätten, bevor sie sprechen lernten.

Als der so lang ersehnte Minnesänger endlich kam, als er im Rahmen der hohen Fenster in der untergehenden Oktobersonne stand, schaute ihn kaum einer an. Alle starrten auf das Mädchen an seiner Seite. Sie war von verwirrender Buntheit, auch in dieser Gesellschaft. Die schwarzen Haare und Augen, der so auffallend rote Mund, dazu das zweifarbige Kleid: Die rechte Seite war von kräftigem Rot, die linke von ebensolchem Grün.

Gottfried ließ sich nicht lange bitten. Er sang ein paar schon bekannte Lieder. In allen war von einem rosenfarbenem Mund die Rede und wenn es einen gegeben hätte, der noch nicht auf das Mädchen schaute, er hätte es jetzt getan.

Heinrich begrüßte Gottfried nur kurz. Er gab vor, mit dem roten und dem grünen Arm auf seinen Schultern hinlänglich beschäftigt zu sein, und doch gelang es ihm nicht, an dem fremden Mädchen vorbeizusehen. Deren ebenfalls rot und grün geteiltes Kleid war wie ein nachäffender, die Seiten vertauschender Spiegel jener Frau, von deren Armen Heinrich gehalten wurde. Gottfried wurde von anderen umlagert und mehr nach dem schönen Mädchen als nach seinen Liedern gefragt.

»Sie ist ein Stedinger Bauernkind«, erklärte er. »Ihr wisst, im Norden bei Bremen, lebt ein aufsässiges Bauernvolk, einigermaßen wohlhabend geworden durch kluge Wirtschaft, in ständigem Streit mit dem Bischof von Bremen. Der Bischof nämlich und die Oldenburger Grafen wollen die Stedinger zu höheren Abgaben zwingen. Das steht ihnen nicht zu, denn die Bauern sind freie Reichsleute. Bis jetzt haben die Bauern sich durchsetzen können, denn sie sind umgeben von Sümpfen, Wäldern, der Weser und ihren Nebenflüssen. Die Ritter kommen nicht an sie ran. Ihr Vater hat sie Beatrice genannt, weil das ein Fürstenname ist.«

Beatrice, die nicht danebensitzen wollte, wenn von ihr geredet wurde, ging fort.

Gottfried trank Wein, mehr als er nach der Reise Durst haben konnte. Sobald er die Laute beiseite legte, hingen ihm die Hände wie verwaist in der Luft, machten nur noch verlegene, hilflos abgebrochene Bewegungen. War er umringt von so vielen fremden Bewunderern, gelang ihm am ehesten der Griff nach dem Weinkrug. Er wusste, dass sein breites, flächiges Gesicht auch da nicht hübscher war, wo sein strähniges Blondhaar es zudeckte. Unsicher schaute er in begeisterte, sehr junge Augen. Das war wohl der fünfzehnjährige Ulrich von Winterstetten, der so gut aussah, wie er selber nur singen konnte. Er senkte den Blick. Sein eigenes Gesicht spiegelte er lieber in einem Weinkrug.

»Die ist doch kein norddeutsches Bauernkind«, polterte Peire Cardenal, »mit den schwarzen Haaren und den schwarzen Augen.«

Gottfried zuckte die Achseln.

»Ihr Vater sei ein Stedinger Bauer, erzählt sie. Kreuzfahrer. Er mag sie von einem Kreuzzug mitgebracht haben. Ich traf sie bei Köln. Sie liebte dort einen Spielmannsjungen, aber als sie mich sah ... «

Er stockte, verbesserte leicht stotternd.

»... als sie mich hörte, kam sie mit mir.«

»Und mit dem Nächsten, der schöner singt als du, wird sie dich verlassen?«

»Den kann sie lange suchen.«

»Du hast den König nicht gehört.«

»Sie geht nicht fort«, sagte Gottfried, und da er bereits drei Becher Wein getrunken hatte, glaubte er auch, was er sagte. »Sie hat mir geschworen, bei mir zu bleiben, bis sie einen findet, der ein schöneres Pferd hat als sie. Und sie hat ein Pferd – «

»Ich sah euch ankommen«, unterbrach Ulrich. »Sie reitet ein unglaubliches Pferd. Das ist grad so schön wie sie. Wo hat sie das gestohlen?«

»Ein Beutepferd ihres Vaters aus Byzanz«, erklärte Gottfried.

Beatrice hatte sich auf einen Stuhl gesetzt. Zwei Tage

waren sie von früh bis spät geritten. Sie legte den Kopf an die Wand und schien zu schlafen. Heinrich versuchte die Augen vor ihr zu verschließen. Außer den hochmütigen

Mundwinkeln war doch im Gesicht dieses Mädchens nichts, das ihn an Agnes erinnerte, sagte er sich.

Beatrice schlief nicht. Ihr Mund wurde noch hochmütiger und spöttischer, sie beobachtete ihn und erreichte, dass sich sein Blick gänzlich in ihren Mundwinkeln verfing, und sie ließ ihn zappeln wie einen gefangenen Vogel.

Als wieder getanzt wurde, lag auf Heinrichs rechter Schulter ein grüner Arm und auf seiner linken ein roter. Da er ohnehin stets rechts und links verwechselte, redete er sich ein, das sei vorher auch so gewesen, während er mit heftigen, hastigen Lippen versuchte, diese spöttisch zuckenden Mundwinkel aufzubrechen, sich wieder herauszulösen, aber er verfing sich immer mehr darin, bis Beatrice den Kopf zurückwarf und lachte, ihn auslachte, das war ganz klar, und er rettete sich nur dadurch, dass er mitlachte. Da war er wieder frei und glaubte, sie nun wirklich küssen zu können, aber plötzlich war Gottfried da und drängte sich dazwischen.

»Herr«, sagte er, »ich bin gekommen, weil man mir sagte, dass Ihr mein Gönner und mein Freund sein wolltet. Zwei Männer können gute Freunde sein, wenn sie dieselbe Musik lieben, dieselbe Tätigkeit, denselben Kaiser. Aber können sie auch Freunde sein, wenn sie dasselbe Mädchen lieben?«

Heinrich nahm die Hände von Beatrice. Er sah das Bedauern in ihren Augen.

»Nein«, sagte er, »das ist unmöglich.«

Er irrte eine Weile durch den Saal, verschüttete Wein aus zahlreichen Krügen, bis er endlich einen fand, der annähernd so rot funkelte wie jene Lippen. Damit hockte er sich in eine Fensternische und quälte sich damit, dass er den Mund tief in die rote Flüssigkeit tauchte. Es kühlte nicht.

Auch Gottfried von Neifen war die Freude an dem Fest verdorben. Er zog sich zurück. Peire Cardenals laute Stimme sorgte dafür, dass das Fest nicht leiser wurde.

Später, als es dunkel war, als die Kerzen am Kronleuchter brannten und die blakenden Fackeln an den Wänden die bunten Wandbehänge mehr verrußten als erleuchteten, kam Gottfried noch einmal zurück. Er wollte ein Lied vortragen, ein neues, das er gerade gedichtet habe, er suchte Beatrice, fand sie sofort.

»Ich singe«, sagte er, »das Lied eines Stedinger Hirtenjungen oder eines bunten Spielmannsjungen oder eines armen Minnesängers:

Klingt mein Lied über Feld und Heide,
Feld und Heide,
das ich singe am Hügel alleine.
Küsst mein Lieb nur für Geld und Geschmeide,
Geld und Geschmeide,
und ich singe, damit ich nicht weine.

Kling, mein Lied, wie Gold in den Truhen,
Gold in den Truhen,
denn ich hab nur ein Lied, sie zu werben.
Sagt sie mir, ich sollt bei ihr ruhen,
sollt bei ihr ruhen,
und ich singe, um nicht dran zu sterben.

Neigt sie mir nur ein Ohr, um zu lauschen,
Ohr, um zu lauschen,
ihre Blicke verspotten, verhöhnen.
Will sich, ach, an dem Tor nur berauschen,
Tor nur berauschen,
meine Lieder verenden in Stöhnen.

Das ist gemein, dachte Heinrich.

Er sah Beatrice, sah den Trotz auf ihrem Mund. Dabei hatte sie die Lippen zusammengezogen wie zu einer Rosenknospe.

Am nächsten Tag lud Heinrich den Minnesänger zu einem Ritt durch das Land ein. Das sollte ein Versöhnungsangebot sein. Beatrice, die dabeistand, sagte:

»Ich komme mit.«

»Lasst sie mitkommen«, sagte Gottfried, »es ist besser so.«

»Kannst du reiten?«, fragte Heinrich.

Beatrice nickte.

»Besser als ich, Herr«, sagte der Minnesänger.

Heinrich bot an, ihnen Pferde aus seinem Stall satteln zu lassen. Gottfried nahm an, Beatrice lehnte ab.

Später standen sie im Innenhof der Burg und warteten darauf, dass ihnen die Pferde gebracht wurden. Beatrice kam mit ihrer Stute. Heinrich, der sich vorgenommen hatte, sich über dieses Mädchen nicht mehr zu wundern, war noch einmal verblüfft.

Beatrice gab Gottfried mit den Augen ein Zeichen, ihr in

den Sattel zu helfen. Der sprang herbei. Sie sortierte Zügel und Steigbügel, sang dabei leise, wie absichtslos vor sich hin:

Ein Ritter hat ein Schwert,
ein Ritter hat ein Pferd,
doch hat er keines,
keines wie meines.

Heinrich lächelte. Er hatte den roten Araberhengst Shiraz satteln lassen. Knappen brachten die Pferde. Als Gottfried das Pferd des Königs sah, wurde er blass.

»Ich reite nicht mit, Herr«, sagte er, »Ihr könnt mit dem Mädchen allein reiten, bitte tut es. Es wird alles geschehen, wie es muss, je eher, desto besser.«

»Gottfried!«, rief Beatrice. »Das war nur ein Scherz, nur ein gedankenlos dahingesagtes Wort. Ich konnte nicht ahnen, dass jemand so ein Pferd – «

Aber Gottfried lief die Stufen der Treppe hinauf und verschwand in der Burg.

»Ich verstehe nicht ...«, sagte Heinrich.

»Aber ich«, sagte Beatrice. »Reiten wir?«

Tanz um den Totempfahl

»Und?«, fragt Solveig. »Ist er wirklich mit Beatrice davongeritten?«

»Natürlich«, sagt Alexander.

»Hm.«

»Was denkst du?«, sagt Alexander. »Sollte er etwa, von Agnes gewaltsam getrennt, mit vierzehn auf das erotische Altenteil gehen?«

»Nein.«

Alexander hat schon begriffen.

Sie ist eifersüchtig, denkt er. Gibt es das auch? Sie ist eifersüchtig auf Beatrice.

Es ist Wochenende. Viele Schüler sind von ihren Eltern abgeholt worden, auch Thomas. Alexander und Solveig, deren Eltern in Amerika wohnen, werden nie von jemanden abgeholt. Dafür haben sie nun Alexanders Zimmer für sich allein.

Solveig sitzt im Schneidersitz auf dem Boden. Es ist ein warmer Tag, dennoch ist ihr plötzlich kalt. Sie zieht sich eine Decke heran und wickelt sich darin ein. Es ist die Navajodecke, die Alexander von den Eltern seiner Mutter in Neu-Mexiko geschenkt bekam, eine indianische Handarbeit mit alten Mustern in leuchtenden, aber nicht grellen Erdfarben. Solveig ist ganz eingehüllt in die kantigen, geometrischen Formen alter indianischer Zauberzeichen.

»Du siehst aus wie ein Totempfahl«, sagt Alexander.

»Totempfahl mit Geierkopf«, sagt Solveig. »Haben doch manchmal Geierköpfe, die Totempfähle, oder?«

Sie streckt die Hände zur Seite, die Decke über den Schultern, zuckt ruckartig mit den Armen und stößt den Kopf auf und nieder.

»Geierkopf! Geierkopf! Geierkopf!«

»Hör auf!«, ruft Alexander. »Lass das!«

»Geierkopf! Geierkopf! Geierkopf!«

»Nun hackst du nur wieder auf deiner spitzen Nase herum.«

»Irrtum. Ich hacke nicht auf meiner Nase, ich hacke mit meiner Nase. Geierkopf! Geierkopf!«

»Hör auf!«

Alexander packt ihre zappelnden Hände und hält sie fest. Solveig erstarrt mitten in der Bewegung mit gerade nach vorn gestoßenem Kopf. Sie schauen sich lange und nahezu feindselig an. Er braucht ein paar Augenblicke, um sich in ihren Augen zurechtzufinden, dann erkennt er hinter der abweisenden Wand eine mühsam verborgen gehaltene Traurigkeit. Alexander beugt sich vor und küsst sie auf die Nasenspitze, nur grad eben – wie von weitem – auf die Nasenspitze.

Solveig lässt die Arme sinken, entzieht ihm die Hände, er hält nicht mehr fest.

»Siehst du«, sagt er leise, »gut, dass die Nase so lang ist. Gerade lang genug. Sonst hätt ich sie nämlich nicht getroffen. Bestimmt nicht.«

Es ist ungewöhnlich still. Die Schule ist fast leer. Nur ganz von weitem dringt durch das offene Fenster leise Popmusik aus einem Radio oder CD-Player. Alexander und Solveig hören auch das nicht.

»Übrigens ist sie jetzt weg«, sagt Alexander.

»Was ist weg?«

»Die Nasenspitze. Ich meine die Geierkopfnasenspitze.«

»Du spinnst.«

»Überhaupt nicht.«

Solveig kneift ein Auge zu und schielt auf ihre Nase. »Ich seh sie doch.«

Alexander kneift auch ein Auge zu und schielt auf seine Nase. »Ich seh meine auch. Das kann jeder. Nur Babys nicht. Schau doch in den Spiegel.«

Der einzige Spiegel im Zimmer gehört Thomas und ist kein gewöhnlicher Spiegel. Um das Spiegelglas ist der aufgerissene Rachen eines Löwen gemalt.

»Ich werde Raubtierdompteur«, sagt Thomas immer. »Ich lege meinen Kopf in einen offenen Löwenrachen. Tusch! Er beißt nicht. Ich habe so viele mathematische Formeln und lateinische Vokabeln im Kopf. Die frisst er nicht. Er hat Angst, dass er Karies kriegt.«

Thomas kämmt sich jeden Morgen die von Wirbeln verzogenen Haare zwischen den Löwenzähnen und streckt dem offenen Rachen die Zunge raus.

»Das gibt Kraft für den Tag!«, behauptet er.

Solveig kennt den Spiegel schon lange. Sie kann ja an keinem Spiegel vorbeigehen, ohne auf ihre Nasenspitze zu schielen. Die sucht sie nun vergeblich zwischen den Löwenzähnen. Sie dreht den Kopf ins Profil, so weit, dass sie sich gerade noch anschielen kann. Da ist sie natürlich, die Nasenspitze. Warum sticht sie nicht mehr raus aus ihrem Gesicht?

Sie hat noch immer die Navajodecke über den Schultern, die Farben leuchten jetzt noch kräftiger. Das ist nicht verwunderlich. Sie ist aufgestanden, ist in das schräg durch das Fenster einfallende Licht der Morgensonne getreten, aber das ist nicht alles. Die Farben der Decke leuchten, als sei darunter ein Licht angezündet worden, und das strahlt auch aus ihrem Gesicht.

»Irre«, sagt sie.

Alexander hebt beide Arme mit einer feierlichen Geste hoch.

»Ich bin ein indianischer Geisterbeschwörer«, sagt er. »Vor ein paar Jahren hat der verirrte Pfeil eines hündischen Komantschen die Geierkopfnase unseres Totempfahls abgeschlagen. Flinkes Messer, der Schnitzer unseres Stammes, hat eine neue gemacht. Aber er ist ein Stümper. Sie ist ihm zu lang geraten. Abschnippeln dürfen wir sie nicht, sonst gibt's Krach mit den Geistern, und es wird drei Monate regnen. Also muss ich, der Medizinmann, sie passend machen für den Totempfahl.«

Alexander lässt die Arme sinken.

»Und vielleicht«, sagt er, »wirst du jetzt endlich aufhören, deine Nasenspitze wie was Fremdes vor dir herzuschieben. Die gehört jetzt zu dir. Ich schenk sie dir nämlich. Hugh, ich habe gesprochen.«

Solveig schließt die Augen und versucht, sich ihr Gesicht vorzustellen. Das tut sie oft. Als sie die Augen wieder öffnet und in den Spiegel schaut, bekommt sie nicht – wie sonst – den kleinen, bösen Schrecken beim Anblick ihrer Nase. Sie hat die Nasenspitze gleich mitgedacht.

»Danke«, sagt sie, »ich nehme dein Geschenk an«, und sagt: »Heinrich, der Agnes das spöttische Lächeln von den Lippen küsste – aber Alexander, der Solveigs Nasenspitze passend küsste … Du bist der Größte!«

Alexander springt auf. »Ich bin der Größte!«, ruft er.

Und er springt in wilden, zackigen Sätzen um Solveig herum und ruft:

»Ich tanze um den Totempfahl und ich beschwöre deine Nasenspitze. Möge sie uns immer erhalten bleiben.«

Dann lässt er sich auf einen Stuhl fallen.

»Puh«, schnauft er, »bin ich froh, dass ich diese Ringe um die Brust habe. Das hätt ich sonst alles gar nicht ausgehalten. Ich wär in tausend Teile zerkracht. Wie machen das eigentlich die andern? Ich meine, die keine Ringe um die Brust haben.«

Die Decke fällt Solveig von den Schultern. Ihr ist nicht mehr kalt.

»Wieso?«, fragt sie. »Glaubst du, dass welche keine Ringe um die Brust haben?«

Alexander stutzt. »Du meinst, alle hätten …«

»Klar.«

»Alle …?«

»So ziemlich. Ringe oder Nasenspitzen oder so was.«

Das ist für ihn ein völlig neuer Gedanke. Er ahnt sofort, der könnte wichtig sein.

»Das wäre«, murmelt er, »das ist … du bist … du bist Spitze.«

»Nasenspitze«, steigert sie.

Und dann müssen sie beide lachen.

Der Spötter

Justingen schlug vor, das Weihnachtsfest in der elsässischen Kaiserpfalz Hagenau zu verbringen. Das war der liebste Aufenthaltsort des Kaisers in Deutschland gewesen. Friedrich hatte im Elsass damals das Entstehen und Wachsen der Städte beobachtet und in Maßen gefördert. Justingen wollte den König mit dem Schultheiß Wölfflin bekannt machen, dem ein ungewöhnlicher Aufstieg gelungen war. Er stammte aus bäuerlichem Geschlecht, war durch sein Verwaltungsgeschick aufgefallen und von einer kleinen Gemeinde zum Schultheiß gewählt worden. Der Kaiser wurde auf ihn aufmerksam und betreute den Bauern mit größeren Aufgaben, als die Reichsfürsten für gut hielten. Inzwischen war Wölfflin zum inoffiziellen Verwalter des Elsass geworden, das hatte die Entwicklung der Städte dort weiter vorangetrieben als im übrigen Reich.

Wölfflin wurde nach Hagenau vor den König gerufen.

Er erklärte, wie er Marktzölle festlegte, wie sich die Regelung bewährte, wo sie Schwächen zeigte, wie er änderte. Die Herren Neifen zeigten sich begeistert, auch der schweigsame Justingen stellte Fragen, der Bayernherzog äußerte sich nicht.

Heinrich entließ den Schultheiß mit einer Reihe von

Vollmachten. Er schaute immer wieder fragend auf den Herzog. Der zuckte die Schultern und sprach nicht. Erst als Wölfflin gegangen war, sagte er: »Was sich da entwickelt, kann ich nicht mehr aufhalten. Euer Vater selbst, Herr, hat dazu den Grundstein gelegt.«

Da hörten sie das Warnsignal des Burghüters und eilten zum Haupttor.

Es war Mitte Dezember, ein kalter, stürmischer Wintertag mit dichtem Schneetreiben und wenig Licht. Die Burg Hagenau lag inmitten ausgedehnter Wälder, etwaige Angreifer konnten dort lang in Deckung bleiben. Obwohl es erst früher Nachmittag war, hielt man die Burgtore geschlossen. Beunruhigende Gerüchte gingen um im Land. Der Kaiser war im September endlich zu dem seit mehr als zehn Jahren versprochenen Kreuzzug ausgefahren. Im September 1227 stachen die Schiffe der Kreuzfahrer in See. In Otranto legten sie wieder an. Deutschland erreichten widersprüchliche Gerüchte: Es sei eine Seuche auf dem Schiff gewesen, der Kaiser liege im Sterben, der Kaiser sei tot, der Kaiser sei weder krank noch krank gewesen, er habe die Seuche an Bord nur vorgeschoben, um den Kreuzzug abbrechen zu können, der Papst nenne den Kaiser einen wortbrüchigen Verräter, einen Ketzer, einen Ungläubigen, den Antichrist, er werde den Kaiser bannen, er habe den Kaiser gebannt …

Volk und Fürsten wurden unruhig. Es war abzusehen, wann sich das Land in Parteigänger des Papstes und Anhänger des Kaisers spalten würde. Jeder glaubte von den Gerüchten, was ihm ins eigene Denken passte. Man musste mit allem rechnen, auch mit einem Angriff auf die Burg, in der sich der König aufhielt, der Kaisersohn. Sohn des erkrankten Kreuzfahrers? Sohn des Verräters, des Antichristen?

Als ein einzelner Mann mit zwei Pferden sich der Burg näherte, blies der Burghüter das Warnsignal. Der Fremde verhielt sich nicht weiter verdächtig, gab Zeichen durch laute Rufe. Ohne das Tor ganz zu öffnen, wurde er durch den schmalen Mannschlupf eingelassen, seine Pferde zitterten draußen im Schneesturm.

Der Mann war etwas mehr als mittelgroß, kräftig, hatte ein breites Gesicht und hielt die schmalen Lippen abweisend zusammengepresst. Er nahm die Kappe ab, schüttelte den Schnee herunter, wischte sich die Augen und schaute prüfend auf die Versammlung von Knappen, Dienstleuten und Fürsten, die ihm gegenüberstanden. Schließlich trat er auf Heinrich zu und kniete vor dem König.

»Wer seid Ihr?«, fragte Heinrich. »Wieso habt Ihr mich erkannt?«

»Ich verstehe nicht viel von dem, was in der Welt vorgeht, Herr«, erwiderte der Mann, »aber so viel habe auch ich mitbekommen: dass unser König derzeit ein Staufer ist. Also knie ich vor dem Feinsten und Schönsten.«

Der Bayernherzog stieß ihm von hinten den Schwertknauf in den Rücken.

»Und wenn unser König ein Welf wäre?«, fragte er den Fremden.

Der Schlag musste schmerzen, aber der Mann stand auf, ohne eine Miene zu verziehen.

»Wenn unser König ein Welf wäre«, wandte er sich an Herzog Ludwig, »hätte ich mich nach dem Gröbsten und

Hässlichsten umgeschaut. Dann hätte es sein können, dass ich vor Euch gekniet hätte, Herr.«

»Sieh dich vor, Kerl«, der Wittelsbacher grinste, »du brauchst mich. Tu nicht so, als hättest du mich nicht erkannt. Es ist Herr Neidhardt von Reuental«, wandte er sich den anderen zu. »Lasst seine Pferde ein. Das wird einmal ein fröhliches Weihnachtsfest!«

Neidhart wurde zum Palas geführt. Dort wärmte er sich mehr an heißem, gepfeffertem Wein als an dem unbedeutenden Kaminfeuer. Der bittere Zug auf seinem Gesicht löste sich auch durch die Wärme nicht. Er überhörte die Frage, was es Neues gäbe, und goss große Mengen Wein in sich hinein, der ihm nicht heiß und pfeffrig genug sein konnte. Plötzlich und völlig unerwartet griff er den gefüllten Becher, beugte sich vor und goss den Inhalt Hiltpolt von Schwangau ins Gesicht.

»Gib ihn heraus«, brüllte er. »Du hast ihn! Ich seh ihn!«

Mit einer raschen Bewegung riss er Hiltpolt einen kleinen Spiegel aus dem Gürtel.

Hiltpolt schrie. Wein und Pfeffer brannten in seinen Augen. Gottfried griff einen Krug mit Wasser und goss es über Hiltpolts Gesicht. Heinrich riss die Tischdecke von seinem Platz und reichte sie dem Schwangauer.

Der wischte sich die Augen.

»Seid Ihr von Sinnen, Herr?«, keuchte er.

»Er ist betrunken«, sagte Albert von Neifen.

»Betrunken?«, dröhnte Neidhart. »Nicht betrunken genug, um meinen Spiegel nicht wieder zu erkennen. Du hast ihn von Engelmar, dem widerlichen Großkotz Engelmar, gib es nur zu!«

Er sprang auf, stieß den Schemel um, wankte rückwärts, nahezu fallend durch den Saal.

»Vollkommen besoffen«, wunderte sich Ulrich von Türheim, »von ein paar Gläsern Wein …«

»Nicht so besoffen«, schrie Neidhart, »dass ich mich in dessen Nähe setzen würde!«

Er hob die linke Hand abweisend gegen Heinrich, mit der rechten schlug er rasch mehrere Kreuze.

»Den müsst ihr meiden! Wie die Pest. Wie das Sumpffieber. Wie den Aussatz.«

Mit einer für einen Betrunkenen verblüffend geschickten Bewegung sprang er über die Tafel und riss Ulrich von Winterstetten von des Königs Seite.

»Komm weg da, Junge!«, rief er. »Halt dich fern von dem. Du sollst ein Minnesänger werden. Ein guter, höfischer Minnesänger, der artige, gottesfürchtige Lieder singt. Wie ich. Weg von dem Sohn des Gebannten!«

Er ließ Ulrich los und trat mit Hiltpolts Spiegel in den Lichtschein einer Fackel.

»Das ist nicht meiner«, sagte er. »Meiner war auch in Elfenbein gefasst und hatte einen elfenbeinernen Stiel. Hier sind aber nur Ranken und Blumen geschnitzt. Meiner war viel schöner. Er wurde von zwei elfenbeinernen Ochsen gehalten, von denen einer den andern in den Arsch biss. Verzeiht, Herr, ich habe mich geirrt.«

Er gab Hiltpolt den Spiegel zurück. Weder in seiner Stimme noch in seinen Bewegungen war auch nur eine Andeutung von Trunkenheit. Langsam ging er durch die verwunderten Tischgenossen auf Heinrich zu, setzte sich auf den Stuhl, auf dem Ulrich gesessen hatte, nahm sich einen

Becher, es war der des Königs, ein silberner, die anderen tranken aus Zinn oder Holzbechern, goss ihn voll und trank.

Der Bayernherzog lachte und schlug auf die Tischplatte.

»Das ist Neidhart«, schrie er, »grad so ist Neidhart! Nun hat er wieder auch mich genarrt. Und ich kenne ihn doch. Man muss mit allem rechnen. Mit allem. Aber nun sagt, was wirklich ist. Ist der Kaiser tatsächlich gebannt?«

Neidhart nickte und wischte sich den Mund.

»Ich neide Euch den Becher nicht, Herr«, sagte er zu Heinrich, »aber ich missgönne Euch den Wein. Ihr lasst an Eure Gäste schlechteren ausschenken.«

»Das ist nicht wahr!«, fuhr Heinrich auf.

»So liegt's doch am Becher. Aus diesem schmeckt er besser. Ich hatte mal einen silbernen Becher, den hat mir –«

»Engelmar gestohlen?«, fiel Herzog Ludwig ein.

»Nein, Herr. Engelmar hat den Spiegel geklaut, den ich Friderun geschenkt hatte. Ich habe ihm 152 Knochen gebrochen, mehr hatte er nicht, und alle sind sie schief zusammengewachsen, aber er ist jetzt nicht hässlicher als vorher, den Becher hat – «

»Hör auf, Kerl«, unterbrach der Herzog, »wir wollen endlich wissen, welche Nachrichten du bringst.«

Neidhart stellte den silbernen Becher wieder auf Heinrichs Platz. Er wusste offenbar genau, was er sich herausnehmen konnte und was nicht.

»Ich komme vom Babenberger Hof«, erzählte er, »bringe der Königin einen Brief vom Vater und einen Gruß vom Bruder. Der ist ein wilder Kerl geworden. Schlägt und streitet sich mit allem und allen. Aber zu einem Erben hat er es noch nicht gebracht. Wenn seine Ehe kinderlos bleibt, würden Eure Söhne Österreich erben, Herr, wenn Ihr welche hättet. Das wäre ein herber Schlag für die Anhänger der Welfen. Der Kaiser also ist nicht sehr weit gekommen auf seinem Kreuzzug. Es heißt, sie hatten die Ruhr an Bord. Der Kaiser liegt schwer krank, aber offenbar nicht auf den Tod. Papst Gregor glaubt ihm die Krankheit nicht, behauptet, Friedrich habe die Fahrt abgebrochen, weil er ohne seine sarazenischen Haremsdamen nicht leben könne. Viele meinen, der Kaiser halte sich einen Harem wie ein muslimischer Sultan, aber es mag sein, dass der Papst dieses Gerücht nur verbreitet, um Friedrich zu vernichten. Nun hat Papst Gregor also zu seinem härtesten Mittel gegriffen und den Kaiser gebannt. Er schickt seine Legaten durch ganz Italien und nach Deutschland, um Fürsten und Volk gegen den Kaiser aufzuwiegeln, gegen die gesamte Stauferherrschaft. Er wird auch Euch absetzen wollen, Herr. An den Kaiser in Sizilien kommt er so ohne weiteres nicht heran. Der ist nämlich schlau. Er hat die arabische Bevölkerung in Sizilien unterworfen, aber nicht vernichtet. Er verbietet ihnen nicht einmal ihre Religion. Die Muslime schmieden ihm Waffen – sie sind die besten Waffenschmiede, sie stellen seine Leibgarde, und es ist ihnen völlig gleichgültig, ob der Kaiser gebannt ist oder nicht. Der Papst hat keinerlei Einfluss auf sie. Ihr, Herr, werdet in Deutschland um jeden einzelnen Mann kämpfen müssen, der Euch treu bleiben soll.«

Heinrich betrachtete vorsichtig und unbemerkt seine Begleiter.

Kanzler Sifrit und der Bayernherzog hatten schon mehrfach bewiesen, dass sie mit der Macht auch die Fahne wechselten. Die Bischöfe würden dem Papst folgen, lediglich Abt Konrad von St. Gallen schaute ihn mit den gleichen, unbeirrbaren Augen an wie sonst. Die Herzöge von Sachsen und Schlesien hatten sich schon in Trient von ihm getrennt. Mit dem böhmischen Königshaus war er über Kunigunde verwandt, aber König Ottokar grollte noch immer, weil seine Tochter Agnes nicht Deutschlands Königin geworden war.

Hätten sie doch mich wählen lassen, dachte Heinrich.

Er war keineswegs sicher, dass sein Schwiegervater Herzog Leopold zu ihm halten würde, wenn der Bayernherzog die Staufer verließe. Wer blieb ihm?

Neifen, Justingen, Winterstetten, Schwangau ... Ministerialen, niedere Dienstleute und Sänger, Justingen der einzige Graf.

Bis auf Justingen können die alle besser singen als kämpfen, dachte er.

Würde es zum Kampf kommen?

»Der päpstliche Kardinallegat«, sagte Neidhart, »ist schon diesseits der Alpen. Zu einer kirchlichen Visitationsreise kommt er, so heißt es. Synoden soll er einberufen. Und ganz nebenbei wird er sich nach einem Gegenkönig umschauen, um Euch zu stürzen, Herr. Ich kenne den Mann. Es ist Otto von St. Nikolaus de carcere Tulliano. Und der kann reden, Herr! Grad so wie sein Name klingt. Ich werd mal ein Lied über ihn machen. Da muss man kaum noch etwas dazu erfinden. Der Name allein füllt zwei Zeilen. Ich lasse ihn von ein paar Bauernburschen verprügeln, schon ist das Lied fertig. Otto von St. Nikolaus de carcere Tulliano.

Das ist ein Name! Besser als Engelmar. Sie machen einem das Dichten leicht, die Kardinallegaten. Ihr werdet es nicht ganz so leicht mit ihm haben, Herr.«

Die nächsten Tage ging Heinrich unruhig durch sein Gefolge, stets aus den Augenwinkeln lauernd, ob er vielleicht feststellen könne, wer ihn mied, den Sohn des Gebannten, und wer zu ihm stand.

»Den Bayernherzog beobachten«, riet Anselm von Justingen. »Verschwindet einer seiner Vertrauten? Vielleicht der Truhendingen? Es könnte sein, dass er eine Verbindung zum Kardinallegaten herstellt.«

»Vielleicht wäre mir das recht«, sagte Heinrich. »Ich glaube, Herzog Ludwig ist mein Feind. Wenn er sich offen gegen die Staufer entscheidet, ist er vor aller Augen mein Feind und ich muss ihn nicht mehr als meinen Vormund anerkennen.«

»So denke ich auch«, stimmte Albert von Neifen zu. »Wenn er sich jetzt gegen Euch stellt, steht er auch gegen den Kaiser, und wir haben notwendig den Kaiser auf unserer Seite. Das ist eine Gelegenheit, wie sie nicht besser sein könnte. Wenn wir mit dem Kaiser eine städtische Selbstverwaltung aufbauen können, verlieren die Fürsten an Einfluss. Ohne den Kaiser wäre das schwer.«

»Aber mein Vater ist sehr krank. Er kann nicht helfen.«

»Eben darum müsst Ihr ihm in dieser schwierigen Lage Deutschland erhalten.«

Heinrich schaute durch das Fenster hinunter auf die verschneiten Wälder.

»Ich werde dem päpstlichen Legaten die Einreise nach Deutschland verbieten«, entschied er.

»Er sei schon hier, hat der Reuental gesagt.«

»So werde ich ihm verbieten, seine Visitationsreise durchzuführen. Er sei ein guter Redner, sagt der Reuental. Ich werde verhindern, dass er Zuhörer findet.«

»Wir wissen nicht einmal, wo er ist«, bemerkte Justingen. »Vielleicht weiß es der Reuental?«

»Kann man dem trauen? Er scheint unberechenbar.«

»Er singt Spottlieder, derbe Spottlieder, und verhöhnt die Ritter. Wir müssen versuchen, ihn für die Städte, für die Bürger zu gewinnen.«

Als der Schneesturm nachließ, verschwanden immer mehr Bischöfe.

»Ich seh schon«, sagte Peire Cardenal, der abtrünnige Priester, »zum Weihnachtsfest werden wir keinen Bischof mehr hier haben für die Messe. Da werd wohl ich die Messe lesen müssen. Ich hab's ja gelernt.«

»Das käme jetzt grad recht.« Heinrich lachte. »Der Papst würde mich sofort bannen, wenn ich das zuließe, und mit größerem Recht als meinen Vater.«

»Wann habt Ihr den Truhendingen zuletzt gesehen, Herr?«, fragte Justingen.

»Ich weiß nicht«, sagte Heinrich. »Ist er fort? Das wäre aufschlussreich.«

Die turbulenten und überraschenden Einfälle Neidharts sorgten dafür, dass in der weihnachtlich eingeschneiten Kaiserpfalz keine gedrückte Stimmung aufkam. Neidhart tobte durch die Burg und verfluchte den »Großkotz Engelmar«. Er fiel in den Kemenaten und Schlafgemächern über die Truhen her, riss alles heraus, was sie bargen, durchwühlte es und suchte seinen Spiegel.

»Was hat er nur immer mit diesem Spiegel?«, fragte Ulrich von Winterstetten.

So viel bekamen sie schließlich heraus: Er habe diesen Spiegel Friderun geschenkt, einem Bauernmädchen. Jedes Ritterfräulein protzte mit seinem Spiegel, sofern es einen hatte. Neidhart aber schenkte den Spiegel einem Bauernmädchen und Engelmar, der grobe Bauernbursche, habe ihr den Spiegel gestohlen.

Neidhart sang viele Lieder darüber, und keiner – nicht einmal der Bayernherzog – wusste, ob dies wirklich geschehen oder erfunden war.

Als Neidhart kurz vor Weihnachten zum abendlichen Essen kam, hielt er beide Hände vor die Brust gepresst, durch seine Finger, über seine Arme quollen Spiegel. Er brabbelte und fluchte vor sich hin, außer »Engelmar« war nichts zu verstehen. Über einen Schemel stolpernd ließ er seine Beute auf die Tafel fallen, einige fielen hinunter und zerbrachen.

»Ich zahle«, beruhigte der Bayernherzog, »ich zahle. Lasst ihn.«

Neidhart kramte in den Spiegeln.

»Der hier ist es bestimmt nicht«, murmelte er vor sich hin und piekte den Spiegelgriff in das zarte Fleisch des Rehrückens.

»Der auch nicht«, sagte er und stieß ihn dem gebackenen Hecht ins offene Maul.

»Aber der! Nein. Meiner war in Gold gefasst und zwei goldene Wildschweine rannten drum herum.«

»Ochsen«, verbesserte Burkhart von Hohenfels.

»Wildschweine!«, schrie Neidhart ihn an und warf den Spiegel in die Suppe.

»Genug jetzt, Reuental«, sagte Herzog Ludwig, »Ihr sollt heute Abend noch singen. Dabei wird so einiges zu Bruch gehen. Irgendwann zahle ich nicht mehr.«

Neidhart hatte schon einige seiner frechen, alle Regeln höfischer Dichtkunst zerschlagenden Lieder vorgetragen. Burkhart von Hohenfels war entsetzt, die jüngeren Sänger jedoch – Gottfried, Ulrich, Hiltpolt – waren begeistert. Sie versuchten sich an Neidhart-Nachahmungen, die Gottfried leidlich gut und Ulrich am besten gelangen.

Für den Abend hatte Neidhart einen Liedvortrag zugesagt.

Er ließ sich Zeit, schnitt mit seinem Messer große Stücke vom Rehrücken, versuchte die Suppe mit einem Spiegel zu löffeln, verplanschte und verspritzte sich, seinen Platz, seine Nachbarn mit Suppe, Fett und Wein, achtete aber darauf, dass er nicht mehr Spiegel zerbrach, als der zahlende Wittelsbacher ihm zugestanden hatte.

Während die Tafel abgetragen wurde, trat Hiltpolt von Schwangau als erster Sänger auf. Neidhart wühlte im Hecht, krakeelte, er sei noch lange nicht satt, verschluckte sich an einer Fischgräte, hustete und würgte dermaßen, dass einige um sein Leben, andere um den Liedvortrag bangten. Was er sich dann schließlich aus dem Hals zog, war keine Fischgräte, sondern eine Hornnadel. Er fluchte und tobte, man habe ihn ermorden wollen und beschuldigte

Engelmar. Hiltpolt von Schwangau zog sich zurück. Keiner hatte ihm zugehört.

Peire Cardenal brüllte ein paar gotteslästerliche Lieder in den Saal. Er war laut genug, den über Engelmar fluchenden Neidhart zu übertönen, erregte aber keinerlei Aufmerksamkeit. Die Mönche und Bischöfe, die sich gewöhnlich über seine Lieder empörten, hatten den Sohn des gebannten Kaisers bereits verlassen, die wenigen Kleriker, die geblieben waren, ließen sich nicht erschüttern.

Gottfried von Neifen hatte kaum mehr Glück mit seinem Lied.

Und dann kam Neidhart. Er sang seine Lieder über Bauernfeste, die schon darum immer in Prügeleien endeten, weil es in den winterlichen Bauernhäusern so eng war, dass jegliches Tanzen zum Anrempeln wurde. Er sang von strengen Müttern, die ihre liebestollen Töchter im Hause einzusperren versuchten, doch aus allen Fenstern und allen Strophen quollen kreischende Bauernmädchen, die dem schönen Ritter Neidhart nachliefen, und aus allen Versen und allen Reimen prasselten wilde Schläge derber Bauernburschen, die den Ritter Neidhart zu einem armseligen Häufchen Elend zusammenschlugen. Neidhart verspottete sich selbst, verspottete die Mädchen, die Mütter, die Burschen, verzerrte und verriss alles. Die drohend erhobene Faust war die häufigste Geste, mit der er seinen Liedvortrag begleitete. Mindestens zwanzig seiner Zuhörer machten die Bewegung nach, mindestens zehn davon trafen einen anderen im Gesicht oder im Nacken, mindestens fünf davon schlugen zurück. Zwei kippten die letzte Tischplatte, von der Neidhart gegessen hatte, mitsamt den Resten des Hechtes von den Gestellen, andere nahmen die Spannsessel auseinander, benutzten die Hölzer als Knüppel und wickelten sich die bestickten Leintücher der Sitzflächen wie Turbane um die Köpfe. Nicht jede rote Pfütze am Boden stammte von verschüttetem Wein. Gaucelm Faidit, der fette Troubadour, der nicht selber singen durfte, hatte eine Platzwunde am Hinterkopf, Hiltpolt heftiges Nasenbluten.

Heinrich saß rittlings auf einem der Gestelle, die die Tischplatte getragen hatten. Er fühlte sich weit entfernt von allem, was ihn jemals bedrückt oder erfreut hatte. Der gefährliche Streit zwischen seinem Vater und dem Papst schien ihm vollkommen lächerlich. Ebenso fremd war ihm Beatrice, die sich mit Fußtritten und Ohrfeigen nicht mehr gegen die vielen zudringlichen Hände hatte wehren können und darum zu Neidhart geflohen war in jenen Bannkreis, der die Schlägerei ausgelöst hatte, aber selber frei davon blieb. Und tief unten in Heinrichs Innern, wie hinter vielen krachend zugeschlagenen Türen, fühlte er die Erinnerung an Agnes, schwach pulsierend und leise zuckend wie ein junger Vogel, der unter den rhythmischen Schnabelhieben eines gut abgerichteten Falken starb. Was als Weinen aus dieser Tiefe in ihm aufstieg, kam als Lachen aus seinem Mund.

Es gelang Neidhart, sich Gehör zu verschaffen für sein Lied von dem Bauernburschen Adelfitz, der nicht nur ein berüchtigter Schläger, sondern auch ein gezierter Geck war. Der trug auf seinem kantigen Schädel ein feines, rotseidenes Mützchen, auf das ein blauer Vogel aufgestickt war, der einen silbernen Zweig im Schnabel trug …

»Du Hundsfott, vermaledeiter!«, schrie Otto von Wittelsbach, des Bayernherzogs Sohn. Er riss sich das rote Mützchen vom Kopf, und alle, die es noch nicht bemerkt hatten, sahen spätestens jetzt den aufgestickten blauen Vogel, der einen silbernen Zweig im Schnabel trug. Otto warf die Mütze nach dem Sänger, der hob die Laute, parierte damit wie mit einem Schild, die Saiten jaulten.

Alle schrien und lachten. Sie gönnten dem jungen Wittelsbacher den Spott.

Neidhart beobachtete vorsichtig den Bayernherzog. War er zu weit gegangen? Würde der ihm die Verhöhnung des Sohnes übel nehmen?

Aber Herzog Ludwig lachte am lautesten, schlug sich auf die Schenkel und dem Sohn auf den mächtigen Stiernacken. Ottos Gesicht hatte nahezu die gleiche Farbe wie die Mütze, die er fortgeworfen hatte. Reuental war beruhigt. Er brauchte seinen Landesherrn, den Bayernherzog. Zwar kam er selber mit wenig aus, aber er war arm, Reuental nur ein kleiner Besitz, der nicht viel hergab, und einer musste zahlen für den Schaden, der gewöhnlich bei seinen Auftritten entstand. Neidhart stand mitten in dem tosenden Jubel, dem Lachen, Schreien und Fluchen, das er ausgelöst hatte, der bitter verbissene Zug um den Mund schmolz von seinen Lippen. Er war glücklich. So leicht und frei, hoch über allem stehend, fühlte er sich, wenn es ihm gelungen war, seinen Spott, seinen Hohn, seine Verachtung dicht und fassbar zu verstreuen. Er verachtete sie alle: Der große, kräftige Bayernherzog, von dem er abhängig war, hatte ihn vor ein paar Tagen gefragt, wie er den Kardinallegaten finden könne. Er hatte auch deutlich genug zu verstehen gegeben, dass bei einem kranken und gebannten Kaiser und dessen kindischem und untauglichem Sohn der Papst ihm für den Augenblick die aussichtsreichere Macht scheine, und er hatte gefragt, wie er – Neidhart – das sähe. Neidhart hatte sich geweigert, etwas anderes zu sehen, als den eigenen Vorteil und es vorgezogen, nicht zu wissen, welchen Weg der Kardinallegat nahm. Irgendwann einmal würde er wohl den Bayernherzog verlassen und sich einen anderen Gönner suchen müssen. Der Babenberger Herzogssohn hatte ihm gefallen, Friedrich, den sie den Streitbaren nannten. Der war kaum ein Jahr älter als dieser staufische Kinderkönig da, aber der würde mal ein Kerl werden nach Neidharts Geschmack. Den hübschen Kaisersohn Heinrich fand er lächerlich. Der war grad recht, dass Lieder über ihn gemacht wurden, allerdings nicht solche, wie Neidhart sie sang. Und dieser ganze Haufen versponnener Dichter.

Was für kuriose Kerle!

Die sangen idyllische, dörfliche Lieder und wollten allen Ernstes die städtische Selbstverwaltung fördern, gar den Bauern Rechte geben. Er hatte ihnen ein Lied gemacht. Wenn er das sang, würde er gehen müssen. Der Schneesturm hatte aufgehört. Seine Pferde waren gut erholt, er hatte kräftig gegessen und fühlte sich bereit weiterzureiten. Neidhart beschloss, sein letztes Lied zu singen:

Spannt mich nicht vor diesen Wagen,
sucht ein andres Ross.
Wenn die Bauern Helme tragen,
dünken sie sich groß.
Was denn soll denn besser sein,
nur weil andre lauter schrein,

und nur weil sie Helme tragen
und sich dünken groß?
Spannt mich nicht vor diesen Wagen,
sucht ein andres Ross.

Spannt mich nicht vor diesen Wagen,
sucht ein andres Pferd.
Wenn die Städter Gürtel tragen,
woll'n sie auch ein Schwert.
Wäre ihnen zuzutraun,
dass sie damit sanfter haun,
wenn die Städter Gürtel tragen
und daran ein Schwert?
Spannt mich nicht vor diesen Wagen,
sucht ein andres Pferd.

Spannt mich nicht vor diesen Wagen,
sucht ein'n andern Gaul.
Wenn die Bauern Seide tragen,
werden sie auch faul.
Und die Gecken und die Laffen
wollen stets, dass andre schaffen,
und nur weil sie Seide tragen
und dann werden faul.
Spannt mich nicht vor diesen Wagen,
sucht ein'n andern Gaul.«

»Was geht hier vor?«, schrie der Bayernherzog außer sich. »Wer hat versucht, meinen Sänger für welche Ziele zu gewinnen?«

Die Frage ging an Heinrich von Neifen.

»Was habt Ihr vor?«

Anstelle einer Antwort erhielt er eine Gegenfrage aus einer Richtung, aus der er sie am wenigsten erwartete.

Heinrich saß noch immer rittlings auf dem Gestell. Er hielt es nicht für nötig aufzustehen, er hörte nur auf mit den Beinen zu baumeln.

»Was habt denn Ihr vor, Herr?«, fragte er.

Der Herzog drehte sich verwundert zu ihm um.

»Wir vermissen den Truhendingen, Herr«, fuhr Heinrich fort. »Er war sonst nicht zu übersehen und zu überhören, wenn irgendwo gesoffen, gezecht und gesungen wurde. Nun ist er fort. Wohin habt Ihr ihn geschickt?«

»Ich kann meine Dienstleute schicken, wohin ich will, Herr!«

»Und ich kann mit meinen Dienstleuten planen, was ich will.«

»Nicht so ganz, Herr. Solange ich vom Kaiser als Reichsverweser eingesetzt bin, seid Ihr mir unterstellt.«

»Das ist richtig. Aber Ihr seid von meinem Vater, dem Kaiser, nur so lange als Reichsverweser eingesetzt, wie Ihr Euch nicht auf die Seite der Gegner meines Vaters, des Kaisers, stellt.«

»Wie kommt Ihr darauf, Herr, dass ich die Gegner Eures Vaters unterstütze?«

»Ihr habt den Truhendingen ausgeschickt, den päpstlichen Kardinallegaten zu suchen, um ihm bei seinen Intrigen gegen die Staufer Beistand zu leisten.«

Der Bayernherzog zuckte zusammen und wandte sich Neidhart zu. Der aber blickte ihm ehrlich erschrocken gerade in die Augen. Freilich – man wusste bei dem Kerl nie, was echt und was gespielt war.

»Wir klagen Euch des Verrates am Kaiser an«, sagte Heinrich. »Unser Vater, der Kaiser, ist schwer krank und kann Euch die Regentschaft nicht entziehen, also müssen Wir das tun. Von heute an regieren Wir das Reich selber.«

Heinrich sprang von dem Gestell, ging auf Neidhart zu, nahm ihm die Laute aus der Hand, prüfte ein paar Töne.

»Meine ist besser«, sagte er. »Ihr müsst nicht gar so fürchterlich darauf herumhauen.«

»Nun muss ich fort«, hörte er Beatrice leise sagen. »Ich muss zu meinem Vater. Wenn hier gekämpft wird, wird es in Stedingen nicht ruhig bleiben. Ich kenne meinen Vater. Jetzt wird es dort bald losgehen.«

Bleib, wollte Heinrich sagen, geh du nicht auch. Aber er schwieg, er wusste, dass er sie nicht würde halten können.

»Was sollen wir nun tun, Herr?«, fragte Anselm von Justingen, der unbemerkt herbeigetreten war. »Wollt Ihr den Bayernherzog gefangen nehmen?«

»Das fragt Ihr mich?«, wunderte sich Heinrich. »Besprecht Euch mit Neifen. Ihr habt bislang nicht viel auf das gegeben, was ich sagte.«

»Ihr habt soeben die Regierung übernommen, Herr. Wir gehorchen dem König.«

Heinrich hatte noch immer Neidharts Laute in der Hand. Er zupfte an den Saiten. Sie war verstimmt nach allem, was sie unter Neidharts Händen an diesem Abend hatte aushalten müssen. Er gab sie zurück und die Bewegung wurde ihm so schwer, als gäbe er damit die eigene Laute für immer fort.

Ja, das stimmt, ich habe die Regierung übernommen, dachte er.

»Nicht gefangen nehmen«, sagte er. »Ich kann ihm nichts nachweisen. Wenn ich ihn auf den bloßen Verdacht hin festsetze, habe ich alle Reichsfürsten gegen mich. Gebt ihm eine Gelegenheit zu gehen. Es wird sich zeigen, ob er im Umkreis des päpstlichen Legaten wieder auftaucht. Sorgt dafür, Justingen, dass bayrische Dienstleute heut Nacht die Torwache haben.«

Die lassen auch mich raus, dachte Reuental.

Am nächsten Morgen fehlten Ludwig von Wittelsbach, sein Sohn, die bayrischen Dienstleute, Neidhart von Reuental und Beatrice. Sobald es hell genug war, ritt Heinrich mit kleinem Gefolge um die Kaiserpfalz. Eine breite Spur führte nach Süden.

»Sie reiten nach Straßburg«, stellte Albert fest. »Das bestätigt unseren Verdacht, Herr. Der Bischof von Straßburg ist schon lang ein Feind der Staufer. Er wird sich Eurem Befehl, vor dem Kardinallegaten die Tore zu schließen, widersetzen.«

Eine schmale Spur von vielleicht zwei Pferden ging nach Osten.

»Das könnte Neidhart gewesen sein«, vermutete Justingen. »Warum trennt er sich von seinem Herzog? Wenn er das will, hätte er doch bei uns bleiben können.«

»Der gehört nicht zu uns«, sagte Heinrich, »der gehört nirgendwo hin.«

Sie fanden dann noch eine dritte Spur, die nach Norden führte. Der folgten sie, an einer windgeschützten Stelle sprang einer der Jäger vom Pferd.

»Ein einzelnes Pferd, Herr«, berichtete er, »ein edles mit zierlichen Hufen, und es trägt kaum ein Gewicht.«

Heinrich und Gottfried wechselten einen Blick.

Wieder bleibt mir nur eine Spur, dachte Heinrich, diesmal im Schnee.

Der Schmerz in seiner Brust war gering.

Gewöhnt man sich daran?, dachte er. Oder ist es leichter zu ertragen, weil ein anderer mehr leidet als ich?

Er trieb sein Pferd neben Gottfrieds.

»Wenn du ihr folgen willst«, sagte er, »gebe ich dir ein gutes Pferd.«

»Damit ich sie Euch zurückbringe, mein König?«, entgegnete Gottfried böse.

»Sie kommt nicht zurück. Zu dir nicht und zu mir auch nicht. Aber ich hätte gern gewusst, dass sie Stedingen wohlbehalten erreicht.«

»Da könnt Ihr sicher sein, Herr. Die kommt überall durch. Aber sie wird sterben, wenn ihr Vater sich wirklich dem Grafen und dem Bischof widersetzt. Wenn es dort zum Kampf kommt.«

Vergangenheit

Der Füller kleckst.

Alexander hat trotzdem weitergeschrieben. Die letzte Seite des Neidhart-Kapitels sieht aus wie der Hagenauer Rittersaal nach dem Neidhart-Auftritt ausgesehen hätte, wenn er ein Blatt Papier gewesen wäre.

Es ist mitten in der Nacht. Von Thomas' Bett ist der Kopfhörer heruntergefallen. Thomas kann manchmal ohne Musik nicht einschlafen. Alexander nimmt den Kopfhörer und setzt ihn auf. Mit Sicherheit sind das wieder die **Roaring Lions.** *Thomas steht auf Löwen, ob als Spiegel oder Popgruppe. Harmlose Miezekatzen gegen Neidhart im Rittersaal, denkt Alexander. Der hat mindestens so viel Krach gemacht. Und ohne elektrische Gitarre und Verstärker und so.*

Alexander schaltet die Musik ab und legt den Kopfhörer wieder neben Thomas' Bett. Es ist halb drei. Er muss sehen, dass er noch etwas Schlaf bekommt. Vorletzte Nacht hat er auch weitergeschrieben, sobald Thomas eingeschlafen war. Schreiben ist leichter geworden als schlafen. Er blättert noch ein wenig herum. Da ist gar nicht so viel zu verbessern. Früher hatte er doch immer mal »ich« statt »er« geschrieben, wenn Heinrich gemeint war. Und früher ist ihm die Geschichte auch häufig ins Präsens gerutscht, nun bleibt alles in der Vergangenheit.

Da hab ich ihn rausgeholt aus dem Nebensatz, denkt Alexander, und nun haut er mir ab ins Präteritum.

Eigentlich, muss Alexander zugeben, ist das ganz richtig, bei über 750 Jahren Altersunterschied hat Heinrich ein Recht auf Vergangenheit. Aber Alexander hat Angst um die Gegenwart. Er hat sie verloren, lebt ganz in seiner Geschichte.

Agnes fehlt mir mehr als Solveig, denkt er erschrocken.

Der Löwenhelm

Nach dem Abzug Ludwigs von Wittelsbach tauchten in den Büchern der Kanzlei Bestimmungen und Klauseln auf, die der Bayer mit seinen großen, kräftigen, herzoglichen Händen offenbar lange verborgen gehalten hatte. Einige Bücher seien verschwunden, meldete Kanzler Sifrit von Regensburg. Aber der Bayer war in Eile aufgebrochen, hatte weder alle noch die richtigen Bücher mitgenommen, vielleicht war er von seinen Schreibern betrogen worden, der Herzog selber konnte nicht lesen. Heimliche Sonderabkommen, die der Wittelsbacher schon seit Jahren traf, waren offenbar. Ob Kanzler Sifrit davon gewusst, daran mitgearbeitet hatte, blieb unklar. Niemand stellte ihn zur Rede. Der Regensburger Bischof war geblieben, das hieß, er würde in dieser Auseinandersetzung zum König halten. Heinrich konnte es sich nicht leisten, die ihm verbleibenden Gefolgsleute aufzuteilen in solche, die ihm aus Überzeugung, und solche, die ihm aus Eigennutz treu blieben. Er brauchte jeden Mann von Einfluss.

»Ein Welfe auf dem deutschen Königsthron müsste dem Wittelsbacher also recht sein«, folgerte Justingen. »Er wird versuchen, zusammen mit dem Kardinallegaten den Welfen Otto von Braunschweig als Gegenkönig aufzustellen. Das würde die Reichsfürsten wieder in zwei Lager teilen, und das bedeutet: Bruch des Landfriedens auf Jahre, verwüstete Felder, schlechte Ernten, plündernde Ritterheere …«

»Habe ich eine Möglichkeit, das zu verhindern?«, fragte Heinrich.

»Ja, Herr«, sagte Albert von Neifen, »denn Ihr habt nun den Kaiser hinter Euch. Zwar ist der krank und gebannt, doch gilt er unter den Fürsten als ein großer, mächtiger Mann. Wenn Ihr schnell handelt und Herzog Ludwig gar nicht erst hochkommen lasst, werden die Fürsten nicht von Euch abfallen.«

Heinrich trat in die Nische des offenen Rundbogenfensters und schaute über die verschneite Winterlandschaft. Ein kalter Wind blies ihm entgegen, aber er empfand ihn nicht als unangenehm. Er fühlte sich nicht fortgeblasen, nicht in ein kleineres, wärmeres Zimmer getrieben, in dem er sich am Kaminfeuer zusammenkauern konnte, während andere für ihn Entscheidungen trafen. Er stand allein in Kälte und Wind. Der große Schatten des Bayernherzogs fiel nicht mehr über ihn.

Bin ich, überlegte er, in den letzten Jahren, gut gedeckt von Herzog Ludwig, unbemerkt ein König geworden?

»Wir müssen verhindern, dass Herzog Ludwig und der Kardinallegat zusammenkommen«, sagte er. »Wir schließen Bayern ein. Entweder trennen wir den Wittelsbacher dann von seinem Herzogtum oder wir setzen ihn darin fest. Schickt mir den Schultheiß Wölfflin noch einmal her. Ich übergebe ihm das gesamte Elsass. Er soll verhindern, dass der päpstliche Legat ins Land kommt. Schickt Boten nach Norden. Sichert mir Lüttich und Aachen. Ich habe dort die Bürger gegen die Bischöfe unterstützt. Sie sollen mir den Intriganten des Papstes fern halten, sodass er Otto von Braunschweig nicht erreichen kann. Ich habe Angst um Cambrai. Die Bürger Cambrais haben von mir nicht viel Gutes erfahren. Der Abt von St. Gallen stellt alle staufischen Ministerialen unter Waffen und setzt sich an der südwestlichen Grenze Bayerns fest. Holt Euch Verstärkung aus Basel. Vor ein paar Wochen habe ich den Bürgern von Basel das Recht gegeben, Lehen zu empfangen, sie damit den Rittern gleich gestellt. Nun brauche ich sie. Wir reiten über Esslingen nach Nürnberg. Dabei sammeln wir die gesamte schwäbische Hausmacht der Staufer. Ich kann mit dem Hohenloher Land rechnen?«

Die Grafen Gottfried und Konrad von Hohenlohe nickten.

»Nürnberg ist freie Reichsstadt«, fuhr Heinrich fort. »Mein Vater hat die Stadt so begünstigt, dass sie wohl kaum von ihm abfallen wird. Von da ziehen wir nach Regensburg und besetzen die bayrische Ostgrenze entlang der Donau. Den Süden muss mein Schwiegervater Herzog Leopold sichern.«

Ein halbes Jahr später war Heinrich in Nürnberg. Er war selber auf weiten Umwegen durch sein schwäbisches Stammland von Burg zu Burg geritten, um die staufischen Dienstleute zu den Waffen zu rufen. Überall hatte sein Kommen zuerst Verwunderung, dann Zustimmung ausgelöst. Man war es noch nicht gewöhnt, dass der König selber entschied. Begeistert folgten alle wieder der staufischen Stimme.

Die bis in die entlegenen Reichsgrenzen geschickten Boten waren nach Nürnberg beordert, um dort ihre Berichte vor den König zu bringen. Im Juni 1228 hielt sich Heinrich mit seinen Ratgebern in der freien Reichsstadt auf und wartete. Es war, als schauten sie gebannt auf eine stille unbewegte Wasserfläche, in deren Tiefe sich alles verbarg. Ausschlaggebend würde sein, wer an welcher Stelle auftauchte. Mitte Juni lag alles offen vor ihnen:

Der päpstliche Kardinallegat versuchte noch immer vergeblich ins Deutsche Reich zu gelangen. Er zog die gesamte Westgrenze entlang und wurde überall abgewiesen.

Die schwere Krankheit des Kaisers wurde bestätigt, gleichzeitig aber auch, dass es ihm besser gehe. Niemand musste noch fürchten, keiner konnte noch hoffen, dass Friedrich an dieser Krankheit sterben werde.

Fast alle Reichsfürsten hielten zu Friedrich, damit zu Heinrich. Auch die meisten Bischöfe sahen in dem Bannspruch des Papstes eine ungerechtfertigte Maßnahme und standen zum Kaiser.

Otto von Braunschweig ließ sich nicht als Gegenkönig aufstellen. Das welfische Haus schien ihm für den Augenblick nicht stark genug, um gegen zwei Staufer anzutreten, von denen der eine als ein mächtiger Kaiser galt, der andere jung und noch nicht einzuschätzen war. Der außerhalb des Reiches abgestellte Kardinallegat fand keinen Gegenkönig.

Herzog Ludwig von Wittelsbach war mit seinem Sohn Otto in Bayern, stellte Dienstleute unter Waffen und versorgte Burgen mit Nahrungsmitteln, um für eine Belagerung gerüstet zu sein.

»Wenn der Bayer keinen weiteren Anhang findet, werden wir schnell mit ihm fertig«, hoffte Heinrich.

Da aber erreichten ihn zwei Nachrichten, mit denen er nicht gerechnet hatte.

Ein Bote aus Böhmen teilte mit, dass König Ottokar sich auf die Seite des Bayern stelle. Der böhmische König sei noch immer beleidigt, weil seine Tochter nicht Deutschlands Königin geworden sei.

»Soll ich darum gegen ihn kämpfen?«, fragte Heinrich. »Niemand hätte ihm diesen Wunsch lieber erfüllt als ich.«

Verwunderlicher noch war die Meldung, die aus dem Süden kam. Auch Herzog Leopold von Babenberg stehe im Bund mit Bayern. Der Österreicher sei beleidigt, weil seine Tochter, die Deutschlands Königin geworden war, nicht angemessen vom König behandelt werde. Mehrfach habe ihn das Gerücht erreicht, der König suche nach Gründen, diese Ehe aufzulösen.

»Nun habe ich weder den einen noch den andern,« sagte Heinrich. »Den Böhmerkönig nicht und den Österreicher auch nicht. Glaubt Ihr wirklich, es war klug, mich mit Margarete zu verheiraten?«

»Das war es«, erwiderte Albert von Neifen scharf. »Nur ist es überhaupt nicht klug, wie Ihr die Königin behandelt. Es stimmt ja, dass man von Scheidung redet.«

»Ich glaube nicht, dass der Babenberger für den Bayern kämpfen wird«, sagte Justingen. »Er ist zu klug.«

»Wir ziehen sofort Richtung Regensburg und besetzen die Donaulinie,« entschied Heinrich. »Wenn dem Wittelsbacher wirklich aus dem Süden Hilfe kommt, müssen wir uns zwischen Bayern und Böhmen schieben. An die Nordgrenze Bayerns, die wir freigeben, sollen Ritterheere aus dem Westen nachrücken.«

»Das könnte dem Kardinallegaten eine Möglichkeit geben, von Westen ins Reich zu gelangen, Herr«, warf Justingen ein.

»Ja«, sagte Heinrich, »aber erst müssen wir mit Bayern fertig werden, dann habe ich Zeit für Otto von St. Nikolaus.«

In Regensburg erreichte sie noch einmal ein Bote aus dem Osten. Von König Ottokar sei für den Augenblick keine Gefahr zu erwarten. Er verhandle mit englischen Brautwerbern. König Heinrich von England halte um die Hand der Agnes von Böhmen an. Heinrich wandte sich ab und schloss die Augen. Er hätte die Nachricht vom anrückenden Böhmerheer lieber entgegengenommen. Auch die Herren von Neifen waren keineswegs erleichtert.

»Böhmen und England«, sagte Albert, »das wird das welfische Haus in Deutschland gefährlich stärken.«

Auf dem Weg nach Süden ritten sie über verbranntes Land. Überall plünderten sowohl bayrische als auch staufische Ritter die Dörfer, versorgten sich mit Vorräten und brannten Häuser nieder, um dem Gegner keinen Unterschlupf zu lassen. Nach zwei Tagen gelang es ihnen, Otto von Wittelsbach ausfindig zu machen. Der bayrische Herzogssohn lagerte mit einem kleinen Ritterheer am Nordrand der Alpen und wartete möglicherweise auf die Österreicher.

Justingen zeichnete das Gelände auf eine Wachstafel.

»Wir sollten von Osten auf freiem Feld mit kleinem Trupp angreifen«, schlug er vor. »Das bringt uns nicht viel ein, sie sehen uns von weitem kommen und wir können sie nicht niederrennen. Aber wir lenken sie in diese Richtung und eine starke Reitergruppe nähert sich, gedeckt von diesen Felsen, von Norden. Diese kann dann die Bayern in einem kurzen, scharfen Galopp überrennen.«

»Ich reite mit der ersten Gruppe«, sagte Heinrich. »Mein Wappen wird sie anziehen. Wenn es uns gelänge, den Herzogssohn lebend zu fangen, muss sein Vater nachgeben.«

Heinrich ritt in seine erste Schlacht.

Als seine Knappen die aus Metallringen geflochtenen Strümpfe an seinen Beinen hoch rollten und am Gürtel befestigten, fühlte er sich wie eine Schlange, die, anstatt sich zu häuten, in eine fremde, zu kleine, leblos steife Haut hineinkriechen muss. Das Panzerhemd war aus Leder mit aufgenieteten, sich dicht überlappenden Metallplättchen. Am schlimmsten aber war die Halsberge: Der Schalkragen aus Metallringen reichte hoch hinauf bis zum Kinn und würgte ihn. Als die Halsberge fest mit dem Panzerhemd verbunden war, probte Heinrich die wenigen Bewegungen, die ihm in seiner so eng gewordenen Welt noch blieben, prüfte, wie er stoßen, schlagen, reiten konnte. Die Rüstung passte.

Zuerst hatte er Angst gehabt. Die war nun fort. In einem Panzer ist kein Platz für Angst. Sie muss draußen bleiben. Alles war entschieden. Er brauchte sich nur noch von der Wucht seines galoppierenden Pferdes in den Kampf tragen zu lassen.

Das Wappenhemd mit den staufischen Löwen wurde

ihm gereicht. Er wurde auf einen starkknochigen braunen Hengst gehoben und nahm den Helm entgegen mit dem hölzernen Löwen als Helmzier. Das Gesicht blieb zunächst frei. Eine Platte als Nasenschutz und ein aus Ringen geflochtener Mund- und Kinnschutz wurden erst zum Kampf angelegt. Er streckte die Hände in die bereitgehaltenen Handschuhe, empfing den Schild und die Lanze mit dem Löwenwimpel.

Justingen war bereits fertig zum Aufbruch. Er sollte den Trupp führen, der von Norden angriff. Mit wenigen, sparsamen Bewegungen hatte er alles, was er brauchte, in die richtige Stellung gebracht.

Ein Kämpfer, dachte Heinrich, ich kann mich auf ihn verlassen. Natürlich. Er ist ja meines Vaters Marschall gewesen.

Die drei Neifen hatten Schwierigkeiten, rückten umständlich an ihren Schilden, Schwertern, Lanzen herum, vor allem Gottfried fuchtelte mit der Lanze, dass man befürchten musste, er werde sich selber aufspießen.

Konrad von Winterstetten war in Regensburg geblieben, sein Enkel Ulrich jedoch ritt im Gefolge des Königs. Fünfzehnjährig, doch so groß wie Heinrich, saß er auf seinem Kampfross und ordnete seine Kriegsgeräte, als habe er nie etwas anderes getan. Seine Hände machten keinen Unterschied zwischen Lanze und Laute.

Die Sonne ging auf. Die Gruppen trennten sich. Da Heinrichs Ritter gegen Westen ritten, hatten sie die Sonne im Rücken. Sie würden ihre Feinde besser sehen, als sie von diesen gesehen würden.

Heinrich dachte an die brennenden Felder und Dörfer.

Er musste kämpfen. Es war richtig, was er tat. Es gab keinen Zweifel, durfte keinen Zweifel geben. Mit jedem Galoppsprung hämmerte er sich diesen Gedanken tiefer ins Gehirn. Da sollte er dann bleiben, der Gedanke, von seinem Schädel so fest umschlossen wie er selber von seiner Rüstung. Die Angst war doch draußen geblieben. Warum nicht sein Denken?

Er hätte das Wort Angst nicht denken sollen. Es war kein Platz für Angst und Gedanken unter einem Helm, in einem Kettenhemd. Er brauchte allen Platz für sich allein.

Hinter jener Bodenwelle mussten die Bayern sein.

Wo war die Angst plötzlich hergekommen?

Und dann spürt er es.

Über die lange, noch senkrecht gehaltene Lanzenspitze dringt eine lähmende Angst in seinen rechten Arm, eine Angst mit Schmerzen und Schreien.

Es sind die Schmerzen und die Schreie dessen, in den sich die Lanzenspitze in wenigen Minuten bohren wird.

Ich habe nicht töten gelernt, denkt Heinrich erschrocken. Das Kämpfen haben sie mir beigebracht, aber das Töten nicht. Ich habe es nicht geübt, nicht an Tieren geübt. Ich bin ja kaum jemals zur Jagd geritten. Ich hätte das Töten an den Tieren üben müssen, damit es bei den Menschen dann leichter fällt.

Sie haben die Höhe erreicht. Die Bayern sitzen schon zu Pferd. Die vorderen haben die Lanzen kampfbereit eingelegt.

Heinrich fängt an zu schwitzen. Es wird ihm eng und immer enger in seiner Rüstung. Zu viel Angst dringt über die Lanze ein. Er lässt sie fallen. Sie splittert unter den Hufen des folgenden Pferdes. Er beißt mit den Zähnen an der Vernestelung des rechten Handschuhs, bekommt ihn frei, klemmt ihn unter den linken Arm, schiebt die Nasenplatte des Helmes beiseite, löst den Kinnschutz.

Da sind die Bayern heran. Die ersten Lanzen treffen krachend auf Schilde.

Heinrich schreit auf. Die Angst füllt nun seinen ganzen Kopf und der schwere Löwenhelm wird unerträglich eng. Da reißt er ihn vom Kopf und wirft ihn mitten unter die bayrischen Ritter.

Die Waffenröcke flattern, die bunten Wimpel wehen im Wind. Ganz vorn reitet der junge König. Er hat die Lanze fortgeworfen. Er hat den Helm vom Kopf gerissen. Den nach Osten schauenden, fast geblendeten bayrischen Rittern scheinen die rotgoldenen staufischen Haare ins Gesicht wie die Sonne. Mit entblößtem Haupt reitet der König in die Schlacht. Eine tollkühne, eine verwegene Tat. Er ist ein echter, ein wahrhaftiger Sohn seines großen Vaters.

Niemand erhebt das Schwert gegen den König.

Da ist Justingen heran und überrennt die Bayern von der Seite.

Ein Schrei richtet die Aufmerksamkeit nach Süden.

Von den Bergen nähern sich die Österreicher. Die Ersten sind schon in der Ebene, könnten angreifen, aber sie warten, zögern, scharen sich um den Mann mit dem Babenberger Wappen, beobachten. Dann greifen sie an.

Ihre Pferde scheinen müde. Diese Geschwindigkeit reicht nicht aus, um einen Ritter aus dem Sattel zu werfen. Ihre Lanzen gleiten ab an den Schilden.

Heinrich reitet verwirrt und ziellos auf dem Schlachtfeld

herum, ohne Lanze, das Schwert noch nicht einmal gezogen. Der Babenberger drängt zu ihm, pariert sein Pferd mit gesenkter Waffe. Er schiebt den Nasenschutz beiseite. Heinrich erkennt seinen Schwager Friedrich. Der Herzogssohn grüßt den König.

Dann wendet er sein Pferd, treibt es dem Justingen in den Weg, der den Wittelsbacher packen will. Otto kann fliehen. Die bayrischen Ritter folgen ihm. Die Österreicher sind schneller verschwunden, als sie gekommen sind. Ihre Pferde wirken plötzlich frisch und ausgeruht.

Albert von Neifen hat den Helm abgenommen. Mit durchhängendem Zügel trabt er über das Feld.

»Großartig, dieser Knabe!«, ruft er dem Bruder zu. »Unglaublich, diese Staufer. Man muss sie nur geschickt in die Sonne hängen. Dann ist alles möglich.«

Sein Bruder ist bereits abgesessen. Er untersucht die auf dem Schlachtfeld Liegenden. Einem bayrischen Ritter in offenbar minderwertiger Rüstung hat eine Lanze den Brustkorb durchbohrt. Ein staufischer Ritter hatte wohl einen ebensolchen Stoß überlebt, wurde jedoch aus dem Sattel geworfen. Halsberge und Helm haben sich dabei so verschoben, dass er in seiner Rüstung erstickte. Andere sind nur verletzt. Sie werden notdürftig versorgt und fortgeschafft. Heinrich wird ihr Sterben nicht erleben müssen.

Auch Ulrich von Winterstetten ist vom Pferd gesprungen. Er hat seine Beine von den Kettenstrümpfen befreit, sucht gebückt und kniend etwas auf dem Feld, etwas, das wichtiger zu sein scheint als die verletzten Menschen und Pferde. Er findet es. Mit beiden Händen muss er Heinrichs tief in den Boden getretenen Helm aus der Erde ausgraben.

Schwere Pferdehufe haben den Helm zusammengedrückt, der hölzerne Löwe ist abgebrochen, aber wohl sogleich in die Erde getreten worden, denn er ist leidlich gut erhalten. Ulrich säubert Helm und Löwen, zeigt beides Gottfried von Neifen, will etwas besprechen mit dem Minnesänger, der nickt teilnahmslos, zuckt die Schultern, lässt die Arme hängen. Ulrich fängt sein Pferd wieder ein und reitet davon. Den Helm und den Löwen nimmt er mit.

Justingen pariert sein Pferd vor dem König.

»Das war eine verwegene Tat, Herr«, sagt er.

»Was?«, fragt Heinrich.

»Dass Ihr ohne Helm in die Schlacht geritten seid.«

»Ahh.«

»Es hat die Bayern mehr verblüfft als unser seitlicher Angriff.«

»Meint Ihr?«

»Ich habe Otto zwar nicht greifen können, aber ich hoffe, dass sein Vater nun nachgeben wird. Er kann weder mit den Böhmern noch mit den Babenbergern rechnen.«

»Was war mit den Österreichern?«, fragt Heinrich. »Gegen wen haben die gekämpft?«

»Sie haben gar nicht gekämpft. Der Babenberger hat nur verhindert, dass ich den Wittelsbacher zu fassen bekam. Er hat Euch gegrüßt. War es Herzog Leopold oder sein Sohn?«

»Es war Friedrich.«

»So wissen wir nicht, ob er den Befehl seines Vaters befolgt hat oder sich gegen ihn auf unsere Seite gestellt hat.«

Er ist mein Freund, denkt Heinrich, und er bleibt mein Freund, auch wenn es gefährlich für ihn ist. Weil ich ihm den schönen arabischen Schimmelhengst geschenkt habe.

Heinrich von Neifen kommt zu Fuß.

»Zwei Tote, fünf Schwerverletzte«, berichtet er. »Die werden wohl sterben. Wir haben mit diesem raschen Eingreifen hunderten das Leben gerettet, Herr.«

Heinrich nickt. Dennoch gelingt es ihm nicht, die hunderte so dicht vor seinen Augen leben zu sehen wie die sieben sterben. Er möchte mit Ulrich und Gottfried zurückreiten. Gottfried findet er. Der steht noch immer reglos neben einem Pferd. Als zum Aufbruch geblasen wird, zieht er sich unbeholfen in den Sattel, merkt nicht, dass er auf einem fremden Pferd sitzt.

»Mein Sohn reitet ein Beutepferd«, sagt sein Vater lächelnd, »das ist ungewöhnlich.«

Ulrich ist fort. Er sei schon vorausgeritten, erfährt Heinrich.

»Es war der Babenberger Herzogssohn«, hört er Justingen den Neifen berichten. »Der junge Friedrich ist schlau und ehrgeizig. Er will sich gut stellen mit dem Kaiser und das erreichen, was sein Vater nicht geschafft hat.«

»Dass der Kaiser Österreich zum Königreich ernennt?«

Justingen nickt.

Darum geht es, denkt Heinrich. Um eine Königskrone geht es. Nicht um den schönen Schimmelhengst. Eine Königskrone will mein Schwager Friedrich tragen. Das ist schwer zu begreifen für jemanden, der eine hat.

 Ulrich war nicht allein nach Regensburg vorausgeritten, sondern mit ein paar staufischen Ministerialen, die er in die umliegenden Dörfer schickte, um vom Sieg des Königs zu berichten. Von allen Seiten zogen jubelnde Bauern nach Regensburg, um dort den König zu empfangen. Sie trugen Körbe bei sich und sammelten unterwegs Sommerblumen.

In Regensburg legte Ulrich seinem Großvater Heinrichs Helm und den hölzernen Löwen vor. Konrad betrachtete den Helm lange. Zusammen mit Ulrich entwarf er einen Plan, wie man die Stimmung des Volkes am besten ausnützen könne. Der Helm konnte darum so gut dafür benutzt werden, weil Heinrichs Kopf nicht darin steckte und nicht widersprechen konnte. Herr Konrad ließ den Helm auf dem Marktplatz ausstellen und schickte Boten in alle vier Himmelsrichtungen der Stadt. Die sollten ein Lauffeuer anzünden, hoch aufflammende Gerüchte, die nicht vom Wind, aber von schnell und erregt schlagenden Zungen rasch verbreitet wurden.

Vom Süden brannte die Nachricht durch die Stadt, der König habe sich den Helm bereits vor der Schlacht vom Haupt gerissen. Barhäuptig, mit fliegenden Locken sei er in den Kampf geritten. Niemand habe ihm die geringste Wunde zufügen können.

Vom Westen verbreitete sich das Gerücht, der König habe diesen Helm während des Kampfes getragen. Er sei von den Bayern angegriffen worden, die hätten ihm den Helm derartig zerschlagen, dass man darunter nur einen zersplitterten Schädel erwarten konnte. Erschrocken hätten Bayern und Staufer zugeschaut, wie der König mit vollkommen zusammengedrücktem Helm weiterkämpfte. Die Bayern seien entsetzt geflohen, und als Heinrich den Helm abnahm, sei er unverletzt gewesen. Ein Wunder Gottes an dem rechtmäßigen Herrn des Landes.

Vom Norden strömten Scharen herbei, den ausgestellten Helm zu betrachten. Sie behaupteten, Otto von Wittelsbach habe dem König den Helm vom Kopf geschlagen, der hölzerne Löwe jedoch sei schwebend über dem König geblieben und habe ihn beschützt. Darum sei der Helm so zerdrückt, der Löwe jedoch fast unbeschädigt.

Die von Osten kamen schreiend. Die Schlacht sei zwar gewonnen, hatten sie gehört, aber der verwegen kämpfende König sei gefallen. Die staufischen Ritter brächten seine Leiche. Den Helm habe man vorausgeschickt.

Jeder, dem es in der tobenden Stadt gelang, bis zum Markt vorzudringen und einen Blick auf den Helm zu werfen, sah seine Meinung bestätigt, und jeder wollte Recht haben. Reichsschenk Winterstetten musste die Stadtwachen verstärken, um Schlägereien zu verhindern. Es konnte jedoch nicht mehr vermieden werden, dass in dem Aufruhr ein paar Kinder zu Tode getrampelt wurden, bevor es Winterstetten gelang, alle Aufmerksamkeit für einen Augenblick auf sich zu richten, um dann den Jubel, die Ängste, die Hoffnungen der Stadtbürger und der angereisten Bauern nach Süden zu lenken.

Von dort ritt König Heinrich in die Stadt.

Die ihn tot geglaubt hatten, empfingen weinend den wieder gefundenen Sohn.

Die andern schrien ihre Bewunderung heraus. Sie warfen sich seinem Pferd vor die Hufe, mussten gewaltsam zurückgedrängt werden, da sie versuchten, seinem Pferd Schweif und Mähnenhaare auszureißen, ebenso Fetzen von der Satteldecke.

Der Helm wurde dem Zug vorausgetragen, so weit vorn,

dass Heinrich ihn nicht zu sehen bekam. Auch später erfuhr er niemals, was diese Begeisterung des Volkes ausgelöst hatte. Er ritt durch einen Regen von Sommerblumen, die die Bauern herbeigetragen hatten, durch flatternde bunte Bänder und über Tücher, die die Bändermacher und Tuchweber aus ihren Werkstätten geholt hatten, die sie seinem Pferd vor die Hufe legten, er ritt zwischen zum Schrei geöffneten Mündern, weinenden Augen und anbetend erhobenen Händen. Heinrich dachte an seinen Schwager Friedrich. Um eine Königskrone kämpfte der. Darum hatte er zu Heinrich, nicht zu Otto gehalten. Der arabische Schimmel, das sah er nun ein, konnte das nicht ausgelöst haben.

Später, im Bischofspalast, empfing Heinrich zwei Nachrichten:

Die Kaiserin Isabella sei wieder schwanger. Vor drei Jahren hatte sie – damals knapp vierzehnjährig – ihr erstes Kind geboren, ein Mädchen, das nach wenigen Tagen starb. Nun hoffte der Kaiser, dass seine Gemahlin stark genug sei, um einem gesunden Sohn das Leben zu schenken. Heinrich, der sich lange gewünscht hatte, nicht mehr der einzige Kaisersohn zu sein, unterdrückte ein Gefühl der Eifersucht.

Die englischen Brautwerber seien ohne Erfolg aus Böhmen abgezogen. König Ottokars Tochter habe sich geweigert, den englischen König zu heiraten. Natürlich war sie nicht gefragt worden. Aber sie sei verschwunden. Man vermutete sie in den Armenvierteln Prags.

Heinrich diktierte eine Botschaft nach Sizilien:

»Schreibt meinem Vater«, sagte er. »Wir haben den abtrünnigen Bayernherzog besiegt. Wir sind bereit, ihn in Gnaden wieder aufzunehmen, aber Wir erkennen ihn nicht länger als Reichsverweser und unseren Vormund an. Wir wünschen dem Vater, der Kaiserin, dem Reich einen gesunden Kaisersohn.«

In den nächsten Monaten ritt Heinrich durch viele Städte, die ihn empfingen wie Regensburg. Er gewöhnte sich an die Königskrone, sie fehlte ihm, wenn er sie ablegte.

Physiktest mit Qualitätsurteil

Alexander schreibt einen Physiktest. Er soll die Fallhöhen eines in Etappen fallenden Steines berechnen. Im Grunde weiß er, wie das geht. Trotzdem. Sein Stein ist nach dem zweiten Fall höher als nach dem ersten, er bringt ihn nicht herunter. Mit der gleichen Hartnäckigkeit hängt eine Erinnerung in seinen Gedanken, die er ebenso wenig zu fassen kriegt wie den Fehler in dem Physiktest. Heinrichs unerwarteter Erfolg mit dem Löwenhelm ist ihm auf eine seltsame Weise vertraut. So ein Erlebnis hat er auch einmal gehabt, aber er weiß nicht, wo er seine Erinnerung anknüpfen soll. An dem Löwen? Haben sie in irgendeinem ihrer Ferienhäuser so eine Plastik? An dem Helm? Hatte er einmal eine kratzende Mütze, die er sich immer vom Kopf gerissen hat?

»Also wirklich, Alexander!«

Das ist nur die Physiklehrerin.

»Du musst dich schon an die elementaren Naturgesetze halten. Ein Stein fällt nicht nach oben, so wenig wie Wasser brennt! Verstehst du?«

Beinah hätte er es gehabt. Wenn sie ihn nur nicht gestört hätte.

Natürlich brennt Wasser nicht, aber das bringt weder seinen Stein nach unten, noch hilft es ihm, jene Erinnerung wieder zu finden.

»Alexander, kein Gegenstand fällt nach oben.«

Alexander versteht. Er versteht sogar zweierlei. Die zweite, richtig berechnete Fallhöhe seines Steines hat er von der ersten abgezogen, anstatt sie dazuzurechnen.

Aber das ist jetzt nicht mehr wichtig. Wasser brennt nicht.

Ihm ist eingefallen, woran ihn Heinrichs Erlebnis mit dem Löwenhelm erinnert.

»Danke.« Er strahlt die Physiklehrerin an.

Sie missversteht ihn, nickt. »Dann wirst du den Fehler wohl korrigieren können.«

Dazu hat Alexander keine Zeit. Noch immer ist die Erinnerung ziemlich verschwommen. Er muss sie ganz klar haben.

Vor zehn Jahren ist es gewesen. Er war fünf. Da wurde er eines Nachts geweckt. Nicht vom Kindermädchen. Die Mutter hob ihn sacht aus dem Bett, zog ihn an. Alles ging sehr leise und schnell. Alexander wurde gar nicht richtig wach, halb schlafend nahm er die eilenden Eltern wahr. Der Vater trug zwei Koffer, seinen großen Aktenkoffer und den kleinen Kosmetikkoffer der Mutter. Im Auto schlief Alexander wieder ein, wachte kurz auf, als er in das zweimotorige Sportflugzeug getragen wurde, der Vater flog selber. Alexander schlief weiter. Als er aufwachte, ging schon die Sonne auf. Sie waren nach Osten geflogen. In Kansas wurde es bereits Tag. Der Vater setzte zur Landung an. Der Himmel war wolkenlos, es würde wieder heiß werden. Alexander schaute aus dem Fenster und sah etwas Großartiges, Ungeheuerliches. Über die Erde schob sich in breiten Bögen eine riesenhafte Feuerschlange. Wie ein brennender Fluss sah das aus.

Aber Wasser brennt nicht.

Das wusste schon der fünfjährige Alexander. Erst Stunden später begriff er, dass das, was er da gesehen hatte, genau das war, wofür er es gehalten hatte: In der Nähe von Wichita brannte der Arkansas. Der Geschäftsführer der Riemenschmied'schen Werke nördlich von Wichita holte sie vom Flughafen ab. Er fuhr schnell. Schon als sie aus dem Auto stiegen, wurden sie gefilmt. Die Mutter lächelte, hob Alexander hoch, und der winkte. Er wusste, dass er winken sollte, wenn er gefilmt wurde.

Sie fuhren zu den Fernsehstudios. Der Vater wurde geschminkt. Die Mutter schminkte sich selber. Sehr sparsam. Sie hatte nicht viel Schminke nötig.

Eine Maskenbildnerin drehte Alexander vor dem Spiegel.

»Der sieht ja von allen Seiten gleich hübsch aus.«

»Das Kind wird nicht geschminkt«, bestimmte die Mutter.

»Aber er sollte etwas fröhlicher aussehen.«

»Er ist müde. Holen Sie ihm eine Cola. Das macht ihn immer wach.«

Bevor sie vor die Kameras traten, schauten sie auf den Monitoren an, was in der Nacht geschehen war. Alexander weiß es deshalb so genau, weil er eine Aufzeichnung des

Films später noch einmal gesehen hat. Das Video war versehentlich zwischen seine Kassetten geraten.

Am späten Abend war in einer kleinen Stadt auf dem Arkansas ein Motorboot explodiert. Den drei jungen Leuten darin konnte niemand mehr helfen. Um das brennende Boot herum wurde der Flammenkreis immer größer. Verblüfft betrachteten die Schaulustigen die auf dem Wasser tanzenden Flammen.

Es sei Benzin ausgelaufen.

Ein kleines Motorboot konnte niemals so viel Benzin fassen. Der Wind kam von Süden. Schon seit Wochen. Trockener Sommerwind, ohne Regen.

Das Feuer auf dem Arkansas zog mit dem Wasser flussabwärts, mit dem Wind flussaufwärts. Nach Süden wurde es allmählich schwächer, nach Norden wurde es stärker. Am Riemenschmied'schen Fabrikgelände endete es. Was der Südwind noch weiter nach Norden treiben wollte, wurde zischend vom Flusswasser gelöscht.

»Niedrigwasser«, sagte der Geschäftsführer des Chemiewerkes in Kansas, »seit Wochen Niedrigwasser. Natürlich haben wir gewusst, dass unser Abwasser brennbare Flüssigkeiten enthält, aber wir hätten es niemals für möglich gehalten, dass einmal eine solche Konzentration entsteht.«

Herr Dr. Riemenschmied nickte.

»Zunächst das Motorboot«, sagte er. »Können wir davon ausgehen, dass es einen Defekt hatte und darum explodiert ist, oder wird man uns nachweisen können, dass es nur eine Fehlzündung hatte, die den Fluss in Brand setzte und die Explosion eine Folge davon war?«

»Es ist überhaupt nichts nachzuweisen«, antwortete der

Geschäftsführer. »Für die Augenzeugen ging alles zu schnell. Gefilmt wurde erst später.«

»Wir entschädigen die Angehörigen«, sagte Dr. Riemenschmied, »eine Geste.«

Die Holzbrücke der Altstadt stand in Flammen und hatte das Feuer in die Straßen getragen. Die Altstadt brannte. Feuerwehr und Polizei waren hilflos. Das Flusswasser war zum Löschen unbrauchbar. Vom Norden wurde Wasser angefahren. Das reichte kaum, um ein Ausbreiten des Feuers zu verhindern. Man ließ die Altstadt brennen. Alexander sah es auf dem Monitor. Das war spannend.

»Damit liegen wir jenseits der Versicherungssumme«, sagte der Vater.

Die Chemiefabrik im Norden war nicht gefährdet. Oberhalb des Geländes verhielt sich das Wasser, wie es sich für Wasser gehört. Man konnte damit löschen.

Der spannende Film oder die Cola hatten Alexander wach gemacht. Vor der Kamera lachte er. Erst saß er bei der Mutter, dann dem Vater auf den Knien.

»Ich habe doch selber ein Kind«, hörte er den Vater sagen. »Da wird man mir doch glauben können, dass ich nicht das geringste Interesse daran habe, unsere Lebensgrundlagen für kommende Generationen zu zerstören. Der Vorwurf ist vollkommen irrwitzig.«

Eine Kette unglücklicher und unvorhersehbarer Umstände hätten das Unglück verursacht: die lange Trockenheit, der Südwind und dann das Motorboot, dessen Explosion das Feuer ausgelöst habe. Mit einer Fülle chemischer Formeln und statistischer Fakten wies Herr Dr. Riemenschmied nach, dass

1. ein solcher Unfall niemals wieder passieren könne, Auffangbecken für das Abwasser der Fabrik wären nach modernsten Erkenntnissen bereits in Bau, das Abwasser würde seit Ausbruch des Feuers provisorisch hineingeleitet, es flössen keine brennbaren Stoffe mehr in den Arkansas;

2. die in seinen Fabriken hergestellten Pflanzenschutzmittel und Medikamente wesentlich mehr Leben gerettet und Werte geschaffen hatten als in dieser Nacht zerstört wurden.

»Wir haben alles unter Kontrolle.«

Herr Dr. Riemenschmied sprach den Angehörigen der Opfer sein aufrichtiges Beileid aus.

So also war das gewesen. Alexander sitzt noch immer vor dem Physikheft. Er hatte damals nicht bemerkt, auf welche Weise er für die Firma arbeitete mit seinem hübschen Kinderkopf vor der Kamera, so wenig wie Heinrich wusste, dass seine Ratgeber seinen staufischen Kopf und den zertrümmerten Löwenhelm ausnutzten.

Ich mach nicht mehr mit, denkt Alexander. Wenn er mir noch mal mit so was kommt, werd ich in die Kameras kotzen.

Aber Heinrich?

Der hat keine Ahnung, was da mit ihm geschieht. Den werden sie nun zu einem strahlenden König aufbauen. Und es ist was faul an der Sache. Auch wenn es seine Freunde sind, die das machen, es ist eine dicke Lüge drin. Ich krieg sie nur noch nicht ganz zu packen.

Wütend und unzufrieden umklammert Alexanders Hand den Füller. Er möchte seine Gedanken aufschreiben, aber alles, was er auf das Papier bringt ist:

Qualitätsurteil

Artikelbezeichnung (Fabrikat):	*Heinrich*
Serie	*VII*
Baujahr	*1211*
Hersteller (Firma)	*Staufer*
Verwendungszweck	*König*
Design (Styling)	*sehr gut*
Colouring	*sehr gut*
Belastbarkeit	*noch zu testen*
Vermarktbarkeit	*sehr gut*
Zuverlässigkeit	*vollkommen*
	unberechenbar

Es läutet.

Alexander lässt vor Schreck den Füller fallen. Den Fehler im Physiktest hat er noch immer nicht verbessert.

Reichsgesetze

Isabella, die sechzehnjährige Kaiserin, hatte einen Sohn geboren, Konrad von Staufen, zweiter legitimer Sohn des Kaisers neben Heinrich. Nur wenige Tage nach der Geburt war die Kaiserin im Kindbett gestorben.

»Warum?«, klagte Pietro Antonio, der apulische Arzt. »Warum sterben Kaiserinnen und Königinnen im Kindbett so häufig wie andere Frauen? Sie werden doch bestens betreut.«

»Das liegt an den Kindern«, sagte Heinrich. »Es haben die Kaiser- und Königssöhne ganz ungewöhnlich große Köpfe. Die müssen sie haben von Anfang an. Meiner war gerade neun Monate alt, als er zum ersten Mal gekrönt wurde. Thronfolger zerreißen ihre Mütter bei der Geburt. Dass die Kaiserin starb, ist ein Zeichen dafür, dass ihr Sohn bald König sein wird.«

Lange hatte er sich gewünscht, nicht mehr der einzige staufische Thronerbe zu sein, nun aber gestand er sich: Eine Schwester wäre ihm lieber gewesen. Er war für den Vater nicht mehr unersetzbar. Ein Kind auf dem deutschen Königsthron unter der Vormundschaft eines von Friedrich bestimmten Regenten musste für Kaiser und Fürsten sehr viel bequemer sein als ein mündiger König, dessen politische

Ziele keineswegs allen recht waren. Für sein entschiedenes Vorgehen gegen den Bayernherzog und den päpstlichen Legaten war Heinrich vom Vater gelobt worden. Der Bayernherzog wurde nicht wieder in seine Rechte als Reichsverweser eingesetzt, auch wurde kein Nachfolger benannt, dennoch: Eine offizielle Anerkennung Heinrichs als regierender König gab der Kaiser nicht. Die Hoffnungen Justingens und der Brüder Neifen, mit dem Kaiser zusammen die Förderung der Städte verfolgen zu können, erfüllten sich nicht. Heinrich begann, ohne Absprache mit dem Kaiser, den Städten Privilegien zu erteilen, vorsichtig, denn was Neifen und Justingen schätzten, traf auf Widerspruch bei den Reichsfürsten.

Zu Beginn des Jahres 1230 kam eine eilige Nachricht aus Stedingen.

Erzbischof Gerhard II. von Bremen hatte wieder von den Bauern verlangt, höhere Abgaben als den üblichen Zehnten zu leisten. Doch die Stedinger weigerten sich, diese zu bezahlen.

Der Erzbischof rief seinen Bruder Hermann von der Lippe zu Hilfe. Am Weihnachtsabend 1229 kam es zum Kampf zwischen den Stedingern und dem Ritterheer. Die Bauern stellten sich den Rittern auf morastigem Boden, wo deren Pferde bis zu den Sprunggelenken einsanken, entgegen. Das Ritterheer wurde vernichtend geschlagen.

Heinrich und Gottfried von Neifen wechselten einen Blick.

»Sie ist tot«, sagte Gottfried leise. »Sie ist bestimmt tot.«

»Ihr glaubt wirklich, sie zieht mit den Männern in die Schlacht?«, fragte Heinrich.

Gottfried nickte: »Ich kenne sie noch immer besser als Ihr, Herr.«

In dieser Zeit, da Heinrich gerne König war, glaubten selbst seine engsten Freunde, er habe die böhmische Königstochter vergessen. Viele Frauen begleiteten den König. Da war eine mit fahlem, spinnwebfeinem Haar, das ihm so vertraut durch die Finger glitt. Da war eine andere mit novembergrauen Augen, eine mit einem hochmütig spöttischen Lächeln auf den Lippen, eine, die zu Heinrichs Laute ein Lied sang, an das nur Ulrich sich von fern erinnerte. Die Mönche, die über die wechselnden Liebschaften des jungen Königs berichteten, schrieben nichts anderes, als was sie schon seit Jahren schrieben, nur, sie fingen an Recht zu haben. Heinrich liebte viele Frauen in jener Zeit, in der er gern König war. Irgendwann auch einmal Margarete. Sie schien auf ihn gewartet zu haben. Offenbar hatte sie sich durch all die Jahre so sehr für ihn bereitgehalten, dass sie sofort schwanger wurde. Heinrich ließ sie in der Obhut des Pietro Antonio in Hagenau zurück und zog nach Worms. Er floh vor jener bösen, ihn quälenden und entsetzenden Hoffnung, die Königin könne wie seine kaiserliche Stiefmutter bei der Geburt ihres Kindes sterben. In Worms hatte er so viel zu tun, dass er Margarete vollkommen vergaß.

Worms

Der Kaiser war noch immer gebannt. Papst Gregor gab nicht nach, obwohl Friedrich sein Kreuzzugsversprechen eingelöst hatte. Der gebannte Kaiser hatte im Heiligen Land mehr erreicht, als die meisten Kreuzfahrer vor ihm, die mit dem Segen der Kirche ausgezogen waren. Ohne Kampf, nur durch Verhandlungen mit dem Sultan hatte Friedrich (er sprach besser Arabisch als Deutsch) den Christen freien Zugang zu den heiligen Stätten verschafft. Um Papst Gregor zum Frieden mit dem Kaiser zu veranlassen, waren nahezu alle deutschen Reichsfürsten nach Italien gereist. Großzügig erfüllte Heinrich den Stadtbürgerschaften ihre Bitten um Selbstverwaltung. Für ein halbes Jahr hatte er keine politischen Gegner im Land.

»Seid vorsichtig, Herr«, warnte Albert von Neifen. »Die Fürsten werden zurückkommen. Sie werden das nicht hinnehmen. Was immer sie dort in San Germano mit dem Papst aushandeln, es ist gefährlich für Euch. Gelingt es ihnen nicht, den Kaiser vom Bann zu befreien, schwächt das die Staufer. Haben sie aber Erfolg, so ist ihnen der Kaiser verpflichtet und kann nicht zulassen, dass Ihr hier ihre Rechte einschränkt.«

»Nur zu!«, ermunterte Graf Anselm von Justingen. »Ihr werdet nicht alles halten können, was Ihr versprecht, die Fürsten werden Euch zwingen, den einen oder anderen Freibrief zurückzunehmen, aber wir machen die Bürger munter und alles werden sie sich nicht wieder nehmen lassen.«

Vor Jahren bereits hatten die mächtigen rheinischen

Städte ein Bündnis aushandeln wollen, das dem der oberitalienischen Stadtrepubliken nicht durch Zufall ähnlich war. Heinrich, damals fünfzehnjährig, unter der Vormundschaft des Bayernherzogs stehend, hatte ein Verbot dieses Bundes unterschrieben. Nun hob er das Verbot wieder auf. Auch eine Eidgenossenschaft im Nordwesten um die Stadt Lüttich, die sich gegen die Ansprüche des Bischofs richtete, erkannte er an. Der Stadt Nimwegen gewährte er Zollfreiheit und gab ihr das Recht, Pfahlbürger aufzunehmen. Pfahlbürger wohnten außerhalb der Stadtmauern und waren meist Eigenleute der Fürsten. Mit der Aufnahme in die Stadt erwarben sie Stadtrechte und entzogen sich damit der Fürstenherrschaft.

Am liebsten war Heinrich in Worms. Die Bürger hatten den Hof des Ritters Hageno erworben und bauten dessen alte Stadtburg mit großem Aufwand zu einem Rathaus um, das sie Bürgerhof nannten. Der Platz war mit Bedacht gewählt. Das neue Bürgerhaus lag dem königlichen und dem bischöflichen Palast gegenüber.

Bischof Heinrich von Worms hatte das Entstehen des bürgerlichen Prachtbaus mit großem Schrecken beobachtet.

Von außen bezeugten die großzügig angelegten Arkaden, die vielfach aufgeteilten Spitzbogenfenster, die kunstfertig behauenen Säulen den Willen der Bürger, dem gegenüberliegenden Bischofssitz ebenbürtig zu werden. Bei dem Gedanken an das, was drinnen ausgehandelt und beschlossen würde, wurde dem Bischof schwindlig. Schon vor seiner Amtszeit hatte die Stadt Worms einen Vierzigerrat aus gewählten Bürgern gehabt. Es war dem Bischof bisher nicht gelungen, den Vierzigerrat aufzuheben, da sich die Bürger an die von König und Kaiser verbrieften Rechte hielten.

Und 1230 war Bischof Heinrich von Worms in Italien beim Kaiser, und König Heinrich lachte, als ihm die Bürger den fast fertig gestellten Prachtbau zeigten.

»Wir können tauschen«, rief er. »Ihr zieht in meinen Königspalast und ich in Euer Bürgerhaus. Ich würde darin nicht schlechter wohnen.«

Dort im Bürgerhaus stand er im späten Sommer desselben Jahres an einem Fenster, schaute hinüber zum Königs- und zum Bischofssitz, er hatte die Hand auf einer unfertigen Steinmetzarbeit liegen, als ihn zwei Boten erreichten. Der eine brachte die Nachricht vom Tode seines Schwiegervaters in Italien, der andere meldete ihm die Geburt seines Sohnes in Hagenau.

Heinrich drückte den Daumen fest auf die noch nicht geglättete Kante der Fenstersäule.

Gut so, dachte er, ein Grund zum Trauern und ein Grund zur Freude. Das hebt sich gegenseitig auf. Ich werde also weder für das eine noch für das andere allzu viel heucheln müssen. Er ging rasch durch die Menge der Bürger und Ministerialen, die ihm betreten Platz machten und musste fast lachen über ihre Verwirrung.

An der Türöffnung wandte er sich zurück.

»Nennt ihn Friedrich oder Heinrich«, rief er dem Hagenauer Boten zu. »Ich weiß nicht mehr so genau, was als Kaisername gerade fällig ist. Es wird wohl davon abhängen, ob man mich mitzählt. Fragt meinen Vater.«

Ein Sohn.

Die Nachricht von der Geburt des staufischen Thronerben würde den böhmischen Königshof schneller und mit größerer Gewissheit erreichen als eine weiße Hirschkuh mit rotem Halsband und darin eingenähten Liebesliedern.

Die Wormser Bürger hatten ein noch größeres Bauvorhaben als ihr Bürgerhaus. Sie arbeiteten an der Befestigung der Stadt. Ein Graben war ausgehoben und mit der Erde ein Wall aufgeschüttet worden. Darauf wurde die Stadtmauer gebaut. Die Aufstellung von Rammböcken, mit denen Breschen in die Mauern geschlagen werden konnten, wurde dadurch erschwert. Neunzehn Türme überblickten den Graben, dazu neun Tortürme mit Zugbrücken und Fallgittern. Es waren massige Türme mit Zinnen und dicken Buckelquadern an den Ecken. Graf Justingen riet, die Türme zur Stadtseite nicht zu befestigen, sondern große, doppelt geteilte Spitzbogenfenster zu bauen.

»Es ist sinnlos, die Befestigung der Türme auch zur Stadtseite hin anzulegen«, sagte er. »Wenn einer der Türme erobert wird, werden eure Feinde ihn als Bollwerk gegen die Stadt benutzen.«

Die Wormser Bürger bauten mit Arbeitseifer und großem finanziellen Aufwand. In den Straßen wurde kaum noch von etwas anderem gesprochen als von der heranwachsenden Mauer. Türme und Tore wurden liebevoll mit Namen benannt wie Kinder, deren Entwicklung Großes verspricht: Ziegelturm, Neidturm, Christoffelturm, Pfauentor, Rheintor … Heinrich, der sich an der Benennung der Türme beteiligte, bewies dabei größeren Einfallsreichtum als bei der Namensgebung seines Sohnes. Im Südwesten der Stadt fand er seinen Lieblingsplatz.

»Hier«, sagte er, »hat man den besten Blick über das

Land. Hier müsst ihr den Wall höher aufschütten und einen besonders hohen Turm bauen. Ich nenne ihn Luginsland.«

Luginsland wurde zum Lieblingskind der Stadt.

Wer, fragte sich Heinrich, bezahlte dieses ungeheure Bauvorhaben?

Heinrich ließ sich die Rechnungsbücher zeigen, und da begriff er, wie reich diese Kaufleute wirklich waren.

Das war für ihn etwas vollkommen Neues.

Reich war man, weil man als Sohn eines begüterten Fürsten geboren wurde, weil man eine Grafschaft mit vielen Bauern und Eigenleuten erbte, weil man eine Frau mit hoher Mitgift heiratete, weil man beim Kreuzzug arabische Schmuckstücke erbeutet hatte, weil man auf dem eigenen Land Silber gefunden hatte. Andere Möglichkeiten, reich zu werden, hatte Heinrich bis dahin nicht gekannt. Diese Bürger jedoch, die über nicht mehr Grundbesitz verfügten, als sie mit ihren Familien bewohnten, waren reich.

Da waren die Handwerker: Schuster, Schneider, Tuchweber, Bandweber, Waffenschmiede, Hufschmiede …

Sie arbeiteten nicht als Eigenleute eines Fürsten für dessen Bedarf, sondern verkauften gegen gute Preise an die Kaufleute. Und diese saßen in Worms in ihren engen, aber im Winter beheizbaren Bürgerstuben und hatten irgendwo in der Welt ihre Wagen fahren: Sie verkauften Seide in Lübeck und fuhren zurück mit nordischem Bernstein für Venedig, sie lieferten venezianisches Glas für Flandern und wurden beladen mit englischen Wollstoffen für Ungarn. An all dem verdiente der Wormser Kaufmann. Und da er mehr verdiente, als er verbrauchen konnte, kaufte er Anteile an einer Walkmühle auf dem Rhein, einer wasserbetriebenen

Kornmühle am Oberrhein, einer Schiffswerft in Lübeck, einer Weberei in Cambrai. Und wieder verdiente er mehr als er verbrauchen konnte …

Heinrich wanderte über den Stadtwall, kletterte an den meterdicken Mauern des schnell wachsenden Luginsland hoch empor und fühlte sich auf der Höhe der Zeit und seines Landes. Er hatte begriffen.

Er allein aus dem gesamten geistlichen und weltlichen Hochadel hatte begriffen, was in dieser Welt, in dieser Zeit wirklich geschah und was demnächst geschehen würde. Der Vater, der Papst, die deutschen Reichsfürsten in Italien schienen ihm vollkommen lächerlich.

Was war ein deutscher Reichsfürst wert?

Er war so viel wert, wie er wehrhafte Burgen hatte, wie er gepanzerte Ritter stellen konnte. Das alles aber konnte eine Stadt wie Worms auch. Mit kaufmännischem Geld ließen sich Mauern und Türme so gut bauen wie mit fürstlichem, waren auch Waffen und Pferde zu kaufen. Schon sah man die Bürgersöhne sich im Schwertkampf üben. Was ihnen fehlte, waren nur noch ein Grafentitel und eine Herzogswürde.

Da saß der Kaiser in Italien und glaubte an die Macht der Reichsfürsten. Er jedoch, König Heinrich von Deutschland, glaubte an die kommende Macht der Bürger. Und an das Recht der Bürger, eine Macht zu sein.

Aber im November kamen die Reichsfürsten aus Italien zurück. In allen Städten, in allen Bistümern und Grafschaften erlebten sie, welche Entscheidungen Deutschlands junger

König in ihrer Abwesenheit getroffen hatte. Während die Herbststürme die Blätter von den Bäumen rissen, flatterten und wirbelten die geistlichen und weltlichen Fürsten bunt und unruhig wie Herbstblätter durch das Land. Heinrich stand auf dem Wehrgang des fast fertig gestellten Luginsland und lachte.

»Mein Vater in Italien hat sie hergeblasen«, rief er, »ich aber werde sie durch die deutschen Lande pusten, dass sie nicht mehr zum Atemholen kommen.«

»Seht Euch vor, Herr«, warnte Albert von Neifen, »ich bin nicht so sicher, wer hier in Deutschland pustet und wer gepustet wird. Ihr seid zu weit gegangen. Sie werden das nicht hinnehmen und sie kommen mit einem großen Erfolg aus Italien zurück und haben den Kaiser auf ihrer Seite.«

Die Verhandlungen im italienischen San Germano hatten zu einem Frieden zwischen Papst und Kaiser geführt. Papst Gregor IX. hatte seinen Bannspruch gegen den Kaiser aufgehoben und ihn wieder als weltlichen Führer der Christenheit anerkannt. Es war des Kaisers höchster Berater, Hermann von Salza, gewesen, unter dessen Leitung man dies erreicht hatte. Heinrich kannte Hermann von Salza. Vor vier Jahren, als Margarete in Aachen zur Königin gekrönt wurde, war er als Abgesandter des Kaisers anwesend gewesen. Salza galt als klügster Vermittler im ganzen Kaiserreich.

»Wenn wir den Salza hätten«, sagten die Neifen, Justingen, Winterstetten.

Für den nächsten November war wieder ein Reichstag angesetzt, in Ravenna. Heinrich war aufgefordert, diesmal unbedingt zu erscheinen, damit der Bund der norditalienischen Stadtrepubliken endlich mit gemeinsamer Kraft zerschlagen werden könne. Während dieses in Italien verhandelt wurde, hatte Heinrich in Deutschland am Rhein und um Lüttich Städtebünde nach italienischem Vorbild zugelassen und gefördert. Die Neifen, Winterstetten, auch Justingen, die Wormser Bürger beklagten heftig, dass man den Kaiser nicht habe gewinnen können, dass man keinen Salza als Vermittler habe. Heinrich wurde zornig. Was brauchten sie den Kaiser, da sie doch den König auf ihrer Seite hatten? Er machte Witze über Bischöfe, Herzöge, Papst und Kaiser, und obwohl er selber laut darüber lachte, merkte er irgendwann doch, dass keiner mitlachte.

Im Januar 1231 trafen die Reichsfürsten und der König in Worms zu einem Hoftag zusammen, bei dem die deutschen Verhältnisse wieder im Sinne der Fürsten und des Kaisers geordnet werden sollten.

Es waren vor allem die Bischöfe von Lüttich und Worms, die gegen den König Klage führten, denn diese hatte Heinrich durch die Vergabe von Privilegien an ihre Städte am meisten geschädigt. Sie verlangten, der Bund der rheinischen Städte und der um Lüttich sollte sofort verboten werden, Markt und Zollrechte wieder in die Hände des Bischofs gelegt und auch der Wormser Vierzigerrat aufgelöst werden. Die Fürsten erklärten sich nicht bereit, Heinrichs Entschlüsse in Deutschland anzuerkennen.

Heinrich saß mitten unter den Fürsten. Er war nicht annähernd so groß wie Bischof Johannes von Lüttich, er war nicht im Entferntesten so dick wie Herzog Boheslav von

Sachsen, er konnte auch mit größter Anstrengung nicht so laut reden wie Bischof Sifrit von Mainz. Er war ein kleiner hilfloser Junge, der unter den Worten der Reichfürsten wie unter Schlägen zusammenzuckte.

Justingen, der das Zusammenfallen des Königs beobachtet hatte, wollte retten, was da noch zu retten war, und bat um Vertagung. Reichskanzler Sifrit, der Bischof von Regensburg, der den König nicht weniger gut kannte, zuckte die Achseln und genehmigte die Vertagung. Er war überzeugt, dass Heinrich am folgenden Tag alles unterschreiben würde, was man ihm vorlegte.

Am Abend unter seinen Ratgebern fühlte Heinrich sich nicht besser als im Saal des Hoftages. Seine engsten Ratgeber stritten untereinander wie zuvor die Fürsten.

»Wir haben das vorhergesehen«, schimpfte Heinrich von Neifen. »Wir haben gewarnt. Man hätte nur wenige Vergünstigungen vergeben dürfen. Ihr aber habt in Deutschland regiert, als ob die Reichsfürsten auf immer in Italien blieben.«

»Jetzt sind die Städte gefordert«, verteidigte Justingen seinen Rat. »Auch Bürger können Waffen führen.«

»Und nichts ist darauf vorbereitet«, sagte Albert von Neifen. »Der Rheinbund ist bislang nur eine Absprache, nur in Worms und in Köln reicht die Stadtbefestigung zur Verteidigung. Der Kaiser greift die Lombarden nicht an, weil er weiß, dass sie stärker sind als er. Die deutschen Reichsfürsten werden angreifen, denn hier sind sie die Stärkeren.«

»Und werden es bleiben«, erwiderte Justingen, »wenn wir wieder zurücknehmen, was die Städte fördert.«

»Herr Heinrich«, sagte Albert, »wir können nicht kämpfen, nicht wenn Kaiser, Papst und Fürsten sich einig sind.«

Am nächsten Morgen unterzeichnete Heinrich alles, was die Reichsfürsten ihm vorlegten. Von den »dicti consolarii« war da die Rede, den »so genannten Räten« der Stadt Worms, als hätte es sie rechtens nie gegeben. Der Vierzigerrat der Stadt Worms wurde aufgelöst und durch einen Rat von fünfzehn Männern ersetzt, die im Wesentlichen der Bischof bestimmte. Die Wormser Bürger hatten weniger Rechte als je zuvor. Das neue Bürgerhaus war nur noch Fassade.

Im späten Januar an einem trüben Wintertag ritt Heinrich – er war gerade zwanzig geworden – aus Worms hinaus. Der Himmel hing voller Schnee, einzelne Flocken fielen, Hunde und Ratten stritten sich in den Straßen um Abfälle. Aus den Bürgerhäusern, von der Stadtmauer, den Toren und Türmen riefen Kinder und halbwüchsige Jungen, auch Mädchen, dem König nach:

»Der Luginsland lügt ins Land!«

»Der Luginsland bringt Trug ins Land!«

Anders denken

Heinrich ritt nach Hagenau.

Dort hielt er sich still, erschien regelmäßig zur Morgenmesse, ließ auf den Burgfesten andere singen, zeugte seinen zweiten Sohn mit Margarete, unterschrieb dem Bischof von

Regensburg, dass er mit Strenge und königlichem Einverständnis gegen die Ketzer vorgehen solle, und jagte Hirsche im Winterwald. Die Chronisten, die seine Lebensgeschichte schrieben, waren endlich einmal mit ihm zufrieden.

Nicht ganz zufrieden waren die Reichsfürsten mit dem, was sie für sich erreicht hatten. Sie entwarfen ein groß angelegtes Reichsgesetz, das die Rechte der Städte noch stärker einschränken und alle Macht wieder in die Hände der Bischöfe und der Fürsten geben solle. Das »statutum in favorem principum« nannten sie es, das »Gesetz zur Begünstigung der Fürsten«.

Heinrich wurde zu einem Reichstag bestellt, damit er dieses Gesetz unterschreibe. Als Ort wurde wiederum Worms gewählt. Im November wollte man dann beim Reichstag in Ravenna erscheinen und dieses Gesetz dem Kaiser vorlegen, der es gegenzeichnen musste.

Im Mai ritt Heinrich wieder in Worms ein und fror nicht anders als an jenem Januartag, an dem er die Stadt verlassen hatte. Der klare Himmel konnte seine Gedanken nicht aufhellen, die Kinder der Stadt schrien ihm, kurz und spukhaft aus Zinnen, Giebeln, Fensternischen auftauchend, dieselben Worte nach:

»Der Luginsland lügt ins Land!«

»Der Luginsland bringt Trug ins Land!«

Sie schrien aus Spaß, Wut und für Geld. Der Wormser Bischof, der beobachtet hatte, wie diese Sprüche auf den König wirkten, zahlte blanke Pfennige dafür.

Heinrich zog den Kopf ein und machte den Rücken krumm.

Herr, dachte er, Herr, mein Gott, so greif doch herunter

aus deinem Himmel und zieh mich hoch und setz mich so hin, dass ich dies ertragen kann. Ist denn, dass ich König von Gottes Gnaden bin, die einzige Gnade, die ich von dir empfangen darf? Tu mir die eine Liebe an und nimm diese Gnade fort von mir. Gib mir eine andere an ihrer Stelle. Ich will diese nicht mehr.

Unter den Reichsfürsten im großen Wormser Bischofssaal war Heinrich noch immer der jüngste. Doch während er las, was er unterschreiben sollte, wuchs seine Wut in ihm. Dies alles war die genaue Umkehrung dessen, worum er sich bemüht hatte, seit er die Regierung selber führte.

Alle Versuche der Bürger und Bauern, sich der fürstlichen Macht zu entziehen, sollten unmöglich gemacht werden.

Wen aber hatte er auf seiner Seite um dies zu verhindern? Nachdem er im Januar durch die Rücknahme seiner Vergünstigungen die deutschen Städte enttäuscht hatte, konnte er auf deren Vertrauen nicht mehr rechnen. Die Städtebünde waren wieder aufgelöst worden, seine eigenen Ratgeber waren untereinander zerstritten.

Alles was ihm einfiel war: Ich unterschreibe, und dann gehe ich im Herbst einfach nicht nach Ravenna. Ich lasse den Reichstag scheitern, das habe ich schon einmal getan.

Und er ärgerte sich. Noch immer fiel ihm lediglich ein, was er **nicht** tun könnte, und nicht, was er tun müsste.

Ich muss anders denken, befahl er sich, anders als die Fürsten, anders als mein Vater, anders als der Papst, anders als die Neifen und Justingen und –

Und dann kam ihm ein Gedanke. Und der war anders. Der krachte in seinem Gehirn und nahm ihn so vollständig ein, dass er die Herzöge und Bischöfe für eine Weile nur die Münder öffnen und schließen sah, ohne sie reden zu hören.

Heinrich unterschrieb.

Als er unter den Spottrufen der Wormser Kinder die Stadt verließ, grüßte er den Luginsland.

Wir sehen uns wieder, dachte er, ihr werdet euch wundern. Alle.

Heinrichs neuer verwegener Gedanke war nicht viel wert, solange er nur ein Gedanke war. Er musste Tat werden, und dazu brauchte er einen Unterhändler. Er zögerte lang, wem er den Auftrag geben sollte. Gleich der Erste, den er ins Vertrauen zog, musste der Richtige sein. Es durfte keine zweifelnden Mitwisser geben.

Die Neifen und Winterstetten waren besonnene Denker, nicht die Richtigen für einen Gedanken, der tollkühn und überhaupt nicht besonnen war. Egino von Urach, ein Freund Justingens, würde er schon leichter dafür gewinnen können, aber er kannte ihn noch nicht gut genug. Also Justingen?

Heinrich überdachte alles genau, beobachtete seine Vertrauten unter diesem neuen Gesichtspunkt. Er ließ sich Zeit. Die Ausführung eines verwegenen Gedankens erfordert eben jene Besonnenheit, die dem Gedanken fehlt.

Dann entschied er sich für Justingen.

In der Kaiserpfalz Goslar ließ er den Grafen zu sich

kommen und empfing ihn allein in einem entlegenen Turmzimmer.

»Graf Justingen«, begann er, »ich habe das Wormser

Gesetz nicht unterschrieben, damit es in Deutschland Wirklichkeit wird. Ich hatte damals – und habe bis heute – keine Macht, die ich den Fürsten entgegenstellen kann. Ich brauche einen starken Bundesgenossen und es gibt derzeit nur einen. Ich habe beschlossen, den oberitalienischen Stadtrepubliken ein Bündnis anzubieten.«

Justingen starrte ihn fassungslos an. Dann sprang er auf, lief in dem kleinen Zimmer mit viel zu großen Schritten hin und her, als wollte er durch die Wände brechen und rief: »Kerl, Knabe, König, du bist wahnsinnig!«

Heinrich griff begierig nach dem »Du«.

»Setz dich, Anselm«, sagte er, »und schrei nicht so laut. Das muss wirklich nicht jeder wissen.«

Justingen setzte sich und sagte lange nichts.

»Du bist ein Staufer«, wandte er dann ein, »der Gedanke ist so vollkommen unstaufisch, man wird bezweifeln, dass du Kaiser Friedrichs Sohn bist.«

»Nicht wenn der Kaiser Mitglied dieses Bundes ist.«

Erst jetzt begriff der Graf, was der König vorhatte.

»Heinrich«, sagte er, »ich kenne deinen Vater besser als du. Er ist ein vollkommen freier Denker, solange es um Wissenschaften, Kirche und Künste geht. Aber ein Bündnis zwischen einem Staufer und den Lombarden ist nicht möglich.«

»Warum sollte mein Vater nicht für einen Plan gewonnen werden, der ihm nichts als Vorteile bringt? Bedenke, Anselm, er will uns alle im November in Ravenna haben, weil er die deutschen Fürsten als Macht gegen die Lombarden stellen will. Schließt er ein Bündnis mit den Lombarden, so braucht er die Fürsten nicht mehr. Zugleich würden die

Lombarden ihn als Kaiser anerkennen, als einen Kaiser freilich, der bei ihnen nicht eben viel zu bestimmen hat, aber das hat er jetzt auch nicht. Ein Bündnis mit den italienischen Stadtrepubliken würde den Weg freimachen für einen Ausbau der Städte in Deutschland. Der Kaiser stützt seine Macht anstatt auf die Fürsten dann auf die Bürger. Das war doch immer euer Ziel. Ihr seid nur nie auf den Gedanken gekommen, dass man mit den Lombarden anfangen muss.«

»Es geht nicht, Heinrich«, zweifelte der Graf, »die Fürsten würden den italienischen Kaufleuten die Handelswege sperren.«

»Welche Fürsten denn? Herzog Leopold ist tot. Mein Schwager Friedrich regiert Österreich und der ist für ein irrwitziges Vorhaben leicht zu gewinnen. Wir brauchen ihm nur in Aussicht zu stellen, dass sein Land ein Königreich wird, dafür tut er alles. Er ist jetzt verheiratet mit Agnes von Meranien und deren Land reicht bis nach Trient. Die Berner Klause kontrollieren die lombardischen Veroneser, wir haben es erlebt. Die Alpenpässe bleiben frei.«

»Und der Papst?«

Heinrich grinste. »Das ist das Beste. Gregor steht im Bund mit den Lombarden, nicht etwa, weil sie treue Anhänger der Kirche sind. Sie lassen in ihren Mauern Ketzerei zu. Der Papst ist ihr Freund, weil sie Feinde des Kaisers sind. Schließen sie den Bund mit dem Kaiser, verliert der Papst seine einzige weltliche Macht gegen den Kaiser. Er kann dann nur noch mit Bannsprüchen kämpfen. Und das beginnt sich abzunutzen.«

»Heinrich, du wirfst die Machtverhältnisse des gesamten weströmischen Kaiserreiches um.«

»Ich weiß. Sie sind nicht mehr viel wert. So wie sich hier die Lage zuspitzt, muss es zum Aufstand der Bürger kommen. Besser, wir stärken die neue Macht, die dabei gewinnen muss, so sehr, dass der Krieg wenigstens schnell entschieden ist.«

Justingen schwieg eine Welle.

»Es müsste geheim bleiben«, sagte er dann, »die Fürsten dürften erst von dem fertig ausgehandelten Bund erfahren ...«

»Du wirst für mich verhandeln?«

Es war eine Frage, kein Befehl.

»Mit den Lombarden, ja. Mit deinem Vater musst du dich selber auseinander setzen. Ich gehe zuerst nach Mailand, aber nicht von hier aus. Es würde auffallen, wenn ich mich so lange vom Hof entfernte. Im September sind wir in Augsburg. Von da breche ich auf.«

»Anselm«, sagte Heinrich, »dir ist klar, was du tust? Niemand außer dir und mir weiß, dass wir den Kaiser in den Bund einbeziehen wollen. Wird dieser Plan bekannt, bevor ich mit meinem Vater reden kann, so ist das Hochverrat. Du riskierst deinen Kopf.«

»Du nicht minder«, erwiderte Justingen. »Wenn dir dein Vater die Krone vom Kopf schlägt, könnte er den Schlag unterhalb des Kinns ansetzen.«

Im September brach Justingen nach Italien auf. Man glaubte allgemein an ein Zerwürfnis zwischen dem König und dem Grafen. Die wenig bürgerfreundlichen Gesetze, die Heinrich den Fürsten in diesem Jahr unterschrieben hatte, legten einen Streit zwischen den beiden nahe.

Im selben Monat kamen Boten mit einer bestürzenden

Nachricht. Ludwig von Wittelsbach, der Bayernherzog, war auf der Donaubrücke in Kehlheim ermordet worden.

Heinrich verstand nicht, was das Motiv zu dieser Tat gewesen sein könnte. Seit der Bayer im Jahr 1229 auf den Papst gegen den Kaiser gesetzt und in Deutschland verloren hatte, war er nicht mehr von großer Bedeutung gewesen. Welche Verschiebungen der Macht hatte es in den letzten Monaten gegeben, dass man den Herzog hatte beseitigen wollen?

»Und die Mörder?«, fragte Heinrich die bayrischen Boten.

»Wurden noch auf der Donaubrücke ergriffen und totgeschlagen.«

»Das ist schlimm!«, rief Heinrich. »Wer schlug sie tot?«

Der Bote zuckte die Achseln. »Ergriffen haben sie des Herzogs Dienstmannen. Sie wehrten sich. Wer schließlich zuschlug, wissen wir nicht.«

Dies war ein bewährtes Verfahren. Wer einen Mörder anstellte, sorgte meist auch dafür, dass der Mörder nach der Tat verschwand.

»Wer waren sie?«

»Es gibt niemanden, der sie kennt.«

Manche vermuteten den König als Auftraggeber dieses Mordes. Zahlreicher waren die Stimmen, die den Kaiser verdächtigten. Ein Racheakt? Für den Verrat des Bayernherzogs vor zwei Jahren? Oder das Verhindern einer neuen, heimlichen Verschwörung, in deren Mittelpunkt der Herzog gestanden hatte?

Der Mord und seine Hintergründe wurden niemals aufgeklärt. Während Justingen in Italien war, zog Heinrich scheinbar planlos durch sein schwäbisches Stammland und wartete auf Nachricht von ihm. Es gab damals in Deutschland keinen, der mit dem König zufrieden war. Die Fürsten nicht, da er keinerlei Anstalten machte, zum Reichstag nach Ravenna aufzubrechen. Die Städter nicht, da über ihnen die Drohung des neuen Reichsgesetzes hing, das er unterschrieben hatte, der engere Kreis seiner Ratgeber erst recht nicht, da keiner von ihnen mehr verstand, welche Ziele er wirklich verfolgte. Seine Zugeständnisse gegenüber den Fürsten und den Bürgern waren derart, dass sie sich gegenseitig aufhoben. Pünktlich und regelmäßig erschien er zu Messen und Gerichtssitzungen. Er erledigte seine Pflichten mit unbewegtem, maskenhaftem Gesicht. Bei der Nachricht von der Geburt seines zweiten Sohnes blieb er auch innerlich so gleichgültig, wie er von außen schien. Sogar als er bei einer Gerichtssitzung in Wimpfen unter dem Volk eine bekannte Gestalt zu sehen glaubte, bewährte sich die Erstarrung seiner Gesichtszüge. Scheinbar gleichgültig wandte er seinen Dienstleuten den Kopf zu und die folgten seinem auffordernden Blick in die Menge.

Die Clarissin

Es war nicht das erste Mal, dass sich der König ein Mädchen aus dem Volk holen ließ. Ulrich von Winterstetten verhinderte, dass man die Falsche brachte. Neben der kaum auffallenden jungen Frau in der Tracht der Clarissinnen – freilich ohne den Schleier der eingesegneten Nonne – stand eine gut gekleidete Bürgertochter, die das Tuch der unverheirateten Mädchen auf besonders kecke Art um den Kopf gebunden hatte. Diese hätten die königlichen Ministerialen wohl selber gern in ihre Zimmer geführt und sie gingen zu ihr. Ulrich aber hatte die Przemyslidin erkannt.

»Nicht die«, sagte er, »der König hat diese hier gemeint. Ihr kommt doch mit, Herrin? Wir werden Euch nicht zwingen müssen?«

»Bist du groß geworden, Ulrich!«, Agnes lachte. »Sag mir nicht, dass Heinrich auch so gewachsen ist.«

»Ist er nicht, Herrin, nicht sehr. Es könnte aber sein, dass er noch einmal wachsen wird, wenn Ihr jetzt zu ihm geht. Wir kennen uns nicht mehr aus mit ihm. Ihr könnt uns helfen.«

Die Böhmin schüttelte den Kopf.

»Wohl kaum, Ulrich«, sagte sie. »Aber so schick doch

endlich diese Leute fort. Ich finde mich in Wimpfen gut genug zurecht. Sag ihm, ich bin im Palas.«

Fast hatte Heinrich gehofft, dass er sich getäuscht hätte. Als Ulrich seine Beobachtung bestätigte, war es ihm vollkommen unvorstellbar, wie er dies nun ertragen sollte.

Im Palas stand Agnes an einem der Rundbogenfenster, kehrte ihm den Rücken zu und schaute auf den Neckar hinunter. Heinrich trat in die Fensternische daneben. Wenn er sich vorbeugte, würde er zwischen den beiden Säulen ihr Gesicht sehen können. Aber das wagte er noch nicht.

»Du bist zurückgekommen?«, fragte er leise. »Bist du zurückgekommen?«

»Um dich noch einmal zu sehen«, antwortete sie.

»Nur um mich zu sehen?«

»Ich bleibe ein paar Tage bei dir. Ich weiß noch nicht wie lange. Dann kehre ich nach Böhmen zurück und dort werde ich in ein Kloster eintreten –«

»Du bist von Sinnen«, flüsterte er.

»– und, Heinrich, du kennst mich, wenn ich erst einmal ein Keuschheitsgelübde abgelegt habe, werde ich es nicht brechen. Das heißt aber, dass ich dich dann nicht mehr sehen darf. Nie wieder. Niemals wieder.«

»Und warum kannst du nicht bei mir bleiben?«, fragte er. »Du wirst keinen Grund haben, eifersüchtig zu sein auf Margarete. Ja, ich gebe zu, ich habe mein Versprechen gebrochen. Sie hat zwei Söhne und ich habe nicht den geringsten Anlass ihr vorzuwerfen, dass diese nicht meine Kinder seien. Der eine hat sie schon – und der andere wird sie bald haben – die roten staufischen Locken. Die vererben wir ja so zuverlässig wie ein guter Hengst seine kräftigen Sprunggelenke. Es seien hübsche Kinder, sagt man. Einer heißt Friedrich, einer Heinrich. Ich weiß nicht genau, welcher welcher ist.«

»Du musst nicht so bös werden, um mir zu beweisen, dass du ihre Mutter nicht liebst«, sagte Agnes. »Ich glaube dir das auch, wenn du freundlich von deinen Kindern sprichst.«

»So versteh doch, Agnes. Ich habe meine Pflicht gegenüber dem Reich und dem staufischen Haus getan. Ich habe für zwei Erben gesorgt, einen für die Krone und einen für Österreich, falls denn auch die zweite Ehe meines Schwagers Friedrich kinderlos bleibt. Ich habe mit Margarete nichts mehr zu tun. Sie mag in Hagenau bleiben und ihre Kinder großziehen.«

»Du vergisst, Heinrich, dass ich nicht irgendeine Grafentochter bin, dass mein Vater König war, mein Bruder nun König ist. Schon mein Vater war zutiefst gekränkt, weil ich nicht Deutschlands Königin wurde. Mein Bruder Wenzel ist vollkommen unberechenbar. Wenn ich mit dir als deine Geliebte durch das Land ziehe, wird er sich mit allen anlegen, mit dir, mit dem Kaiser, mit dem Babenberger Herzog, weil dessen Schwester jene Krone trägt, die er für mich haben wollte.«

»Ich werde auf die Krone verzichten. Ich richte in diesem Land ohnehin nichts als Unheil an. Mein Bruder Konrad soll König werden.«

»Das ist nicht möglich, du weißt es. Und hast du, Heinrich, niemals bedacht, wie wichtig für uns ist, was in Italien geschah?«

»Wie?«

»Die Kaiserin ist gestorben.«

»Gewiss. Und?«

»Dein Vater braucht Geld. Mein Bruder ist reich. Noch immer bin ich mit Europas höchster Mitgift versprochen. Und der böhmische König wäre leicht zu besänftigen, wenn seine Schwester, die nicht Deutschlands Königin werden durfte, nunmehr Kaiserin würde.«

Heinrich krallte die Finger in das Schlingengewächs der steinernen Säulen.

»Das wagt er?«, zischte er.

»Wagen?«, Agnes lachte. »Sollte es ein Wagnis für den Kaiser sein, um jene Frau zu werben, die sein Sohn liebt? Er hat seine Brautwerber geschickt. Ich war in Prag. In der Stadt. Ich bin nur selten bei Hof. Mein Bruder hat seine Zusage gegeben und mich dem Kaiser verlobt, solange ich abwesend war. Seitdem schreibe ich Briefe an den Papst und bitte um Auflösung der Verlobung. Und soll ich etwa Papst Gregor schreiben, dass ich nicht Kaiserin werden möchte, sondern lieber die Geliebte des Königs? Ich kann nur behaupten, dass ich in ein Kloster gehen will. Ich muss deinen Vater heiraten oder Nonne werden. Verstehst du nun? Darum bin ich zu dir gekommen. Um Abschied zu nehmen von meiner Liebe. Auf immer. Und ich bin zwanzig. Wie du.«

Heinrich beugte sich vor. Zwischen den beiden Fenstersäulen sah er sie, zuerst im Profil. Er musste lächeln.

Die Nase, dachte er. Ist es ein Wunder, dass sie mir einen solchen Stich ins Herz gibt mit dieser Nase?

Sie wandte ihm das Gesicht zu. Tief in ihren Augen fand er die von der Vernunft niedergehaltene Hoffnung, dies alles könne nicht wahr sein. Seine Hände zuckten.

Sie nicht berühren, dachte Heinrich. Jetzt noch nicht. Ich würde sonst nicht mehr denken können. Erst dies zu Ende denken. Erst wissen, wie tief ich mich hineinfallen lassen darf in diese kurze, kurze Zeit, die sie hier bei mir bleiben wird. Es könnte ja sonst sein, dass ich nie wieder hinausfinde.

Er lehnte sich mit dem Rücken gegen die steinerne Säule. Das kühlte.

»Bianca Lancia«, sagte er. »Da ist eine piemontesische Gräfin, Bianca Lancia. Seit etlichen Jahren ist sie im Gefolge meines Vaters. Sie soll sehr schön sein. Hat ihm eine Tochter geboren, sei wieder schwanger. Bianca Lancia. Es heißt, er liebe sie. Er wird also wissen, wovon ich rede, wenn ich nun zu ihm gehe und ihn bitte, meine Ehe aufzulösen und mich frei zu machen für dich.«

»Aber, Heinrich«, entgegnete sie, »so denk doch an Österreich.«

»Österreich bleibt uns. Ich weiß, wie ich mir meinen Schwager Friedrich verpflichten kann. Auch ohne seine Schwester. Aber ich brauche einen Scheidungsgrund. Sonst wird der Papst meine Ehe nicht auflösen. Leider ist Margarete kein Ehebruch vorzuwerfen. Aber die Mitgift. Ich glaube, die ist mir nie ausgezahlt worden. Ich werde das einklagen.«

»So wirst du deine Mitgift bekommen, aber nicht deine Frau loswerden.«

»Wir werden sehen. Warte noch, Agnes, warte, bis ich mit meinem Vater geredet habe. Nimm noch nicht den Schleier. Wenn du eine eingesegnete Nonne bist, kannst du nicht mehr zurück. Ich gehe nach Italien. Für den Reichstag in Ravenna ist es zu spät, aber ich werde mit meinem Vater sprechen. Du wirst warten?«

»Ja«. Sie nickte. »Ich werde warten, aber ohne Hoffnung. Bitte Gott, dass er der Babenberger Herzogin ein Kind schenken möge. Solange der Herzog keine Kinder hat, sind deine Kinder erbberechtigt, aber nur wenn Margarete deine Frau bleibt. Glaubst du, dein Vater würde die Aussicht, Österreich als staufisches Erbgut zu bekommen, aufgeben?«

»Niemals«, sagte er.

Er stand auf, trat zu Agnes in die Fensternische. Das Denken und Überlegen hatte sie nicht weitergebracht. Es war besser damit aufzuhören.

Drei Tage hatte Agnes bleiben wollen. Sie blieb fast drei Wochen. Reichskanzler Sifrit mahnte den König, endlich nach Italien aufzubrechen. Er drängte ihn, wann immer er ihn sah. Aber er sah ihn nicht eben häufig. Alle wussten, wen der König im blauen Turm der Wimpfener Kaiserpfalz verbarg.

»Ich muss in Böhmen sein, bevor es Winter wird«, wiederholte Agnes.

»Bleib«, sagte Heinrich. »Du kannst den Winter hier verbringen. Im Frühjahr komme ich zurück.«

Agnes schüttelte den Kopf.

»Ich muss nach Böhmen. Wenzel ist eigentlich ein stiller, friedfertiger Mensch. Aber er fühlt sich ständig angegriffen und dann schlägt er blind zu. Er hätte niemals König werden dürfen. Ich bin die Einzige, die ihn ein wenig lenken kann. Auf mich hört er. Er liebt mich.«

»Ja«, sagte Heinrich, »das weiß ich.«

Was ihn noch mehr schmerzte als der bevorstehende Abschied, war die ihm immer deutlicher werdende Erkenntnis, dass Agnes gern in ein Kloster gehen wollte.

»Dich kann ich nicht haben«, sagte sie, »einen anderen will ich nicht. Worauf also verzichte ich? Was ich tun soll und muss in diesem Leben, hätte ich als deine Königin vielleicht tun können, aber ebenso gut als Äbtissin in einem Clarissinnenkloster. Du weißt nicht eben viel von den Clarissinnen?«

Agnes erzählte.

Sie war in Italien gewesen, hatte Clara Sciffi besucht, die Gründerin des Clarissinnenordens. Clara hatte zusammen mit Franz von Assisi die Regeln für diesen den Franziskanern entsprechenden Frauenorden entworfen. Selbst gewählte Armut, vollkommene Friedfertigkeit und Liebe zu allen Wesen und Dingen waren die Grundlagen ihres Denkens und Handelns.

»Die Franziskaner«, schnaubte Heinrich verächtlich. »Was ist denn aus ihnen geworden? Hetzhunde des Papstes.«

»Ja«, sagte Agnes, »leider. Papst Gregor hat sie fast ganz unter seinen Einfluss gestellt. Franz hat die Leitung des Ordens noch niedergelegt, bevor er starb. Den wirklichen Gedanken des Franz tragen jetzt wir, die Clarissinnen.«

Da war es wieder, dieses »wir«, das ihn so tief verletzte. Sie hatte ein »wir«, in das er nicht eingeschlossen war. Er hatte so etwas nicht.

Mit Misstrauen hörte Agnes seine Pläne von der Begünstigung der Kaufleute.

»Du irrst dich Heinrich«, sagte sie, »wenn du glaubst,

dass sie etwas Neues bringen in diese Welt. Sie wollen nur das Alte für sich in Besitz nehmen. Ich habe die lombardischen Kaufleute kennen gelernt. Sie sind verblendet von ihrer Gier nach Macht und nach Geld, grad so wie die Fürsten. Verblendete werden sich blenden lassen. Du kannst ihnen nicht vertrauen. Sieh dich vor. Du musst anders denken. Die wirklich neuen, die wirklich anderen Gedanken tragen wir.«

Er wurde zornig.

»Wie anders soll ich denn noch denken?«, rief er. »Ich wage das Äußerste, indem ich mich an die Lombarden wende.«

»Ganz anders sollst du denken. Vollkommen anders. Nicht mehr nach einer neuen Macht, einer neuen Gewalt suchen, sondern die Menschen freimachen für ein Leben ohne Gewalt.«

»Agnes«, sagte er, »ich bin kein Priester. Ich bin König. So kannst du dein Kloster leiten, aber ich nicht mein Land regieren.«

»Warum nicht? Es hat doch noch keiner versucht. Christus hat diese Forderung gestellt. An alle Menschen, auch an die Könige.«

»Ja, und er ist gekreuzigt worden. Sein Reich ist nicht von dieser Welt, hat er gesagt. Mein Reich aber ist von dieser Welt. Soll ich zu meinen Fürsten gehen, sie an Christi Forderung nach Gewaltlosigkeit mahnen und sie bitten, auf ihre Machtgier zu verzichten? Die Bischöfe würden noch lauter darüber lachen als die Herzöge. Doch, nein, das würden sie nicht. Sie würden überhaupt nicht lachen. Sie würden mir sehr ernst erklären, wie sehr ich Christi Worte falsch verstanden habe. Sie würden mich für einen Ketzer halten. So ist das.«

»Ja«, sagte Agnes leise, »es ist so.«

Sie drehte den Kopf beiseite.

»Manchmal«, sagte sie, »bin ich froh, dass ich nicht Königin werden musste, dass ich in ein Kloster gehen darf.«

Das war bitter.

Heinrich presste die Augen zusammen. Er verstand sie nicht mehr.

»Die Menschen sind verschüttet«, sagte sie, »sie liegen unter einer dicken, erstickenden Schicht von falschen Absichten und Wünschen. Man muss sie ausgraben. Für mich in den Armenvierteln Prags ist das leichter. Da sind es nur Dreck, Elend, Krankheit, Hunger, was man wegräumen muss. Aus Prunk, Macht, Reichtum sind Menschen sehr viel schwerer auszugraben.«

An dem Morgen, an dem sie ging, wachte Heinrich früh aus unruhigem Schlaf auf. Durch das halb geschlossene Turmfenster fielen die ersten Sonnenstrahlen herein und warfen ein solch irritierendes Wechselspiel aus Licht und Schatten über Agnes, die noch schlief, dass er in ihrem Gesicht Tiefen und Falten erblickte, die noch längst nicht vorhanden waren.

Sie sah alt aus. Und er hatte eine Ahnung, nicht mehr, aber immerhin eine Ahnung, was es bedeuten würde, wenn sie zusammen hätten alt werden dürfen.

So also wird sie einmal aussehen, dachte er. Ich werde es wissen, in zehn, zwanzig Jahren werde ich immer wissen, wie sie aussieht. Sie werden uns nur ein wenig, nur ein ganz klein wenig trennen können.

Dann wachte Agnes auf. Sie drehte sich aus dem Lichtspiel und sah wieder jung aus. Verwundert blickte sie in seine ruhigen, gelösten Augen und da wusste sie, dass sie an diesem Tag gehen konnte.

Aber auch gehen musste.

Erst später merkten sie, wie gut es ihnen in diesen drei Wochen gelungen war, alles auszutauschen, was für sie wichtig war.

In Heinrich blieben Agnes' Worte und es wuchs die Bereitschaft, anders zu denken.

Sie aber trug sein Kind.

Es war Ende Oktober. Heinrich würde nicht am 1. November in Ravenna zum Reichstag erscheinen und damit zum zweiten Mal einen Reichstag zum Scheitern bringen. Viele deutsche Fürsten waren beim Kaiser, hatten die von den Lombarden gesperrten Alpenpässe umgehen können. Es wurde Winter, als Bischof Sifrit von Regensburg zurückkehrte. Er berichtete, dass der Kaiser sehr zornig sei auf den ungehorsamen Sohn. Im Frühjahr solle Heinrich endlich im Friaul erscheinen, der Kaiser sei noch immer bereit mit sich reden zu lassen, vielleicht auch darüber, dass Heinrich endlich die offizielle Bestätigung erhielt, die Regierung selbstständig führen zu dürfen.

Heinrich versprach, baldmöglichst aufzubrechen. Von Justingen hatte er noch nichts gehört, er musste ihn notfalls in Italien empfangen. An seinen Schwager, Friedrich von

Babenberg, schrieb er Briefe, in denen er die Auszahlung der Mitgift forderte, andernfalls werde er sich von Margarete trennen.

Agnes erreichte Böhmen nicht vor dem Winter. Sie blieb überall dort, wo sie gebraucht wurde, pflegte Kranke, ängstigte sich auch vor Seuchen nicht und versorgte die Aussätzigen. Niemals steckte sie sich an. Sie folgte jedem Ruf, der nach ihrer Hilfe verlangte und zog darum weiter nach Norden, als sie beabsichtigt hatte. Nördlich von Mainz wurde ihr bewusst, dass man ihr mit einer Verehrung, ja Ehrfurcht begegnete, deren Ursache sie sich nicht erklären konnte. Sie nannte überall nur ihren Vornamen, niemand wusste, dass sie die Schwester des böhmischen Königs war. Als der Schnee fiel und sie merkte, dass sie schwanger war, kam sie nur noch langsam voran.

Zu Wenzel kann ich nicht mit Heinrichs Kind, dachte sie. Er würde sich fürchterlich aufregen. Ich werde zu Przemysl gehen.

Ihr Bruder Przemysl war Markgraf von Mähren und mit Wenzel zerstritten. Er hatte in seinem weiten Land zahlreiche abgelegene Burgen. Irgendwo dort würde sie das Kind gebären können, dann damit nach Prag gehen und es aufwachsen lassen wie eines ihrer Findelkinder.

Es wird rote Haare haben, dachte sie. Irgendwann wird man den Staufer erkennen. Kunigunde darf es nicht sehen.

In einem Kloster an der Lahn verbrachte sie ein paar Tage. Sie wurde hartnäckig verfolgt von den demutsvollen Blicken eines ungefähr achtjährigen Mädchens. Die kleine

Methilt küsste Agnes die Hände und die Rocksäume, schaute sie mit einem fiebrigen Glanz in den blassblauen Augen verehrungsvoll an. Dann fing sie an zu bitten, Agnes möge nach Marburg gehen. Dort in einem Franziskanerhospital warte der Magister Konrad von Marburg auf sie, ein Weltpriester, der keinem Orden angehörte.

Agnes überlegte. Was wollte der von ihr? Er war der Beichtvater der Elisabeth von Thüringen gewesen. Mehr wusste sie nicht von ihm. Sie verehrte Elisabeth, wie alle es taten. Die Thüringer Landgräfin hatte früh ihren Mann verloren. Graf Ludwig von Thüringen war an jener Seuche gestorben, die 1227 auf Kaiser Friedrichs Kreuzzugsschiffen ausbrach. Elisabeth hatte eben das getan, was Agnes jetzt tat: Sie hatte die Wartburg in Thüringen verlassen, in Armut gelebt und Kranke gepflegt. Vor einigen Wochen war sie in dem Franziskanerhospital, das sie gegründet hatte, gestorben. Nur vierundzwanzig Jahre alt war sie geworden. Überall in der Gegend spürte Agnes die Trauer im Volk. Sie ging nach Marburg, um den Beichtvater Elisabeths kennen zu lernen.

Es war ein heller, schneereicher Wintertag, unangenehm durch einen kalten Wind, der Weg durch Schneewehen mühsam, manchmal kaum zu erkennen. Doch Agnes ging in freudiger Erwartung und sie fror erst, als sie dem Magister Konrad in die Augen blickte. Das Erschrecken war für beide gleich groß. Agnes hatte ein anderes Gesicht erwartet, ein gütiges, liebevolles. Diese Augen ließen nichts als Ecken und Kanten um sich herum zu. Alles andere, das da vielleicht einmal gewesen war, hatten sie ausgebrannt oder abgefroren. Ein schlichtes Gewand hing um magere Schultern, von dem Körper waren nur die Hände zu sehen, Krallenfinger, die aus den weiten Ärmeln herausragten wie lauernde Raubtiere aus ihrem Versteck.

Dieser, dachte Agnes, der Beichtvater der Elisabeth? Was hat er mit ihr gemacht, dass sie so lange bei ihm blieb?

Konrad von Marburg war nicht weniger erschrocken. Das Licht, durch den Schnee verstärkt, fiel hell durch die hohen Fenster der Hospitalkapelle. Er konnte die junge Frau gut genug sehen. Es war kein Licht, das Täuschungen verursachte. Und doch war sein erster Gedanke: Ja, sie ist es.

Ein kleines Mädchen war zu ihm gekommen, wieder und hartnäckig immer wieder, hatte gebettelt und gebeten, er müsse sich die Frau ansehen, die sich in ihrem Kloster aufhielt. Es sei Elisabeth, sie sei zurückgekommen, nicht auferstanden wie der Herr Christus, so etwas zu behaupten wäre Gotteslästerung, aber ihr früher Tod sei ein Irrtum gewesen, ein böses Machwerk des Teufels. Der Herr habe es nicht zugelassen und Elisabeth dieser Welt zurückgegeben, sie nenne sich Agnes, damit der Teufel sie nicht so schnell wieder fände, damit sie lange bleiben könne, weil diese Welt sie gar nicht entbehren könne.

Am allerwenigsten konnte er, Konrad von Marburg, sie entbehren.

Aber das Licht war hell. Er konnte der Täuschung nicht lange glauben.

Die Ähnlichkeit war erschreckend.

»Wer bist du?«, fragte er. »Wie heißt du außer Agnes?«

»Böhmen.«

Die Przemyslidin!

Die in Prag die Armen pflegte! Die aber auch den Deutschen König so sehr verhext hatte, dass der sich von seiner Gemahlin trennen wollte.

Konrad von Marburg kannte sich aus. Agnes und Elisabeth waren Kusinen ersten Grades. Daher die Ähnlichkeit.

In Konrad wuchs ein Zorn. Er hatte Elisabeth als verzweifelte, um den Tod ihres Mannes trauernde Witwe zu sich genommen, er hatte aus der unbedeutenden Wohltäterin eine Heilige gemacht. Er zweifelte nicht daran, dass der Papst Elisabeth bald heilig sprechen würde. Er hatte sie in dieser Kirche zur Heiligen gebildet, hatte sie fasten lassen, bis sie Gesichte sah, hatte sie gegeißelt und geschlagen, wenn sie zu spät zur Messe kam, hatte sie geläutert für ihre Heiligkeit.

Und nun stand da diese Hure und erhob Anspruch auf Elisabeths Gesicht und Elisabeths Taten, die Verkehrung, die Verwirrung, die Perversion Elisabeths.

»Du bist es nicht wert, dass du dir von den Aussätzigen, die du wäschst, ihre Krankheit holst«, sagte er. »Du bist in Sünde gefallen. Bete. Bete um Vergebung.«

»Ich bete.«

»So knie.«

»Nein.«

»Knie und bete!«

»Ich stehe und bete.«

»Du sollst knien in Furcht vor dem Herrn!«

»Ich fürchte ihn nicht. Ich liebe ihn.«

Sie schaute ihm gerade in die Furcht erregenden Augen. Er ist wahnsinnig, erkannte sie. Er ist wirklich und wahrhaftig wahnsinnig. Stimmt es, dass er nun nach Elisabeths

Tod vom Papst den Auftrag erhielt, die Ketzer zu verfolgen? Oh, wenn das stimmt.

»Knie!«

»Ihr werft euch auf den Boden und wühlt in der Erde, damit niemand merkt, dass ihr betend dem Teufel huldigt. Darum.«

Da schlug er zu.

Die Geißel, den schmalen Lederriemen mit den sorgsam eingeflochtenen Eisensplittern, trug er stets bei sich. Dicht am Körper hielt er sie. Sie allein gab seinem Leben alle Wärme, seit ihm Elisabeths flehende Augen, Elisabeths Schreie genommen waren. Sein Arm war noch schnell, kraftvoll, im Schlagen geübt. So hatte er die Heilige geläutert, so würde er der Sündigen jenen Dämon austreiben, jenen Teufel, mit dessen Hilfe sie den König verhext hatte.

Agnes ging ein paar Schritte rückwärts, konnte nicht verhindern, dass sie dabei doch auf die Knie fiel, hob die Hände abwehrend mehr gegen diese Augen als gegen die Geißel, kam wieder auf die Beine, erreichte das Kirchenportal, stürzte die vereisten Stufen hinunter und schrie erst, als sie merkte, dass sich in ihr etwas öffnete.

Was Konrad ihr austrieb, war nicht der Teufel, sondern ihr Kind.

Als er sah, dass sie blutete, wo er nicht hingeschlagen hatte, floh er. Zurück in die Kirche.

Agnes versuchte das Franziskanerhospital zu erreichen, solange sie noch hoffte, das Kind retten zu können, und

blieb dann liegen, da sie die Hoffnung aufgeben musste.

So verlor sie auch das Letzte, das sie von Heinrich hatte mitnehmen dürfen. Der Wind blies den Schnee über sie, deckte sie vollständig zu, aber was sie zerstörte, rettete sie auch. Das Blut stieg nach oben, ein roter Fleck entstand im Schnee und zog zwei wandernde Waldenserprediger an. Die gruben sie aus und trugen sie nach Marburg, nicht in das Franziskanerhospital, denn sie waren ja Ketzer.

Waldenser pflegten die junge Clarissin über den Winter gesund.

Der Vater oder der Kaiser

In die Sommerferien fliegt Alexander ohne Solveig, die zu ihrer schwedischen Mutter in deren Heimat reist. Allein auf dem langen Flug muss er immer an seinen Vater denken. Wie wird ihm der entgegentreten? Wie wird er sich loben lassen müssen, weil er so fleißig für die Schule gearbeitet habe? Er hat nicht für die Schule gearbeitet. Und schon gar nicht dafür, dass er einmal den Betrieb übernehmen kann.

Er denkt sich Sätze aus für den Vater.

»Mein Zeugnis ist nur ein Abfallprodukt meiner wirklichen Arbeit«, wird er sagen. »Wie die meisten Abfallprodukte könnte es äußerst schädlich sein.«

Aber er hat Angst, dass er wieder gar nichts sagen wird.

Als Nächstes muss er die Begegnung zwischen Heinrich und seinem Vater schreiben. Er hat sich lange davor gedrückt, wie Heinrich sich geweigert hat, über die Alpen zu ziehen. Ausgerechnet in den Ferien, ausgerechnet daheim soll Alexander die beiden nun zusammentreffen lassen. Und in dem Kapitel muss er denken wie der Kaiser.

Wie der Kaiser denken, überlegt Alexander, wie mein Vater. Und darauf auch noch antworten können.

Er fürchtet, vor dem eigenen Vater wieder so sprachlos und hilflos dazustehen, dass Heinrich dem Kaiser nichts erwidern kann.

Irgendwas muss passieren, dass es ordentlich kracht.

Es kracht.

»Vorzüglich, Alexander«, sagt der Vater, als er das Zeugnis durchschaut. »Die 5 in Mathematik wirst du zum nächsten Mal auch noch wegbringen. Mathematik ist wichtig für dich. Wichtiger als die Naturwissenschaften. Dafür haben wir unsere Chemiker und Physiker. Du wirst den Überblick über die Finanzen haben müssen. Nun, ich bin sehr zufrieden mit dir. Habe auch ein besonderes Geschenk für dich. Ich habe dir eine Wasserburg gekauft im Münsterland. Spätes 13. Jahrhundert. Toplage. Autobahnnähe. Wird umgebaut in ein Restaurant. Die Einkünfte gehen alle auf dein Konto. Wird alles ganz stilvoll eingerichtet. Mit echten Schilden, Schwertern, Wappen und so. Du interessierst dich doch so für das Mittelalter.«

Das ist es, worauf Alexander unbewusst gewartet hat. Schon einmal hat ihn der Vater auf eine solche Weise missverstanden. Als er sechs war, hatte er sich ein Pony gewünscht, ein kleines, liebes, dickes, wuscheliges, zum Streicheln und Sichherumtragenlassen. Damals hat der Vater ihm ein Rennpferd geschenkt, einen Vollbluthengst, Topabstammung. Der lief in Chicago, New York, San Francisco Rennen für Alexanders Konto. Damals hat er nur weinen können.

Jetzt kann er sich wehren.

Im ersten Augenblick sitzt er wie betäubt. Das Geschenk des Vaters trifft ihn wie ein Schlag. Aber es hat ihn nicht niedergeschlagen. Es hat ihn wie eine Sprungfeder zusammengedrückt. Und dann schnellt er hoch.

»Ich will keine Wasserburg in Toplage«, schreit er, »und ich will keine Einkünfte auf meinem Konto, und ich werde meine 5 in Mathe behalten, und ich werde stattdessen Chemie lernen, bis ich den Stoff gefunden habe, der deinen ganzen Scheiß in die Luft sprengt!«

Was in ihm kracht und zerkracht, ist der zweite seiner eisernen Ringe. Bislang hat er solche Geschenke immer mit einer schmerzenden Dankbarkeit angenommen, wie einer, der fiebernd und durstend um ein Glas Wasser bittet und dem ein kostbares buntes venezianisches Glas gereicht wird, geschliffen und edel geformt, aber leer. Nun schlägt er dem Vater das Glas aus der Hand und schaut ohne Bedauern auf die Scherben. Kein Verlust.

Alexander geht.

Er lässt den verblüfften Vater stehen und läuft in den Park. Langsam schlendert er die weiten und geschwungenen Wege entlang und achtet sorgsam darauf, dass seine Gefühle nicht wieder durcheinander geraten.

Der Park ist schön.

Hier kann er glücklich sein.

Aber das hat nichts damit zu tun, dass dieser Park seiner Familie gehört.

Er setzt sich auf den Rasen, lehnt seinen Rücken an eine hohe Pinie.

Ich habe Heinrich überholt, denkt er erschrocken. Der glaubt noch immer, mit den Händlern, Handwerkern und anderen Wohlstandsdenkern eine neue Zeit aufbauen zu können. Was für ein Windei. Aber wie soll er das merken? Es ist nicht schwer, das herauszukriegen, wenn man am anderen Ende jener Zeit steht. Wenn ich ihn doch nur warnen könnte.

Agnes hat ihn gewarnt, hat ihn aufgefordert, anders zu denken. Doch Alexander kommt bei dem, was Agnes gesagt hat, auch nicht ganz mit.

Aber er hat seinen zweiten Ring gesprengt und will sich zunächst einmal freuen.

Er wird nicht den Betrieb übernehmen. Er wird nicht mehr pflichtschuldig dankbar sein für unsinnige Geschenke, die er nicht hat haben wollen. Das alles ist er losgeworden. Bleibt noch das Froschgefühl. Das hat er noch. Diesen letzten schmerzenden, eisernen Ring wird er nicht in einem Wutanfall wegsprengen können. Das weiß er. Immerhin, es gibt auch Dinge, die leichter werden.

Er hat keine Angst mehr vor dem Treffen zwischen Heinrich und dessen Vater.

Schachzüge

Heinrich war in Aquileja und verlor täglich mehrere Schachspiele gegen den Bischof der Stadt. Endlich war er dem Befehl des Vaters gefolgt und nach Italien gezogen. In Aquileja, im Friaul, am südöstlichen Rand der italienischen Alpen hielt man ihn auf. Der Vater, der Kaiser, residierte nur wenige Kilometer weiter westlich in Cividale und hatte, so schien es, keine Zeit den Deutschen König zu empfangen. Es war Frühjahr 1232.

Zum Reichstag in Ravenna war Heinrich wieder nicht erschienen. Friedrich hatte seine Ketzergesetze für Deutschland ohne den Deutschen König erlassen. Der nicht mehr gebannte Kaiser erfüllte den Wunsch des Papstes, die Ketzerverfolgung für Deutschland zu regeln. Zwar gab es kirchliche Ketzerrichter, aber die durften nur verurteilen, kein Urteil vollstrecken. Nun bestimmte Kaiser Friedrich, dass die weltlichen Gerichte die kirchlichen Urteile zu übernehmen hätten.

Auf Ketzerei stand Todesstrafe.

Als dieses Gesetz in Deutschland bekannt wurde, war Heinrich gerade auf dem Weg in den Süden, um endlich seinen Vater zu treffen. Er merkte noch nicht, was dieser kaiserliche Erlass in Deutschland bewirken würde. Etwas anderes durchschaute er schneller. Keine deutsche Stadt, so war in Ravenna beschlossen worden, dürfe ohne Erlaubnis ihres Bischofs Vertreter zu ihrer Selbstverwaltung wählen. Heinrichs letzte Amtshandlung vor seinem Aufbruch nach Italien war: Er gab den Wormser Bürgern das Recht, ihren Vierzigerrat wieder einzuberufen. Die Urkunde ist auf den 17. März 1232 datiert.

Nun war er in Aquileja, spielte Schach mit dem Bischof, spielte schlecht. Er dachte an anderes. Ständig war er im Palast des Bischofs von so vielen Dienern umgeben, dass ihre Zahl auch zu seiner Bewachung ausreichte. Jeder Wunsch wurde ihm erfüllt, nur nicht der, allein zu bleiben.

Drüben in Cividale besprach sich der Kaiser mit den Reichsfürsten. Den König ließ man warten. Heinrich aber wartete auf Justingen. Noch immer hatte er nichts von dem Grafen gehört, der heimlich mit den italienischen Stadtrepubliken verhandelte. Eine andere Neuigkeit erreichte ihn, und die klang gut. Bianca Lancia, die piemontesische Gräfin, Geliebte des Kaisers, hatte einen Sohn geboren. Manfred wurde er getauft. Der Kaiser habe sich gefreut wie über die Geburt eines legitimen Thronerben. Es ging das Gerücht um, er wolle die Gräfin heiraten. Heinrich glaubte dem Gerücht ohne zu prüfen, woher es kam.

Und dann erschien Graf Justingen. Heinrich hatte sich vergewissert, dass des Bischofs Dienstleute nicht Deutsch verstanden. Sie konnten miteinander reden.

Das Angebot eines staufischen Bündnisses hatte Mailand völlig verblüfft. Justingen war umsichtig vorgegangen, hatte nur wenige ins Vertrauen gezogen, alle Gespräche selber geführt, war in andere Städte des Lombardenbundes gereist. Nach anfänglichem Staunen zeigten sich die Bürger offen. Wenn man ihre Selbstverwaltung nicht einschränke, würden sie sich vorstellen können, den Kaiser namentlich als Oberherrn Italiens anzuerkennen. Über den Handel jenseits der Alpen und im Mittelmeer könne man dann reden.

Danach schob Heinrich die Schachfiguren noch nachlässiger über das Brett und drängte darauf, beim Kaiser vorgelassen zu werden.

Bald danach rief Friedrich ihn zu sich.

Zwölf Jahre hatten sie einander nicht gesehen.

Heinrich betrat zögernd das Zimmer, in das er gewiesen wurde. Er trat aus dem dunklen Flur in einen hellen Raum. Friedrich lehnte in der Fensternische, Heinrich, geblendet ins Licht schauend, konnte ihn kaum sehen.

Der Kaiser betrachtete seinen Sohn.

Ja, dachte er, das ist mein Sohn. Sehr staufisch. Ein durchaus geeigneter Kopf, um in Deutschland meine Krone zu tragen. Hübsch. Augenbrauen und Lippen gebogen wie Vogelschwingen. Aber es war nicht eines Adlers Flügel, der da das Vorbild gab. Eine Lerche. Eine Nachtigall. Irgendein Singvogel. Man sieht es diesen Lippen ja an, dass sie lieber singen als befehlen. Liebenswerter Singvogel, mein Sohn. Ist offenbar irgendwem auf den Leim gegangen. Kaum vorstellbar, dass in diesem Kopf die Gedanken entstanden, die mir solchen Ärger machen.

»Setz dich, mein Sohn«, sagte der Kaiser.

Heinrich atmete auf, weil er sich setzen durfte und weil der Vater Italienisch gesprochen hatte, nicht Lateinisch. Auch Friedrich setzte sich auf einen der bestickten Sessel. Ansonsten gab es keine Möbel in dem Raum.

»Ich habe mit Freuden gehört«, sagte der Kaiser, »dass du zwei Söhne hast. Diese unsinnigen, von zweifelhaften Leuten ausgestreuten Gerüchte über deine Scheidungsabsichten werden damit nun wohl verstummen.«

»Nein, Herr«, sagte Heinrich, »der Babenberger Friedrich hat mir noch nicht einmal die Mitgift ausgezahlt. Ich habe ihn gemahnt. Er weigert sich. Söhne, ach, Söhne habt ihr auch. Man kann nicht alle Frauen anerkennen. Ich betrachte diese Ehe als ungültig und wünsche, dass dies vor aller Welt bestätigt wird.«

Heinrich schaute dem Vater gespannt ins Gesicht. Sollte die Veränderung der kaum bewegten Lippen etwa ein Lächeln sein?

»Du bist in die Böhmin verliebt«, sagte Friedrich. »Das

weiß man diesseits wie jenseits der Alpen. Aber, so Leid es mir tut, ich kann dir die Böhmin nicht geben und die Babenbergerin nicht nehmen, denn ich kann mir weder mit dem Herzog von Österreich noch mit dem König von Böhmen einen Streit leisten. Du wirst dich damit abfinden müssen, dass die Przemyslidin nicht die Mutter deiner Söhne, sondern die Mutter deiner Brüder wird. Sie ist mir versprochen.«

»Herr«, rief Heinrich, »man sagt, die Gräfin Lancia sei eine schöne Frau. Agnes von Böhmen aber hat eine spitze Nase und ganz flattriges Haar –«

Nun lachte der Kaiser wirklich.

»Sie hat 45 000 Mark auf ihrer spitzen Nase aufgespießt. Die flattert sie mir in die kaiserliche Kasse. Ich bin ein armer Mann, wusstest du das nicht? Kaiser sein kostet mehr, als es einbringt. Mein Kopf ist auf vielen Münzen, die mir nicht gehören. Geld fließt aus den böhmischen Silberminen in die Säcke der Kaufleute. Wenn ich etwas davon mitkriegen will, muss ich es heiraten.«

»So lasst mir die Böhmin und nehmt ihre Mitgift. Ich habe keine Kriege geführt, nur wenige Burgen gebaut, kein Kreuzzugsheer ausgerüstet. Ich brauche das böhmische Geld nicht.«

»Ausgezeichnet«, nickte Friedrich. »Du heiratest meine Verlobte und ich werde wohl deine Frau heiraten müssen, damit deine Söhne erbberechtigt bleiben für Österreich. Es wäre mir recht, mein Sohn. Fragt sich nur, was der Heilige Vater dazu sagt. Er muss deine Ehe scheiden, nicht ich.«

»Wäre nicht die Gräfin Lancia eines Kaisers würdig?«

»Natürlich ist sie das. Ich habe nicht die geringste Absicht, mich von ihr zu trennen. Nur heiraten kann ich sie nicht. Die Familie Lancia ist wenig begütert und ohne Einfluss. Meinen Sohn Manfred werde ich anerkennen. Ein Fürstentitel wird sich für ihn finden. Kümmere du dich um deine Söhne und sorge dafür, dass einer von ihnen Österreich erbt. Solange der Babenberger Friedrich keine Kinder hat, bleibt Margarete deine Frau.«

Der Kaiser lehnte sich zurück, schwieg. Er betrachtete diesen Gegenstand als abgeschlossen.

Ich muss jetzt weiterreden, auch wenn mit Agnes alles verloren ist, dachte Heinrich. Ich muss meine Gedanken hier behalten. Nun kommt das andere.

Leise, tonlos hörte er den Kaiser sagen:

»Was hast du da für ein verheerendes Gesetz unterschrieben?«

Heinrich wusste, wovon die Rede war: das Reichsgesetz zu Gunsten der Fürsten, zu dem die Fürsten ihn in Worms gezwungen hatten.

»Sie haben mich erpresst«, sagte er. »Ich hatte auf die Bürger gesetzt, ihnen vieles zugestanden, konnte aber meine Versprechen nicht halten. Damit verlor ich das Vertrauen der Bürger. Die Fürsten haben das ausgenützt. Ich weiß, es schränkt die Rechte der Bürger auf eine nicht mehr zu vertretende Weise ein –«

»Es ist mir gleichgültig«, unterbrach der Kaiser, »wie sehr es die Rechte der Bürger einschränkt. Es schränkt meine Rechte ein. Darum geht es. Dieses Gesetz macht jeden Fürsten zum Alleinherrscher in seinem Land.«

»Ich weiß, Herr. Aber – das Gesetz ist nicht viel wert, wenn Ihr es nicht unterschreibt.«

Heinrich sah das Aufblitzen in den Augen seines Vaters.

»Den Fürsten etwas nehmen, das sie schon in den Händen haben? Du bist wahnsinnig. Es würde sie mir verfeinden.«

»Ja, Herr, das würde es.«

Das Gesicht des Kaisers blieb unbeweglich, gespannt. So ähnlich hatte der Bischof von Aquileja ausgesehen, wenn er die nächsten Züge beim Schach durchrechnete.

Jetzt muss ich besser spielen, dachte Heinrich.

»Du willst mir nahe legen«, sagte Friedrich, »die Fürsten aufzugeben und stattdessen die Städte zu fördern?«

Heinrich nickte.

»Die Bürger würden Stadtrepubliken entwickeln, wie ich sie hier in der Lombardei habe.«

»Ja, Herr.«

»Wie aber soll ich in Deutschland die Städte fördern, mir die Fürsten verfeinden und hier mit Hilfe der Fürsten die Lombardenstädte unterwerfen?«

»Gar nicht, Herr. Denn das geht nicht zusammen.«

Friedrich schwieg. Heinrich schaute ihn an. Der Bischof hatte anders ausgesehen, als er mit ihm Schach spielte. Dem hatte er angemerkt, wann er ihn matt setzte. Im Gesicht des Kaisers wusste er nichts zu deuten.

»Ich höre«, sagte der Kaiser, »deinen Vorschlag, was denn nun mit den italienischen Stadtrepubliken unter diesen Bedingungen geschehen soll.«

»Sie würden Euch anerkennen, Herr, auch die Handelsbedingungen öffnen, wenn Ihr Eurerseits ihre Selbstverwaltung bestätigt.«

»Du verhandelst?«

»Nicht selber.«

»Wer?«

»Graf Justingen.«

Mein Marschall, dachte Friedrich. Ich habe den Mann wegen ähnlicher Gedanken entlassen.

»Wer weiß davon?«, fragte er.

»Nur Justingen, ich und wenige Vertreter der Städte. Die schweigen. Die können es sich nicht leisten, darüber zu reden. Denn wenn sie mit Euch verhandeln, verlieren sie das Wohlwollen des Papstes.«

Mein Sohn, dachte Friedrich. Auch daran hat er gedacht. Sind das seine Einfälle oder Justingens? Der Gedanke ist genial. Er könnte von mir sein, wenn er nicht so vollkommen unkaiserlich wäre. Ich habe den Jungen unterschätzt. Er ist gefährlich.

»Es ist dir klar«, sagte er, »dass mit Entwicklung der Republiken der Kaiser zu einem bloßen Verwalter bürgerlicher Rechte wird. Je erfolgreicher er daran arbeitet, desto schneller macht er sich überflüssig.«

»Ja, Herr, das ist mir klar. Aber habt Ihr nicht selber bemerkt, dass wir am Beginn einer neuen Zeit stehen? Die adlige Geburt hält nicht mehr das Platzrecht in der Gesellschaft. Auch Ihr beschäftigt fähige Männer aus dem Volk ohne Rücksicht auf ihre niedrige Geburt.«

»Ich beschäftige jeden, der etwas leisten kann, wenn er dem Gedanken des Kaisertums dient.«

»Herr, Ihr haltet an einem Gedanken fest, der sich überlebt hat.«

Das sagt er mir, dem Kaiser, dachte Friedrich. Er stand auf.

»Solange ich lebe, hat sich das Kaisertum nicht überlebt.«

Heinrich begann zu begreifen, dass er verloren hatte.

»Es mag einmal eine andere Zeit geben«, sagte der Kaiser. »Diese aber ist meine. Ich habe das Glück, in einer Zeit zu leben, die mir zugehört. Du lebst in der falschen. Komm in ein paar hundert Jahren mit dem Gedanken wieder.«

Er setzte sich.

»Du wirst nach Aquileja zurückkehren«, fuhr er fort. »Dort wartest du. Ich werde das Reichsgesetz zu Gunsten der Fürsten unterschreiben. Zugleich werde ich mit den Fürsten einen Erlass entwerfen, der ihnen noch weitere Vollmachten gibt, die aber von meinem Einverständnis abhängen. Du wirst unterzeichnen, dass du keinen Entschluss mehr fassen wirst gegen den Willen der Fürsten und des Kaisers.«

»Nein.«

»So bleibst du hier. Ich lasse dich nicht nach Deutschland zurückkehren.«

Lügen, dachte Heinrich. Das hätte ich längst lernen müssen. Wie Töten. Was hat Winterstetten mir da beigebracht. Lügen. Sofort.

»Ich unterschreibe.«

Kann ich ihm trauen?, dachte Friedrich. Der scheint das tatsächlich ehrlich zu meinen mit der neuen Zeit der Republiken. Der wird noch lügen vor lauter Ehrlichkeit.

»Du wirst in einem weiteren offiziellen Schreiben die Fürsten bitten, bei allen Missverständnissen zwischen dir und mir zu vermitteln. Diese werden also ohne dich ausgetragen, verstehst du. Du wirst den Kaiser, den Papst, die

Fürsten darum bitten, dass du im Falle einer neuen eigenmächtigen Handlung gebannt, geächtet und entthront wirst.«

Glaubhaft lügen lernen, dachte Heinrich. Nicht nur mit Worten. Auch mit dem Blick, mit der Unbeweglichkeit von Mundwinkeln und Nasenflügeln. Wie soll ich das so plötzlich können? Oder an etwas anderes denken dabei. Agnes.

»Du wirst dann nach Deutschland zurückkehren. Dort kannst du weiterhin meine Krone tragen. Von allen Regierungshandlungen hältst du dich fern. Ich höre, du hast einen Kreis von Dichtern und Sängern um dich versammelt. Sing und spiel mit ihnen. Ich höre auch, du hast Spaß an Frauen. Nimm sie dir. Du kannst jede Frau haben in meinem Kaiserreich. Bis auf die Przemyslidin, verstehst du? Lass die Finger von der Böhmin.«

Es blieben Heinrich nur wenige Tage in Aquileja, die Ausdruckslosigkeit des Blickes, die Unbeweglichkeit der Mundwinkel und Nasenflügel zu üben. Dann stand er wieder in Cividale und unterschrieb das Gesetz.

Friedrich beobachtete ihn genau.

Ich traue ihm alles zu, dachte er.

Heinrichs Mundwinkel hatten doch gezuckt.

Ich muss auf der Hut sein, dachte der Kaiser. Der Junge ist gefährlich. Er ist kein Herrscher, aber gar zu hübsch. Er könnte die Massen auf seiner Seite haben, so, wie er aussieht, und so, wie er handelt. Man will mir den Mord an dem Bayernherzog zuschieben. Ich habe den Mann nicht umbringen lassen, doch viele glauben es. Gemessen an dem, was die Welt von mir denkt, habe ich einen Mord gut.

Von Cividale zogen der Hof des Kaisers und des Königs

in scheinbarer Eintracht nach Udine. Heinrich hielt sich abseits, nahm an Besprechungen nicht mehr teil, bis Albert von Neifen heimlich auf ihn zutrat.

»Herr«, sagte er, »der Abt von St. Gallen hat es mir berichtet. Bischof Heinrich von Worms hat geklagt, dass die Bürger den Vierzigerrat wieder einberufen haben. Die Stadt soll geächtet werden. Morgen sollt Ihr die Urkunde unterschreiben.«

Heinrich nickte.

»Wir gehen«, sagte er. »Nur Ihr, Euer Bruder, Justingen, Winterstetten. Von wem darf ich noch hoffen, dass er mir folgen wird?«

»Abt Konrad, Herr, Euer Kaplan Walther von Thannheim, Graf Friedrich von Leiningen, Egino von Urach, auch Graf Heinrich von Sayn hat sich uns angeschlossen und Wildgraf Gerhard von Oppenheim.«

»Es ist gut«, sagte Heinrich. »Ruft die zusammen. Heute Nacht.«

Mitten in der Nacht, heimlich, ohne Abschied verließ Heinrich den Vater.

Auf der Ächtungsurkunde für Worms fehlt die Unterschrift des Deutschen Königs.

Schlechte Nachrichten

Nachdem Heinrich die Alpen überquert hatte, schickte er die ihm verbliebene Gefolgschaft in alle Richtungen aus. Er selber ließ sich in Regensburg nieder. Dort empfing er die schlechten Nachrichten seiner zurückkehrenden Gesandten. Heinrich von Neifen, noch immer Protonotar von Schwaben, hatte Schwaben und das Elsass besucht. Dort hatte er erfahren, dass der erst von Kaiser Friedrich, dann von König Heinrich geförderte Bauer, Schultheiß Wölfflin, Gelder veruntreut, umfangreiche Unterschlagungen begangen hatte und geflohen war. Heinrich verlor beim Empfang dieser Nachricht eine beträchtliche Summe Geldes, den fähigsten Verwalter seines Erblandes Elsass und das Vertrauen in die Aufrichtigkeit der Bürger und Bauern.

Wildgraf Gerhard von Oppenheim war in sein heimisches Lehen gereist, um von dort die Haltung der rheinischen Städte südlich von Mainz zu überprüfen.

»Die Wormser haben ihr Bürgerhaus niedergebrannt, Herr«, berichtete er.

Heinrich wurde bleich.

Das Bürgerhaus in der Hagengasse, dessen Entstehen er beobachtet, betreut hatte.

»Wieso? Die Wormser?«, stammelte er. »Der Bischof ist doch noch in Italien.«

»Die Bürger haben es selber zerstört, als sie von der Ächtung der Stadt erfuhren. Das Bürgerhaus war ausgezeichnet befestigt. Sie fürchteten, dass der Bischof es besetzen und als Bollwerk gegen die Stadt benutzen könnte. Sie haben Steine ausbrechen lassen, in die Löcher Feuer gelegt, das hat den Bau dann gesprengt. Die Trümmer rauchen noch.«

Hätten sie doch gewartet, dachte Heinrich. Sie haben kein Vertrauen zu mir. Wahrscheinlich wissen sie nicht einmal, dass ich die Ächtungsurkunde gar nicht unterschrieben habe.

»Die Stadt ist inzwischen auch gebannt«, fuhr Graf Gerhard fort. »Es werden den Bürgern keine kirchlichen Sakramente gespendet. Auch Todkranke erhalten die Sakramente nur, wenn sie schwören, zum Bischof überzutreten, falls sie gesund werden. In der Stadt herrscht eine beklemmende Angst, dass man ohne Sakramente sterben und in die Hölle fahren muss. Die Bürger verfluchen Euch auf offener Straße und bewerfen den Luginsland mit Kot. In Speyer ist es nicht viel besser, aber mir scheint, Speyer ist für Euch zu retten. Worms müsst Ihr verloren geben.«

»Niemals«, sagte Heinrich. »Um Worms werde ich kämpfen.«

Wildgraf Gerhard nickte.

»Wenn Ihr mich braucht, Herr, ich habe begonnen, meine Leute in Oppenheim zu sammeln. Ich wäre bereit anzugreifen.«

Angreifen, dachte Heinrich. Der Mann ist tollkühn bis zum Unverstand. Ich habe selber geholfen, die Mauern und Türme zu planen. Die Stadt ist uneinnehmbar.

Graf Leiningen hatte rheinabwärts ziehen sollen, um

auszuforschen, ob die mächtigen rheinischen Handelsstädte – vor allem Köln – für den König zu gewinnen wären. Bereits in Mainz zwang ihn eine Schreckensbotschaft, sofort zum König zurückzukehren.

Gerhard II., Bischof von Bremen, hatte die Stedinger für Ketzer erklärt. Die Bauern pflegten heidnische Bräuche, hieß es. Sie hingen den Luziferianern an, die verehrten, was vom Teufel kam, und verhöhnten, was Gott gebot. Sie spuckten Hostien in Abortgruben, feierten ausschweifende sexuelle Orgien, zelebrierten Teufelsmessen, bei denen sie Kröten auf die Hinterteile küssten.

Freilich erreichte der Bischof damit zunächst nichts. Kein Ketzerrichter wagte sich ins Stedinger Land. Hätte er dort wirklich einen Scheiterhaufen aufgerichtet, er hätte selber darauf gebrannt. Bischof Gerhard griff zum letzten und stärksten Mittel: Er bat Papst Gregor, gegen die Stedinger den Kreuzzug predigen zu dürfen. Der Papst hatte die Erlaubnis erteilt. Alles, was ein schlechtes Gewissen hatte, mordgierig oder raublustig war, lief in Bremen zusammen und ließ sich das rote Kreuz der Kreuzfahrer auf den Rücken nähen, denn der Bischof versprach für die Teilnahme am Kreuzzug Vergebung der Sünden und reiche Beute. Und es musste nicht einmal die beschwerliche Reise ins Heilige Land unternommen werden.

»Ein Kreuzzug?«, sagte Heinrich. »Gegen Christen?«

Graf Leiningen zuckte die Achseln.

»Nicht Christen, Herr«, erwiderte er. »Der Bischof ist geschickt vorgegangen, hat die Stedinger zuerst verketzert. Sie sind nicht mehr als Christen anerkannt.«

Graf Egino von Urach kam aus Österreich. Herzog

Friedrich schickte seinem König, seinem Schwager, seinem Freund die 8000 Mark der noch ausstehenden Mitgift. Er hatte bei der Übergabe des Geldes so undurchsichtig gegrinst, dass Graf Egino nachforschte, woher das Geld stammte. Der Kaiser selber habe es gezahlt, brachte er heraus. Obwohl ständig in Geldnöten, zahlte Kaiser Friedrich die Mitgift für den eigenen Sohn, um jedes Gerede über dessen Ehe zum Schweigen zu bringen.

Trotz der großzügigen Geldgabe habe Herzog Friedrich jedoch versichert, dass ihm der König näher stehe als der Kaiser. Freilich könne er den König im Ernstfall nicht mit einem Heer unterstützen. Er führte ständig allerlei Kleinkriege, vor allem mit König Wenzel von Böhmen, nun auch gegen Otto von Wittelsbach. Der Bayer hatte sich mit dem Böhmerkönig verbündet. Der Babenberger brauchte mehr Hilfe, als er geben konnte. Justingen hatte 6000 Mann unter Waffen gestellt und zog in den Kampf gegen den Bayern. Graf Egino hatte einen böhmischen Boten aufgegriffen und den durch die österreichischen Reihen geschmuggelt. Dieser trug einen Brief, den er nur dem König selbst überreichen wollte.

Der Brief war von Agnes.

Er war kränkend sachlich und verletzend kühl.

Sie warnte ihn vor dem Mann in Marburg, Magister Konrad, dem Weltpriester, der keinem Orden angehörte, dem Beichtvater der verstorbenen Elisabeth von Thüringen.

»Der Mann ist wahnsinnig«, schrieb sie. »Ich habe keinen Zweifel daran. Schütze dein Volk, falls er, wie es heißt, Ketzerrichter werden sollte.«

Wie sie den Wahnsinn des Mannes erkannt hatte, schrieb

sie nicht. Heinrich war mehr enttäuscht als erschrocken. Kein einziges Wort an ihn.

Hatte sie bereits begonnen, ihn zu vergessen? Er konnte nicht ahnen, welche Kraft es sie gekostet hatte, nicht zu schreiben, was sie verschwieg.

»Ich liebe dich«, schrieb er zurück, »aber du musst nun in ein Kloster gehen. Oder Kaiserin werden. Ich verliere dich an Gott oder meinen Vater. Gewinnen kann ich dich nicht und du weißt, an wen ich dich lieber verliere.«

Heinrich lief planlos und ziellos durch den Regensburger Bischofspalast. Irgendwo hörte er jemanden singen. Ein Tanzlied. Er erkannte Ulrichs Stimme. Das ärgerte ihn. Während alles Elend des Deutschen Reiches über ihm zusammenschlug, sang sein jüngerer Freund und Ziehbruder Tanzlieder. Es sangen nicht mehr viele an Heinrichs Hof. Seine Sänger übten sich im Kampf. Burkhart von Hohenfels war gegangen. Er mochte weder die Lieder, die an des Königs Hof gesungen wurden, noch die Gedanken, die sich gegen den Kaiser richteten.

Vom Turmzimmer schaute Heinrich hinab auf die Straßen von Regensburg. Das Burgtor wurde geöffnet. Ein einzelner Reiter verließ den Palast. Es war der böhmische Bote. Er blickte ihm nach, bis er im Gewirr der Straßen verschwand.

Wölfflin hat mich betrogen, dachte er, Worms verflucht mich, ein Kreuzzug gegen die Stedinger und ein Wahnsinniger wird beauftragt, die harten Ketzergesetze meines Vaters zu vollziehen. Sollte ich nicht doch lieber ein gehorsamer Sohn sein? Dem Vater gehorchen, das hieße den Fürsten gehorchen. Ich habe ja nichts mehr zu bestimmen in diesem

Land. So wäre ich denn wenigstens nicht schuld an dem, was geschieht. Ich gehorche dem Vater, ich diene dem Kaiser, ich folge den Anweisungen des Papstes, ich lasse die Wormser unterdrücken, die Stedinger erschlagen, die Ketzer verbrennen, ich bin nicht schuld an dem, was geschieht, ich gehorche dem Vater, ich diene …

Tief unter ihm auf der Straße drehte sich alles im Kreis: Fuhrwerke, Reiter, Menschen, im Schlamm suhlende Schweine, im Abfall wühlende Hunde, Ratten …

Und er war doch eigentlich schwindelfrei.

Froschhaut

Damit ist Agnes endgültig fort. Alexander braucht jetzt Solveig. Ohne Agnes kann er mit Heinrich allein nicht weiterleben. Solveig ist ja auch da. Er müsste nur nach ihr greifen und sie an sich ziehen. Aber genau davor hat er Angst. Wie kann man einen Menschen anfassen, wenn man in einer Froschhaut lebt?

Er schaut seine Arme an. Seine Haut ist glatt und ziemlich dunkel, auch warm, sieht nicht aus wie eine Froschhaut, fühlt sich aber so an. Vielleicht liegt das daran, dass diese Haut es nicht gewohnt ist, gestreichelt zu werden?

Wer hat ihn denn jemals gestreichelt? Die Mutter kaum und der Vater gar nicht. Die Kindermädchen waren mehr dazu da, seine Haut sauber zu halten und darauf zu achten, dass er abends mit heiler Haut ins Bett kam. Ohne blaue Flecken, ohne Kratz-, Schürf- und Platzwunden lag er dann mit unverletzter, ungestreichelter Haut in seinem Bett und hielt seinen Teddy im Arm. Dessen flauschigen Plüsch konnte er streicheln, aber der gab die Berührung nicht zurück.

Geschwister hat er keine.

»Oh, bin ich froh, dass du ein Junge bist«, hat die Mutter früher öfter zu ihm gesagt. »Wenn du ein Mädchen wärest, hätte Gerhard mehr Kinder haben wollen, bis halt eines ein Junge gewesen wäre.«

Sie war nicht bereit gewesen, ein zweites Mal ihre makellose Figur der Unförmigkeit preiszugeben.

»Meine Mutter mag mich nicht«, hatte Alexander dem Lehrer in der ersten Klasse erzählt und als der widersprechen wollte, hatte er erklärt: »Doch, doch, es ist so. Ich habe Beulen in meine Mutter gemacht und das kann sie nicht leiden.«

Noch immer hat er Angst davor, an die Wand geworfen zu werden. Er glaubt nicht mehr an Märchen und auch nicht, dass man zum Froschkönig wird. Es müsste schon jemand kommen und ihm die Froschhaut wegstreicheln. Solveig?

Das ist alles sehr schwierig.

Ketzergericht

Konrad von Marburg trauerte nicht mehr um Elisabeth von Thüringen. Er hatte einen Brief von Papst Gregor und damit eine Aufgabe erhalten: Gegen die Ketzer solle er vorgehen, die in Deutschland noch immer nahezu unbehelligt durch das Land zogen, gegen die Luziferianer, die den Teufel verehrten, gegen die Waldenser, die predigten, obwohl sie keine Erlaubnis dazu hatten, die die Bibel in die Landessprache übersetzten und Christi Worte auslegten, wie es ihnen, nicht der Kirche recht war. Dieses Unkraut im Weinberge des Herrn solle Magister Konrad nun ausreißen, befahl der Papst.

Im Frühjahr 1232, als König Heinrich nach Italien zog, erreichten Kaiser Friedrichs Ketzergesetze Deutschland. Sie fielen wie ein warmer Frühlingsregen in den Weinberg des Herrn, sie lockerten den Boden, sodass Magister Konrads kräftige Finger das Unkraut mit der Wurzel ausreißen konnten.

Konrad verließ das Franziskanerhospital. Er legte keinen Wert auf Prunk und Pracht, kleidete sich einfach in ein leinenes Gewand, verschmähte das Reitpferd, das man ihm bot, und zog es vor, auf einem Esel zu reiten.

»Wie Christus«, sagte er.

Die Lahn entlang und quer durch die Diözese des Erzbischofs von Mainz legte Konrad eine Feuerspur, holte das Licht des Himmels auf die Erde, verbrannte die Finsteren, die von der Kirche Abgefallenen. Lange war Angst dunkel gewesen, war mit der Finsternis in die Hütten gekrochen. Konrad beleuchtete die Angst. Wer in der Nähe von Marburg wohnte, fürchtete diesen Diener Gottes mehr als den Herrn der Finsternis.

Man beobachtete seinen Weg, versuchte zu erraten, wohin er die bloßen Füße lenkte, und näherte er sich einer Stadt, so liefen ihm Scharen entgegen, jeder wollte der Erste sein, um den Freund, den Bruder der Ketzerei zu beschuldigen, denn nur wer als Erster vor Konrads strenge Augen trat, konnte sicher gehen, dass ihn nicht schon ein anderer angeklagt hatte. Konrad glaubte jedem, der einen anderen bezichtigte, denn er zweifelte nicht daran, dass der Herr auswählte, wer vor ihn treten durfte.

Am letzten Sonntag, als sie aus der Messe kamen, berichtete ein junger Mann, habe einer, den er bislang für seinen Freund gehalten, sich abgesondert, sei nicht mit in die Schenke gegangen, habe nicht mit ihnen gelacht, sei still, ohne ein Wort zu reden, davongegangen. Der habe die Hostie, die sie empfangen hatten, nicht geschluckt, sondern im Mund behalten, um den Leib des Herrn in die Abortgrube zu spucken. Luziferianer.

Ein reicher Kaufmann klagte einen Schneider an. Als er einen kostbaren, pelzverbrämten Rock anprobierte, habe der Schneider plötzlich die Nadel in das kümmerliche Licht gehalten und gesagt: »Es geht eher ein Kamel durch ein Nadelöhr als ein Reicher in den Himmel.« Und das seien Christi Worte gewesen, habe er behauptet. Vom Pfarrer hatte der Kaufmann so etwas nie gehört. Woher wisse denn der Schneider so genau, was Christus gesagt hatte? Das seien doch Waldenser gewesen, die die Bibel ins Deutsche übersetzten.

Hab und Gut der Angeklagten fielen der Kirche zu, die Ankläger wurden entsprechend belohnt. Kinder wurden mitbestraft, Sünde war erblich wie die Farbe der Augen oder der Haare. Es wäre wenig sinnvoll gewesen, das Kraut auszureißen und seinen Samen liegen zu lassen.

In ganz Deutschland brannten Scheiterhaufen. Überall,

verstreut, vereinzelt, dicht und gebündelt aber in der Mainzer Diözese, wo Konrad wirkte.

Am Anfang brannten die Armen und Machtlosen. Doch rasch sprach sich herum, wie gut man von der eingezogenen Habe eines Ketzers leben konnte. Es wurden immer Reichere angeschuldigt, immer Mächtigere.

Konrad von Marburg war gerecht. Er verurteilte alle, ohne Rücksicht auf ihren Stand. Und Konrad war ehrlich. Er kleidete sich bescheiden, ritt auf einem Esel, für sich selbst nahm er nichts. Bis es einem Mächtigen gelang sich zu wehren und die Klage vor den König kam –

»Er ist wahnsinnig.«

Der das sagte, war nicht Heinrich, nicht einer der Brüder Neifen, nicht der Kirchenverächter Peire Cardenal. Es war Erzbischof Sifrit von Mainz, der diese Worte über Konrad von Marburg sprach.

»Er ist wahnsinnig.«

»In kirchlichen Angelegenheiten habe ich noch weniger zu bestimmen als in weltlichen«, sagte Heinrich, »Magister Konrad wütet in Eurer Diözese. Ihr seid verantwortlich.«

Der Mainzer Bischof nickte.

»Ja, Herr«, gab er zu, »das weise ich nicht von mir. Ich habe Konrad schon im letzten Jahr gemahnt. Ohne Erfolg. Wenn ich ihn zu mir rufe, kommt er nicht. Schicke ich ihm Gesandte, so legt er denen Schreiben vor, die bestätigen, dass er im Auftrag des Heiligen Vaters handelt. Papst Gregor wird nicht wissen, dass er einem Wahnsinnigen dieses schwierige Amt gegeben hat.«

»Ihr macht es Euch zu leicht, Herr«, dröhnte Peire Cardenals laute Stimme. »Konrad ist wahnsinnig, der Papst weiß nichts davon und die Kirche ist unschuldig an dieser Meuchelei. So heil kommt Ihr nicht davon. Seht Ihr dort am Himmel diese schöne Sommerwolke? Wenn Ihr auf der sitzen und über Deutschland schweben könntet, würdet Ihr im ganzen Land die Scheiterhaufen brennen sehen. Alles Wahnsinnige, die sie angezündet haben?«

Sie saßen im Mainzer Bischofspalast. Die drei Kirchenväter, der Bischof von Mainz, Bischof Konrad von Speyer, Abt Konrad von St. Gallen, schwiegen unter den Anklagen des abtrünnigen, ehemaligen Priesters.

Heinrich starrte aus dem offenen Fenster auf die Sommerwolken. Dass über Deutschland immer noch solche Wolken hingen! Nur schwarze Gewitterwolken passten zu den Zuständen in seinem Reich.

»Wir werden nach Rom reisen«, sagte Bischof Konrad von Speyer, »und dem Heiligen Vater berichten, was hier geschieht. Er wird die Bestimmungen ändern.«

»Firlefanz«, brüllte Peire Cardenal, »erstens wird er das nicht tun und zweitens verschwenden wir so Zeit, denn die Wahnsinnigen brennen inzwischen weiter. Jetzt muss etwas geschehen.«

Stimmen wurden laut auf der Treppe. Winterstetten, Graf Leiningen, Graf Urach und eine Reihe weiterer Fürsten drängte herein.

»Herr«, rief Egino von Urach, »Sayn ist angeklagt! Dieser toll gewordene Konrad hat den Grafen Sayn angeklagt.«

Peire Cardenal setzte sich mit zufriedenem Grinsen in seinem Sessel zurück.

»Die Herren Bischöfe werden nicht nach Rom reisen«, sagte er, »die Herren Bischöfe werden hier gebraucht.«

Alle anderen waren sprachlos. Egino von Urach berichtete.

»Konrad hat Zeugen, die den Grafen Sayn bei gotteslästerlichen Handlungen beobachtet haben wollen. Er hat den Grafen vor Gericht gestellt, aber kein weltlicher Richter hat gewagt, das Urteil zu vollstrecken. Nun sammelt Graf Heinrich Zeugen um sich und verlangt eine Verhandlung vor dem König.«

»Ist denn das ganze Land voller Verleumder«, murmelte Albert von Neifen. »Wer kann es gewagt haben, einen Reichsfürsten anzuklagen?«

»Ich«, sagte Peire Cardenal, sagte es leiser, als er jemals gesprochen hatte, erreichte dennoch, dass er alle Blicke auf sich zog.

»Ja«, wurde er wieder laut, »ich habe den Grafen denunziert. Ein kleiner Hinweis hat genügt, dann hat Konrad seine Zeugen selber gefunden. Weißt du, mein kleiner König, von den vielen Bauern, Bürgern, armen Rittern, die in deinem Land brennen, erfährst du nichts. Allenfalls, dass dir einmal der Wind ihre Asche ins Gesicht bläst. Dann tränen dir die Augen ein bisschen und weiter geschieht nichts. Nun wirst du einem Ketzergericht vorstehen, nun darfst du mal wieder König spielen.«

»Hör mal, Kerl«, sagte Heinrich von Neifen. »Das Ganze kann auch fehlschlagen. Wenn es dem Grafen nicht gelingt, seine Unschuld zu beweisen –«

»Dann brennt er.« Peire Cardenal lachte. »Und dann werden wir ja sehen, ob ein Reichsfürst, der einen so großen Schatten wirft in diesem Land, auch ein größeres Licht sein kann als irgendein Bauer.«

»Er ist einer der Unsrigen!«

»Ich traue ihm nicht. Ich weiß schon, warum ich ihn und nicht den Grafen Justingen angeklagt habe. Den hätte ich nicht riskiert.«

»Geht niemals ohne Begleitung aus meinen Burgen, Peire Cardenal«, sagte Heinrich, »und entfernt Euch auf Reisen nicht aus meinem Schutzkreis. Ein Kölner Kaufmann würde auf Euer Leben kein Haferkorn mehr setzen.«

Es wurde beschlossen, dass der Mainzer Erzbischof zum bevorstehenden Hoftag in Mainz auch eine Synode einberufen sollte, alle Kleriker seiner Diözese hatten zu erscheinen, auch der Weltpriester Magister Konrad von Marburg. Dort sollte vor der kirchlichen Synode und dem weltlichen Hoftag Graf Sayn Gelegenheit gegeben werden sich zu verteidigen.

Am nächsten Tag erreichte ein Bote Justingens Mainz und berichtete vom glücklichen Verlauf des Bayernfeldzuges. Otto wich nahezu kampflos der Übermacht. Der Bischof von Straßburg sei bereit, den Frieden auszuhandeln. Der Form halber wurde der König um sein Einverständnis gebeten. Offen war nur noch die Frage, wie man absichern könne, dass der Bayer sich an die Beschlüsse hielt.

»Herzog Otto soll seinen Sohn als Geisel stellen«, schlug Heinrich vor.

»Herr«, zögerte Albert von Neifen, »das ist nicht üblich.«

Heinrich zuckte die Achseln. Entschlüsse wie diese fielen ihm leicht.

»Es ist Sommer. Die Reise wird dem Jungen nicht schaden. Bringt ihn nach Hagenau zur Königin. Dort kann er mit meinen Kindern spielen.«

»Herr«, gab Albert zu bedenken, »Otto wird sich bei Eurem Vater beklagen. Diese Maßnahme bringt Euch mehr Ärger ein, als wenn Ihr dem Bayern zwanzig Dörfer niedergebrannt hättet.«

»Mag sein«, antwortete Heinrich. »Aber lohnt es sich noch, den Ärger mit meinem Vater zu messen?«

Am Nachmittag wurde ihm ein Mann gemeldet, der ihn allein zu sprechen wünschte. Das ließen die Herren Neifen nicht zu. Je mehr bekannt wurde, dass Heinrich sich nicht an die Beschlüsse von Cividale hielt, desto größer wurde die Gefahr eines Anschlags auf sein Leben. Kein Fremder durfte allein vor den König treten. Der Mann musste sein Anliegen dem König im Kreis seiner Berater vorlegen.

Es war ein junger Mann, auffallend hübsch, auffallend gut gekleidet, aus wärmender Wolle sein Mantel, aus feinster Seide Rock und Hosen, ein blaues, mit bunten Vögeln und Blumen besticktes Käppchen saß ihm etwas schief auf dem nordischen Blondhaar. Er kam aus Bremen, war der Sohn eines reichen Kaufmanns. Das Schreiben, das er Heinrich überreichte, erkannte dieser sogleich als die Abschrift einer bischöflichen Urkunde.

Bischof Gerhard von Bremen forderte darin – im Namen der heiligen Dreifaltigkeit – die Bremer Bürger auf, ihm bei der Ausrottung der ketzerischen Stedinger beizustehen. Er versprach ihnen dafür die Vergebung aller Sünden, die Aufhebung aller Zölle und ein Drittel des Besitztums der Bauern. Unter dem Schreiben stand mit ungeübten Schriftzügen:

»Hilf uns. Beatrice.«

Heinrich von Neifen wunderte sich, dass der König das Schreiben an ihm vorbei seinem Sohn Gottfried weitergab. Während dieser las, wandte sich Heinrich an den jungen Kaufmann.

»Es ist mir berichtet worden, dass Weststedingen bestens befestigt sei und das Kreuzfahrerheer schwerlich bis ins Land vordringen könne. Oststedingen dagegen sei für den Bischof von geringer Bedeutung.«

»Oststedingen ist für niemanden mehr von Bedeutung«, sagte der Kaufmann. »Die Kreuzfahrer haben angegriffen, sämtliche Dörfer niedergebrannt, alle Bewohner erschlagen. In Oststedingen rauchen nur noch ein paar Hütten und wärmen keinen mehr. Nun rüsten sie gegen Weststedingen. Dort lockt die Beute. Die Weststedinger sind reich.«

Gottfried hatte das Schreiben gelesen. Er trat dicht an den Kaufmann heran und sagte böse: »Woher kennt Ihr Beatrice?«

»Gottfried, ich bitte Euch«, sagte Heinrich. »Das ist jetzt nicht wichtig.«

»Seid Ihr Gottfried von Neifen?«, fragte der Bremer. »So wisst, dass sie Eure Lieder singt. Wen immer sie liebt, sie singt Eure Lieder. Ich bin ihrer Bitte gefolgt und habe dem König dieses Schreiben gebracht. Wenn ich zurückkehre, wird sie nicht mehr in Bremen sein. Sie wird zu Ihrem Vater gegangen sein. Weststedingen steht kurz vor dem Kampf.«

»Das Kreuzfahrerheer ist machtlos in den Weststedinger Marschen«, beharrte Heinrich.

»Das hängt davon ab, wie stark es ist«, sagte der Kaufmann. »Bislang hat Bischof Gerhard die Bremer Bürger nicht gewinnen können. Aber Aufhebung der Zölle, ein Drittel der Beute – das lockt. Und die Bremer haben Schiffe. Sie können die Weser abwärts fahren und die Stedinger vom Norden angreifen.«

»Der Welf«, sagte Heinrich, »mein größter Gegner, wenn es um Ansprüche auf die Königskrone geht, der Welf muss hier mein Bundesgenosse sein. Herzog Otto von Braunschweig ist mit dem Bremer Bischof verfeindet. Er unterstützt die Stedinger.«

»Er tat es, Herr. Er ist selber der Ketzerei angeklagt, eben weil er den Stedingern half. Bischof Gerhard hat ihm nur eine Möglichkeit gelassen, sich von diesem Vorwurf zu reinigen: Er muss gegen die Stedinger kämpfen. Das wird er nun tun.«

Heinrich wandte sich an Neifen.

»Wir haben 6000 Mann unter Waffen. Der Bayer ist besiegt. Wir können 2000 nach Stedingen schicken.«

»Herr!«, rief Albert. »Das wäre Wahnsinn. Ihr würdet selbst dafür verketzert und Eure Ritter auch. Und wir öffnen damit im Süden den Sperrriegel gegen den Kaiser.«

Heinrich schluckte.

»Ich lasse eine königliche Urkunde anfertigen. Ich verspreche den Bremern alles, was ihnen der Bischof bietet. Und ich verlange keinen Kreuzzug dafür. Nur Anteil an einer Beute kann ich nicht bieten, da ich kein Volk habe, das ich plündern lassen kann.«

Der junge Kaufmann nickte und blieb stehen.

»Was wollt Ihr noch?«

»Ist das alles, Herr?«

»Ja, das ist alles«, schrie Heinrich, »und ich habe damit schon mehr getan, als zu tun ich berechtigt bin. Es steht nicht mehr in meiner Macht, Privilegien zu vergeben. Ich muss mir dieses Recht erst wieder erkämpfen, und eben dazu brauche ich meine Streitmacht im Süden.«

»Eines nach dem andern, Herr«, sagte Neifen. »Erst diesem Ketzerrichter Einhalt gebieten. Vielleicht sind dadurch auch die Stedinger zu retten. Vielleicht.«

Gegen Ende Juli standen Magister Konrad und Graf Heinrich von Sayn vor dem Mainzer Hoftag, jeder mit seinen Zeugen. Konrad erlebte zum ersten Mal, dass seine Zeugen so lange befragt wurden, bis sie sich in Widersprüche verstrickten. Seine Anklage brach gleich am ersten Gerichtstag vollständig zusammen. Die Männer, die gegen Graf Sayn ausgesagt hatten, gaben zu, dass sie dies aus Angst getan hatten, aus Angst, selber der Ketzerei bezichtigt zu werden. Einige wurden auch der Habgier überführt. Sie hatten auf einen Teil der Sayn'schen Besitzungen gehofft, der Anklägern zustand.

Heinrich saß auf seinem Thronsessel und erkannte bald, er wurde nicht gebraucht.

Aus dem fernen Hintergrund fing er den zornigen Blick Peire Cardenals auf.

Warum ist er nicht zufrieden mit dem Verlauf?, dachte er. Der Mainzer Bischof redet hervorragend.

Dann verstand er. Das ging zu schnell. Viel zu schnell.

Der Graf war gerettet. Magister Konrad hatte den Prozess verloren. Und weiter würde sich nichts ändern. Heinrich sah die Wut wachsen in Konrads Augen und wusste, der würde sich nicht maßregeln lassen, der würde gehen und weiterbrennen, die Bischöfe würden nach Rom reisen um dem Papst zu berichten, inzwischen würden hunderte sterben, um derentwillen kein Prozess auf einem Hoftag geführt wurde.

Bevor dem Grafen bestätigt wurde, dass er vom Vorwurf der Ketzerei gereinigt sei, gebot der König Halt und verlangte, den Prozess zu vertagen. Sayn blickte ihn verwundert an, ebenso der Mainzer Bischof. Heinrich gab keinen Grund an für seine Entscheidung.

Ich werde den Grafen und den Ketzerrichter durch ganz Deutschland schleppen, dachte er. Von Hoftag zu Hoftag, bis sich im ganzen Land verbreitet, dass man gegen Konrad auch gewinnen kann.

In der Burg traf Heinrich auf Peire Cardenal.

»Das habt Ihr richtig entschieden, Herr«, sagte der. »Was Ihr darüber hinaus noch tun könnt, jetzt, da der Mörder greifbar ist, muss Euch selber einfallen.«

Das war ihm bereits eingefallen.

Töten zu lernen, dachte er. Lügen lernen war doch ganz leicht. Ist Töten lernen denn so viel schwerer? Und ich bin doch König. König aller deutschen Ritter. Sie fordern mich schon gar nicht auf mit in die Schlacht zu ziehen, wenn in Bayern gekämpft wird. Ist dies nun eine Möglichkeit, Töten besser zu üben? Einen Mörder ermorden lassen. Das kann doch nicht allzu schwer sein.

Konrad tobte in den Straßen von Mainz und predigte den Kreuzzug gegen alle Ketzer, gleich ob Bauer, Bürger, Ritter. Der Bischof und der König verboten ihm das Predigen. Konrad war nicht aufzuhalten. Schließlich gab er bekannt, er werde nach Marburg zurückkehren.

Jetzt, dachte Heinrich. Graf Leiningen und Wildgraf Gerhard von Oppenheim werden das für mich erledigen.

Er bot Konrad bewaffneten Geleitschutz an. Der lehnte ab.

Die beiden Grafen folgten ihm heimlich.

Als sie von ihrem Auftrag zurückkehrten, fanden sie ihren König unruhig, bleich, mit tief liegenden Augen.

»Konrad ist tot«, berichtete Graf Leiningen, »aber wir kamen zu spät. Als wir ihn kurz vor Marburg erreichten, hatten andere ihn bereits erschlagen.«

»Die Mörder?«, murmelte Heinrich.

»Haben wir in festen Gewahrsam genommen. Lasst sie gut bewachen, Herr. Nicht etwa, weil sie entfliehen könnten, nirgendwo sind sie sicherer als in Eurer Haft, denn Konrads Anhänger toben. Schützt sie vor diesen.«

Heinrich fällte kein Urteil über die Mörder des Marburger Ketzerrichters. Er hielt sie verborgen, bis Konrads Anhänger ihre übelste Wut ausgetobt hatten.

Aber noch immer predigten der Bischof von Bremen und Bischof Konrad von Hildesheim den Kreuzzug gegen die Stedinger, eiferten der Thüringer Landgraf und viele weitere gegen die Ketzer. Heinrich schleppte den Grafen Sayn durch ganz Deutschland, ließ ihn auf mehreren Hoftagen seinen Reinigungseid sprechen, andere Angeklagte strömten herbei, wurden freigesprochen. Beim Hoftag in Frankfurt im Februar 1234 griff Heinrich den Hildesheimer Bischof scharf an, verlangte, dass er das Kreuzzugspredigen endlich einstelle. Es kam zu heftigen Auseinandersetzungen, der König und seine Anhänger verließen den Saal.

Zu seinem eigenen Erstaunen sah sich Heinrich im Kreis eines neuen Anhangs. Nicht nur die staufischen Ministerialen und ein paar Grafen waren ihm gefolgt, sondern auch etliche Bischöfe, darunter die Erzbischöfe von Trier, Mainz, Speyer und Würzburg. Die meisten weltlichen Fürsten hatten ihn verlassen. Mit diesem neuen kirchlichen Anhang entwarf der König ein Gesetz, das die Ketzerverfolgung stark einschränkte, indem er der Kirche das Recht des Verurteilens nahm.

»Das ist ein scharfer Angriff auf den Papst, Heinrich«, klagte Justingen.

»Das weiß ich.«

»Wir brauchen den Papst. Der Kaiser hat das Lombardenbündnis abgelehnt. Wer gegen den Kaiser kämpft, muss sich den Papst sichern.«

»Soll ich zuschauen, wie sie hier morden und brennen?«

»Nein«, sagte Justingen, »nein. Aber das kann nicht gut gehen. Kann es nicht.«

Der Kaiser denkt im Achteck

In Süditalien, in dem zum sizilianischen Königreich gehörenden Apulien, sollte auf einer Bergkuppe des Kaisers Meisterwerk entstehen, Castel del Monte, die Burg auf dem Berge. Als Grundriss war ein regelmäßiges Achteck geplant, an jeder Ecke war ein achteckiger Turm vorgesehen.

Kaiser Friedrich ritt auf den Berg, den er für den Bau vorgesehen hatte. Er brauchte einen stillen, ungewöhnlichen Ort um nachzudenken, um ungewöhnliche Beschlüsse zu fassen. Rechtwinklige Räume waren ihm zu eng, um das zu bewältigen, was nun vor ihm lag. Im Allgemeinen gelang es ihm, das starre Geviert der üblichen Burgen mit seinem Denken zu sprengen. Für dieses Mal suchte er eine Hilfe, eine Hilfe von außen. Der Gedanke, ein Bündnis mit den Lombarden zu schließen, kam auch nicht aus den engen Grenzen eines rechtwinkligen Raumes. Er konnte ihm gefährlich werden. Wenn er den Sohn überwinden wollte, musste er ihn im Denken übertreffen, musste er schon hier in Italien jenen Einfall haben, der das Lombardenbündnis Heinrichs wertlos machte. Er zweifelte nicht daran, dass Heinrich die Verhandlungen mit den Stadtrepubliken auch ohne ihn führen würde.

Und wenn er Recht hätte, mein Sohn?, dachte er. Wenn die Zukunft wirklich den Republiken, nicht mehr dem Kaiser gehört? Wenn wirklich wieder Demokratien entstehen? Wie in Rom? In Athen? Es wäre denkbar. Nun, so will ich lieber der letzte Kaiser als der erste Demokrat gewesen sein.

Er hatte die Höhe erreicht und ließ sein Pferd versorgen. Langsam schritt er das Gelände ab. Es faszinierte ihn. Das Bauwerk würde ihm bringen, was er sich davon erhofft hatte. Umhergehen zu können in der wohl durchdachten Regelmäßigkeit dieser Form ohne dabei auf das zwanghafte, hemmende Gegenüber einer im rechten Winkel stehenden Wand zuzulaufen. Das Gehen im Achteck wäre grenzenlos.

Sein Gefolge störte ihn. Er schickte es fort.

In einem streng gesammelten, von keinem rechten Winkel behinderten Denken schlug Friedrich den Aufstand seines Sohnes nieder.

Niemals, dachte er, komme ich mit einem Heer durch die Sperren der Lombardenstädte. Außerdem habe ich kein schlagkräftiges Heer. Heinrich ist da besser dran. Zwar ist er – mit diesen Augen, mit diesem Mund – kein Kämpfer, aber er hat den Justingen. Ich weiß, was der Mann wert ist. Es muss also ohne Kampf gehen.

Die Fürsten werde ich am leichtesten auf meiner Seite halten. Allerdings sind sie zum Teil recht dumm, begreifen nicht, was auf dem Spiel steht, und sie sind habgierig. Wenn ich von ihnen ein Ritterheer gestellt haben will, muss ich sie bestechen. Ich kann also nicht ohne Geld kommen. Die 8000 Mark, die ich dem Babenberger Friedrich gab, fehlen mir sehr. Mitgift meines eigenen Sohnes, wie lächerlich. Aber das Geld ist gut angelegt. Wenn Friedrich mir Österreich sperrt, komme ich niemals nach Deutschland. Ich hatte mit dem Geld aus Böhmen gerechnet, doch es scheint die junge böhmische Prinzessin so sehr in meinen Sohn verliebt zu sein wie er in sie. Sie hat es tatsächlich abgelehnt, Kaiserin zu werden, und ist in ein Kloster gegangen. Unglaublich. Ich muss also alles Geld aus meinem Königreich Sizilien abziehen. Das ist nicht viel, was ich habe, doch damit kann ich die Fürsten gewinnen. Ihre Ritter stehen dann auf meiner Seite, und ich habe in Deutschland jene Streitmacht, die ich von hier nicht mitbringen kann.

Und ich brauche den Papst.

Nichts kann dem alten Mann lieber sein als ein Streit zwischen mir und meinem Sohn, denn zwischen dem deutschen und dem sizilianischen Reich hat er seinen Kirchenstaat eingeklemmt. Die Lage ist günstig. Gregor ist – mal wieder – mit den Römern zerstritten, sie haben ihn aus Rom vertrieben, er ist in Rieti. Ich werde ihm meine Hilfe anbieten und als Gewähr meinen Sohn Konrad als Geisel. Ich hoffe, Gregor ist wenigstens anständig genug das abzulehnen. Ich brauche Konrad in Deutschland. Er muss König werden. Gregor wird mir zusagen, dass er Heinrich sofort bannt, wenn der wieder eigenmächtige Handlungen vornimmt. Zum Glück ist der Junge so dumm, die Ketzer nicht ordentlich zu verfolgen.

Aber das Volk.

Als ich vor mehr als zwanzig Jahren nach Deutschland zog, um mir die Krone zurückzuerobern, da sind sie mir in Scharen zugelaufen, wo immer ich meinen staufischen Kopf in die Sonne hielt. Geschrien und geheult haben sie vor Begeisterung, wenn ich die roten Locken schüttelte.

Ich bin noch nicht alt. Überall würde ich mir zutrauen, dies noch einmal zu wiederholen. Nur nicht in Deutschland. Denn dort ist Heinrich. Und den jugendlich göttlichen Sonnenkopf, den hat dort er. Ich muss etwas anderes bringen, etwas Ungeheuerliches, das Heinrich in den Schatten stellt und das Licht aus seinem Haar nimmt.

Wenn ich im Sommer gehe, zu Schiff die Adria hinauf, durch das Friaul, den günstigsten Weg über die Alpen, dann müsste ich meine Tiere mitnehmen können. Meine Löwen, die Jagdleoparden, die tanzenden Affen, meine Kamele, vielleicht meinen Elefanten. So etwas haben sie dort noch nicht gesehen. Und ich nehme meine Sarazenen mit, lasse ihre kunstvollen Arbeiten durch die Straßen fahren, getriebenes Gold, Edelsteine, geschliffen wie man es im Abendland nicht kennt. Und arabische Akrobaten mit Turbanen und wehenden Seidentüchern. Und einen ganzen Haufen sarazenischer Bauchtänzerinnen. Die werden wirken. Ich werde das deutsche Volk anbinden an diesen Nabel der Welt. Heinrich mag seine Locken schütteln, bis sie ihm vom Kopf fallen. Keiner wird ihn anschauen.

Friedrich grinste bei diesem Gedanken, aber nur kurz, denn er war es gewohnt, eine Sache zu Ende zu denken. Nur an Ergebnissen hatte er Freude.

Und es fehlte noch etwas.

Er schritt das Achteck des geplanten Innenhofes ab,

setzte sich auf einen Stein, der schien dafür geschaffen, dass ein Steinmetz einen Löwen daraus schlüge. Einen Rücken hatte er schon, eine gekrauste Mähne, noch keine Klauen, kein Maul, keine Zähne.

Gut, dachte Friedrich. Mit der Mähne muss man anfangen. Ich habe kaum Zähne, kaum Krallen, aber ich zeige überall meine Löwenmähne. Ich bin großartig, überwältigend, wo immer ich mit meinem Gefolge erscheine. Es wird noch eine Weile dauern, bis das Volk merkt, wie allein und machtlos ich bin.

Die Städte, dachte er. Heinrich hat ja leider Recht. Die Städte sind entscheidend. Ich sehe es in Italien. In den Städten liegt das Geld. Die Händler und Kaufleute sind viel gereist. Mit meinen Kamelen kann ich die nicht beeindrucken. Sie haben viel gelesen. Mehr als der Kirche lieb ist. Der Papst hält sie nicht mehr an der langen Leine. Sie schützen die Ketzer. Ein König, der die Ketzergesetze einschränkt, ist ihnen lieber als ein Kaiser, der die Ketzer brennen lässt. Mit Sicherheit wären sie zu gewinnen durch Geld. Doch ich brauche mein Geld für die Fürsten. Und wenn Heinrich mit den Lombarden paktiert, entstehen neue Handelsbeziehungen, die Alpenstraßen können ausgebaut werden, für den Winter befestigt, mit Warenumschlagplätzen versehen werden …

Er hat klug gedacht, mein Sohn.

Ich muss klüger sein.

Wichtiger als Geld, wichtiger als die Alpenstraßen ist für die rheinischen Städte der Nordseehandel und der Handel mit den Tuchen aus Flandern. Der liegt in Händen Englands. Wenn ich ihnen England bringe, werden sie die Lombarden stehen lassen. Aber ich werde Frankreich verlieren. Nun, Frankreich ist für den Augenblick nicht wichtig.

Friedrich kraulte die steinerne Löwenmähne.

Wie gut, dachte er, dass die Przemyslidin mich nicht hat haben wollen. Ich werde Isabella von England heiraten und Heinrichs Lombardenbündnis ist nichts mehr wert.

Er stand auf. Jetzt konnte er lächeln.

Die englische Prinzessin war jung. Vor ungefähr zehn Jahren hatte Erzbischof Engelbert sie mit Heinrich verheiraten wollen. Damals war sie ein Kind gewesen.

Isabella Plantagenet galt als schön.

Friedrich war das nicht gleichgültig. Es wäre ihm sehr unangenehm gewesen, Bianca Lancia auch nur für kurze Zeit wegen einer hässlichen Frau verlassen zu müssen. Der Kaiser verließ das Achteck der trefflichen Gedanken. Er hatte den Kampf gegen den Sohn gewonnen.

Der Kaiser kommt

Der Kaiser wird kommen.

Das war noch nicht viel mehr als ein Gerücht, aber Neidhart von Reuental sang bereits Lieder darüber. Er hatte sich in Österreich niedergelassen, und wenn auch Herzog Friedrich, sein jetziger Gönner, nur Witze über den Kaiser riss, so sang Neidhart doch laut: »Der Kaiser wird kommen. Und es wird wieder ein Herr sein im Land. Und er wird Ruhe und Ordnung und Frieden bringen.«

Deutschlands frechster Sänger, der Mann, der alles verspottete, hatte etwas gefunden, an das er glaubte. Er glaubte an den Kaiser, den Herrn, den Herrscher, den starken Mann, der bald kommen und die Zügel wieder in die eigenen kraftvollen Hände nehmen würde.

Heinrichs Anhänger ritten durch Deutschlands Süden, um den Sperrriegel gegen den Kaiser undurchdringlich zu machen.

Das Hohenloher Land wurde gebraucht. Aber die Grafen Gottfried und Konrad von Hohenlohe standen zum Kaiser. Sie würden ihm ihre Burgen öffnen, ihre Ritter zur Verfügung stellen. Unter dem Vorwand, die Grafen hätten Räubereien begangen, griffen die Brüder Neifen die Hohenloher Burgen an, eroberten sie und ließen sie schleifen. Gottfried und Konrad von Hohenlohe wandten sich klagend nach Süden. An den Kaiser.

Im Freiburger Gebiet wurde Silber gefunden. Die Silberbergwerke lagen auf umstrittenem Boden. Sowohl Markgraf Hermann von Baden als auch Graf Egino von Urach erhoben Ansprüche. König Heinrich gab das Land dem Uracher Grafen. Dem Markgrafen von Baden traute er nicht. Der hielt sich nach allen Seiten offen und Heinrich, der nun einen Aufstand vorbereitete, konnte es sich nicht leisten, Silber in zweifelhafte Hände zu geben. Der Markgraf erhob Einspruch gegen den Entscheid des Königs und gab damit den Anlass, dass sein Land von königlichen Rittern besetzt wurde. Hermann von Baden zog sich zurück. Auch er musste – wie der Bayernherzog – seinen Sohn als Geisel stellen. Er tat dies scheinbar freiwillig, gelobte dem König die Treue, wandte sich aber zusammen mit Herzog Otto von Bayern nach Süden. An den Kaiser.

Über Burgund, Elsass, Baden, Schwaben, Hohenlohe, Bayern, Österreich war der Süden vollständig in Händen der Partei des Königs. Aber Worms weigerte sich, dem König einen Eid zu schwören, in den der Kaiser nicht einbezogen war.

»Worms«, murmelte Heinrich, »mein Worms.«

»Ich greife an«, schlug Wildgraf Gerhard von Oppenheim vor.

Heinrich schüttelte den Kopf.

»Das ist Wahnsinn.«

»Die Stadt ist uneinnehmbar«, sagte Justingen.

Dann kamen täglich Boten aus dem Norden.

»Herr, der Bremer Bischof hat die Bremer Bürger gewonnen, in den Kampf gegen die Stedinger einzugreifen.«

»Herr, Herzog Otto von Braunschweig ist der Ketzerei angeklagt. Er hat das Kreuz genommen und wird gegen die Stedinger ziehen. Mit allen seinen Rittern.«

»Herr, Graf Dietrich von Kleve schließt sich dem Kreuzzug an.«

»Graf Florentin von Holland wird auf Seiten des Bremer Bischofs kämpfen. Ihm gehorchen die Friesen. Die hatten den Stedingern helfen wollen, aber nun müssten sie gegen ihren Landesherrn kämpfen. Das wagen sie nicht.«

»Es hat sich nicht gelohnt zu erfahren, dass Beatrice lebt«, sagte Gottfried. »Wir werden sie bald wieder tot glauben müssen.«

»Die Bauern sind verloren«, sagte Justingen.

»Mehr als 4000 Menschen«, murmelte Heinrich. »Wir müssen nach Norden, Anselm, wir müssen nach Norden.«

»Bleib vernünftig, Heinrich. Bayern, Baden und Hohenlohe sind nicht zuverlässig. Wir müssen hier die Stellung halten. Dein Vater würde die Stedinger nicht schonen, wenn er ins Land käme. Er hat dem Kreuzzug gegen die Stedinger zugestimmt.«

Dann kam jene Nachricht aus dem Süden, die sich Heinrich wie ein heilendes Kraut auf sein verletztes Gewissen legte. Papst Gregor habe seine Zustimmung zum Kreuzzug gegen die Stedinger zurückgenommen. Ihre Ketzerei solle noch einmal untersucht werden.

Peire Cardenal lachte und brüllte.

»Ich bin beeindruckt«, schrie er. »Ich falle noch ein letztes Mal auf die Knie vor Verehrung! Wer hätte gedacht, dass der Alte noch so schlau und gerissen ist? Jetzt, da die Bauern so gut wie erschlagen sind, nimmt er alles zurück, erhebt den Stuhl Petri in geheiligte Höhen, damit ihm das Blut nicht die Füße befleckt. Dir aber, kleiner König, wird es wieder ins Gesicht spritzen, dir wird ganz übel sein davon, du wirst in einer Ecke stehen und kotzen und Blut spucken und es wird wieder nicht dein eigenes Blut sein.«

»Wir schicken ein Heer nach Norden, ich reite selber mit.«

»Du bleibst! Wir brauchen einen König. Die Bauern sind nicht mehr zu retten.«

Sie hoben den Boten aus Italien, der Gregors neue Anweisung dem päpstlichen Legaten bringen sollte, auf das schnellste und ausdauerndste Pferd.

Bischof Gerhard von Bremen empfing die Nachricht vom Gesinnungswandel des Papstes nicht mehr.

Oder wollte sie nicht empfangen. Oder hatte sie niemals empfangen sollen.

Am Sonnabend vor dem Himmelfahrtstag des Jahres 1234 zogen die Kreuzfahrer in die Schlacht. Bei Altenesch wurden an diesem Tag mehr als 4000 Bauern erschlagen. Nur wenigen gelang die Flucht zu den Friesen.

Im August 1234 machte Heinrich noch einen Versuch Worms zu gewinnen. Er stellte den Bürgern eine Urkunde aus, die ihnen weit gehende Rechte auf Selbstverwaltung zugestand. Aber schon erschienen die Reichsfürsten zum

Hoftag in Boppard. Sie bestanden darauf, dass er die Urkunde für Worms widerrufe. Zwar versuchte er deutlich zu machen, dass dies nicht seine wahre Gesinnung sei, dass er bald über Machtmittel verfügen werde, seine Absichten durchzusetzen – er hoffte auf das Lombardenbündnis –, aber die Wormser wiesen ihn ab. Die Stadtschreiber hielten in den Annalen der Stadt fest, Herr Heinrich sei ein liederlicher Mensch, der sich gegen den eigenen Vater auflehne, der sich von seiner hochedlen Gemahlin Margarete trennen wolle, um die Böhmin Agnes zu heiraten …

Anfang September auf dem Hoftag in Boppard wurde endlich ausgesprochen, was schon lange im Land umging. Heinrichs Schreiber entwarfen ein ausführliches, geschickt formuliertes Manifest, in dem Heinrichs Absichten als rechtmäßig hingestellt wurden und der Kaiser als Urheber aller Schwierigkeiten erschien. Die Fürsten wurden aufgefordert, im Kampf gegen den Kaiser zum König zu stehen. Das war der offene Aufruf zum Aufstand. In allen Sälen gab es heftige Gespräche. Am Ende standen bei Heinrich sein gewohnter Anhang und einige Kirchenfürsten. Die meisten weltlichen Fürsten hatten ihn verlassen.

Auch Graf Sayn wurde nicht mehr gesehen.

»Das wird reichen, Heinrich«, versicherte Justingen, »wir haben wichtige Städte, Bürger, Kaufleute, Handwerker, Bauern. Wenn die zu uns halten, sind wir stärker als die Fürsten. Aber ich fürchte Schlimmes, wenn der Kaiser ins Land kommt. Du musst mich nach Italien schicken. Die Lombarden dürfen ihn nicht durchlassen.«

Der Kaiser kommt.

»Nun werden den Bauern die Köpfe wieder kurz geschoren …«, singt Neidhart in Österreich. »Sie werden wieder kurze Kleider tragen. Sie werden beim Knien auf ihrem Acker nicht mehr über ritterlich lange Gewänder stolpern. Adelfitz, der Dorfdepp, muss das seidene Mützchen wieder hergeben und der Großkotz Engelmar wird sein zerschlagenes Gesicht nicht länger in Frideruns Spiegel anglotzen dürfen.«

Der Kaiser kommt.

Längst steht Heinrich mit dem Rücken fest an die Mauer gepresst. Es wäre nicht nötig, dass seine Boten so dicht an ihn herantreten. Er kann nicht weiter zurückweichen. Ihre Gesichter verschwimmen vor seinen Augen. Ihre erschrocken geflüsterten Worte durchbohren ihn wie Pfeile und nageln ihn an die Wand. Unsinnig, dass sie so leise sprechen, so geheimnisvoll tun. Bald werden es die Gassenjungen singen im ganzen Deutschen Reich.

»Herr, Euer Vater verbündet sich mit dem Papst gegen Euch. Er hat ihm seinen Sohn Konrad als Geisel geboten zum Zeichen, dass er es diesmal ehrlich meint.«

»Herr Heinrich, Ihr seid gebannt worden! Ich habe das päpstliche Schreiben empfangen mit dem Auftrag, die Exkommunikation über Euch zu sprechen. Aber ich tu es nicht. Ich kann es nicht. Ein anderer aber wird es tun. Seht Euch vor.«

»Herr, der Bayernherzog und der Badener Markgraf sind beim Kaiser gewesen. Sie fordern ihre Söhne zurück.«

»Herr, Worms weigert sich noch immer Euch den Treueeid zu schwören.«

»Heinrich, wann lässt du mich zu den Lombarden reisen? Wir können jetzt nur noch nach vorn fliehen.«

»Herr, die Grafen Hohenlohe haben sich beim Kaiser beklagt. Ihr müsst die Burgen, die Ihr habt zerstören lassen, vom eigenen Geld bezahlen.«

»Herr, Euer Vater, der Kaiser, bewirbt sich um Isabella von England. In Köln singen die Kaufleute in den Straßen und in ihren Kontoren schreiben sie um die Wette. Jeder will der Erste sein, der sich die neuen Handelsverträge mit dem englischen König sichert.«

»Herr, auf Herzog Friedrich von Babenberg könnt Ihr nicht zählen. Er kämpft gegen Ungarn und sucht Streit mit Böhmen.«

»Wer hat Ulrich von Winterstetten zuletzt gesehen?«

»Herr, Bischof Heinrich von Worms ist gestorben.«

Heinrich stieß sich von der Wand ab. Diese Botschaft gab ihm die Kraft dazu.

»Wenn schon einmal eine gute Nachricht, so ist es die von einem Tode. Wir müssen schnell sein. Wem können wir den Bischofsstuhl geben, bevor der Papst oder der Kaiser es tun?«

»Konrad von Bußnang, dem Abt von St. Gallen?«

»Der will nicht. Da ist Landolf von Hoheneck …«

»Ein Ministeriale, Herr. Aus gänzlich unbedeutendem Geschlecht. Ihr macht ihn damit zum Reichsfürsten.«

»Das weiß ich.«

»Der Papst und der Kaiser werden Gift und Galle spucken.«

»Das bin ich gewohnt.«

Heinrich handelte schnell. Auf Hagenau, im Oktober,

wurde Landolf von Hoheneck zum Bischof gewählt und sogleich vom König belehnt. Damit hatte die Stadt einen Oberherrn, der nicht nur königstreu war, sondern nun freiwillig den Bürgern zugestand, was Bischof Heinrich ihnen genommen hatte.

Bald darauf schickte Heinrich Graf Justingen in die Lombardei.

Um den Zusammenschluss der Fürsten noch einmal aufzuhalten, gab er dem Bayernherzog und dem Badener Markgrafen ihre Söhne zurück und zahlte den Hohenlohern ihre Burgen. Damit konnte er in Hagenau einem einigermaßen ruhigen Winter entgegensehen.

Im nächsten Frühjahr würde der Kaiser kommen, würde die Entscheidung fallen.

Seit vielen Wochen hatte man Ulrich von Winterstetten nicht mehr gesehen.

»Er zieht durchs Land und singt«, sagte sein Großvater. Niemals zuvor hatte der Dichterfreund Winterstetten das Wort »singt« so verächtlich gesprochen.

»Ulrich kann kämpfen«, fuhr er fort. »Er hält das Schwert und die Lanze so geschickt in der Hand wie die Flöte. Aber Ulrich singt keine Trauerlieder und Ulrich kämpft nur für den Sieger, und Ulrich weiß immer, wer der Sieger sein wird. Das ist ihm angeboren. Ein Glückskind. Es steht schlecht um Euch, Herr.«

»Ich weiß, wann ich ihn zuletzt gesehen habe«, sagte Hiltpolt von Schwangau. »Das war, als die Nachricht kam, der Kaiser werde die Engländerin heiraten.«

»So ist es«, nickte der alte Winterstetten. »Genau so ist es. Ulrich singt eben am liebsten Hochzeitslieder.«

Der päpstliche Auftrag, den König zu exkommunizieren, war zuerst an Erzbischof Dietrich von Trier gegangen. Der Freund des ermordeten Erzbischofs Engelbert war alt geworden. Lange saß er am Fenster seines Bischofspalastes. Der König sollte gebannt werden, weil er die päpstlichen und kaiserlichen Ketzererlasse nicht ausgeführt und statt dessen ein gegenteiliges Gesetz erlassen hatte. An eben diesem Gesetz hatte Bischof Dietrich von Trier selbst mitgearbeitet.

Konnte er nun den König darum bannen?

Erzbischof Dietrich von Trier erfüllte den Auftrag des Papstes nicht.

Monate später sprach Erzbischof Eberhard von Salzburg den Bannfluch über den König.

Justingen war schon bald aus Italien zurück und hatte viel erreicht. Der Bund der norditalienischen Städte, die lombardische Liga, verpflichtete sich dem Deutschen König beizustehen und seine Krone zu verteidigen. Drei Gewährsmänner dieses Bündnisses begleiteten Justingen, ein Mailänder und zwei aus Brescia. Diese Männer durften auf keinen Fall den Anhängern des Kaisers in die Hände fallen. Zur Not sollten sie sich auf die Burg Trifels in Schwaben zurückziehen. Der Trifels galt als Deutschlands beste Schutzwehr und als bestes Gefängnis. Hier wurden die echten Reichsinsignien aufbewahrt. Die Burg war vollkommen schmucklos, ein reiner Wehrbau mit dicken, klotzigen Wänden und kleinen Fenstern. Justingen sorgte dafür, dass der Trifels ausreichend mit Nahrungsmitteln ausgerüstet wurde. Auch der König sollte sich, wenn nötig, dahin zurückziehen.

Die Nachricht von Heinrichs lombardischem Bündnis ging wie ein Blitzschlag durch ganz Deutschland. Kaiser Friedrichs Wendung nach England hatte man schon mit Verwunderung angenommen. Schließlich fiel der Kaiser damit seinem alten Freund und Gönner, dem französischen König, in den Rücken. Doch blieb dies noch durchaus in dem üblichen Rahmen der Bündnisse zwischen Königen und Kaisern. Eine Anerkennung der italienischen Stadtrepubliken aber war Hochverrat am Kaisertum, an der gesamten Ordnung der Welt.

»Jetzt noch Frankreich«, sagte Heinrich von Neifen. »Wenn Euer Vater den Pakt mit England schließt, müssen wir uns Frankreich sichern.«

Heinrich nickte. »Was können wir dem französischen König bieten?«

»Er hat eine Tochter, Herr, und Ihr habt zwei Söhne.«

Wann werde ich das jemals begreifen, dachte Heinrich.

»Ich soll also mit meinen Söhnen tun, was man mir angetan hat?«

»Welchen Eurer Söhne dürfen wir anbieten?«

Er wehrte sich nicht. Längst war er gewöhnt an Kopfnicken und Achselzucken.

»Dann den älteren, Herr. Er wird Deutschland erben.«

»Wenn ich König bleibe.«

»Eben dafür soll der französische König sorgen.«

Im Frühjahr zogen Heinrich von Neifen und der Bischof von Würzburg nach Frankreich, um die Verlobung der Königskinder anzubieten.

Aber König Ludwig IX. konnte sich so schnell nicht an den Gedanken gewöhnen, ein Bündnis gegen den Kaiser zu schließen. Er lehnte ab.

Zur selben Zeit hielt sich Heinrich in Oppenheim auf und bemühte sich noch immer darum, Worms zu gewinnen. Er hatte der Stadt einen Bischof gegeben, der zu allen Verhandlungen mit den Bürgern bereit war, nun erwartete er ein Entgegenkommen der Wormser.

»Ich greife an, Herr«, wiederholte Wildgraf Gerhard von Oppenheim.

»Ich ziehe mit«, sagte Graf Friedrich von Leiningen.

Heinrich zögerte noch immer.

In Oppenheim lagerten 5000 schwer bewaffnete Ritter. Die wurden ungeduldig, fluchten, dass man diese gewaltige Streitmacht zusammenhielt, um einen Kaiser zurückzuschlagen, der niemals mit einem Heer die Sperre der Lombarden durchdringen könne.

»Allenfalls kommt er allein«, mutmaßte Justingen, »wie damals vor 24 Jahren.«

»Das geht nicht mehr«, entgegnete Albert von Neifen. »Er war damals siebzehn, hatte nichts zu verlieren. Der Kaiser kann nicht heimlich über die Alpenpässe geschlichen kommen.«

»So wird er etwas anderes tun«, sagte Justingen. »Ich kenne ihn. Ihm fällt etwas ein, womit wir nicht rechnen. Wir sollten alle Kräfte nach Süden richten.«

»5000 wehrhafte Ritter, Herr«, schimpfte Wildgraf Gerhard. »Die könnt Ihr nicht monatelang mit der Hasenjagd beschäftigen. Es hat bis jetzt so gut wie keine Kämpfe gegeben. Lasst uns Worms angreifen, bevor sie anfangen, sich gegenseitig totzuschlagen. Wenn wir Worms in unsere Hand bringen, werden sich auch die zögernden Städte im Norden wieder uns zuwenden.«

Früh am Morgen des 25. April 1235 versuchten Wildgraf Gerhard von Oppenheim und Graf Friedrich von Leiningen einen Überraschungsangriff auf Worms. Heinrich blieb in Oppenheim. Niemand hatte ihn aufgefordert, mit in den Kampf zu reiten.

»Bloß nicht den König mitnehmen«, hatte der Wildgraf gesagt. »So, wie der eine Lanze führt, wird er der erste Tote oder der erste Gefangene sein. Und wir brauchen ihn. Wenn man schon gegen einen Kaiser kämpft, muss man es für einen König tun. Sonst folgt einem niemand in den Kampf.«

Der Wildgraf kannte Worms genau. Er griff von Südwesten die Stadt an ihrer schwächsten Stelle an, drang rasch bis in die Michaelisvorstadt und ließ an die dreißig Häuser brennen. Die Bewohner flohen in die Stadt. Am inneren Stadtring wurden Oppenheims Ritter aufgehalten. Hier waren die Verteidiger im Vorteil. Die dicke Stadtmauer mit ihren vielen Türmen bestand ihre erste große Probe. Bischof Landolf wurde bewacht. Man befürchtete, der Freund des Königs könne den königlichen Truppen heimlich ein Stadttor öffnen.

Während die Bürgersöhne auf der Stadtmauer die Angriffe der Ritter geschickt abwehrten, wurde in den Kontoren der Kaufleute der Streit auf anderer Ebene ausgetragen. Hier standen englische Wollstoffe gegen südliche Seide,

Nordseebernstein gegen venezianisches Glas, Pelze gegen indischen Pfeffer.

Würde der Englandhandel der Stadt mehr einbringen oder der mit den lombardischen Städten? Es gab etliche, die sich dafür einsetzten, den königlichen Truppen die Tore zu öffnen und nicht auf einen Kaiser zu warten, der gar nicht ins Land kommen könne. Die englische Heirat des Kaisers war für die Kaufleute nicht viel wert, wenn Deutschland in den Händen des Königs blieb.

»Der Kaiser kommt«, sagte einer und zitierte aus einem kaiserlichen Brief, den die Stadt erst kürzlich empfangen hatte: »Nur vorübergehend ist eure Bedrängnis und bei Unserer Ankunft, die unmittelbar bevorsteht, wird eure Not in nichts zergehen, wie ein Blatt, das der Wind davonträgt.«

»Er möchte kommen, aber er kann nicht«, entgegnete ein anderer.

Auf ihren Wachstafeln entwarfen sie Pläne, die einen vom Ausbau der Alpenstraßen, die anderen von Treidelstrecken, auf denen englische Schiffe rheinaufwärts gezogen werden konnten.

Wildgraf Gerhard hatte die Stadt nicht umzingelt. Das wäre nur sinnvoll gewesen, wenn er sie hätte belagern und aushungern wollen. Dazu war keine Zeit. Er hatte alle seine Kräfte im Südwesten gesammelt und bemerkte nicht, dass im Südosten einem Boten die Tore geöffnet wurden.

Die Bürgersöhne kämpften vorzüglich, aber Oppenheims Ritter wussten, wie man rasch über Gräben eine Brücke schlägt, wie man Bogenschützen unterläuft, wie man ablenkt von denen, die Leitern ansetzen.

»Wir schaffen es«, keuchte der Wildgraf. »Macht viel

Wirbel im Süden. Leiningen übersteigt im Westen die Mauer.«

Und er ließ im Süden Fahnen schwenken und Hörner blasen. Der Bote vom Südosten trieb sein abgehetztes Pferd durch die Straßen von Worms.

»Der Kaiser kommt!«, schrie er. »Der Kaiser ist in Österreich. Die Fürsten reiten ihm entgegen. Gesandtschaften der Städte auch. Der Kaiser kommt! Eilt Euch, den Kaiser zu empfangen.«

Die Kaufleute in den Kontoren ließen die Griffel, die Stifte und die Wachstafeln fallen und nahmen ihre Schwerter zur Hand. Nun wussten sie, wofür sie zu kämpfen hatten.

Leiningen, dem es beinah gelungen war, die Stadtmauer zu überklettern, sah sich plötzlich neuen Kämpfern gegenüber.

»Der Kaiser kommt!«, jubelten die Bürgersöhne, sprangen auf ihre Pferde und wagten einen Ausfall.

Mit dem Schlachtruf: »Der Kaiser kommt!«, jagten sie mitten hinein in die Ritter.

Einer der Hornbläser gab verwirrt das Zeichen zum Rückzug. Wildgraf Gerhards Ritterheer floh in ungeordneten Truppen, zerstreute sich ziellos über das Land. Erst bei Oppenheim gelang es ihm, seine Kämpfer wieder zu sammeln.

Der Kaiser war schon länger im Land, als seine Gegner ahnten. Allen unbemerkt hatte er seine weit reichenden, kaiserlichen Arme in Form von Geldgeschenken vorausgestreckt.

Diesen waren die Reichsfürsten bereits mit offenen Armen und offenen Händen entgegengekommen.

»Über Österreich?«, murmelte Justingen. »Aber Herzog Friedrich wird ihn doch nicht durchlassen ...«

Kartenhaus

Alexander und Solveig sitzen im Schach- und Kartenspielraum und tun so, als ob sie Rommee spielten. Da sie das Gefühl haben, dass sie beide verlieren, geben sie auf, sitzen nur da, schauen den anderen beim Schach zu oder aus dem Fenster. Solveig baut ein Kartenhaus, es wird ein Gebirge mit Gipfeln und Abgründen.

»Die Alpen«, sagt sie. »Der Kaiser kommt.«

Sie bläst in ihr Gebäude und das fällt ein wie eben ein Kartenhaus, wie der Aufstand des jungen Königs Heinrich, wenn der Kaiser kommt.

Alexander schaut auf Solveigs Hände, die die Karten einsammeln. Wenn er nur seine Hände einfach unter die Karten mischen könnte, dass Solveig sie mit einsammeln müsste. Er versucht es, bleibt aber schon bald an einer Karte hängen. Der Karo König ist es, der blonde, der jüngste, der unter den vier Kartenkönigen Heinrich am ähnlichsten ist. Den nimmt er und auf den baut er ein neues Kartenhaus.

»Hilf mir doch«, sagt er.

Je höher sie bauen, umso schmaler werden die Türme, umso näher kommen sich ihre Hände. Als sie die beiden letzten Karten gegeneinander legen wollen, zieht Alexander unten den Karo König weg. Das Gebäude stürzt ein. Solveig lässt die Karte fallen, die Hand sinken. Alexander fängt sie auf, die Hand, nicht die Karte.

»Pech«, sagt er und hält ihre Hand fest.

Einmal, denkt er, muss ich das ohne Kartenhaus schaffen.

Der Schatten des kaiserlichen Elefanten

»Der Kaiser ist da!«, sang Neidhart von Reuental.

»Mein Herr, mein Herrscher, mein Retter, mein Kaiser! Mein Kaiser von Gottes Gnaden!«, sang ganz Österreich.

Friedrich von Babenberg, Herzog von Österreich, sang nicht mit. Staunend schritt er durch das kleine, sonderbare Gefolge des Kaisers. Kostbare Gerätschaften orientalischer Handwerkskunst wurden geschickt auf den Wagen aufgebaut.

Was hat er vor, dieser Kerl, dieser Kaiser?, dachte der Herzog. Will er nun Händler werden? Will er das verschenken? Das kann er sich doch gar nicht leisten. Bildet er sich denn ein, er sei so reich wie ein Mailänder Kaufmann?

Herzog Friedrich starrte auf Löwen und Kamele und die sarazenischen Bauchtänzerinnen, die durch allerlei Verrenkungen ihre Körper warm und geschmeidig machten.

Von allen Seiten liefen Schaulustige herbei. Der Babenberger ging kopfschüttelnd durch aufgerissene Augen und aufgefallene Münder.

Dann begriff er.

Und ich habe geglaubt, dachte er, dem Kaiser fallen Zähne und Krallen aus, weil er mir so bereitwillig die 8000 Mark für Heinrich gegeben hat. Aber der Kerl ist noch lange nicht am Ende.

Er trat vor den Kaiser, verlangte 2000 Mark für seinen Kampf gegen Ungarn, wurde abgewiesen, ritt nach Osten, um sich weiter mit Ungarn zu schlagen. Herzog Friedrich von Babenberg unterstützte den Kaiser nicht. Aber er machte auch keinen Versuch ihn aufzuhalten.

Des Kaisers Rückkehr nach Deutschland wurde zu einem Triumphzug. In allen Dörfern, allen Städten schlugen sich die Menschen um die Plätze am Straßenrand, schrien sich die Kehlen heiser, erstickten fast vor Begeisterung. Wer einen vorderen Platz erobert hatte, konnte sein Gesicht in einem großen Teller aus getriebenem Gold spiegeln und hatte damit für diesen Augenblick auch eine goldene Nase.

So freigebig schenkt nur ein Kaiser.

Auch in Städten, denen Heinrich weit reichende Privilegien verliehen hatte, dachte niemand mehr an den jungen König, den Gebannten. Der Kaiser kam mit Tieren, die man bislang nur von den Wappen der Fürsten kannte. Löwen brüllten hinter Gitterstäben, geschmeidige Jagdleoparden wurden vorübergeführt, gehalten am roten Lederhalsband von dunklen Gestalten unter riesigen Turbanen. Kamele schwankten vorüber, setzten ihre tellergroßen Hufe mit verblüffender Anmut in den Straßendreck, der Gesichtsausdruck ihrer wiederkäuenden Kiefer übertraf den der

Reichsfürsten an Hochmut. Affen turnten keifend über den Köpfen der Zuschauenden, die nackten Bäuche der sarazenischen Tänzerinnen wiegten sich, umweht von bunten Seidenschleiern.

Irgendwo dazwischen, wie immer in grüne Seide gekleidet, ritt der Kaiser. Alles lief nach seinem Plan. Er konnte zufrieden sein. Dennoch ärgerte er sich. Es konnte seinen aufmerksam beobachtenden Augen nicht verborgen bleiben, dass er weit weniger umjubelt wurde als sein Elefant.

Zwischen Leoparden und Kamelen, halb verdeckt von Affen und Bauchtänzerinnen zog der letzte große Kaiser des hohen Mittelalters in einem letzten, großen Triumphzug durch sein Land.

Von Oppenheim reitet Heinrich planlos und ziellos zwischen dem Rhein und dem Pfälzer Bergland hin und her. Er ist zu unruhig, um an einem Ort bleiben zu können, und ob er nun den schlechten Nachrichten, die ihm von allen Seiten gebracht werden, entgegenreitet oder vor ihnen flieht, weiß er selbst nicht. Er erschrickt über jeden Boten und das Erschrecken hört nicht auf, wenn die Botschaft einmal günstig ist. Der Kaiser ist in Regensburg. Reichskanzler Sifrit hat ihm die Stadt übergeben. Anselm von Justingen und Egino von Urach halten die Stellung auf der Schwäbischen Alb gegen Graf Friedrich von Zollern und den Bischof von Konstanz. Die Städter jubeln dem Kaiser zu. Die Nürnberger reiten ihm entgegen.

Im Schwiggerstal kommt es zu einer ersten großen Schlacht. Im Tal der Erms, genau zwischen den Stammburgen der Grafen Urach und der Herren Neifen werden die Königlichen vernichtend geschlagen.

»Herr, ich bringe Euch Heinrich von Neifens Gruß. Ihr sollt zum Trifels kommen. Sofort.«

»Ist er tot?«

»Gefangen, Herr. Ebenso sein Sohn Gottfried und ungefähr vierzig weitere. Die Übrigen sind geflohen oder laufen zum Kaiser über. Justingen und Urach kämpfen weiter. Noch ist nicht alles verloren.«

Burg Trifels wird bereits belagert. Die Kaiserlichen wissen nicht, dass sich die lombardischen Gesandten dort aufhalten. Aber sie müssen die Burg in ihre Gewalt bringen, denn wohl verwahrt in den Kellergewölben sind die Reichsinsignien aufbewahrt: Krone, Zepter, Reichsapfel, Schwert, der Krönungsmantel.

Heinrich wird nachts unbemerkt durch die Reihen der kaiserlichen Belagerer geführt. Er weiß, dass er in sein Gefängnis flieht.

Hinaus kann er nicht mehr. Und da er nicht mehr unruhig von einem Ort zum andern reiten kann, läuft er die Treppen hinauf und hinunter.

Wenn er völlig erschöpft ist, drückt er den Kopf gegen die dicken Mauern. In seinen Ohren rauscht und pocht das Blut, dröhnt es wie Hufgetrappel, kracht es wie Eisen auf Eisen, er hat Seitenstechen, besonders die rechte Seite schmerzt ihn wie nach dem Rückschlag der Lanze, wenn er sie wieder nicht ordentlich gefasst, nicht fest genug gehalten hat. Die Treppen hinab läuft er lieber.

Es ist wie ein Fallen. Nicht wie der Sturzflug eines Falken, der auf seine Beute hinabstößt, er fällt nicht wie ein

Stein so ohne Takt und Rhythmus, er fällt wie eine Lerche aus dem hohen blauen Sommermorgen. Singt die wirklich nur, wenn sie steigt? Er muss singen. Wenn er lang genug mit dem Kopf an die Mauer gelehnt verschnauft hat, muss er singen.

Während seine Anhänger gegen seinen Vater kämpfen, sitzt Heinrich auf dem Trifels und schreibt Lieder auf eine Wachstafel:

Ich sitze auf dem Trifels und ihr denkt, ich hüte
des Reiches Insignien,
aber ich bin bös, und ich brüte
sie aus.
Oh, Herr des Himmels, was kommt da heraus?
Eines Papstes, eines Kaisers, eines Teufels Gestalt?
Oder des Deutschen Königs Gesicht?
Nein, das bitte nicht.
Ich habe Angst. Zum Glück bin ich kalt.
Ich bin zu kalt, um sie auszubrüten,
zu schwach, um sie zu behüten.
So bleiben sie denn, was sie sind:
Gold, Silber und Edelgestein.
Und die ganze Welt fügt sich darein
und fügt sich jedem, der sie gewinnt.
Und wird einer sehend und schaut in sie rein,
so macht man ihn blind.

 Blind ist er von Tränen. Sobald er aufhört treppauf und treppab zu rennen, fühlt er, wie seine Arme und Beine kalt werden. Aber sein Kopf ist heiß.

Ich werde wahnsinnig, denkt er. Zehn Jahre lang habe ich mit den Städtern über ihre Freiheit verhandelt und geredet. Zehn Jahre lang haben sie nichts anderes als ihre Handelsfreiheit damit gemeint. Und nun kommt mein Vater, stellt sie wieder fest unter seine kaiserliche Macht – aber er heiratet Isabella von England. Das bedeutet Zollfreiheit auf den flandrischen Handelsstraßen. Zollfreiheit auf dem Rhein. Und sie fliegen ihm wieder zu wie die Falken auf die behandschuhte Hand. Justingen, Anselm, wir haben uns geirrt.

Agnes, denkt er, ich habe mich geirrt. Diese Krone, dieses Land, dieser Versuch etwas zu ändern waren es nicht wert, dass ich dich darum verlieren musste.

Agnes. Die ist in Prag. Sie hat dort ein Krankenhaus gebaut, pflegt vor Hunger, Dreck und Elend krank gewordene Arme gesund, sammelt Findelkinder, versorgt die Aussätzigen. Hätte sie doch meinen Vater geheiratet, denkt er. Zusammen glücklich sein durften wir nicht. Wir hätten wenigstens getrennt voneinander unglücklich werden sollen. Nun ist sie glücklich, glücklich mit ihrer Liebe zu den Armen und Elenden, glücklich mit ihrer Liebe zu Christus und Gott.

Er ist eifersüchtig.

Hätte sein Vater Agnes geheiratet, er hätte keinen Grund zur Eifersucht gehabt.

Sie hat eine Liebe gefunden für die Stelle, an der ich fehle, denkt er. Für mich bleibt diese Stelle leer und ich kann sie nur anfüllen mit dem, was ich im Überfluss habe: Eifersucht, Hass, Verachtung …

Seine Finger wühlen auf der Wachstafel mit dem Lied

vom Trifels, löschen die Schrift aus, kneten eine raue Oberfläche wie von brechenden Wellen.

Agnes, schreibt er darauf,

du warst mein Tor in der Gefängniswand,
du warst der Ton in meiner Grabesstille,
und wenn ich kaum mehr Kraft zum Atmen fand,
warst du mein Mut und warst mein Wille,
du warst mir in der Weite Halt
und in der Enge Raum,
ein kühler Trunk in meinem Fiebertraum,
ein warmer Mantel, wenn ich kalt
und zitternd auf dem Boden lag.
Du warst mein Leben, nun sei mein Tod,
du warst mein Glück, nun sei meine Not,
sei meine Erde und mein Sarg.

Er lässt den Kopf auf die Wachstafel sinken. Es ist Bienenwachs. Es riecht nach Honig. Das atmet er ein wie die letzte Süße seines Lebens.

»Herr, da ist jemand. Mit einer Botschaft. Wie er durch die kaiserlichen Reihen kam, wissen wir nicht. Vielleicht ein Feind. Gebt Obacht.«

Heinrich hockt auf dem Boden, die Hände weiß, blutleer, der Kopf heiß, gerötet, die Augen fiebrig, die Haare kleben ihm in der Stirn vom Schweiß und von dem Wachs.

Der Fremde schlägt den Mantel zurück.

Heinrich schaut lange in die ruhigen, beruhigenden Augen des Hermann von Salza. »Herr«, sagt der, »Herr Heinrich, wollt Ihr nicht nachgeben?«

Nachgeben.

Heinrich lehnt den Kopf an die Mauer. Er sinkt wie in ein weiches, warmes Kissen.

Nachgeben.

Was soll er kämpfen für die Handelsfreiheit der Kaufleute, die ihn verlassen haben?

Er nickt.

»Ich bringe die Nachricht nach Regensburg«, sagt der Salza. »Ihr trefft Euren Vater in Wimpfen?«

Heinrich nickt.

»Ihr steht zu Eurem Wort, Herr?«

Heinrich muss lachen. Das geht also noch.

»Ich hab doch noch kein Wort gesagt.«

Hermann von Salza tritt auf ihn zu, reicht ihm eine Hand, hilft ihm aufstehen.

»Wo ist Justingen?«, fragt Heinrich.

»Ich sage Euch die Wahrheit, Herr. Justingen und Urach sind frei, kämpfen erfolgreich auf der Schwäbischen Alb. Ihr seid noch nicht ohne Anhang, Herr.«

Heinrich schüttelt den Kopf.

»Darum geht es nicht mehr. Was ich verloren habe, ging nicht im Kampf verloren und ist durch Kampf nicht mehr zu gewinnen. Ich komme nach Wimpfen.«

Salza wendet sich zum Gehen. Drei Männer versperren ihm den Weg.

»Sollen wir den nicht festhalten, Herr? Er scheint von Einfluss zu sein. Einen hohen, kaiserlichen Würdenträger als Geisel könnten wir gut gebrauchen.«

Salza dreht sich nicht um, schaut Heinrich nicht an.

Des Kaisers höchster Diplomat. Der Mann, der alle Verhandlungen führte. Der die zerstrittensten Parteien zu einigen wusste. Vielleicht der Einzige, den der Kaiser wirklich braucht, von dem er abhängig ist.

»Lasst ihn gehen«, bestimmt Heinrich. »Wir reiten nach Wimpfen. Er wird dafür sorgen, dass die Belagerer uns durchlassen.«

Heinrich unterwarf sich in Wimpfen seinem Vater, den er nicht einmal von weitem zu sehen bekam. Der Kaiser sei zornig, wurde ihm gemeldet, weil er die Reichsinsignien nicht herausgebe. Denn Heinrich hatte sich geweigert, Burg Trifels den kaiserlichen Truppen zu überlassen.

Reichsinsignien, dachte er. Was scheren mich die Reichsinsignien? Die drei lombardischen Gesandten sind dort. Erst wenn die auf dem Heimweg nach Italien sind, kann ich die Burg übergeben.

Aber das durfte er niemandem sagen. Sein Vater wusste nicht, dass die Abgesandten seiner hartnäckigsten Feinde sich dort aufhielten.

Der Hof des Kaisers brach nach Worms auf. Heinrich ritt gefesselt zwischen Löwen und Leoparden, bewacht von Sarazenen, ein neues Schaustück im Triumphzug des Kaisers. Kurz vor Worms formierte sich der Zug. Die kostbaren Gerätschaften wurden geputzt und auf den Wagen angeordnet, die Kamele wurden gebürstet, die Tänzerinnen verrenkten sich warm. Für Heinrich wurde ein Bad gerichtet, er bekam saubere Kleider, ein besseres Pferd.

Gewiss, dachte er, der Kaiser will keinen Mickerling besiegt haben. Ich soll für ihn glänzen. Wie die goldenen Teller. Mit gefesselten Händen wurde er auf das Pferd gehoben und hinter dem grünseidenen Rücken des Kaisers eingereiht.

»Wenn ich erst Kaiser bin«, sagte er laut, »werde ich in einem Zug wie diesem auf keinem anderen Rücken reiten als auf dem des Elefanten. Sonst schaut einen ja doch keiner an.«

Der Kaiser drehte sich nicht um. Er ärgerte sich ganz besonders darum so sehr, weil ihm dieser Gedanke auch schon gekommen war.

Der Einritt nach Worms schmerzte Heinrich dann doch sehr, mehr als er erwartet hatte. Vor dem Dom standen zwölf Bischöfe in vollem Ornat, um den Kaiser zu begrüßen, darunter Landolf von Hoheneck, der Bischof von Worms. Der hielt die Augen gesenkt, wusste nicht, wessen Blicken er zuerst ausweichen sollte, denen des Kaisers oder denen des Königs. Er hatte beide betrogen.

Kaiser Friedrich wurde etwas mitgeteilt. Daraufhin ritt er aus der Reihe auf die Bischöfe zu. Landolf von Hoheneck musste vor allen die Zeichen seiner Bischofswürde ablegen und gehen.

Heinrich ritt wieder durch Worms, vorüber an der Mauer, die unter Anleitung seiner Berater gebaut worden war und an der Graf Oppenheims Angriff zerschellt war, vorbei an den Trümmern des Bürgerhauses, das er hatte aufbauen helfen, das die misstrauischen Bürger zerstörten, er ritt bis vor den Bürgerrat, den der Kaiser verboten und den er genehmigt hatte.

Der Kaiser wandte sich an die Abgeordneten der kaisertreuen Bürger.

Er verlangte einen gut befestigten Ort um den Deutschen König in Gewahrsam zu nehmen.

»Der Luginsland, Herr«, sagte der Vertreter der Wormser Bürger, »der liegt erhöht und ist leicht zu bewachen.«

In den nächsten Tagen hatte der Kaiser keine Zeit für den abtrünnigen Deutschen König. Der blieb gut verwahrt im Luginsland, während der Kaiser die Stadt mit einem großen Fest belohnte: Er empfing seine dritte Gemahlin.

Auf einem Schiff den Rhein hinauf kam Isabella Plantagenet, die Schwester des Königs von England, auf einem Schiff wurde sie durch die Straßen gezogen. Ein wunderbares Kunstwerk war das mit Seidentüchern verhängte Gestell, in dessen Innern verdeckt dreißig Pferde liefen. Es schien auf Wellen und Wogen aus wehender blauer Seide zu schweben und hoch im gebogenen Bug stand die Königstochter aus dem Engelland, die Meeresprinzessin, morgen die Kaiserin.

Isabella war einundzwanzig Jahre alt und galt als Schönste unter Europas Fürstentöchtern. Ihr gesamtes königliches Leben lang hatte sie nichts anderes gelernt und nichts anderes getan, als durch ihre Schönheit auf Menschen zu wirken. Und dies beherrschte sie in Vollendung. Sie wusste, wie sie den Körper zu biegen, die Arme zu schwingen, zu heben, zu senken hatte. Das Gesicht trug sie verschleiert. Und sie erspürte immer genau jenen Augenblick, in dem das atemlose Starren der Menge sich in einen Schrei lösen musste. Dann zog sie mit leichter, wie absichtsloser Handbewegung den Schleier vom Gesicht.

Der Kaiser ritt wenig beachtet im Schatten des Jubels. Trotz ihrer zarten Gestalt warf die Königstochter einen Jubelschatten, der noch dunkler und größer war als der des kaiserlichen Elefanten.

Heinrich saß am dreigeteilten Spitzbogenfenster des Luginsland. Von weitem sah er die leichte, wie absichtslose Handbewegung Isabellas und er sah, wie sie damit die Massen lenkte. Da legte er den Kopf auf das Fenstersims und weinte.

Drei Tage, drei Nächte läuft Heinrich ruhelos, schlaflos in den beiden kleinen Räumen des Luginsland hin und her, stößt die Stirn gegen die Mauern, bis ihm Blut in die Augen läuft, beißt, kaut, schluckt so hilflos an seinem harten Hass auf den Vater, seiner zähschleimigen Verachtung für diese Stadt, dass er alle Nahrung ablehnen muss.

Eine tolle Maskerade, Herr Vater, Herr Vater! Eine tolle Maskerade habt Ihr da in Szene gesetzt. Es ist die ganze Welt nichts als ein großes Narrenhaus, Ihr habt es bemerkt und ich nicht.

Nach drei Tagen, nach Abschluss der Hochzeitsfeierlichkeiten wird er zur Urteilssprechung vor die Fürstenversammlung und den Kaiser gerufen. Er soll baden und saubere Kleider anziehen, aber er entreißt dem Wächter die Kleider, wirft sie in den Badezuber.

»Die müsst ihr erst waschen«, sagt er. »Die ziehe ich so nicht an. Die haben vorher die Affen angehabt im Triumphzug des Kaisers. Da gehe ich lieber im eigenen Schweiß.«

Ungekämmt, die roten Locken verklebt von Schweiß und Blut in der Stirn, blass, mit fiebrig glänzenden Augen, vor Hunger und Müdigkeit zitternden Knien – so betritt er noch einmal den großen Ratssaal des Wormser Bischofspalastes. Der Raum ist Niederlagen des Königs Heinrich gewöhnt. Hier hat er die fürstenfreundlichen Gesetze unterschrieben, hier hat er das Vertrauen der Wormser Bürger verloren. Die Fürsten stehen im Halbkreis, in ihrem Mittelpunkt auf erhöhtem Thronsessel sitzt der Kaiser.

Heinrich wird befragt, er gibt stockend Antwort, gesteht, dass er einen Aufstand geplant habe, nennt die Namen seiner Vertrauten, die ohnehin bekannt sind, verweigert jedoch die Herausgabe der Burg Trifels. Nur dort sind noch Verbündete, die er schützen muss. Er schaut über die Reihen der Fürsten. Hat er einen vergessen, der mit ihm gekämpft hat und der nun wieder unter dem Gefolge des Kaisers steht? Vor seinen Blicken tanzen die Farben der Bischofsgewänder und der Fürstenhäuser. Die stolzen Wappentiere der Grafen und Herzöge hüpfen von Fahnen und Schilden und tummeln sich über den Köpfen der Reichsfürsten so frech und ausgelassen wie vor ein paar Tagen die Affen im kaiserlichen Festzug. Vor Heinrichs fiebrig irrenden Augen wackeln die gut gefüllten Bäuche der Bischöfe wie die mageren der sarazenischen Bauchtänzerinnen.

Eine tolle Maskerade.

Ihn schwindelt. Er fällt. Seine Augen suchen den Vater, nicht einen Arm wirft er Halt suchend nach oben, sondern einen Blick, und der bleibt – seinen Fall verzögernd – an den Augen des Kaisers hängen.

Die Fürsten schweigen betroffen. Der schmale, zitternde Körper, der da auf die bunten Steinfliesen gefallen ist, ist schließlich der ihres Königs. Kann ein König, ein Staufer, sich so weit erniedrigen, dass er sich der kaiserlichen Macht bäuchlings vor die Füße wirft?

Der Kaiser hat mehr gesehen. Sein Sohn ist nicht aus Ehrfurcht auf die Knie gefallen. Spott und Verachtung sind in seinem Blick gewesen.

Wie beruhigend ist der Gedanke, dass er gefangen, der Aufstand niedergeschlagen ist.

Friedrich spürt die Wärme einer Erleichterung in der Magengrube, wie er sie in seinem Leben erst einmal empfunden hat. Unwillig zieht er an dem Faden einer unangenehmen Erinnerung. Ja, das war damals gewesen, als man ihm die Nachricht vom Tod des verrückten Bettelmönches gebracht hatte, dieses Franz von Assisi. Da war er auch so beschämend erleichtert gewesen. Nur einmal hatte er den bettelarmen, schwer kranken Franz gesehen, doch er hatte sofort gespürt: Dieser braucht keinen Pomp und Protz, um die Menschen zu bewegen, dieser hat stärkere Mittel als der Kaiser.

Nun liegt da sein Sohn. Ist gestürzt mit dem Hass, der Verachtung in den Augen. Damit freilich kann er nur stürzen. Zu schmerzlich liegen Hass und Verachtung in solchen Augen über einem solchen Mund. Wenn er aber mit seiner Königskrone, seinem magischen staufischen Namen auf den verrückten Bettelmönch getroffen wäre, wenn er von dem jene umwälzenden Gedanken gelernt hätte, von der Liebe und der Brüderlichkeit unter allen Menschen, allen Wesen, von der Zweifelhaftigkeit der Macht und des Geldes, wenn er seinen Aufstand mit jenem versucht hätte anstatt mit den Kaufleuten – nicht auszudenken, was die zusammen hätten anrichten können. Nun, Heinrich ist gefangen, Franz ist tot.

Ist er tot?

Der ist nicht totzukriegen. Zwar stehen Teile des Franziskanerordens fest unter der Herrschaft des Papstes, verfolgen Ketzer im Dienste der Kirche, aber keineswegs alle. Viele denken noch so, wie Franz gedacht hat.

Am schlimmsten sind die Frauen, die Clarissinnen.

Die Clarissinnen!

Der Kaiser ist so bleich geworden wie sein Sohn.

Die Böhmin, die Przemyslidin, die der unbedingt hat heiraten wollen, die nicht Kaiserin werden wollte. Die ist doch zu den Clarissinnen gegangen. Schon spricht man davon, dass sie in Prag ein böhmisches Assisi aufbaue. Und er, der Kaiser, hatte einmal ihrer Verlobung mit Heinrich zugestimmt! Welch ein Paar wäre das gewesen! Die zwei! ***Diese*** zwei!

Der Mann, der da so jämmerlich auf dem Boden liegt, ist gefährlich. Wenn er nicht sein Sohn wäre, könnte er ihn hinrichten lassen.

Aber er ist nicht mehr stark genug, um die Empörung des Volkes darüber aufzufangen.

Die Fürsten murren. Die unwürdige Haltung des Königs verletzt ihr Ehrgefühl. Es ist Hermann von Salza, der zu Heinrich geht und ihn aufhebt. Der Kaiser spricht das Urteil: Verlust der Krone und lebenslange Haft. Er bittet die Fürsten, seinen siebenjährigen Sohn Konrad zum König zu wählen. Nichts ist denen lieber als ein minderjähriger König.

Der kalte Boden hat Heinrichs Kopf etwas abgekühlt, er spürt, er wird etwas essen können. Der dicke, schlundverstopfende Hass liegt nicht mehr gar so würgend in seiner Kehle.

Diesen Hass hat er ganz in seine Augen gegeben, als er den Vater noch einmal anschaute, will ihn endgültig loswerden, und – was er nicht zu hoffen gewagt hatte – der Vater hat ihn genommen.

Hermann von Salza stützt ihn und führt ihn hinaus. Heinrich murmelt etwas.

»Was sagt Ihr, Herr?«, fragt der Salza. »Ich kann Euch nicht verstehen.«

Heinrich schluckt, räuspert sich, hustet. Nun kann er sprechen.

»Ich sagte, grüßt meinen armen Bruder Konrad, Herr.«

Heinrich sollen die Zeichen seiner Königswürde in einem offiziellen Akt genommen werden. Dazu braucht man die echten Reichsinsignien, nicht eine Reisekrone oder irgendwelche Nachbildungen. Da Heinrich aber den Trifels nicht herausgibt, lässt der Kaiser die Burg stürmen. Die Verteidiger wehren sich kaum. Salza vermittelt die Übergabe. Die drei lombardischen Gesandten werden gefunden. Der Kaiser zeigt sich gnädig und lässt sie nach Italien zurückkehren.

Inzwischen ist Heinrich wieder im Luginsland. Er schaut nicht mehr zur Stadtseite aus den hohen Spitzbogenfenstern, er lehnt den Kopf an die auch in der Julihitze kühlen, dicken Mauern der Außenwand. Das kleine Fenster ist eben groß genug, um einem Bogenschützen das Schießen zu ermöglichen.

Nie wieder König sein müssen!

Heinrich fühlt sich frei von Fieber. Als er im Gerichtssaal

zu Boden stürzte, hat er das Erschrecken in den Augen des Kaisers gesehen.

»Dies ist meine Zeit«, hatte der Vater in Cividale gesagt, »ich habe das Glück, in der richtigen Zeit zu leben.«

Heinrich hat seinen Vater im Jubelschatten des Elefanten gesehen. Er zweifelt nicht mehr daran, dass auch sein Vater weiß: Diese Zeit geht zu Ende.

Sein Kopf fühlt sich so leicht an, als wäre ein langjähriger Druck davon fortgenommen. Zusammengekauerte Gedanken stehen auf, recken sich, strecken sich aus, falten sich weit auseinander, selbst der Gedanke an seine Niederlage ist ihm leicht geworden. Seine Stirn und seine Haare freuen sich, dass sie nie wieder von einer Krone zusammengedrückt werden, nur noch ein einziges Mal, wenn die dann für immer von ihm genommen wird.

Er ist froh, dass er den Luginsland so hoch hat setzen lassen. Der Blick ins Land ist unbegrenzt. Und ohne eine Krone ist das Gras grüner, der Mohn roter, das kleine Stück Himmel im Rechteck des Gefängnisfensters so unglaublich blau. Man wird ihn nicht in ein dunkles Verlies sperren. Er wird nach Sizilien gebracht werden, dort hat sein Vater Burgen in Fülle, von denen eine Flucht schwierig ist.

Der Wächter bringt ihm das Essen.

»Herr«, sagt er verblüfft in Heinrichs fröhliches Gesicht, »was tut Ihr?«

Heinrich lehnt den Kopf an die Mauer.

»Da sitze ich«, sagt er, »und lug ins Land.«

Verwundert verlässt ihn der Wächter und erzählt Heinrichs Bemerkung einem Stadtschreiber. Der schreibt sie auf, und so gelangt sie in die Wormser Annalen.

Heinrich schmeckt das Essen wieder.

Irgendwo unter lauter Falschheiten seien Menschen verborgen, hat Agnes gesagt, man müsse sie ausgraben, daraus hervorziehen. In den Prager Armenvierteln räumt sie das Elend und den Hunger weg. Heinrich aber weiß nun, was er wegräumen muss: Das Blendwerk wird er einreißen, das Gaukelspiel des Kaisers entlarven. Die Kaufleute, die Bürger haben keine Veränderung gewollt, nur eine Verschiebung der Macht, damit sie daran teilhaben können. Sie sind Verblendete, hat Agnes gesagt, verblendet von ihrer Gier nach Macht und Geld, Verblendete werden sich blenden lassen.

Agnes hat Recht gehabt.

Er hatte verloren. Aber es war nicht der Vater, es war Agnes, zu der er sagen musste: »Ich fange an zu begreifen. Du hast Recht gehabt.«

Das tat er gern.

Wenn erst das Blendwerk heruntergerissen war, würde die neue Zeit beginnen können.

Wenige Tage danach wurde Heinrich offiziell abgesetzt. Gaucelm Faidit, der französische Troubadour, schrieb ein Lied über den König, der, als ihm die Zeichen der Königswürde genommen wurden, gesungen habe.

Heinrich (VII.), 1211–1242 (Selbstmord?)

Solveig lässt die Blätter sinken. Sie sitzen in Alexanders Zimmer.

»Und«, fragt sie, »wann war diese Zeit?«

Alexander zuckt die Achseln.

»Bis jetzt noch nicht«, sagt er, »Heinrich hat sich auch darin geirrt. Dass die Kaufleute an die Macht kommen würden, hat er richtig gesehen. Nur hat sich dadurch wirklich nichts geändert. Die Werbemanager meines Vaters arbeiten grad so wie der Kaiser mit seinem Elefanten und den sarazenischen Bauchtänzerinnen. Heinrichs Kampf war sinnlos. Und ich werd nun wohl wieder das tun, was ich vorher getan habe, nämlich nichts. Rumhängen und irgendwann sitzen bleiben, dann ärgert er sich wenigstens.«

»Bleib bitte nicht sitzen«, sagt Solveig leise. »Ich müsste dann doch auch sitzen bleiben. Und ich bring das einfach nicht. Das packt nicht jeder. Und was sollte ich denn in der Klasse ohne dich.«

Das ist ein revolutionärer Satz, der die Welt verändert. Alexanders verzweifeltes Gesicht ist nur noch Fassade. Seine Niedergeschlagenheit wird von innen einfach weggeschmolzen und auch von außen blättert ihm die Traurigkeit vom Gesicht, fällt ihm in großen Stücken aus den Augen wie feucht gewordener Putz von einer Hauswand.

»Ich seh das anders«, redet Solveig weiter. »Heinrich hat üble Fehler gemacht, klar, aber er hatte ja auch null Ahnung von seinem Job. Als er so alt war wie du, war er König, Bischof Engelbert schon tot. Du hast doch Zeit herauszukriegen, was Sache ist. Niemand verlangt von dir, dass du jetzt König bist und irgendeine alte Frau heiratest von über zwanzig Jahren oder so. Wann krieg ich den Schluss?«

»Welchen Schluss?«

»Von der Heinrich-Geschichte.«

»Wieso? Das ist der Schluss.«

»Nein«, sagt Solveig. »Das ist kein Schluss. Der lebt doch noch eine ganze Weile.«

»In Italien, ja. Im Gefängnis. In Deutschland ist er fertig. Da tut man so, als hätte es ihn nie gegeben. Seine Lieder sind verschwunden, der nächste Heinrich, der an die Macht kommt, kriegt die Zahl VII. Darum muss unser Heinrich seine Königsziffer in Klammern tragen. Er wird eingeklammert, ausgeklammert, zählt nicht.«

Solveig will wohl etwas anderes wissen.

»Wie stirbt er denn nun?«

»Stürzt ab. Er wurde alle paar Jahre in eine andere Burg gebracht. Vielleicht, weil es ihm immer wieder gelang, mit den alten Freunden in Deutschland Kontakt aufzunehmen. Einmal ist er auf dem Weg in ein neues Gefängnis mit sei-

nem Pferd von einem schmalen Gebirgspfad abgestürzt und gestorben.«

»Unfall?«, fragt sie.

»Wahrscheinlich. Aber – also da war ein Franziskanermönch, der hielt die Grabrede über die Bibelstelle: ›Und Abraham zog sein Messer, um seinen Sohn Isaak zu töten.‹ Der hat also verbreiten wollen, dass der Kaiser Heinrich hat umbringen lassen. Kann auch sein.«

Solveig lässt nicht locker.

»Oder Selbstmord?«

»Nein, das halt ich für Blödsinn. Er wurde nicht im Kerker gehalten. Als der Kaiser einmal erfuhr, sein Sohn sei schlecht gekleidet, gab er Anweisung, Heinrich bessere Kleider zu bringen. Es ging ihm gar nicht so übel. Nein, kein Selbstmord.«

Das hat er ganz leicht und ohne jede Aufregung dahingesagt.

Solveig sieht auf einmal so froh aus, dass es durch ihr ganzes Gesicht leuchtet. Sie dreht den Kopf beiseite und er sieht ihr Gesicht in dem Löwenspiegel, Thomas' Löwenspiegel. Im offenen Raubtierrachen zwischen spitzen Reißzähnen strahlt Solveigs erleichtertes Gesicht.

»Was hast du denn?«, fragt er.

»Ich bin so froh«, sagt sie. »Weil du das ganz vergessen hast. Das mit dem Selbstmord, mein ich.«

Sie hat Angst um mich gehabt, denkt er. Sie hat Angst gehabt, dass ich vielleicht doch etwas Wirkungsvolleres schlucke als die fünf Aspirin, die ich meiner Mutter geklaut habe.

Er möchte auf sie zugehen, es fehlt nicht einmal ein Schritt, möchte ihr eine Hand auf die Schulter legen, hebt die Hand, aber da stößt er wieder an, stößt an den letzten seiner eisernen Ringe, und die Bewegung erfriert und erstarrt an den kühlen Grenzen seiner Froschhaut. Ja, das hat er vergessen, das mit dem Selbstmord. Nicht vergessen hat er das Froschgefühl und die Angst sofort an die Wand geworfen zu werden, wenn er die kühle Froschhaut irgendwo zu wärmen versucht.

»Irre«, sagt Solveig. »Ich hab immer geglaubt, der würd brüllen, der Löwe, brüllen vor Wut. Aber der gähnt ja.«

Solveigs frohes Gesicht im Mittelpunkt der Raubtierzähne hat den Ausdruck des Spiegellöwen völlig verändert.

Das macht Alexander Mut.

Und er legt den Kopf in den offenen Löwenrachen. Und Solveig hat ihn nicht an die Wand geworfen.

Zur Aussprache

Solveig	Solvëi
Przemysliden	Pschemisliden

Worterklärungen

Absolution Vergebung der Sünden

Acht Ausschluss aus dem Rechtsverband, der Geächtete hatte keinerlei Rechte

Antichrist Hauptfeind Christi, mit dessen Erscheinen das Ende der Welt beginnt

Bann kirchliche Strafe, der Gebannte war aus der Gemeinschaft der Gläubigen ausgeschlossen, durfte nicht am Abendmahl teilnehmen, empfing keine Sterbesakramente usw., wurde von den Gläubigen gemieden

Beizjagd Jagd mit Vögeln, vor allem Falken, auf Kleinwild

Burgen schleifen Burgen bis auf die Grundmauern zerstören

Diözese Bistum, kirchlicher Verwaltungsbezirk

Exkommunikation
Ausschluss aus der Kirche

Eigenleute auch Hörige genannt, zu einem Grundbesitz gehörende Dienstleute, unfrei, aber im Gegensatz zu Sklaven nicht rechtlos

Helmzier auf dem Helm aufgesetzter Schmuck, meist das Wappenzeichen der Familie

Hörige vgl. Leibeigene

Kemenate ursprünglich beheizbarer Raum, später Frauengemach

Ketzer Sammelbegriff für alle, die von der kirchlichen Lehrmeinung abweichen

Kleriker/Klerus
Geistliche, z. B. Mönche, Priester …

Knappe junger Adliger, noch nicht in den Ritterstand aufgenommen

Kreuzzug Krieg gegen Heiden, vor allem gegen die Araber, die das Heilige Land besaßen

Legat päpstlicher Gesandter, der die Einheit zwischen dem Papst und den Gemeinden fördern sollte

Lombardei italienische Region zwischen Alpen und Poebene, viele reiche, mächtige Handelsstädte, einige mit den Staufern befreundet, der lombardische Städtebund war mit den Staufern verfeindet

Meierhof Gutshof zur Verwaltung des adligen Besitzes

Ministerialien Adlige, die Dienst an ihrem Landesherrn (Graf, Herzog, König) zu verrichten hatten

Minnesänger von Hof zu Hof ziehende Dichter und Sänger, die meist Lieder über eine unerfüllbare Liebe sangen, Vorbilder waren die Sänger Südfrankreichs (Troubadoure)

Ornat feierliche Amtstracht kirchlicher Würdenträger

Palas Haupttrakt einer Burg mit den Wohnräumen des Burgherrn, seines Anhangs und dem Rittersaal

Protonotar höchster Verwaltungsbeamter einer Region

Przemysliden böhmisches Königsgeschlecht

Reichsacht vgl. Acht

Reichsfürsten oberste Adelsschicht, die auf Reichstagen Entscheidungen traf und den König wählte, es gab geistliche Fürsten (Bischöfe, Erzbischöfe) und weltliche Fürsten (Herzöge und einige Grafen)

Reichsinsignien Herrschaftszeichen der Kaiser und Könige: Krone, Reichsapfel, Zepter, Schwert, Krönungsornat

Reichskanzler oberster Verwaltungsbeamter der königlichen Kanzlei

Reichsschenk ursprünglich der Verwalter der Getränke bei Hof, später ein weitgehend erblicher Ehrentitel

Reichsverweser regiert an Stelle des Königs, solange der nicht mündig ist

Sarazenen Bezeichnung der Europäer für Araber

Schultheiß	niederer Verwaltungsbeamter
Staufer	aus Schwaben stammendes Adelsgeschlecht, wurde durch Heirat mit den salischen Kaisern verwandt, seitdem Anspruch auf die Königs- und Kaiserkrone
Synode	Versammlung von Bischöfen
Tjost	ritterlicher Zweikampf, bei dem die Ritter versuchen, sich gegenseitig mit Lanzen vom Pferd zu stoßen
Treidelstrecke	neben den Flüssen angelegter Weg, auf dem Tiere Schiffe flussaufwärts ziehen konnten
Troubadour	vgl. Minnesänger
Vaganten	fahrende Schüler/Studenten und Kleriker, die im 13. Jahrhundert eine eigene, oft sehr bekämpfte, freche und lästerliche Vagantendichtung entwickelten
Vogtei	einem Adligen unterstellter Verwaltungsbezirk
Waldenser	von der Kirche verfolgte Wanderprediger, die keine Predigererlaubnis hatten, obwohl sie kaum etwas anderes taten, als die Bibel in der jeweiligen Landessprache unter das Volk zu bringen
Welfen	fränkisches Adelsgeschlecht, in ständigem Streit mit den Staufern um die Krone
Wildgraf	Grafengeschlecht im Hunsrück und an der Nahe
Zuchtmeister	Lehrer

Zeittafel

1211	Heinrich in Palermo geboren als Sohn Friedrichs II. von Staufen, König von Sizilien
1212	Heinrich (9 Monate) wird zum König von Sizilien gekrönt, sein Vater gewinnt durch Unterstützung des Papstes die an die Welfen verlorene Krone Deutschlands zurück
1220	Reichsfürsten wählen Heinrich zu Friedrichs Nachfolger, Friedrich wird zum Kaiser gekrönt
1222	Heinrichs Mutter stirbt, Heinrich wird zum Deutschen König gekrönt. Erzbischof Engelbert von Köln verwaltet das Land
1225	Erzbischof Engelbert wird ermordet, Heinrich heiratet Margarete von Babenberg, Kaiser Friedrich Isabella von Brienne, die Erbin Jerusalems
1226	Heinrich wird zum Reichstag nach Italien gerufen, die Veroneser sperren einen Alpenengpass, Heinrich kehrt kampflos um
1227/28	Der Herzog von Bayern wird Reichsverweser. Als Kaiser Friedrich wegen eines abgebrochenen Kreuzzugs vom Papst gebannt wird, stellt der Herzog sich gegen die Staufer und wird von Heinrich besiegt. Heinrich übernimmt die Regierungsgeschäfte.

	Konrad, der zweite Kaisersohn, wird geboren, die Kaiserin stirbt
1230	Kaiser Friedrich gewinnt ohne Kampf durch Verhandlungen Jerusalem für die Christen zurück. Heinrich erlässt viele Gesetze, die die Selbstverwaltung der Städte fördern
1231	Reichsfürsten zwingen Heinrich ein Gesetz auf, das sie wieder zu den Herrschern in Deutschland macht. Friedrich erlässt seine strengen Ketzergesetze für Deutschland
1232	in Cividale (Oberitalien) treffen sich Heinrich und sein Vater. Heinrich muss eine Urkunde unterschreiben, die ihn praktisch entmachtet
1233/34	Heinrich setzt seine fürstenfeindliche Politik fort, sammelt Anhänger für einen Aufstand gegen den Vater, hebt die Ketzergesetze wieder auf, wird gebannt, schließt ein Bündnis mit den oberitalienischen Stadtrepubliken
1235	Friedrich kommt ohne Heer mit großem Prunk nach Deutschland, schlägt Heinrichs Aufstand nieder, nimmt ihn gefangen
1235–1242	Heinrich lebt als Gefangener in verschiedenen Gefängnissen Süditaliens. Beim Transport von einem Gefängnis in ein anderes stürzt er auf einem Gebirgspfad ab und stirbt

Lies mich!

RTB

Leseprobe

Es ist nur ein aus lockeren Brettern zusammengefügter Schuppen, der nicht weit entfernt von der Brücke steht. Sie führt über das Flüsschen, und die beiden Knechte, die schweigend vor der Tür sitzen, können das leise Murmeln von Wasser hören.

Drinnen, in einer Ecke, wartet Anna Ersdotter, gefesselt.

Hinter dem Schuppen kniet zusammengekrümmt ihre Tochter Kerstin. Sie versucht zu sprechen, aber immer wieder versagt ihr die Stimme. Sie möchte ihrer Mutter Trost und Mut zusprechen für das, was ihr bevorsteht. Doch meistens schluchzt sie nur.

Morgen soll es geschehen, und Kerstin kann nichts tun, um es zu verhindern.

Morgen.

Sie zuckt zusammen, als einer der Knechte ihr zuruft, sie müsse gehen. Rasch und folgsam richtet sie sich auf, wischt sich die Tränen aus dem Gesicht und bückt sich ein letztes Mal zur Mutter hinunter. Doch wieder bringt sie nur ein Schluchzen heraus, und sie läuft davon, am Fluss entlang in Richtung Flärke, über die Landstraße, um in der Bootsmannskate Schutz zu suchen. Dort warten die kleinen Geschwister auf sie, jetzt ist es an ihr, sich um sie zu kümmern.

In ihrem Kopf drängen sich Bilder von dem, was geschehen wird.
Sie sieht den Pfahl.
Kerstin duckt sich, als ob sie die Hiebe entgegennehmen müsste.
»Mutter ist keine Diebin«, flüstert sie ein ums andere Mal.

Der Schandpfahl stand in Myckelbyn.
Es war das größte Dorf. Der Schandpfahl stand genau gegenüber der weißen Kirche und dem Glockenturm, auf der anderen Seite der Landstraße. Wer vorbeiging oder in einem Fuhrwerk des Weges kam, konnte ihn nicht sehen. Er war verborgen hinter einer Mauer von Laub. Vor der Kirche, dem Dorf zu, duckten sich zu beiden Seiten des Weges graue Häuser, in denen die Handwerker des Kirchspiels ihre Werkstätten hatten.
Aber heute hatten sie geschlossen, heute war das Dorf voller Leute. Manche hatten sich im Gasthof am Ende des Dorfes einquartiert, der sie mit offenen Armen empfing. Andere waren aus anderen Dörfern unterwegs nach Myckelbyn, auf der Landstraße oder entlang des Flusses. Von Flärke kamen sie, den schmalen Pfad entlang, der eher wie ein Trampelpfad des Viehs wirkte, von Fanbyn über den See oder über die wacklige Holzbrücke.
Viele kamen auch durch den Wald, denn hier gab es Wald, so weit das Auge reichte. Myckelbyn und die anderen Dörfer und Seen lagen tief im Tal, das die einzige Öffnung in all dem Dunkel war.
Alle waren zum Schandpfahl unterwegs.

Bald war der ausgetretene Platz mit erwartungsvollen Menschen gefüllt. Sie begrüßten einander, sie lachten und schlugen sich gegenseitig auf die Schultern. Bauern und Knechte, Bauersfrauen und Mägde. Und Kinder. Endlich gab es eine Abwechslung im Einerlei des Alltags. Da stand der Pfahl, wie beschämt, in der Mitte eine riesige eiserne Öse.
Ein Mann mit einem langen Bart und einer gespaltenen Lippe schwankte unter dem Gewicht einer großen Tonne herum, die er sich um den Hals gehängt hatte. Aus einem Becher, der an seinem Gürtel hing, verkaufte er ein paar Schlucke.
Die Männer hatten sich die besten Plätze ausgesucht, sie standen im Kreis um den Pfahl.
»Bringt sie endlich her!«, schrie ein junger Mann. Er hatte ein weichliches Gesicht, noch bartlos, aber seine Worte waren wie ein Signal. Die Männer fielen ein und begannen, im Chor zu schreien und zu rufen. Ihre Stimmen bildeten eine schwankende, taktfeste Mauer vor dem hohen Pfahl.
»Bringt sie her! Bringt sie her!«
Die Frauen standen in einer Gruppe für sich. Mit ihren grauen Kopftüchern und verhärmten Gesichtern wirkten sie wie Krähen. Eine kräftige Frau löste sich aus der Gruppe und kam mit langen Schritten auf die Männer zu.
»Hängt sie doch gleich auf!«, schrie sie, und der Speichel sprühte ihr aus dem Mund, der sich zu einem höhnischen Lachen verzerrte. Die Männer fielen ein, sie hoben ihre Flaschen und Becher und grölten.
Ein Fiedler versuchte tapfer, sich Gehör zu verschaffen, und am Waldrand sammelten sich Kinder. Sie versuchten, die Stimmen und Bewegungen der Erwachsenen nachzuahmen,

und bewarfen einander und die Frauen mit Tannenzapfen. Ein Mann im Schwarzrock bot auf einem Brett, das er über zwei Böcke gelegt hatte, Stoffe, Brot, Lederfetzen, Miniaturgalgen und kleine Ruten an. Doch der Handel wollte nicht recht gehen. Er schwenkte seinen Hut und schrie: »Kommt und kauft! Kommt und kauft!«

Aber als ob jemand die Hand erhoben und Ruhe geboten hätte, verstummten plötzlich alle, ein mageres Schwein wühlte in einem Graben, noch ein letzter Quietscher der Geige, dann war es still.

Sie war unterwegs.

Der Lehnsmann ging mit langen Schritten und scharfem Blick voran. Unter der Uniformmütze sickerte Schweiß hervor, und ein Mundwinkel zuckte, als ob jemand mit einem unsichtbaren Faden daran zöge. Die Männer wichen zurück und rissen sich Mützen und Hüte von den Köpfen.

Hinter ihm ging der Profos in einem langen schwarzen Rock, den Blick auf die Erde geheftet. In der Hand die beiden Ruten.

Zuletzt kam sie. Sie ging zwischen ihren beiden Wächtern, zwei Knechten in sauberen Hemden, gegürtet mit Lederstreifen. Nicht gewöhnt an so viele Menschen, warfen sie ängstliche Blicke um sich. Schnell gingen sie, Anna, die Diebin, stolperte zwischen ihnen vorwärts, und manchmal traten sie auf ihre nackten Füße. Doch den Kopf trug sie hoch, ihre brennend schwarzen Augen begegneten Augen, die ihnen begegnen wollten. Ihr Haar war verfilzt und das Gesicht weiß wie verdorbene Milch, aber schön war sie. Das Leibchen, das man ihr zum Auspeitschen angelegt hatte, ließ ihren Rücken frei.

Jetzt näherte sie sich dem Haufen Männer, Speichel traf sie mitten ins Gesicht. Gegen ihren Rücken prasselten Tannenzapfen und Steine, und die kräftige Frau mit dem verfaulten Maul drängte die Knechte beinah beiseite und schlug Anna gegen die Brust.

»Aus dem Weg, aus dem Weg!«, brüllte der Lehnsmann und kam den Knechten zu Hilfe. Er packte Anna im Nacken und schob sie rasch gegen den Schandpfahl.

Der Profos griff sofort nach ihren Händen, riss sie hoch und band sie mit einem Seil an der eisernen Öse fest, sodass sie halb hängend dastand.

Der Lehnsmann fuchtelte mit den Armen und scheuchte den johlenden Haufen beiseite.

»Platz da! Platz da!«

Der Profos hatte bereits Posten hinter Anna, der Diebin, bezogen und krempelte die Ärmel seines langen Rockes auf.

Der Lehnsmann wischte sich den Schweiß von der Stirn und holte ein Blatt Papier hervor. Mit eintöniger Stimme las er die Diebstähle vor, derer sich Anna schuldig gemacht hatte.

»Dreiunddreißig Taler! Du Schlampe!«, schrie die Zahnlose. »Aber jetzt kriegst du die Rute.«

Einer der Knechte zischte ihr zu, sie solle still sein, und schob sie brüsk zur Seite. Sie fauchte und spuckte und wurde erst still, als der Knecht ihr einen Schlag versetzte.

»Und deshalb soll Anna Ersdotter gestäupt werden, sechsundzwanzig Paar Ruten, drei Schläge pro Paar«, schloss der Lehnsmann.

Die Schläge begannen, durch die Luft zu pfeifen, und die Leute zählten jeden Schlag mit, geilten sich an der Züchtigung auf.

Das Leibchen rutschte herunter, und eine Brust hüpfte heraus.

Bald begann Anna, zu wimmern und zu jammern. Die ersten Rutenpaare waren verschlissen, und dem Bartlosen gelang es, ein Paar davon zur Erinnerung zu ergattern. Er wischte das Blut ab und steckte es in sein Hemd.

»Vierzig, einundvierzig, zweiundvierzig.«

Der Lehnsmann zählte mit. Jetzt ließ sie den Kopf hängen und klagte laut. Ihr Rücken war streifig von den Rutenschlägen. Bei jedem Schlag zuckte sie zusammen, und ihre Brust wippte.

»Gebt's ihr! Gebt's ihr!«, schallten die Rufe, und jetzt ging der Lehnsmann mit, er folgte den Bewegungen, beugte sich vor, ließ die Hand durch die Luft fahren, während er zählte. Annas Schreie verstummten, und ihr Kopf fiel schwer nach vorn, die Ruten waren rot gefärbt. Die Schläge des Profos kamen nicht mehr so schnell, aber er folgte ihnen mit dem ganzen Körper, wenn er zuschlug. Sie arbeiteten im Takt, er und der Lehnsmann.

»Siebzig, einundsiebzig, zweiundsiebzig. Die letzten, schlag ordentlich zu, damit sie's auch spürt!«

Der Profos hob die Rute für die letzten Hiebe.

»Und der letzte! Achtundsiebzig!«, schrie der Lehnsmann.

Dann war es vorbei. Der Lehnsmann nahm die Mütze ab und wischte sich den Schweiß vom Kopf. Der Profos zerschnitt das Seil, und Anna sackte am Fuß des Schandpfahles zusammen.

Jetzt war es still, nur das schwarze Schwein rannte quiekend in den Wald. Doch bald drängten sie heran, traten gegen ihren Körper und bespuckten sie. Der Profos zog sich zurück. Aus der Innentasche seines langen Rockes holte er eine Flasche hervor, entkorkte sie, legte den Kopf zurück und ließ das Getränk in seine Kehle rinnen. Der Lehnsmann beugte sich über das Häufchen, das Anna, die Diebin, war. Er hatte sich in Rage gebracht, bespuckte sie nun auch, richtete sich dann auf und wurde wieder Obrigkeit. Laut rief er, damit es alle hörten:

»Das euch allen zur Warnung und Lehre!«

Dann ging er denselben Weg zurück, den er gekommen war, ohne mit jemandem zu sprechen. Dort, wo es in seinem Mundwinkel gezuckt hatte, saß nun ein Lächeln. Alle anderen verloren nun auch das Interesse an dem Ganzen. Das Fest war zu Ende. Der Langbärtige mit der Tonne verkaufte den letzten Tropfen, und der Verkäufer von Miniaturgalgen hob die Planke auf seinen Rücken. Die Leute verschwanden langsam, zum Waldrand, den Weidezäunen und hinaus auf den sengenden, staubigen Weg.

Zurück beim Schandpfahl blieb nur Anna, die Diebin, leblos. Vom Wald her zwitscherte kurz ein Vogel, sonst war es still.